U0684741

追忆如火岁月

■ 王安旼 著

中国言实出版社

图书在版编目（CIP）数据

追忆如火岁月 / 王安旼著. —— 北京：中国言实出
版社, 2022.7

ISBN 978-7-5171-4221-8

Ⅰ.①追… Ⅱ.①王… Ⅲ.①长篇小说—中国—当代
Ⅳ.①I247.5

中国版本图书馆CIP数据核字(2022)第107460号

追忆如火岁月

责任编辑：王战星
责任校对：郭江妮

出版发行　中国言实出版社

　　　地　　址：北京市朝阳区北苑路180号加利大厦5号楼105室
　　　邮　　编：100101
　　　编辑部：北京市海淀区花园路6号院B座6层
　　　邮　　编：100088
　　　电　　话：010-64924853（总编室）　010-64924716（发行部）
　　　网　　址：www.zgyscbs.cn　电子邮箱：zgyscbs@263.net

经　　销：新华书店
印　　刷：武汉鑫佳捷印务有限公司
版　　次：2023年3月第1版　2023年3月第1次印刷
规　　格：710毫米×1000毫米　1/16　20.25印张
字　　数：335千字

定　　价：89.00元
书　　号：ISBN 978-7-5171-4221-8

目 录

第一章
童年的苦难

1

1902年4月，父亲出生在湖北省黄安县（现为红安县）城关镇铁山村龚家冲一个贫苦农民家里。

父亲出生后不久，得了天花，眼看着是活不了了。爷爷跟奶奶说，这伢子不行了，包块布埋了吧。可是，奶奶舍不得，不管怎么说，这毕竟是自己身上掉下来的肉啊。

爷爷说，得了这种病，莫说是细伢子（当地方言，通常指五六岁以下的小孩）了，就是大人也是救不活的，耽搁时间长了，只怕还要传染其他人。

奶奶还是舍不得丢弃，就悄悄地背着爷爷，把父亲放到柴屋的泥土地上，任由"老天爷来安排"了。

过了三四天，奶奶到柴屋里看，父亲竟然没有死，烧也退了。看看还有一口气，嘴里念念叨叨地说，这个伢子的命怎么那么大啊！是不是菩萨保佑他不死啊！边念叨，边把父亲抱回屋里（当地方言，此处指家里）。喂了一碗米汤以后，父亲居然就活了下来。只是自此，父亲的脸上留下了少许坑坑点点的麻子。

从此以后，奶奶常常见人就说，这伢子命大，日后会有福啊！

为了祈求父亲一生平平安安，不再有灾有难，给父亲起名为"安"，小名"安伢"。

父亲告诉我说，"打记事起，就晓得家里很穷很穷。穷到什么样子，你们现在的人可能根本无法理解和无法想象的。

生活在20世纪初的贫苦农民，几乎家家如此。什么一贫如洗、家徒四壁等形容词，都不足以形容出当时贫苦农民家庭的苦难生活。可以说，真是活得连猪狗都不如啊！猪狗还有人管它们吃的、喝的、住的，可是穷苦老百姓却经常有一顿没一顿，个个瘦成皮包骨头，有人住的就是茅草棚子啊！许许多多的穷人家里，是全家人共用一条裤子啊！我说的这些是真实的情况，不是"诓你们的。冇（当地方言，意即'没有'）裤子穿，冬天可以不出门。可是到了夏天，大人只好用块布往腰上一系，算是遮住了羞。细伢子都是打赤条（当地方言，意即'不穿衣服'）。我在七细（当地方言，意即七岁）以前就冇穿过裤子。"

说说我们祖祖辈辈的家吧。

我们祖上的家是个么斯样子呢？

有两间石头屋子。由于龚家冲方圆十里的范围里都是沙土地，所以要盖个房屋，就要到很远的地方去找黄黏土，再把它挑回来，用当地的石片片和着黄黏土垒了这两间石头屋子。

屋子虽说有窗户，但不是你们现在看到的这样的窗户，而是在垒屋子时专门留下的、一个没有封死的、连个脑壳子都伸不出去的"窟窿"，也叫"透气孔"。这个"透气孔"上既没有玻璃，也没有塑料布之类的透亮的东西给隔一下子。

为了防止下雨天淋进雨水，这个"透气孔"开得与房屋的顶棚差不多高。就是在白天，屋子里几乎谁么斯也看不见，用农村的话说，就是乌漆麻黑的。进到屋子里以后，眼睛如果不适应一下的话，是么斯也看不清楚的，一不小心还会碰到脑壳子。

房屋的门，其实是用木棍、绳子和茅草扎起来的，也不结实，轻轻一推或者一拉就开了。按现在的话说，就是一个摆设。门的作用也只是告诉人们，这里是有人家住的。

屋里除了能看到一个水缸，一口锅，几只碗和几样简单的劳动工具外，就几乎么斯都冇的了。

所谓睡觉的"床"就更加简单了。在地面铺上稻草，再垫上一块破布就是床了。夏天还好说，到了冬天，只能用比较软一点的茅草编成垫子和被子，与哥哥们挤在一起才能够勉强睡着觉。

全家人没有一件像样的衣服，大人穿像麻袋一样的破布片，男的细伢子夏天多数是"打赤条"的。

最难过的就是冬天了。

冬天么样过呢？只有一个字——熬！

外面天寒地冻，家里水缸结冰。冻得不行，就蜷缩在那个所谓的"床"上，用"茅草被子"紧紧地裹着，哪里也去不了。

冇的吃的呀！肚子真是饿得不行啊，饥肠辘辘。真是又冷又饿。一天能够喝上一次你奶奶用平时讨要回来的破破烂烂的苕和苕根子（破损的红薯、红薯根）煮的糊糊就不错了。这可是我们家里当时唯一的救命粮食啊。

这就是打我记事起看到的家。

可是在地主老财们屋里，有鱼，有肉，有酒，有饭，有厚厚的棉衣服，每个人脚上都穿着棉鞋，不仅如此，手上还提着火笼子（一种手提炉子，里面烧着木炭）取暖。

看看我们穷人，再看看富人，是不是一个天上、一个地下！

祖上就冇的田地，主要是靠给地主老财家"扛长活"（做长工）或打短工活命。

有时候，我和哥哥们，为了吃上一顿有肉的好饭，就要做很重的体力活才能够吃得上。比如，农忙插秧，要从早上两三点一直干到晚上七八点，天黑得实在看不见了才能收工。而这种农活一干就是十天半个月。

听到这里我才明白，由于长年吃不饱，缺营养，加上出生以后得的那场大病，父亲小时候长得又黄又黑又瘦，个头也小，根本不像一个正常发育成长的伢子。

父亲与其他差不多的穷伢子一样，从四五岁起，就开始帮助家里上山捡柴、打茅草，路边拾牛粪、猪粪，做些力所能及的农活。闲时，与穷人家的伢子一起玩耍。

别看父亲长得又瘦又小，那可是附近几个垮子（自然村的简称）的孩子头。他胆子大、口才好，组织力和号召力蛮强的，其他伢子都愿意听他的招呼。

他平时常常把小伙伴们组织在一起玩"打仗"的游戏。按照年龄、个头、能力进行分组。如果游戏中小伙伴们发生了纠纷或争执，他也能够根据实际情况公平"断案"。伢子们觉得他公平、仗义、有魄力，都自觉地服从他的调遣和"断案"，威信高得很。

父亲告诉我说，他小时候不是那种"守规矩"的男伢子，肚子里的"鬼点子"还特别多。

看到地主、富农家的人天天吃好的、穿好的，还专门欺压老百姓，他心里面就憋着一肚子火。

他问过爷爷奶奶，为么斯他们那么富，穷人这么穷？他们为么斯总是欺负穷人？

大人们对于这些事情，常常只是摇头和叹气，无法回答父亲提出的问题。

其实，这一切还用问吗？父亲心里很清楚，说到底就是因为屋里穷，没有属于自己的田地！

他把这些烦恼和不满，都深深地埋藏在心底。

2

父亲还讲了一个他小时候深夜上山练胆量的故事。

他说，这可是他儿童时代最为得意的一件事情，就是现在想起来都觉得太不可思议了。

那个时候父亲特别淘气，天不怕地不怕，还总想着干些一般人想都想不到的惊天动地的"大事"。

当时的农村还很落后，封建迷信成风，既信佛祖又信鬼神。再加上土匪横行乡村，地主富农、土豪劣绅的家丁更是随意抓人、打人，搅得老百姓成天提心吊胆，不晓得哪一天就会大难临头。

所以，一到太阳落山，家家户户都早早地把堂屋的门紧紧关上。有钱人家还会把门从后面用杠子顶上，用以加固门的承撞强度。

每到这个时候，各家的大人们都会叮嘱自家的伢子不许出门了，并告诫伢子们：天黑下来了，外面有坏人，不安全；小心外面有鬼，碰上了就撞鬼了，魂就会被鬼吸走了；外面有野兽，小心被狼叼走了……这是当时黄安县农村的一个普遍现象，一到晚上，塆子里不论是大人还是孩子，都是不出门的。

可是父亲就是不信这个邪！

他认为这是大人们故意吓唬细伢子编出来的鬼话。

他偏要在晚上出去试一试，看看到底有没有鬼神，野兽到底敢不敢吃人，坏人是个么斯样子的。看看是不是一到晚上，外面就像大人们说的那么恐怖。

对于晚上出门去看一看的事情，父亲想了一些时间，心里总是有一种感觉，如果只是出门去看一看，冇的么斯了不起（意即"没有什么了不起的事情"），更说明不了自己的胆子有几大。要找一个"由头"，使得这件事情不做则已，一旦做了就要惊天动地才行。只有这样，别个（意即"其他人"）才能够服气呀。不然的话，只是到门的外头转一转，别个会说，不就是到门外转了转嘛，冇的么斯了不起嘛，算不了几大的事情。

万一有的男伢子提出，有本事的话就进到大山里去。这不是将了军吗？那样的话太丢人现眼，说来说去的也冇的么斯真本事。

还是要想一个"胆大包天"的法子才行！

一天，父亲与几个小伙伴到塆子附近的大山边上去割茅草。因为山高林密，山上的野兽经常出来伤人。平时冇的么斯特殊的情况，是冇的人敢到山里去的，只是在山边上割草砍柴。

这个情况一下子提醒了他，敢上山就是一件不得了的大事情。要是在晚上敢到山里头去，那一定是惊天动地的新闻。用父亲的红安话说就是"那会吓倒人的"。

他提出了一个惊人的想法——深夜上山练胆子！

决心定下来后，父亲把几个平时最要好的男伢子招呼到一起，告诉他们，准备在夜晚去爬附近最高的一座山，还一定要爬到山顶，问大家敢不敢一起去。

几个男伢子听了父亲的这个大胆的决定后，面面相觑，你看看我，我看看你，没有哪个吭气。

父亲看他们都不作声，就大声说："平时不是都说自己的胆子大得很吗？现在么样连个夜晚上山去看一看都不敢呀？有么斯好怕的？难道真的有鬼神吸魂？野兽有么斯好怕的，它们晚上就不睡觉？我们人多还怕它不成？！"

父亲看他们几个还是不作声，就使劲地又激了他们一下："要是你们不敢去的话，我就自己一个人去，做给你们看看，到时候莫让我瞧不起你们哦。"

这么一说，把几个男伢子给说得不好意思了，纷纷表示："只要你敢去，我们就与你一起去，有几大个事情。"

第二天这件事情就传开了，整个塆子像炸了锅一般的热闹！

要知道在那个年代，龚家冲周边的山上长满了参天大树，密不透风，杂草丛生，山上的野生动物很多，有豹子、狼、野猪、狐狸、毒蛇等。就是大白天上山去，大人们也不敢往深山里走，只在靠近树林附近的山边上打打柴，砍砍茅草。

听说几个八九细（当地方言，指八九岁的年纪）的男伢子，要深夜上山去练胆子，各家的大人们都害怕得很，纷纷在家里训斥自家的伢子。

爷爷问父亲："黑灯瞎火的，不好好在屋里待着，跑到山上去找死啊？！就是要去，你们白天可以去嘛，为么斯非得晚上去？有胆量的话，你们白天能上得山去，就算有本事了，还要晚上去？不要现在逞英雄好汉，到时候成了熊包软蛋。告诉你啊，哪个也不许去！"

其他伢子的屋里也是一样，被百般恐吓、阻拦。

这样一闹腾，把原来准备一起去的几个男伢子给吓唬住了。

可是，父亲是"孩子头"，又是一个"犟筋子"，自己带头提出来的事情，别人可以半途而废，但他却一步也不能退，也无路可退。

怎么办呢？

决心已定，言出必行。

越是大人们不同意的、不让做的，他就越是要做出来给他们看看。而且一定要在晚上走出家门，并按照自己的想法，走到长满了茂密森林的大山上，看看自己到底有没有这个胆子，敢不敢在众人都不敢的情况下，做出最大胆、最勇敢的事情来。

为了能够实现自己"特别大胆的想法"，他表面上服从了爷爷的"管教"，老老实实地在家里安稳了几日，实际上却在暗暗地做着准备。

1910年一个仲夏的夜里，大概是晚上的子时，父亲等家里人都睡熟了以后，悄悄地下了地，拿上砍刀，悄悄地"溜"出了家门，与同样是从家里偷偷跑出来的另一个小伙伴一起，借着月光，毫不犹豫地走出了塆子。

两个人一起来到塆子前面的一个大池塘的边上，看看四下里静静的，心里暗暗地吃惊，不约而同地说道："咦，是么样搞的，谁么斯都冇见到啊，连一个'鬼影子'也冇的。"

父亲说："是么样搞的嘛，不是说有坏人，有鬼神，在哪里啊？"

小伙伴说："就是嘛，谁么斯都冇的，从屋里出来前，我都快吓死了，生怕一出门就撞到了鬼。结果呢，谁么斯也有看到。"

"现在晓得了吧？不能全信大人的话吧。我们只有出来看一看，才能够晓得他们的话是真的还是假的。"

"对呀，这就像我们上山去吃野果子，你不尝一尝，你么样晓得这个野果子能不能吃啊，有冇的毒啊，是个么斯滋味儿呢？"

小伙伴接着又说："我们现在该么样办呢？就这个样子上山吗？还是么样办？如果就这么上山，要是遇到了狼、豹子或者野猪么斯的，我们该么样办呢？是使劲往回跑啊，还是跟它们打呀？"

父亲回答说："我们既然已经说出去了，要夜晚上山。现在是打不得退堂鼓的，也冇的退路了，只有上山一条路。不然的话。整个塆子里都会笑话我们的。会说我们是装英雄、充好汉。结果到了真正要上山的时候，害怕了，当了狗熊。"

"至于碰到野兽该么样办，到时候再说吧。反正现在不是还冇碰到嘛。大人们不是常说，车到山前总是会有路的，总是有法子的。"

"是的是的，现在咱们已经出了屋了，结果又不敢上山去了，那要是让大家晓得了，以后怕是会把牙齿都笑掉的，今后还有哪个人会瞧得起我们呀？"

"所以说，开弓冇的回头箭。既然说出来了。就必须要做到才行。"父亲用非常坚决、肯定的语气回答道。

"好的，好的，豁出去了。咱们上山！"

"塆子里的老人们不是常常挂在嘴上说'君子一言，驷马难追'吗？这次我们下定决心要上山，那我们就一定要上到山顶上去，给他们做出个样子来看看！"

两个人商量好了以后，出了塆子，大踏步地朝着山上走去。他们的目标只有一个，就是一定要实现自己的誓言，哪怕是天塌下来了也要上到山上去。

他们打着赤脚（意即"没有穿鞋子，光着脚"），勇敢地向着深山老林走去。子时，借着满天的星星，明亮的夜光，父亲和小伙伴开始了勇敢而冒险的"上山练胆子"之路。

父亲回忆说，他们走出塆子的时候，一路上冇看到一个人，更冇见到坏人，也冇遇到"鬼神"，除了水塘里青蛙的"呱呱"叫声，和水稻田里秧鸡发出"咕咕、咕咕"的叫声外，四周静悄悄的。就这样走啊走啊，慢慢上了山，走进了黑森森的大森林。开始还有点点小路可以走，走着走着就冇的路了，只有无数的灌木荆棘。深夜的森林里寒气逼人，雾气很大，夜光变得越来越暗。借着微弱的夜光，手里拿着砍刀，摸索着，边走边砍开灌木荆棘，往山的深处慢慢前行。身边不时有山鸡、野兔等动物被惊得乱窜，加上因为心情紧张，在连续挥动手中砍刀的同时，两人全身早已是大汗淋漓。他们身上被树枝、荆棘划开的口子渗出了血，可是也没有觉得疼，边往山上走，边给自己打气鼓劲。"嘿哟、嘿哟，砍呀、砍啊，使劲砍，加油、加油，我看你还敢挡着我的路不？"两个人边砍边喊，互相鼓励着。"山里不是有野兽吗？你来呀，我等着你来！看看老子怕不怕你！我要是怕了就不是英雄好汉！"他们一边砍着灌木和荆棘，一边大声地喊着、叫着、骂着，用这种方式给自己助威壮胆。在砍刀的陪伴下，他们一个劲儿地往山的最高处走去。

"真是邪了门了，狼、豹子、野猪、蛇，你们都到哪里去了？怎么不见你们出来呢？是不是被我们吓住了？"两个人自自言自语地说。

丑时（夜里三点）左右，终于安全地登上了山顶。

此时此刻，父亲和小伙伴激动的心情简直是无法表达了。

父亲提醒说："先不要高兴得太早了，虽然已经到了山顶上，可是么样才能够证明我们上山来了呢？如果别人问起：'你们到底是上了哪个山头？'该么样回答呢？是不是应该用一个么斯东西作个记号呢，到时候也好证实我们已经到了山上，不然的话，要是有人说我们是诳他的，就说不清楚了。"

小伙伴也说："对的对的，真是应该作一个记号。可以把记号作得大一点，明显一点，到时候别个就容易望得见了。"

为了日后向大家证明二人成功地到达了这个山上，他们先用柴刀在树上做了记号。后来，又担心山大林密，今后不容易找到这个地方。于是，二人又在一个可以够得着的树杈上，加放了一块大石头做了记号。作好记号以后，父亲和小伙伴在山上高兴地大声喊着、叫着、跳着、宣泄着！那种激动的心情真的是无法形容啊！似乎是要告诉山下的和塆子里的所有人，他们不仅冲出了大人们束缚的"牢笼"，还战胜了心中的恐惧，克服了有生以来都不曾遇到的困难，终于实现了自己立下的誓言，完成了上山练胆子的"伟大壮举"！

"可以想一想，如果不是么斯特殊的情况，有哪个大人晚上敢到深山老林里来呢？我们才七八细啊，莫得了啊！！"父亲满脸骄傲地对小伙伴说。"就是啊，不信的话，哪个不怕死也可以晚上上山来试一试嘛！"小伙伴连声附和着。

父亲用自己的行动证明了：不要什么事情都听大人的。只要能够克服心中的恐惧，不怕困难，努力向前，就一定能够实现心中的梦想！

两个男伢子在夜晚的山上，尽情地宣泄后，怀着无比激动的心情，按照来时的路线，用最快的速度下了山。

此时此刻，父亲心里只有一个念头——要把他们的"伟大壮举"尽快让全塆子里的人们都晓得，并与所有人一起分享这份喜悦！

两个男伢子昨晚上山的消息，像风一样很快传开了。整个塆子里的大人和伢子们都晓得了。塆子轰动了！沸腾了！到处都可以看到人们交头接耳的场景。大家竖起了大拇指，称赞他们的壮举！

"这两个伢子真是不简单啦，有出息得很！"

"冇想到，小小年纪有这大的胆子！"

"真是奇怪得很啊，到深山老林冇的野兽出来把他们给吃了？难道是有菩萨保佑？"

"看来，我们大人还不及两个细伢子呢！"

就数塆子里的细伢子们最兴奋了。他们觉得，父亲和小伙伴"夜晚上山的壮举"，是全体细伢子们的骄傲！对他们的"壮举"佩服得五体投地，都激动得发表着自己的看法：

"么样？这叫作初生牛犊不怕虎！"

"真是太羡慕他们两个了，可是我还是害怕，不敢晚上到山里去。"

"我本来是要一起去的，可是我屋里的大人不让我去。说是去了要打断我的腿。真是气死人了！"

"还是安伢胆子大、点子多，不信邪。今后还是跟着他干冇出息！"

"今后莫听大人们吓唬人的鬼话，哪里有么斯鬼神，还说鬼神吸魂，吓得我们不敢夜里出门。"

父亲回到家中，爷爷既没有打他，也没有骂他，一反常态地说："不死的个东西回来了？"之后也没有更多的话。只是用手摸了摸父亲的头，眼神里带着一种高兴、一种自豪，自己迈着大步走出了屋里的门。

奶奶的心情却非常复杂。一方面看到父亲小小年纪就敢夜晚到深山老林里去，还能够完毫发无损地回来，并受到了全塆子人的赞扬，心里自然十分高兴，觉得这伢子真是有出息得很；而另一方面，当她看到父亲浑身上下到处是被树枝、荆棘划破的伤口时，又心疼万分。她眼里噙满了泪水，用手轻轻地抚摸着父亲的脑袋说："你这伢子么样这不小心啊，夜晚到山上去不要命了？"就再也说不出话来了。

父亲讲到这里时，对奶奶深深的怀念之情全部溢在脸上。

说奶奶从此以后对父亲更加疼爱，只要见到垮子里的人或者来屋里走动的亲戚朋友，常常对人夸赞父亲，说么斯"安伢是个有出息的伢子，长大了一定是个了不得的人啊。现在小小年纪就敢夜晚到深山老林里去，连野兽都不伤害他啊，这不是菩萨保佑是么斯啊？命大呀！"

不过，父亲在那件事之后回想起来，也还是很有点后怕的。说："万一真是碰到了豹子和狼么样办呢？也不晓得那天晚上是么样一回事，竟然冇遇到，你说是不是怪得很呢？也可能是真的有菩萨在保佑自己吧。"

从此以后，父亲在当地的名气更大了，找他玩的细伢子更多了，他成了名副其实的"孩子王"。

当父亲把他童年的这一传奇故事讲完了之后，用一种询问的眼神和语气问我："如果是你在我那时的年龄，你一个人夜晚敢不敢进深山老林？"

听到父亲的问话，我当时愣了一下，一时间不晓得该么样来回答才好。

如果说敢吧，确实是底气不足；说不敢吧，我已经当了几年兵了，还在基层连队独立执行过比较危险的任务。可是，这个话似乎说不出口，也没有什么说服力。

父亲看我没有吭声，也就没有再继续问下去。

现在，尽管父亲已经去世四十多年了，我觉得还是要回答这个当年没有勇气回答的问题。要老老实实、实事求是地把自己的想法告诉父亲。虽然现在各方面的条件好了，有登山服、登山鞋，有照明设备，遇到紧急情况还有手机可以报警。可即便如此，又有哪个家里的父母敢让自己未成年的孩子深夜去深山老林里呢？就算是敢让孩子去，可是孩子们敢不敢去呢？

假如我现在是一个八九岁的孩子，就算是全副武装，那也除非是遇到了万不得已的情况，才敢在夜晚往深山老林里去。

比如，在战争中遇到敌人追来了，摆在我面前的只有两条路，一条是与敌人拼命，另一条路就是到深山老林里面躲起来。自己年纪太小了，打不赢敌人，在"不跑就来不及了"的情况下，还是要躲到山里去。这个时候上山成了唯一的选择。因为保命要紧嘛。

可要是在平时，假如没有任何紧急情况，自己还是没有勇气一个人深夜去一座长满密密麻麻的大树和满是灌木荆棘的大山，更不晓得如果遇到了野兽，自己该怎么办……

3

自打"练胆子"这件事情以后，奶奶认定父亲是个与众不同的男伢子，是个日后定能成大器的伢子。她晓得，要想伢子有出息，办法只有一个，那就是让父亲上学堂，去读书识字。因为古往今来凡是能做大事的，最后能够出人头地的，都是有文化的人。周围十里八乡许许多多的名人，大都是有文化的人嘛。

奶奶有了这个想法以后，私下里曾经悄悄地问过父亲："安伢，你长大以后想做么事？想不想去上学啊？"

父亲回忆说，长大了准备做么事的事，他当时还有的认真想过。但是，去学堂读书，那可是他一直以来的梦想。平时上山砍柴，或者为地主家放牛时，经常看到附近塆子里的伢子背着书包去上学，心里真是羡慕得不得了啊。可是自己屋里那么穷，人口多，平时连饭都吃不饱，怎么可能有钱读书？父亲只能把想上学读书的想法深深地压在心里，从不敢向屋里提起。现在奶奶问起了，他当然高兴得不得了，开口就说："想！"而且回答得特别快，好像生怕现在不说，上学的机会马上就会消失了一样。

奶奶高兴地笑了笑说："就猜到你想上学！但是，这个事情先不能说出去啊，让德（即妈妈，红安地方语）想想啊，这可是咱们王家几辈子想都不敢想的事情啊！"奶奶认为，王家人为什么一直受穷？为什么没有土地，只能给地主打长工？为什么吃不饱饭？为什么连一件像样的衣服都没有？为什么受欺辱？

这许许多多的"为什么"，其实就是因为没有人识字。

能读书识字的人才能受人尊重，才能做大事情。更重要的是，有了文化才能不再受苦，不再受穷，不再受土豪劣绅的压榨，才能改变命运，才能使王家人有出头之日。

父亲认为，奶奶的思想是老旧的，基本上是"学而优则仕"，以为只要有文化就能够出人头地。

但不管怎么说，奶奶算是把当时的现状看清楚了：一个家里如果没有一个读书识字的人是不行的，也是没有办法改变"穷命"的。家里必须得有人识字。

去学堂的事情，说起来容易做起来难啊。

那是个什么年代呢？清朝末年与闹共和的年代。辛亥革命失败后，清朝当局到处抓革命党，从武汉到黄安县城人心惶惶，普通的老百姓哪里晓得什么辛亥革命，什么"新思想、新文化"，为什么要男剪辫子、女"放小脚"（放小脚：指女子缠足，也称"裹小脚"），到处是一片混乱。

在湖北黄安县农村，还是延续着清王朝的一切旧制度，男人依旧留着长辫子，女人照样裹着小脚。穷苦的广大农民为了吃饱穿暖，还是按照祖祖辈辈的生活方式，仍旧挣扎在水深火热的生命线上。

就是在这样动荡的年代，一个生活在最底层，最普通的贫苦农民家里，甚至连饭都是吃了上顿没有下顿，想让父亲能上学堂，读书识字，简直比登天还要难。

奶奶虽然只是个普普通通的农村"小脚妇女"，没有文化，不识一字，但她的心胸却非常开阔，做事很沉稳，家里的大事小事都是她拿主意，她是家里的主心骨。她一旦下定决心的事情，就是有天大的困难，也毫不退缩，脚踏实地朝着自己认准的事儿去努力。即使是一些看似不可能的事情，她也要去试一试。

为了父亲能够上学堂识字，奶奶开始四处打听县里、乡里和周围的塆子哪里有办私塾的，离家有多远，收不收穷人的伢子，学费收多少钱，或是收多少粮食，是要谷子、大米还是要红薯、花生、鸡蛋……一年能学多少堂课，学些什么，都是什么人家的伢子在读书，先生的人品、脾性怎样……事无巨细，她一定要打听得清清楚楚，以做到心中有数。

父亲在回忆中说，在清朝末年黄安县青少年读书的场所不是很多，主要集中在县城里，也有一些私人办的私塾。而私塾又分好几种：有专为富家子弟聘先生在家里教书的，被称为"坐馆"或"家塾"；也有教书先生私人设馆收费的，被称为"门馆""教馆""书屋"或"私塾"的；还有一种是属于祠堂、庙宇用地租收入或者私人捐款兴办的义塾。

这些私塾所教授的内容也没有统一的标准，有的从《三字经》《百家姓》《千字文》开始。有的则直接教读"四书""五经"和古文……内容五花八门。

富家子弟基本上是在县城里有名望的私塾上学，而且目的也是为了科举考试做准备。

穷人家的孩子多半只能去义塾和穷先生办的家庭式的书屋或私塾学习。所学的课程也比较杂乱，都是教书先生自己定，主要以识字为主。

学习费用的收取，也多以粮、禽、肉、蛋、柴等形式支付，有则多支，无则少支，也可以赊欠，缓支。

龚家冲方圆十几里地没有办私塾的。

奶奶经过认真仔细的打听，最后决定送父亲到离家较近的东上店一个李姓落魄的穷先生办的私塾馆读书。

家里经常连一顿饱饭都吃不上，大人和孩子在冬天每人只有一条破破烂烂的单裤，一家人冻得连门都出不了，哪里有钱去让伢子读书识字呢？

如果让父亲去读书识字，就等于父亲既不能帮家里做活，又要在家里吃饭，还要花钱买笔墨纸张，同时还要给教书先生学习费用……

这些费用从哪里来，又如何筹措呢？家里的生活又如何维持下去？

这些具体问题都需要奶奶进行仔细盘算。否则，家里的生活会更加拮据，甚至根本过不下去。

为了达到让父亲能够读书识字的目的，本来就十分贫困的家里，该怎么办呢？

奶奶经过认真考虑后做了三个决定：一是奶奶自己出门做工。这个决定打破了祖上"家庭主妇不能出门做工"的规定。这样一来，奶奶每天都要从早到晚忙个不停，除了要承担全家人的吃喝杂用外，还要出门为地主富农和有钱人家打杂工，浆洗衣服，烧水做饭，卫生清扫。有时还要替人家照看细伢……二是把家里仅有的几只老母鸡养好，下的鸡蛋全部由奶奶亲自收藏，存在土罐子里，放在她睡觉的床下，没有她的许可谁也不许动一个。三是要求父亲从今往后不能总是想着与小伙伴玩耍，要利用一切时间，上山去砍柴，不光要把家里用的柴备好，还要砍拾更多的柴，让爷爷挑到集市上卖掉，换取一点零用钱。

总之，要想尽一切办法，精打细算，省吃俭用，慢慢地积攒父亲的学习费用。

在全家人的努力下，父亲终于在十岁那年走进了私塾学堂，与其他穷孩子一起，开始了梦寐以求的读书识字。

父亲非常珍惜这来之不易的学习机会。每天早上都是早早地起来，先帮助奶奶把家里的活忙完，然后才跑着去私塾学习。断断续续地学了近两年。

教书先生教了《三字经》和《百家姓》，父亲总算是学会识字、写字，成了王家祖祖辈辈的第一个"文化人"。

在清末民初那个大动荡的年代，在中国最贫穷的大别山区，在反动政府、军阀和土豪劣绅的重重剥削、压迫之下，全家人在吃不饱、穿不暖的极度贫困之中，奶奶仍然勒紧裤腰带，咬着牙，坚持让父亲读了两年私塾，真的是非常不容易啊！

父亲说，在周边的垮子里，在与他差不多的穷孩子里，只有他一个人上了学堂，自己算是个幸运儿了！

他语重心长地对我说："我这一辈子都非常感激你的奶奶。因为，没有你奶奶坚持让我上学读书识字，没有你奶奶艰辛的付出，这一切都是不可能实现的啊！"

第二章

穷人的出路

1

父亲的私塾学习，大约在 12 岁那年结束了。

奶奶生了叔叔，无法外出打工挣钱了，家里又多了一张吃饭的嘴。

全家商量，决定把父亲送到县城一个陈姓家族的染坊做学徒。一来可以减轻家里的生活负担；二来父亲已经渐渐长大成人，希望他到外面去闯一闯，争取能够彻底改变王家祖祖辈辈当农民的现状，也不辜负全家人供他读书识字的初衷。

临行前，奶奶把父亲叫到跟前，拉着他的手说："安伢，你已经十二细了，长大了，也该为屋里分担一些了。你是屋里第一个读书识字的，应该比不识字的男伢子更懂事、更有出息才行。现在把你一个人送到县城去做学徒，去了以后一定要守规矩，明事理，少说话，多做事。要自己学会照顾自己，莫让屋里人为你操心。县城很大，各种各样的人都有，么斯事情都有可能发生，所以你要管好自己，不能惹是生非。要与人为善，多向年长的工友学习。老话说得好，在家靠父母，在外靠朋友。

凡是比你去得早的，都应该作为你的师父、师兄去尊重他们，从他们身上学习做事的本领和做人的道理。比你去得晚的，都要把他们当作你的兄弟，要友好互助，多关心、帮助他们。

一个人一生的路很长很长，需要学习的知识也很多很多。所以，今后不管学么斯、做么事，都要有长性，都要努力地去学习。要多动脑子、多用心，争取多学一点本事。'技多不压身'啊。只有把手艺学到手了，有了真本事了，才能受人尊敬，才能成家立业，养家糊口。学徒中，要能够吃苦，不怕吃苦。老话说'吃得苦中苦，方为人上人'，苦是最能磨炼人的，只要能吃得了苦，就没有学不会的手艺。还要学会听话，不要犟脾气一来就不管不顾，这样容易得罪人，不讨人喜欢。"

奶奶在父亲临行前说的这些看似简简单单的家常话，却成了父亲一生中的座右铭，不论是做学徒，还是后来走上革命道路，这些话都一直牢牢地记在父亲心中，而且受益终身。

父亲在这家染坊做了三年多的学徒。

去的时候虽然已经有 12 岁了，可是看上去却不到 10 岁的样子，瘦得皮包骨头。身上的衣服就像是披了几片破粗布，粗布上还到处是洞，只能勉强遮体。脚上穿的是一双大人们穿破了的、带点布的草鞋子。染坊的老板娘听说来了一个做学徒的小伢子，过来看了看说："唉，这个伢子么样这么一点点小啊，不是说有十二细吗？个头太小了嘛！怕是十细都不到吧。"

看到老板娘有点不太想收的意思后，爷爷连忙把话接过来说："年龄冇的错，长得是小了一点，但是这个伢子机灵得很，又读过几天书，会识字，很听话，再长长就好了。"

就这样，父亲总算是被厂里勉强收了下来，开始了做学徒工的生活。

父亲做学徒后的第一份工作，是负责把染坊浆洗、印染布的所有用水挑回来。那个年代不要说没有自来水，自来水这个词很多人连听都没有听说过。染布用水只能从河里去担。

当学徒是要吃苦的，对这一点父亲早有思想准备。但是，当厂子里的老板交给他一对又粗又大的水桶的时候，父亲的心里还是产生了强烈的震撼。先不要说这一担水的重量自己是否能够担得起来，就是一米五几的个头，把这个担子往肩膀上一放，那个水桶基本上距离地面也就不到一个拳头了。

看到这种情况，父亲那天生的倔强和从小就养成的天不怕、地不怕的野性，一瞬间就在心里爆发了。一股热血直冲他的脑壳。他差一点就要把他最解气的脏话骂出去。

就在这个时候，他的脑子里突然闪现了奶奶临行前对他嘱咐的话语——"人在屋檐下，不得不低头。凡是有想不通的事情，不要由着性子来。"

奶奶的话像一道阳光，点醒了父亲充满愤怒、激动的头脑。他默默地接过扁担，第一次用理智把一腔怒火，以及浮躁、狂跳的心按捺了下来。不过，他在心里还是狠狠地骂了一句："狗日的，也不弄个差不多大的木桶，你要把老子累死啊！"

原来，父亲满以为工厂的老板会看他长得瘦小，让他干一些力所能及的工作。万万没有想到，不仅没有，哪怕是一丁点的怜悯和照顾，父亲都没有享受到，甚至被安排的活也完全超出了自己身体当时的承受能力。是要用他十二细的肩膀，挑一对大水桶担水，来负责全厂印染布的用水！

气归气，骂归骂，静下来后想一想，做学徒的还能有么斯选择呢？先干着再说吧。

那个时候，父亲在农村还没有干过这么重的体力劳动，平时主要是割草，捡拾牛、羊、猪粪，砍柴，担柴最重的时候也没有超过五六十斤。

现在可好，不仅要担成年人担的担子，还要负责厂子印染布的全部水。

每天早上五点起床，先干活，到八九点才可以有早饭吃。晚上也要干到天完全黑下来才能收工。

有时来了急活，厂子里就要工人们连夜加班地工作。渴了，到存水的大缸里瓢上一碗水；饿了，不到吃饭的时间就只能硬撑着，还不能偷懒，不然，老板发现了，轻则不给饭吃，重则学徒工就会被开除，普通工人要被扣工钱。

什么叫作剥削？什么叫作没有人性？什么是没有尊严？

没有经历过这种生活的人是无法回答这个问题的。更体会不到在旧中国，社会最底层的老百姓所过的生活会给他们带来一个什么样的人生烙印，以及他们的内心深处最最渴望的要求是什么？

那个年代，不管你是在农村给地主老财家扛活种地，还是在城里为工厂的老板做工当学徒，老百姓的人生遭遇基本上都是一样的。

这个看法，是父亲到厂子里之后不久产生的，而且从此以后，就深深地印在了他的脑子里面。

如果说，谁偶然遇到一个稍稍讲一点人情的老板，把你当作人来看待，那你就是烧了高香啦，遇到"菩萨"了。但是，又有几个人能够遇到这种好事情呢？恐怕绝大多数人是没有这种福气的，也遇不到这样好的"菩萨"的。

父亲对他这一段经历是这样描述的："我去这个厂的时候年龄不大，十二三细，个子矮小、很瘦，哪里像你们现在，在十二三细能长到一米七五的个子了。"

为么斯我的个子长得矮小，到了发育的年龄长得跟个细伢子样，这个原因我不说你们也晓得的。哪个穷人屋里的伢子能够吃饱饭？冇得饿死已经是万幸了。

工厂老板对工人的剥削和压迫是不讲任何道理的。不管你是成年人，还是未成年的细伢子，反正都是来给他干活的。是来学手艺、找饭吃、谋出路的。一句话，都是来求他的。

既然是你们来求我，我当然就要"好好地"使用你们，让你们尽最大能力为厂子卖命。至于你们身体受不受得了，那是你们自己的事情。如果有了病，可以歇个几日，但是要扣工钱的。还要把你这几日耽误的工作和吃的饭，统统记账，到时候一起从工钱中扣出来。当然了，你想干就干，不想干可以走，也冇的哪个人拦着。工人们在老板眼里，跟使用牲口冇的么斯两样的。唯一不同的是，牲口是四条腿，不能说话，只能埋头干活。

来厂子里做工的，都是穷人家的伢子。来的时间长的，做些细活。来的时间短的和新来的，厂子里往往给你安排做粗活、重活、脏活、累活。

只要进了厂子里，一切都是老板说了算。规矩都是老板自己定的，要在这里干，就是这个样子。受不了，不想干，那就滚蛋！

工人们要想在工厂做下去，只能按照他定的规矩办。干得不好、不合老板的心意也不行。老板可以随时让你滚蛋，冇的么斯道理可讲。如果非要讲个理的话，老板会阴笑着告诉你：谁让你是个穷鬼呢？你要是个有钱人，也可以开厂子嘛！别人一样要给你当学徒、做苦力。你可以让他做最苦的活、最下贱的工作。这是天经地义的，到哪里都是一样的。

这一切，就是那个年代、那个黑暗的旧社会，给我们天下所有的劳苦大众定下来的规矩和道理吧。

说到这里，你们就明白了，为么斯我们穷苦的老百姓要起来造反，要革他们的命？那真是冇的活路嘛！

在乡下被地主老财、土豪劣绅欺辱、压迫、剥削；到了县城做工，又被老板欺辱、压迫、剥削。既然到哪里去都是一样的，那我们这些泥腿子、穷苦力的活路在哪里呢？像这样卖命打工挣钱，我们老百姓要到哪天才能够吃上饱饭，冬天才能够穿上暖和的衣服呢？

类似这样的问题，在父亲的心里积压得越来越多。父亲十分气愤，又十分无奈。

为了学习手艺，为了不辜负爷爷奶奶对他寄予的厚望，一切都还要听天由命。就是遇到有天大的委屈，再多的无奈，也要咬着牙挺下去。父亲回忆当时在染坊做学徒的情景：

那个时候到处的厂子都是一样的。不管你是工人还是学徒工，既没有社会地位，更没有任何做人的尊严可言。老板和工长可以随意打我们，骂我们，剥削我们。更不要说经常吃不饱饭，加班加点干活也不给任何补偿、报酬，那真是把我们当作一个会说话的机器使用，与牲畜有的么斯两样啊。

我那时候就是在这样的环境中，做工、付出、挣扎，用汗水、血水、泪水来换取学习手艺的机会，换取简陋的住所和填饱肚子的食物。

在做学徒的最初一两年，主要的工作就是到河里去担水，用担回来的水洗布和染布。一年四季，无论是酷热的夏天，还是寒冷的冬季，往往复复，天天如此。冇的一天停歇。

去厂子时，穿的是一双大人们穿破后丢弃的、上面带有一点布的草孩子（当地方言，指用草编织的鞋子），这是你们的爷爷当时为了我到厂子去面试的时候，不至于让人瞧不起而专门捡回来，又经过奶奶细心缝补后给我穿上的。穿这样的一双"草孩子"装装面子是可以的，可要是穿着去担水就不行了。那么样办啊？只有脱了装面子的草孩子，打赤脚（当地方言，意即"光着脚"）去担水。

听到这里，我突然问了一个父亲没有想到的问题："厂子里的其他人都没有鞋子穿吗？难道都是光着脚干活吗？"

我的问话打断了父亲的思路，他停了下来，用不悦的眼神看了看我，叹了一口气说："你们这些孩子真是生活在新社会，对过去旧社会广大的劳动人民受的苦，你们是一点也不晓得啊。看来，你们确实需要经常进行"忆苦思甜"的教育才行啊。

"你可以想想，清末民初那个年代，凡是到厂子里做工的，有富家子弟吗？冇的嘛！又苦又累又脏的活，只有咱们穷人家里的伢子、后生来做，都是出来找出路、找饭吃的穷人家的子弟，穷得衣不遮体、食不果腹的。这些人哪里有钱去买孩子（意即'买鞋子'）？冇的孩子穿嘛。就是有，顶多是个草孩子。但是不到冬天，哪个也不舍得穿，要穿也一定是到了最冷的季节才拿出来穿啊。

"为么斯这么说呢？一般的细伢子哪个会打草孩子，再说打草孩子还需要结实的、耐磨的草啊，不是随随便便么斯草都可以的。

"担水这样的活，靠的就是一双脚，再加上两个肩膀。老板是不会把你孩子穿的（当地方言，意即给你鞋子的）。有的孩子，一年到头，春、夏、秋、冬，天天光着脚从厂子里到河边，再从河边到厂子里，往返担水，你可以想想，那吃的是个么样子的苦，遭的是个么样子的罪啊！

"春、秋季节，脚要好受一点，可是一到了冬天，大别山区刮起来凛冽的寒风，像刀子一样刺进人的骨头里面了。河岸边的水都结了冰凌子，大地被冻得硬邦邦的。早上五六点钟，从床上起来，把热乎乎的脚往地上一放，那股子凉气呀，一哈子（当地方言，意即'一下子'）就扎进了心里，冻得人当时就跳了起来。你想想看，那是一个么样子的感觉啊（当地方言，意即什么样的感觉）！

"当走出睡觉的"屋子"后，担起水桶，走不了几步，就觉得一阵钻心的疼痛又向脚上袭来。低头看去，前一天因担水，脚上曾被冻开而刚刚愈合的口子，又炸裂开了。

"可怜我的这一双脚哟，既要承受冰冻的大地带来的刺骨的寒冷，还要忍受着脚上被冻得炸裂开的、一个一个的血口子的疼痛。血口子向外慢慢渗出血水，一点儿一点儿地顺着双脚，印在担水的路上。

"脚慢慢被冻得麻木，直到没有任何知觉。脚上的血口子渗出的血水，一会儿凝固，一会儿再渗出血水。一天天，一月月，周而复始。一直要延续到来年的春暖花开。

"当路上的行人忽然看到我担着两只大大的水桶，在路上摇摇晃晃地来回担水的时候，有的人嘴里发出'啧啧'的叹息声，有的人则小声说：'这么一点儿的细伢子，这么冷的天还打着'赤脚'担水，真是太造耶（当地方言，意即'太可怜了'）了！'"

父亲在每天担水的路上，不仅经常听到路上的行人对他的遭遇所发出的同情的唏嘘声、叹息声，同时也从人们的眼睛里看到了那流露出来的怜悯的目光。

父亲受到了强烈的刺激，心里难过。他经常问自己："我的命为么斯这么苦啊！老天爷对我么样这样不公平呢！"

这就是父亲离开家庭的护佑，步入社会的第一堂阶级教育课。

这样的事情天天在继续，这样的问题天天让父亲自问。久而久之，父亲的心里渐渐产生了对这个世道的不满和恨。而这种感觉，随着时间的推移，又给他注入了一种莫名的力量。这力量有时像一把火，有时像一阵风，有时又像是一阵雷，经常在胸中来回冲撞，好像随时都有可能冲出自己的胸膛！

父亲专门提到刚到染坊没多久后所发生的一件事。就是这件事发生之后，父亲才开始了从真正意义上走进了社会，开始了解社会，认识社会。这或许也是他最终选择走上革命道路的起因。

父亲很认真地回忆了这一天发生的令他永生难忘的事情：

一天早上，大概五点多，父亲早上没有起得来床，睡过了钟点，被厂里的老板发现了。老板二话不说，提着棍子进门就打，打得父亲浑身青一块紫一块。

老板边打边骂，说父亲是故意偷懒不起来，就晓得吃，干不了回家去。还恶狠狠地说："黄安城三条腿的蛤蟆找不到，两条腿的人有的是！要是想舒服睡觉就回家去睡！"如果再被发现，就让父亲滚蛋。

这还不算，父亲还被罚一天不能吃饭。

为了能够在染坊继续做工，父亲承受着肉体上和心灵上的巨大痛苦，在心里回忆着奶奶在他临行前嘱咐的话语。

此时此刻，他紧咬着牙齿，一句话不说，也没有掉一滴眼泪，反复告诫自己，一定要忍住、忍住。

他摸着被打肿的胳膊和肩膀，默默地拿起扁担和水桶。几个好心的工友知道父亲的性格耿直，小小年纪就要与成年人一样干这么重的体力活，已经很不容易了，偶尔没有起得来床，提醒一下也就可以了。对一个孩子又打又骂，还处罚不给饭吃，的确太过分了，工友们都担心父亲受不了这个气，会做出什么出格的事情来。

年长的工友们为了保护和帮助父亲，边干活边与父亲说话聊天，以缓解他的情绪。有的工友悄悄地塞给他两个红薯；有的工友让父亲一定要忍住，千万不能使性子，不然会被开除的；有的工友告诉他，现在没有说理的地方，只能忍气吞声；还有的说忍几年吧，等以后出了师，就再也不用受老板的气了……总之一句话，就是让父亲"忍"，千万不要与老板对着干或者带着情绪干活，一旦被老板发现了，是会吃亏的，学徒的工作也会丢掉的。

工友们关爱和贴心的话语，让父亲感到无比温暖，他从心底感激他们。这是父亲从离开家进入社会后第一次被感动。这是同在一个小小染坊的工友们给予他的感动。工友们在同一个屋子里休息睡觉，在同一口锅里吃饭，没有贫富差距，没有高低贵贱之分，只有团结互助。

父亲看到，穷苦人都是生活在社会最底层的人，与他们在一起才真真切切地感受到有一种说不出的力量，有一种安全感，有一种大家庭的感觉。

这件事发生后，父亲真正开始了对这个社会的认识。

什么"天底下老板的做法都是一样的，把工人、学徒不当人，想打就打，想骂就骂，到哪里去讲理；什么有钱人、穷苦人、做官的、泥腿子、穷苦力"；什么"天下老鸦一般黑"……这些从来不曾听到过的新鲜词句，似懂非懂的、一股脑儿地都深深地刻入了他的心里。

他曾反复问自己：这么卖命地干活，一次睡过了就这样打我、骂我，还不给我饭吃，我难道不是人吗？为什么老板的心这么狠，打我比打猪、打狗还要狠？！这一切都是为什么？！

可是，那个年代哪里有给你讲理的地方？在染坊，老板说的话就是"理"，而且是"天大的理"。做学徒的、打工的再有理，也没有用，也是无理。一切只能听从老板的。老板的一句话："能干得了就干，干不了就滚蛋"像一把无形的利刃，天天悬在脑壳上。"忍字心上一把刀"啊！没有么斯办法。只有一个字——忍。

父亲把所有的痛苦和无奈全部压在心底。他多么希望现在能够见到母亲，把自己到染坊以后所遇到的一切向她诉说，让她告诉自己，染坊里所发生的一切是怎么回事。老板的做法是不是"天理"，自己应该怎样办？

父亲也知道，家里把自己送到这里，就是来学习做人、做事，就是要学会在社会上安身立命。不仅要学徒出师，今后还要能够养家糊口，还要为王家挣出一口气来。如果现在连这么一点点委屈和痛苦都无法忍受，那今后还怎么能够做成大事呢？

父亲把这些事情都想明白了以后，心里反而慢慢平静了下来。安慰自己，忍吧，不忍的话，就只有被老板开除回家了。

为了不再发生这样的事情，父亲让工友们今后早上起床一定要把他叫醒，不起来的话，拖也要把他拖起来，一定不能再睡过了。

思想上通了，心里也就不再闹别扭了。反而觉得做学徒是自己愿意来的，是走出家门的第一步。不能像在垮子里，在父母、亲戚或者朋友面前，不管遇到什么事情都可以讲讲理的，可以说说谁对谁错的，可以叫叫苦、叫叫累、叫叫屈，可以由着自己的性子来。

现在既然出来做事情，首先要学会生存，学会"在家靠父母，在外靠朋友"，学会把自己照顾好。争取早日学成出师，早日成家立业。

当学徒虽然很苦、很累，还要经常受气、受处罚，可不管怎么说，吃的饭比在家里强一点，尽管饭菜都是最普通的菜粥、红苕、咸菜，但基本上是可以吃饱的，不用再饿肚了。学徒期间虽然没有工钱，但是可以学到印染的手艺。

对于当学徒的什么生活条件，父亲当时没有想很多，他心里只有一个最简单的想法，只要管吃、管住就行。等以后有了手艺，出师了，就能挣钱接济家里，就能吃饱饭，就能有衣穿，无论春夏秋冬，再也不用打赤脚了。

父亲在印染厂几年的学徒生活中，记忆最深的就是见广了（意即"见到了大世面"），像是一只一直待在井底的青蛙忽然来到了井面上，发现天地竟然这么大，不管你是左看还是右看，往上看还是往下看，永远都看不尽、看不全。犹如有一个很强大的吸引力，让你永远地想看下去，想探知这个世上一切未知之事。尤其是对于一个初出农村的小孩子而言，给他的视觉、听觉、思想，以及他的行为带来的冲击更是巨大和震撼！这一切事情的发生，给一个还处于启蒙阶段的少年无限的遐想和渴望。让他渴望了解外面的世界，渴望能解开自己心中许许多多无法解答的问题和困惑。

随着时间的推移，父亲在逐渐成长。他带着这许多的困惑与不解，用自己的视觉、听觉、感觉，用自己的人生经历，开始了属于他自己的观察与思考。他时常在心里自问：为什么人与人之间的差别这么大？富人为什么富？穷人为什么穷？为什么穷人拼死拼活地干，到头来还是穷人？老板为什么可以随意打骂学徒和工人？自己今后的一生究竟是什么样子的，是不是也与这些工友们一样永远受穷？自己是不是永远无法实现母亲寄予的希望？

父亲把这许许多多的"为什么"，全部深深地埋在心底，既没有问人，也没有告诉别人。

2

父亲在染坊的几年中，说他有一个受益终身的收获——学习了一种叫崩拳的武术，和舞枪弄棒的本事。

父亲在回忆中非常认真地告诉我："因为有了这个本事，对以后参加革命后的帮助真是太大了！有多少次遭遇了敌人的抓捕，每次都能用学的武功化险为夷、死里逃生；多次在战斗中负伤，由于身体素质好，每次都能很快恢复如初；在长征中，三爬雪山，三过草地，在完全断粮的几十天里，吃皮带、树皮、草根，还要天天与围追堵截的敌人进行殊死战斗而能够坚持下来，靠的就是有一个强壮的身体。

当然，我现在说么斯'化险为夷、死里逃生、殊死搏斗、千钧一发、铁打的身体'……这些词句，可能你们都感觉不到，或者根本无法体会到其中的真正含义。所以，我会用几次与敌斗争的实际情况告诉你们，到那个时候，你们就晓得对敌斗争到底是么样一回事情了。我冇的么斯文化，回忆这些往事，也没有会讲故事的人那样，绘声绘色地向你们描述，只能用朴实的语言原原本本地说给你们。其实，真实情况的激烈、惊险、残酷，用语言都无法表达清楚，它完全超出了你们的想象。"

父亲说能够学习武术，纯属偶然。这是到县城染坊做学徒半年之后的事情了。

有一天，厂子里给了他半天的休息，他跟随一个同样休息的年长的工友，到县城的街上去随便转转，用当地的话说，就是"土包子进城看看洋景儿"。这是父亲从小到大第一次来到黄安县城的街道上。那时候，黄安县城的街道很窄，街道两边是一个接着一个的店铺，由于正好赶上了集市，街上热闹得很。父亲因为是第一次上街，所以还不适应这样的场景。脑袋瓜子里面告诉自己，什么都看一看，可是眼睛却看不过来了，或者说根本就不够用了。看的是眼花缭乱，脑瓜子发昏。耳朵里面充满了大人小孩、男人女人等各种各样的说话声、喊叫声，再加上店铺的招呼声和吆喝声，他觉得县城的街道太闹腾了，完全无法适应这样热闹的场面，就紧紧地拉着工友的手挤出人群，往街道人少一点的地方快步走去。当他们好不容易从喧闹的街上挤出来以后，才发现两人的衣服湿透了。真没有想到县城里有这么多的人，这么多店铺，吃的、喝的、用的，要什么有什么，比龚家冲塆子不晓得强到哪里去了！正在说话间，他们忽然发现在县城街道延伸的小路尽头，围着不少男伢子和后生，远远地看见是一个舞枪弄棒的中年人在教授两个年轻的后生学习拳脚功夫。

父亲一下子被吸引了过去。他利用自己身材瘦小的优势，从大人们的缝隙中钻入了人群，目不转睛地看起来。一直看到中年人收摊，工友催促他该回去了，他才恋恋不舍地往回走。

这一路上，他向年长的工友不停地打听："这是么斯拳啊？怎么这么厉害呀？要是学会了，一个人能打几个人啊？我能不能学啊？学会了是不是也能像他那样厉害……"工友告诉他，不知道这是么斯拳法，因为可以防身强体，当地有不少男伢子和后生们在练功习武。

父亲回去后，兴奋得一晚上睡不着，眼前反复出现的全部是白天看到的练功师傅教授武功的情景。父亲想，既然在县城里有人教授武功，而且这个地方距离厂子不是太远，为什么不去学习呢？没有钱交学费，偷偷地学也可以呀。找个时间，去问问这个师傅，能不能不花钱收他做徒弟……

关于学练武功的问题一个接着一个地出现在他的脑子里，他整整一个晚上辗转反侧，兴奋不已。越想越觉得这个事情对自己太重要了，越想越觉得自己一定要实现练武功的梦想。

父亲是个急性子，一旦想好了的事情就要立刻付诸行动。他暗暗地下了决心，就是有天大的困难，也一定要学习武功。这样，自己长大了就可以成为一个路见不平拔刀相助的英雄好汉！

第二天晌午，他用午饭后短暂的休息时间，撒了一个谎，说是肚子痛，要上茅房。第一次"大胆地"违反了厂子规定，悄悄地溜出了染坊。一出了厂子，看看没有被人察觉，他就用自己平生最快的速度，撒开腿跑到中年人摆场子教授武功的地方。由于跑得快，加上有的停，心里又紧张，父亲浑身上下都是汗。人还没有站稳当，就迫不及待地提出要拜师学习拳脚功夫的要求。

那个中年人上下打量了一下这个大口喘着粗气的男伢子，也没有多的话，只问了一句话："学这个蛮苦的，怕不怕哦？"父亲生怕错过了这个千载难逢的机会，立刻回答道："有么斯好怕的嘛！"

中年人看到父亲的态度很坚决，就告诉他说："今天先教你一个最简单的'马步站桩'，你按我说的先回去练上泡把天（当地方言，指十几天），到时候我看看你练得么样，才能决定收不收你这个人。"父亲一听，高兴得一个劲儿地点头，急忙答应道："要的、要的、要的！"并迅速给这个中年人深深地鞠了一个躬。因为担心出来时间长了被厂子发现，他连句谢谢的话都没有说，急忙转过身子就往回跑。结果，连这个中年师傅姓什么也没有来得及问一声。

父亲万万没有想到，这事这么顺利，他兴奋得不得了，心里想，不就是个"马步站桩"嘛，有么斯难的，还要练么斯"泡把天"？是不是说得有点吓唬人？

父亲那股不信邪的劲头又上来了。他在心里告诉自己：一定要好好练一练，争取三天练好"马步站桩"，到时候把他瞧一瞧。

3

从这个时候起，父亲开始走上了习武之路。

他按照中年人说的方法、要求和要领，利用工作之余的空暇时间，只要一有空，哪怕是三五分钟的工夫，也要按要求练一下马步站桩。父亲当时的个头瘦小，无论在哪里练习站桩，都不起眼，谁也没有觉得有个人杵着练习站桩。晾晒染布的场地上到处是横七竖八挂着染布的架子，确实给父亲创造了一个天然的练功环境。父亲笑着说，这可能就是老天爷的特别关照吧。

刚开始练的时候觉得蛮好玩的，不累人。也许就像是老话说的那样：练功习武最好要从细伢子开始吧。

当时父亲虽然已经十二三岁，可是人长得又瘦又小，体重也轻，身体还没有像正常人一样发育起来，所以开始练站桩的时候，也没有觉得有什么难的。不像成年人，站上两分钟就累得呼哧带喘，上气不接下气，蛮辛苦的。

"小伢子嘛，轻手利脚，细胳膊细腿的，站在那里练习的感觉是浑身轻飘飘的，这里也不酸，那里也不痛。站上一袋烟的工夫也无所谓。他甚至怀疑这个师父的话是不是有点言过其实了。

一两天过去了，身上还冇觉得有么斯感觉。到了第三天，慢慢地就开始有感觉了，也觉得累了。胳膊、大腿开始酸胀和疼痛。再后来不光是觉得酸胀、疼痛，还越来越觉得累，并且越来越觉得站桩枯燥无味。

有时候觉得站在那里简直像个苕一样（当地方言，意即"像个傻子一样"），用工友们的话说，就是'杵在那里一动不动，又不作声、又不作气，苕里苕气的。'不仅如此，有时候练完马步站桩后，腿像筛糠一样抖得厉害，走路都走不好了。最要命的是，上茅房解大手，腿酸、腿抖得蹲不下。一旦蹲下去了，再要起来，大腿就更不听使唤了。硬是要手脚并用才站得起来。那个滋味真是不好受啊！"父亲笑着回忆刚开始学习练功时的情景。

也就是在这个阶段，父亲心里非常矛盾，而且他脑子里经常想一个问题：怎么学个武功这么麻烦，这么累？为什么非要把这个马步站桩练好了，师父才能接受自己呢？为什么不能直接学习拳脚功夫呢？真是太耽误工夫了。

父亲心里开始有点动摇了。可是又舍不得就这样放弃。这毕竟是好不容易才争取来的机会啊！再说，那个年代，许许多多的青年人都在学练武功。难道他们练功就不苦、不累吗？他们为什么就能坚持下去呢？

在这段犹犹豫豫的日子里，父亲每天只要一练站桩，就开始作思想斗争。父亲想到自己对师父拍着胸脯说过的不怕吃苦的话，如今，怎么能够说话不算数呢？这时候坚持练下去的思想就占了上风。当有时觉得练功实在太枯燥，又累得不行了的时候，不想练下去的想法又占了上风。

父亲每天在练与不练的思想斗争中左右摇摆。这对于一个十二三岁的少年来说，真的是一种痛苦的煎熬。

练习站桩的时间一长，工友们发现父亲总是站着练一个动作，都很奇怪，问他这是做什么，为什么要站在那里一动不动。有个年轻一点的工友在旁边打趣说："就这么站个桩，叫个么斯武功啊？有个莫用？真是耽搁工夫，不如直接学习动作，练好了动作就行了吧。"

也有的工友对父亲说："要是真的想学成武功，还是要按照那个师父的要求，先练好站桩，为今后习武打下基础，不能遇到一点困难就打退堂鼓。身上有点酸痛怕个什么啊？天底下还冇听说过舒舒服服就能练好的功夫。就是干活时间长了还有个腰酸腿疼的，别说是练功夫了。"

父亲在工友们各种各样的议论中，在自己矛盾心理的煎熬中，坚持练了20

天左右。

有一天早上起来，父亲突然觉得自己的腿似乎轻松而且有劲了，腿好像还比以前粗壮了不少。

过去这些天，既要保障厂子的染布用水，还要利用休息时间练习站桩，经常处于全身疲劳、肌肉酸胀之中。而今天，这些不舒服的感觉，好像一哈子都消失了。"哎呀！这腿上是长肌肉了嘛！"父亲一边自言自语地说着，一边激动地用手摸着、拍着自己的大腿。

这一刻，他都不知道应该感谢自己这些天来的坚持，还是应该感谢自己长了肌肉的大腿。总之他是完全沉浸在惊喜之中了。这个小小的惊喜，真是有点像什么"雨露滋润禾苗壮"，父亲整个人一下子变得兴奋、激动、精神起来了。一扫20天来的苦闷、烦恼，心里豁然开朗。

当年的这个情形，虽然已经过去了几十年了，可是父亲回想起来依然记忆犹新！

父亲高兴得不得了。按照现在的说法，就是有了一点成就感。20天来，练习站桩的坚持，总算是有了一点成绩。最重要的是，这些日子一直困扰自己的"犹豫不决、信心不足"的问题，在父亲自己的坚持和努力下，已经有了明确的答案。

看似简简单单的站桩，能不能耐得住枯燥、寂寞；在工作、练功同时兼顾，身体极度疲劳、全身酸痛难忍的时候，能不能坚持不懈，直至取得成功，说明了一个道理——刀子不磨不快，毅力是磨炼出来的。

磨炼，说起来容易，做起来难。

习武，不仅练身体，最主要的是通过练功来打磨人的思想、意志、品行。这也是一切习武之人需要打牢的根基。思想上的问题一旦解决，继续练下去的信心自然是增强了不少。"不信邪"的劲头又重新从心里冒了出来，坚持练下去的决心，终于彻底占了上风。也就是到这个时候，父亲才终于明白了教武功的师父的苦心。

教授武功的程师父仔细询问了父亲这些天来的练功情况，看到父亲的进步，当即就答应收下父亲这个学徒工。父亲从此跟着程师父开始了练功习武，一学就是四年多。除了染坊的工作不能够有任何耽搁外，就是苦练基本功。

"没有扎扎实实的基本功，就像水中的浮萍一样，是学不出来的。其实学几个动作看起来很简单，可是要真正领会其中的要领，并能根据不同情况灵活运用，靠的就是扎实的功底。所以，程师父在基本功的练习上要求很严、很具体。

苦练，也有的哪个人督促你，就是看你自己想不想练，怕不怕苦，自己对自己下不下得了狠心。练掌力，一次至少需要练空推掌 300—1000 下。每天练到手上的力气全部耗尽，手发抖，吃饭拿着筷子都夹不住菜；练马步站桩加双手出拳，一次至少两个小时。

练了四年多的武功，回过头来想想，真正难练的还是基本功。再后来，程师父看我的基本功差不多了，又开始教授我练轻功。

练轻功不光是苦，而且很难练成功。按照练功人的说法，轻功一般只有细伢子才能练出来，也就是说，轻功练的是童子功，过了 20 岁的人，再怎么练也是练不出来的。

我那个时候在年龄上是有点大了，有的么斯优势。程师父让我练轻功的原因，大概是看到我的基本功已经比较扎实了，又不怕吃苦，悟性较好，身体还有的发育成熟，有练成的可能。

所以说，要是学习轻功，首要是有一个好的身体条件；其次才是苦练。"

"轻功练成了以后，是个么样子啊？""么样跟你说呢？电影里的轻功是不是特别好看啊？"父亲看着问我。我点点头。

"但是，那个情况不太真实，看起来有点神乎其神，实际上也不是那个样子的，如果真是那个样子我看就是神仙了，就成了孙悟空啦。

"轻功不是让你的体重变轻，而是提高人的奔跑、跳跃和闪展腾挪的能力。练习轻功需要身体的协调性，如果天生协调性好，也就是有天赋，练起来就非常快。同时还需要加强身体各个部位的力量练习，如肩部、臀部、背部、腹部、腿部，只有全身的力量都非常强了，才能够真正实现自己的轻功愿望。

"当然，在做轻功的一些比较难的动作时候，还是需要胆量和勇气的。平时你就是练得再好，关键时候哪怕是有一点点的犹豫或者胆怯，也是不行的，这不仅会让你的功力大打折扣，甚至会出现意外。所以，克服恐惧心理还是很重要的。越是怕，就越是放不开。越是放不开，就越是容易受伤等。"

"练武真的是很苦、很累人的，没有毅力的人，是练不出来的。既然选择了，无论有多么辛苦劳累，都要坚持下去，不能半途而废。否则，不光旁人会瞧不起你，就是自己也会觉得是很丢人的。"

为了坚持下去，真正把武功练好，父亲除了做学徒的工作不能耽误以外，剩余时间几乎全部用在练功上了。尽管十分辛苦，而且也枯燥无味，可每当取得一点进步的时候，心里面还是蛮高兴的。按照现在的说法，就是有了成就感，让人一下子就能够把所有的苦和累都忘掉了！

父亲笑着告诉我："说起来也怪得很，那些年每天都忙得很，既要做工，还要练功，谁么斯都不能耽误。虽然做学徒很辛苦，有时间还要自己抓紧时间去练功，可体力却恢复得很快。有时候站桩，把气往肚子里一沉，用意念调整呼吸。练上十分钟、半小时，身体就可以恢复如初，而且浑身轻松。有时候晚上工友们都休息了，自己按照师父教的方法打坐、调息、做气功，两个时辰以后，不光疲劳解除了，而且还精力充沛，浑身充满了力量。比睡觉还解决问题呢！"

那个年代，练武也要讲武德。

做事先学做人，学武要讲武德。对友要信，对师要恭，见义勇为，当仁不让。不能因为学了武功，有了点本事，就恃武欺人，好勇斗狠，四处去卖弄。而是要更加谦虚谨慎，戒骄戒躁。要尊师重道，孝悌正义，扶危济贫，除暴安良，助人为乐，等等。

简单来说，就是要做一个好人，一个堂堂正正的习武之人。

父亲一边做工，一边习武，一边接受着人生的启蒙教育，在不断的社会实践中长身体，长知识，长见识，长本事。

几年后，父亲的功底打得越来越扎实，身体变得十分轻盈、敏捷，且臂力过人。父亲在十五六岁时，身高已长到一米八多，这在那个年代的湖北山区里是十分少见的。

在扎实的基本功基础上，又学习了崩拳和实战当中经常用到的刀术、枪术、棍术。

父亲没有辜负爷爷奶奶的希望，不仅学徒的工作没有耽搁，而且还练了武术，成为厂子里的壮劳力，再也不是初来县城的那个又黑又瘦又矮的男伢子了。

父亲经常在完成自己的工作后，主动帮助其他工友。在互帮互助中，与工友们结下了深厚的友情。

父亲视工友们为亲兄弟，不管哪个工友遇到了困难，他都会毫不犹豫地伸出援手。凡是工友与厂子发生矛盾和利益冲突时，他总是坚定地站在工友的立场上，据理力争。成为初生牛犊不怕虎的后生伢子。

"一个篱笆三个桩，一个好汉三个帮。"

"在染坊的这几年，如果没有工友们的帮助，也许早就让老板给踢回家去了。工友们给了我太多的帮助，有时候外出学武，工作期间练功，工友们主动为我'打掩护''站岗放哨'，还经常鼓励我坚持练下去，不能半途而废。说实话，最终能够坚持下来，真是多亏了有这么多好的工友啊！"父亲深深地怀念练功习武的这一段时光，怀念那些曾经帮助过他的工友。

4

在染坊做学徒、习武期间，黄安县发生了一件大事情。时间大概是在父亲14岁那年。

一天上午，黄安县城大乱，说是革命党攻下了县城，开仓放粮，还打开监狱，把犯人们都放走了。

这件事情，把一个不大的黄安县城搅得天翻地覆，全城沸腾。老百姓纷纷走出家门，涌向街头。相互打探着、传递着消息，人们的喜悦之情都洋溢在脸上，显得激动万分。而县老爷及土豪劣绅们为了活命，像一群丧家犬灰溜溜地逃到城外去了。这时的黄安县城，名副其实地成了老百姓的天下。

知道这个消息后，父亲与工友们停下了手中的活计，议论纷纷：

"哪个想得到我们穷人还能打下县城？真是了不得啊！"

"县衙门里的那些狗官，打不过革命党都吓得跑掉了。"

"如果今后是我们这些泥腿子、穷棒子做了县太爷，那会是一个么斯样子呢？是不是我们穷人就不用再受穷了呢？"

当天最激动的是到放粮处，领取大米。有的人拿袋子，有的拿个桶，有的拿盆子，只要是能装大米的家什都用上了。父亲也加入领取粮食的群众之中，可是却没有装大米的家什，怎么办呢？他灵机一动，干脆脱下自己身上穿的长裤子，把两个裤脚子扎起来，说要领大米。负责放粮的革命党人看到父亲后，大笑着说："哦嚯，这个男伢子不简单，用裤子来装大米，好嘛，给你装满哦！"这个人给父亲装了满满的两裤腿大米。周围的好多人发出了会心的笑声。有的人还说："这是哪个屋里的伢子，还蛮会想法子嘛。"

父亲把装满裤脚的大米架在自己的脖子上，与工友们高高兴兴地往回走，边走边兴奋地议论今天的所见所闻。希望今天的好事情能够永远继续下去。这样，他们今后就不愁有的饭吃、有的衣服穿，冬天也不用打赤脚，不用再受工厂老板的欺负和压迫了，就能够过上好日子了。

可以想想看，那个时候黄安的老百姓有几造耶（意思是有多么地可怜），老百姓希望的、盼望的，也就是有饭吃、有衣服穿，这就是好日子。

这件事情在黄安县城持续了好几天。虽然武装起义后来遭到了反革命武装的镇压失败了，但是武装起义、造反动统治的反，泥腿子、穷棒子也能够做"县太爷"等这些说法，在广大的人民群众中迅速而广泛地流传，深深地印在了老百姓的心里。犹如一个巨大的火炬，一下子照亮了整个黄安大地，照亮了穷苦百姓的心，让黄安人民有了盼头，看到了希望。

父亲当时还是个毛头小子，却是一个好奇心强的人。他就像是一个干透了很久的海绵，凡是在他周围发生的事情，他都想要搞清楚，并竭尽所能地消化吸收。

"武装起义、农民造反、赈济百姓"等这些革命的字眼，他还是第一次听说，感到十分新鲜和震撼。这无疑对他的思想产生了巨大的冲击。

"泥腿子也能拿起刀枪造反，打下县城；天下的穷人都是一样的，团结起来谁也不用怕了；地主老财、土豪劣绅、反动的县太爷也是人，最害怕穷人造反，最怕死；穷苦老百姓一无所有，反正不是饿死、冻死，就是被这些为富不仁的有钱人欺负压迫，没有活路；可以造反，打倒他们"；等等。

这些从来不曾听说过的新鲜说法，在他还不成熟的脑子里刻下了深深的烙印。

耳闻目睹了"农民武装起义"的前前后后，父亲从这以后，开始关心有关农民起义、穷人造反的消息。经常与年长的工友谈论这类故事，为"今后到底应该做个什么样的人"寻找答案。

第三章

参加革命

1

1920 年的初春，刚刚过完农历新年，大别山区正值春寒料峭，大地尚未解冻，地面上到处是一片一片的冰凌，起伏不平的山峦覆盖着一层厚厚的积雪，凛冽的寒风丝毫没有一点停歇下来的意思，还在肆虐着已经立春的土地。

父亲身上只有一件单衣单裤，肩上扛着根扁担，扁担上系了一个装了几件衣服的布包，带了三天的干粮，匆匆辞别了爷爷奶奶，与几个同样到武汉去做工的年轻后生结伴，大步流星地朝汉口走去。

此时的父亲已经年满十八岁，高大精瘦，阔肩细腰，干净利落的单衣上系了条宽布带子，脚上穿着一双奶奶用麻线和旧布纳的布鞋。炯炯有神的眼神中透着与众不同的气质与干练，隐隐露出一种对新生活的憧憬与渴望。

到汉口去做工，是真正地出远门了。奶奶依旧在父亲出门前的头天夜里，把五年前送父亲做学徒时说的话，又对父亲叮嘱了一遍又一遍。别看父亲现在已经是大后生了，但是在奶奶眼里，他依然还是个没有长大的细伢子。奶奶生怕他出门在外受人欺负，与人争斗，招惹是非。

当年，无论是农村还是县镇的年轻人，都把去武汉当作天大的事情，对能去武汉的人心怀敬意，好比现在的人对北京等大城市的向往和崇拜。

出门那天，整个塆子里的人几乎全出来了。年纪略长的男人们把水烟放在嘴里"吧嗒吧嗒"地抽着，相互打着招呼。女人们手里拿着做"孩子"（当地方言，指鞋子）的家什，一边纳鞋底，一边互相拉扯着家长里短的闲话。塆子里的细伢们，在大人的身边穿插戏耍，一刻也不闲着。最安静的是那些已经订了亲而尚未出嫁的女伢子们，她们大多不言不语，安静地倚在自家门口，偶尔会笑一笑，但笑得很矜持。

父亲在全垸子人的注视下，在众多细伢子的簇拥下，一步一步走出垸子，走上了那条通向汉口的砂石子路。奶奶紧紧拉着父亲的手，久久舍不得松开，仿佛一旦松开了，就再也看不到自己最疼爱的安伢了。泪水早已经打湿了奶奶的衣襟。一直送到沙石路上，奶奶才依依不舍地松开手，望着安伢的背影逐渐消失在她的视线中。

连父亲自己也没有想到的是，这一走就是五年。

对于为什么选择这个时候到武汉，父亲在回忆中说那是有原因的。

除了染坊做工的合同到期，教他功夫的师父回家了，以及想到外面去闯一闯、见见世面的因素以外，最重要的是1919年北京爆发了著名的"五四运动"，上海、天津、武汉等大城市的学校相继宣布罢课，工人们也给予了支持。

武汉学生的革命热情很快传到了黄安县城。师生们走上街头，散发传单，组织集会和演讲，向群众宣讲"五四运动"的意义。一批又一批的学生前往武汉、北平等地，寻求新的革命知识。同时又将新文化、新思想带回自己的家乡。这些宣传活动极大地唤醒了黄安县的人民群众，引导着一大批青年知识分子走上革命道路。正是在这样的历史进程中，在县城学生的演讲宣传中受到了鼓舞和启发，父亲萌生了与其他青年学子们同样的想法。

父亲是一个正义感极强的热血青年，他与其他工友们最大的不同之处是念过两年私塾，识得几个字。所以，在这样一种革命的大趋势、大潮流中，在县城青年学生们的宣传鼓动之下，他的思想受到了很大的冲击与启发，也想与他们一样，到武汉这个大城市去，亲身感受这场轰轰烈烈的历史大潮。而且，特别希望能够搞清楚这些青年学生为什么对参加"五四运动"这么执着，并对学生们提出的改良社会、改良教育、救国方针，批判旧制度、旧道德、旧思想、旧习惯，以及宣传革命民主主义思想等非常疑惑，他急切地希望知道这是什么意思，为什么只有这样才能救国。

在没有去武汉之前，父亲在县城做学徒当工人时经历了对其终生影响最大的两件事情：一个是1916年以秦文卿为首的辛亥革命同志成立的黄安革命突击队，攻占了县城，赶走了反动的县政府，打开监狱和粮仓，赈灾贫苦百姓；另一个就是1919年上半年青年学生在黄安县城组织发动的罢课集会、游行和散发传单活动。

前面一件事情，还比较好理解，因为革命党的实际行动得到了广大城乡人民的热烈拥护，他们的英勇行动，被老百姓编为故事，广为流传，他们成为当时穷苦百姓心目中的大英雄。

对于"五四运动"爆发后，县城里青年学生的游行、集会、演讲和散发传单活动，许多群众都搞不明白发生了什么大事情，与县城的老百姓有什么关系，学生罢课能够解决什么问题呢？传单上讲的"废除二十一条"；归还中国在山东德国租界和胶洛铁路主权。还有山东在哪里？德国是什么国家？在什么地方？怎么在中国还有租界？租界这个词普通老百姓更是听不懂了。反对"巴黎和会"，巴黎在哪里？"和会"是什么意思……一下子出来了这么多的新鲜名词、新鲜地名、从来没有听说过的国家，以及为什么在巴黎开会，要讨论中国的问题……这些事情与中国的老百姓有什么关系？让人们感到莫名其妙。父亲虽说认识几个字，但对于这些大事也是一脸茫然，也搞不明白是怎么一回事。唯一能够肯定的是，一定是国家出现了大事情，不然学生伢子也不会罢课，工人不会罢工，上街游行、演讲，还散发传单。

为了搞清楚"五四运动"到底是怎么一回事，父亲还专门到县城的第一高等小学附近认真地听了学生伢子的宣讲。算是基本上搞明白了"五四运动"，知道了晚清政府和北洋政府的腐败无能，使国家积贫积弱，在国际上根本没有任何地位，甚至到了任由各国列强羞辱宰割的地步。

后来，父亲把自己勉强听明白的"五四运动"的大致情况，再说给染坊的工友们听。工友们绝大多数人大字不识一个。从乡下到县城来做工，就已经是不得了的事情了。其中，有个别人到过汉口，就更了不起了，哪里搞得明白这么多的道理、这么多从来没有听说过的国家及地名。他们面面相觑，相互打趣："我们国家以外还有国家？日本、法国、德国在么斯地方？""他们说的话、吃的东西与我们是不是一样的？""这么说汉口不是最大、最远的地方？""我们国家到底有几大？世界有几大？有几多个国家？"

……

这么多的提问，父亲当然是回答不了。

不过，父亲在对这一段历史的回忆中认为，当时的黄安县城，虽然距离武汉不算远，但各种差距巨大，更不要说黄安县的人绝大多数都不识字，也没有到过县城以外的地方。工友们能知道这个大概情况就已经很不错了。

武汉当时在全国已经属于大城市了，产业工人有二三十万人之多，无论是穿着打扮还是生活方式等，与黄安县大不一样。按现在的说法，武汉已经是电灯、电话、楼上楼下了。而黄安县，尤其在农村，基本上与清朝时期的生活没有什么两样。县城也好，乡村也好，绝大多数的男人们依旧是扎着辫子，女人们照样裹着小脚，更不要说思想和生活方式的差别了，依旧延续在清朝生活的轨迹之中。

2

1920 年年初，在熟人的推荐下，父亲凭借自己的染布手艺，进入了武汉第一纱厂，成为一名大工厂的染布工人。

这是个很大的厂子，也是一个刚刚建成投产的厂子。当时有人将其称为"武汉第一纱厂"，也有人将其称为"汉口第一纱厂"，不管怎么叫，都有一定的道理。这个厂的厂址选在武昌的江边，依江而建，交通方便。纱厂用的机器全部为外国进口的，仅织布机就有一千多台，工人有几千人，是当时华中地区最大的纱厂。

父亲在回忆中说，在武汉纱厂当工人、加入工会、担任工会秘密交通员，直至参加著名的"二七大罢工"运动，是他一生的重大转折点，也是父亲参加革命的起点。

父亲说："加入纱厂工会以后，逐渐懂得了许许多多的革命道理，自觉自愿地为自己、为工友、为天下广大穷苦百姓去奋斗献身。在中国共产党人的指引下，走上了一条自己在青少年时期就一直向往的革命道路。

那时纱厂刚建成投产，蛮大，工人很多，尤其是女工多，男工只有几百人。厂子因为刚建立，还有的工会，也有的听说过帮会，就是有几个比较松散的团伙，大多是能说到一起的老乡。为了相互有个照应，还算不上是么斯组织。

我那时已经是熟练工人，加上身强体健，会武功，很快吸引了一些与我年龄相仿的工友。一有空大家就聚在一起，让我教他们一些练武术的基本常识，练练基本功。时间一长，自然而然地形成了由青年男工人常常聚在一起的、不大不小的团伙。这个不太起眼的团伙，有时候练练武术，平时见面打个招呼、点个头。但是一旦哪个工友有了么斯事情，受到了欺负，或者与厂方发生了么斯纠纷，我们这一帮人就会不约而同地出手相助，或者打抱不平。总之，我们这个团伙里的人，是不能吃亏的，是要相互帮衬的。这样一来，在纱厂竟有的人找过我们这一伙子人的麻烦，相安无事，日子过得很平静。这也许就是为什么在我们那个年代，那个弱肉强食的环境下，各个工厂为么斯有帮会、派别和各种团伙的原因吧。

1922 年夏，我们纱厂来了林先生和许先生。他们常常利用晚上的时间，与大家聊天谈心，倾听大家的诉求，并针对工友们的不惑因势利导，启发大家为了维护自己的切身利益，应该团结起来，组成一个工会组织，让自身权益不受侵犯。今后不管哪一个工友与厂方发生了矛盾，或者工友们认为厂方侵害了大家的切身利益，都由工会出面与厂方交涉，使大家的合法权益得到尊重和保障。

冇过几长时间，他们不仅成为纱厂工人的知心朋友，也成了工友们心中的主心骨。他们的主张逐渐深入人心，为工友们所接受。最后，大家选出了在纱厂有一定影响力的几个工人组成了临时工会。我成为临时工会中的一员。

我们纱厂工会成立以后，林先生经常在白天撰写工会活动情况报告，晚上则开办工人夜校，教大家读书写字。有时候与工人聊天，更多的时候是对工人们进行宣传教育，提高大家对工会的认识，逐步提高工人们的思想觉悟。

1922 年夏天的一个晚上，林先生看到有不少工人在一棵大树下乘凉，就让我把大家召集起来，他要给大家讲故事。工友们听说林先生要讲故事，呼呼啦啦一下子就聚起了好几百人，不光有男工，还有不少女工。这是我第一次听林先生讲课。那个时候，我们谁也不晓得他是一个中国共产党党员。

他操着一口浓浓的黄冈乡音，知识渊博，口才极好，又深知当时的社会现状和工人们的疾苦，讲起话来极有亲和力和感染力。工友们听得津津有味。

一开始，他先介绍了一下我们武汉地区的社会现状和工人所面临的疾苦和所受到的剥削压迫，以及受到的不公平待遇。他的分析深入而浅出，所举例子中的人和事，都是工友们身边正在发生的事情，大家心服口服。

他又进一步告诉工友们，为了维护广大工人们的根本利益，我们工人要团结起来，成立工会。让工会成为我们工人的家、工人的靠山、工人的主心骨。

有了工会这个家，我们就可以不怕风吹雨打，就可以对各种侵犯我们工人利益的事情进行斗争。

林先生还给我们介绍了最近发生的几起罢工事件，印象中有香港海员大罢工和江西安源路况工人大罢工。

他的讲话犹如一把火炬，驱散了笼罩在天空的乌云，照亮了大地，使大家对未来充满了希望。

林先生说，团结就是力量。一根筷子是很容易被折断的，可是把一根一根的筷子集中起来，捆在一起以后，要想折断一大把筷子，就不容易了。就像我们工友们一样，一个人的力量再大，也无法改变社会现状。可是如果我们大家团结一心，去与工厂资本家斗争的话，这个力量就是巨大的！在洪流滚滚的工人大军的铁流面前，工厂的资本家反而显得异常渺小，显得势单力薄，是无法与我们抗衡的。

他还告诉我们，'工人'二字是什么意思？'工'字上面一横指的是天，下边一横指的是地，中间一竖指的是一个人站着，意思就是：'我们工人，是顶天立地的人！'所以说，工人伟大。他们敢于革命，勇于推翻旧世界，只有工人阶级才能担负起革命的重任。因此，我们一定要把许许多多的工友们团结起来，组成一个坚强有力的工会团体，用团体的力量与这个腐败、没落的政府，欺压我们的工厂资本家、外国列强抗争，为我们的合法权益而斗争。只有团结一心，才有力量；只有坚持斗争，才有出路；只有抗争到底，才有希望！"

3

自打林先生到纱厂组建工会开始，父亲就对这个中等身材、文质彬彬的人产生了好感。那么有文化，又是一个大知识分子，对干粗活重活的工人却没有一点架子。反而常常和工人们坐在一起说话聊天，也从不嫌弃干了一天活、浑身散发着酸汗味的工人。所有的工友们都喜欢听他讲故事，喜欢与他聊天，对他是无话不说，亲如兄弟。别看他来的时间不长，却在工友们心中的威信非常高。父亲经常把常聚在自己身边的工友们召集到林先生身边。

父亲积极参加工会的活动，林先生也注意到了我父亲。

父亲说："一来二往，频繁的接触，再加上我操着一口黄安的乡音，很快引起了他的注意。冇过多久，就攀上了老乡。"

其实，刚开始接触的时候，就晓得他是我们黄冈人，是地地道道的老乡。可是在心里想，人家是一个大知识分子，自己是个土包子，担心被他瞧不起，与他之间有距离感，不敢去攀老乡。直到有一天，他见到我说'老乡见老乡，两眼泪汪汪'嘛。咱们都是黄冈出来的，现在又在一起工作，以后要相互帮衬哦。没有想到，几句平平常常的话，一下子就拉近了我与他的距离。感到他的话十分亲切，听了以后让人心里热乎乎、蛮舒服的。

打那以后，只要他到厂子里，见到我经常会说，老乡啊，今天晚上把大家聚到一起，我要给大家讲故事哦。或者说，老乡啊，今天厂子里有么斯事情啊？又或者说，大家听了我讲的课以后有么斯反应啊？听得懂吗……既亲切又自然，像拉家常一样。每次我都会按照他的要求，很快把工友们召集起来。也会把自己掌握的情况及时向他汇报。

随着我和林先生的接触越来越多，相互之间的感情也越来越深了。他有时教我读书识字，有时给我讲一些国内形势，还浅显地给我讲解了马克思主义和中国革命，讲劳工神圣和团结斗争的道理。

他的话，在我的心里犹如点亮了一盏灯，让我看到了光明，看到了希望，也深深地认识到，我过去对社会的认识是多么肤浅和幼稚，崇尚的也只是一种个人英雄主义，只是希望用自己学到的武功为工友们伸张正义、打抱不平。是草莽式的英雄主义。

聆听了林先生的教诲，我渐渐地认识到，中国共产党对我们工人真好，关心大家的疾苦，把我们这些生活在社会最底层的工人当作亲兄弟一样看待，只有中国共产党才是真正为我们中国广大老百姓谋幸福的。我们大家跟着中国共产党走，才是唯一正确的选择，广大穷人才能过上当家作主的好日子。我们工人们只有在中国共产党的领导下团结一心，才能够推翻反动政府，砸烂旧世界，获得属于我们的新世界。

当我有了初步的革命觉悟以后，他推荐我读一些总工会下发的报纸、书刊、杂志，还有毛泽东同志在湖南主办的《湘江评论》等，让我从中了解中国共产党是如何开展革命，了解全省乃至全国的工人运动开展情况，还让我谈谈读后的想法，以及结合我们纱厂工会活动提出自己的意见和建议。在林先生的帮助与教诲下，我的思想觉悟、革命斗争精神得到了提高。

慢慢地，我自己也觉察到了自己的进步，摆脱了个人英雄主义，并很快成长为纱厂工人运动的骨干。可能是对我在工会的工作情况比较满意，林先生常带我到湖北省的工团联合会、中国劳动组合汉口分部、京汉铁路江岸工人俱乐部、粤汉路徐家棚工人俱乐部、汉口人力车夫工会、汉阳钢铁厂工会等地方长见识，使我有机会认识了当时负责工人运动的一些领导人，并同他们建立了良好的工作关系。

而且这些领导对我的印象还蛮好，私下评论说，这个叫王积功的纱厂工人，会武功、力气大，有农民的淳朴，有工人的样子，干练、话少，是个有发展前途的年轻人。当面则亲切地说，小伙子，不错嘛，黄安的老乡啊。

听到领导们的表扬，我的心情自然非常激动。我一个普普通通的纱厂工人，被有学问的领导表扬和肯定，是对我莫大的鼓励，让我对做好今后的工作更加充满了信心。

4

有天晚上，林先生把父亲叫到一个僻静的地方，用严肃的口气说："经过组织上的认真考察，决定从今天开始，由你担任工会的秘密交通员，主要负责与总工会与其他各个分工会的联络工作。这是一项十分重要的工作，而且是隐蔽工作，除我和总工会以及其他几个分工会领导知道以外，不能再告诉任何人，包括你的家人和亲戚朋友。交通员的责任，关系到成千上万工友们的切身利益，一旦出现问题，比如失密、泄密，或者没有在规定的时间内完成交给你的任务，会给工会乃至工人运动带来不可估量的损失，这些你要牢牢记在心上啊！"

林先生的话让父亲当时心里一紧，脸上也露出了紧张的神情，生怕因为能力不足或者不小心出现什么错误，完不成这么重大的任务，对不起组织上的信任，耽误了工作而造成重大损失。

当林先生看到父亲的表情后，平心静气地说："让你担负这么一项重要工作，说明了工会组织对你的信任，也说明了你具备完成这项工作的能力。"

父亲认真地听着他的每一句话、每一个字。

"你在思想上不要有顾虑，任何一项工作都需要有人去承担、去完成，就像在纱厂的工作，每个人都要负责一项工作，或者承担管理一部机器的责任一样。可能刚开始的时候不是很熟悉，但是干上一段时间以后，就会成为一个熟练的工人。交通员这项工作的重点，一是要保守秘密，按时送取文件资料，传达上级的有关指示和精神，随时保证工会的联络畅通。

选择交通员的条件是很严格的。第一，是政治上要绝对可靠，忠于工人运动事业，是一位信得过的、可靠的工会骨干。第二，是要有一定的文化基础，能够看懂文件资料，关键时刻能够把领导的主要意图和情报的关键内容牢牢地记在脑子里，用口述的形式传达情报内容。第三，就是要身体好，能走能跑，头脑灵活，身手敏捷，能与敌人进行周旋，并摆脱追踪。第四，就是要坚决保守工会的秘密，一旦被敌人抓住，至死要保守秘密，绝不能向敌人透露半点消息。你是纱厂工会的重要骨干，加上武功好，年轻力壮，又读过两年私塾，对工人运动已经有了比较深入的了解，同时对武汉的交通要道、各个工会的住址、领导人等已经熟悉了，是符合这些条件的合适人选，是组织上信得过的同志。"

父亲担任交通员以后，暗暗下决心，一定不能辜负组织上的信任，要尽最大努力完成各项任务，做一个忠实可靠的工会交通员。

开始的时候，交通员的工作量不是很大，一般每周去一次汉口，把林先生写的材料送过去，同时再按照他的要求，把总工会的有关文件、书籍、报刊等取回来。随着武汉工人运动的迅猛发展，参加工会的工人数量激增，湖北省工会和汉口分部，以及纱厂工会的活动越来越多，林先生工作起来几乎没有白天黑夜，常常是连轴转。父亲的工作量也随着增加。

父亲曾经问过林先生："你这样夜以继日地工作，身体吃不吃得消？"林先生笑了笑说："吃得消也得吃，吃不消也得要吃啊！现在，我们武汉的工人运动已经发展起来了，如同干透了的劈柴，被一把火点燃了，火势熊熊，越烧越旺，形势一片大好。能有今天这样的大好局面，是所有参加工会的同志们共同努力的结果。这其中当然也包括你王积功了。武汉的工人运动，能有今天的形势，的确是来之不易的，我们更需要加倍努力，趁势而上，万万不可辜负了工人兄弟们的厚望。今天，我们辛苦一点，多为工人运动做些工作，这不光是我们应尽的责任和义务，也是为了让工人运动的烈火烧得更旺。到了明天，我们就可以把全中国的工人兄弟团结到一起，形成一股滚滚的洪流，粉碎一切不合理的制度，推翻一切反动统治，让我们自己当家作主，继而改变我们积贫积弱的国家，再也不受外国列强的欺辱。到了那个时候，再回过头来看看我们今天的奋斗，是不是非常值得呢？"

林先生的话让父亲心潮澎湃、热血沸腾，久久无法平静。虽然现在（1975年）距当时已经过去了五十多年，但是当年林先生说的这些话，真的让父亲永生难忘啊！林先生为了工人阶级运动忘我的工作热情，为了推翻反动统治、让中国的穷苦百姓当家作主的博大胸怀，父亲从他的身上看到了中国共产党党员的理想和信念。

也是从这个时候起，父亲就下了决心，要以林先生为榜样，不管今后遇到了什么样的困难，都要坚持对革命事业的信心，并为之奋斗终生。

5

1923 年 2 月，父亲参加了著名的二七大罢工。这是父亲一生中第一次参加由中国共产党组织领导的大罢工。

对于这段历史，父亲是这样回顾的：

我们纱厂工会先后派出百余工人参加了武汉各工会组成的慰问队，在汉口集会，会后举行了声势浩大的示威游行。纱厂去的工友们，随着游行示威的队伍高呼"打倒军阀，援助工人，劳工万岁"等口号，大家群情激动，义愤填膺，嗓子都喊痛了、喊哑了，也要坚持发出自己最强的声音，以表达对罢工的支持。

沿途的群众冒着刺骨的寒风夹道欢迎，与游行队伍一起高呼口号，有的群众干脆加入游行队伍里，共同喊出心中的声音。还有的群众看到工人们的声音嘶哑，给他们送来了茶水食物，对他们嘘寒问暖。面对军阀、警察的刺刀和警棍，没有一个人害怕退缩。大家手拉手、肩并肩，勇往直前。反动政府出动大批军警，对罢工的工人进行了血腥镇压。

当天下午四点钟左右，林先生派人找到我，让我立刻与他见面。见我进门，他马上放下笔来，用急迫又严肃的语气说，这次军阀的假面具已经全部撕下来了，他们因为害怕工人阶级的强大力量，向我们的工会和罢工的工人举起了屠刀。目前形势很严峻，军阀和警察已经开始了大规模的搜捕。据可靠消息，你的身份已暴露，并被厂方开除。现在与我一样，遭到了通缉。纱厂你是回不去了，应尽快离开武汉，暂避风头。我当即问他，你么样办？

他说，武汉的熟人多，家也在这儿，敌人一时半会是找不到我的。你的处境与我不一样，家在黄安，汉口也没有亲戚朋友，就是有，在这种环境下，亲朋好友未必会接纳你。另外，就是即便你藏得了一时，也不是长久之计。你被厂子开除了，又被反动政府通缉，今后要想再回到纱厂，或者是在这个行业的厂子工作，估计可能性不大了。所以，现在最好的、最稳妥的办法，就是先离开武汉，等这阵子过去了再说。

他的一席话，让我又感动又难过，还有一些不甘心。让我感动的是，在当时白色恐怖情况下，他对我的前途、命运如此关心，却将自己的安危置之度外，继续用笔为工人运动发出最强的声音。

同时，我也为这次在二七惨案中流血牺牲的工友难过，为自己就要离开的纱厂工会难过，为么快就离开了这么好的一个革命引路人而难受。现在，因为罢工的失败，而要匆匆离开这块被革命洪流洗礼的热土，离开已经为此生活、战斗了三年的工厂，真是不甘心哪。

临别前，林先生再一次叮嘱我，为了抓捕罢工的主要负责人和参与者，估计通缉令已发至武汉以及全省的各个区、县了。所以，这个时期最好也不要回黄安老家。

与林先生辞别后，我认真想了一下，是直接回老家呢，还是先找个地方避一避再说呢？这时，夜幕已经降临，寒冬腊月中行人已经很少了。

当时，父亲一边思考，一边快步朝江边走去。最后决定，管他通缉不通缉，凭着一身的武功，三两个警察又怎么能够奈何得了自己呢？走之前，还是要先回到厂子里去看一看，给工友们打个招呼，提醒他们要注意的事项。然后，取了自己的衣物再走也不迟。

主意定下来了后，父亲过了江，发现以往熙熙攘攘的街上已经空无一人。在主要的街道路口，都设立了路障和关卡，有不少军人、警察把守，他们对来往的行人进行严格盘查，到处是一片肃杀之气。可父亲却觉得，这没有什么了不起，查查一般的老百姓，吓唬吓唬行人，也许可以，但对于练过武功的、走惯了夜路的人，就算不了什么啦。

父亲这两年，自打当了工会秘密交通员以后，经常在武汉三镇的大街小巷里走，对武昌的道路情况是熟得不能再熟悉了。避开大路和设有关卡的地方，穿过了一个又一个窄窄的胡同，七拐八绕，父亲很快就来到了纱厂附近。平时敞开的纱厂大门，现在已经关闭，外面还多了四个把守的警察。既不让人出，也不让人进，荷枪实弹，如临大敌。

在夜色中，父亲在心里狠狠地骂了一句："有本事你们在围墙外再围一道人墙啊！看来你们黑狗子也是人手不够，只能装个面子，你们守门口，那你们就好好守着吧。你们守你们的大门，我走我的院墙。"父亲沿着围墙，走到距离厂房比较近的一个地方，看看四下里静悄悄的，没有发现什么可疑的情况，就轻轻地纵身一跳，一只脚只在三米左右的高墙上点了一下，就稳稳地落在了纱厂的墙内。

纱厂的机房里，机器仍然发出轰鸣的响声，上班的工人们在埋头紧张地工作。父亲看看没有什么人注意，就直接进入机房，找到了一个熟悉的工会积极分子，也是平时跟着他学武的工友，凑到那人耳朵旁说，自己马上要离开工厂，尽快通知工会的工友，将工会的活动转入地下。

交代完工会的有关事情，父亲又来到工人们的住地。里面传出了工友们议论纷纷的话语，大家你一句我一句：

"今天游行示威的场面人山人海，群众热情拥护，真是让人激动万分啊。"

"看到军警横加阻拦工人们在汉口的行动，真想冲上去揍他们一顿，让他们知道知道工人阶级铁拳头的滋味。"

"咱们为什么不跟他们拼呢？唉，可惜手里没有枪，要是有枪就好了，大不了拼个鱼死网破，他们也占不了什么便宜。"

"算了算了，人家有枪，有军队，咱们工人啥也没有，赤手空拳的，那不是鸡蛋碰石头吗？"

父亲在屋外听了大家的议论后，觉得工友们的心没有散，没有被反动军警吓倒，于是他推开屋门走了进去，与大家打招呼。

宿舍顿时像炸开了锅一样，工友们呼呼啦啦一下子把父亲围在中间，有的拉着他的手，有的搭着他的肩……亲切的问候声、关心的话语，让父亲一颗警惕、紧收的心在一瞬间就被工友们的这种情绪化解了，放松了下来。一股一股的暖流涌遍了全身，原本寒冷的宿舍也变得温暖如春。

他告诉工友们："大家已经晓得我被厂子开除了，现在我是被反动政府通缉的要犯，这里不能久留了。这次回来，就是与大家道别，时间长了，一旦被军警发现，容易连累大家的，万望各位保重。

虽然我们这次罢工失败了，但是，我们工人阶级的血不会白流，工会的旗帜不会倒下。千万不要听信他们的反动宣传，大家反而要更紧地团结在一起，不能让他们的阴谋得逞。"

"与工友们道别的场景真是太令我感动了，这辈子都忘不了，那是真正的阶级友情、战斗友情，没有经历过的人是无法体会到的。"

这时，一个工友从外面进来报告说："厂子里已经有人知道你回来了，赶紧走吧，不要叫这帮坏蛋抓住了。"父亲这才与大家依依不舍地分手。当父亲刚刚走出宿舍，便看见警察端着枪朝这边跑来。为了不给大家带来麻烦，父亲在大步跑了有二十多米的时候，向工友们大声说："让狗日的反动军警们等着吧，老子还会回来的！"

他这样说的目的是让军警们看到他已离开了宿舍，就不要为难宿舍的工友们了。同时也是给工友们打气，让他们继续坚持斗争，千万不要被眼下的局势和反动派的嚣张气焰吓倒。今后工人运动还会继续，而且会更加强大，更加有力量！

反动军警顺着父亲的喊叫声追了过来，可遗憾的是，他们只能眼睁睁地看着父亲轻盈的身体在空中划出一道影子，就消失在围墙的另一边了。再等他们从大门追出去，围墙的外面除了刺骨的寒风、冰冻的大地和满地落下的树叶子外，早已是人去影空、无从追觅了。

离开了纱厂的父亲躲开了军警的抓捕，准备从鄂州返回黄安老家。

在夜幕的掩护下，父亲疾行在武昌去往鄂州城（注：1913 年废武昌府改江夏县为武昌县，武昌县改名为寿昌县。1914 年因寿昌内有鄂城，寿昌县又改名为鄂城县。1983 年，经国务院批准，改名为鄂州市）的路上，在路过武昌洪山区这一段的路上，还是遇到了麻烦。

父亲被四个警察突然拦了下来。他们用怀疑的眼光上下打量着，大声喝问："干什么的，到哪里去？"

他们这一问，倒把父亲给问住了。父亲思想上一点准备也没有，一下子不知道该如何回答。

这几个警察一看，觉得这么冷的天，又下着雪，半夜三更的，一个工人模样的人独走夜路，一定是闹罢工被通缉的人。

当官的说："怎么样啊，跟我们走一趟吧，到警察局去说说情况。"

直到这个时候，父亲才突然地意识到，是真的遇到麻烦了。如果跟他们到警察局里去肯定是不行，一个被通缉的人，进去了就别想再出来了。可如果不去，又如何能够脱身呢？他们手上都有枪！

此时的父亲把心一横，心想不就是几个警察嘛，大晚上的路上也没有其他人。决心一定，收拾这几个警察的主意也迅速跟着从脑子里冒了出来。

他用黄安的土话说："老总，刚刚接到老家来的朋友传的话，说我的'德'病得很重（黄安当地方言，意即"母亲"），可我是个做苦力的人，也冇的钱乘车，只能赶夜路往屋里去，不信的话，你们可以搜搜我的身，我的身上谁么斯冇的。"

"过来！过来！"一个警察晃动着手中的枪，大声吆喝着，眼睛死死地盯着父亲。

父亲不慌不忙，边说边往前走了几步，同时向上抬起双臂，往身边的警察靠近，装作让他们搜身的样子。这两个警察不知有诈，还真把长枪往肩上一挎，毫无防备地伸出手来，准备搜身。

也许他们认为，现在如果能搜出点什么值钱的东西，还是很不错的；如果到了警察局里，再搜出来什么金银财宝的，那就都是当官的了，与他们一点关系也没有了，不如现在先搜搜看。

说时迟，那时快，父亲趁他们向前探着身子，准备搜身的时候，他用两只大手迅速地一手搂住一个脑袋，把两颗脑袋使劲往里碰撞，没有发出任何声响，两个警察就倒在地上不动了。他们哪里知道，父亲经过多年的习武练功，两只胳膊可以同时在腋下各夹住一袋两百斤的大米。这么碰一下子，至少也有上百斤的力。所以，即便他们死不了，估计脑瓜子也基本上是废掉了。

另外一个当官的正想拔出手枪，被父亲快如闪电的冲拳打上去，立刻仰面倒地，满脸冒血地蜷成一团，完全丧失了对抗的能力。紧接着父亲用一个"扫堂腿"，将另外一个刚刚回过神来的警察狠狠地摔在地上。为了防止他们发出喊叫，父亲用脚又狠狠地朝这两人的头上踢了几脚，看看没什么动静了，这才停下手脚。前后不过分把钟的功夫，父亲就不动声色地放倒了四个黑狗子。

他四下看了看，没有发现什么动静，这才再一次打量了一下这四个被他打晕在地的警察。为了防止再次发生这种意外，只有避开大道，选择灌木荆棘丛生、崎岖的山路向东而行。

父亲回忆到这里时，我插问过一句话，问他为什么没有把这几个警察的枪支拿走。

父亲听了我的问话就笑了起来，"那个时候还有学会'放枪'（黄安当地的土话，意思是说没有人教过他怎么使用枪支，还不会开枪射击），要它们做么斯？再说，一个老百姓，身上背着几支枪，算是么样一回事。带上这些枪，不仅不能防身，还是个累赘。"

父亲离开这个哨卡后，向东疾行，专门选择山路走。

飘飘扬扬的雪花，从晚上开始一直下个不停。雪，把山体裹得严严实实，放眼望去一片雪白。一步一滑，深一脚浅一脚地在山里行走。走着走着，看看天色渐渐发白了，父亲忽然停下了脚步，在寂静无声的山里，若有所思地认真打量了一下自己，发现身上的装束让旁人一看便知道是个工人。那工人不在厂子里做工，跑进山里来干什么？这还真是个问题啊，必须要改变一下自己的外貌，最好是装扮成农民的样子才行。他这样边琢磨，边继续往前赶路。正想着如何解决这个问题的时候，忽然间发现在前方的不远处有两个男伢子在山上玩耍、砍柴草，父亲脑子一机灵，一个伪装自己的法子从脑子里冒了出来。

此时此刻的父亲，有一天没有进食了。饥肠辘辘，急需要找一个地方休息休息，给肚子补充一些食物了。主意拿定以后，他打起精神，向这两个男伢子打着招呼。听到招呼声，这两个男伢子才忽然发现在大雪封山的山里，有一个浑身落满雪的陌生男人跟他们打招呼，觉得非常奇怪，眼睛直愣愣地盯着父亲看。

父亲走进跟前，也仔细打量了起这两个男伢子，年龄约莫在10岁左右，穿着家里用野兽皮缝制的衣裤。冬天上山来打柴草，估计是以狩猎为生的穷人家的伢子。看到他们砍拾柴草的样子，一时竟勾起了父亲小时候的回忆。在这个年龄，不是也与他们一样进山砍拾柴草吗？顷刻之间，父亲忘记了饥饿与疲劳，他接过伢子手中的砍刀，利索地帮他们砍起了树枝。不一会儿工夫，砍下的树枝铺满了一片，两个男伢子面面相觑，又惊讶又高兴，嘻嘻哈哈地笑了。连同他们自己已经砍好的茅草收拾到一起，扎成了两个大大的柴草捆。父亲将两捆柴草，一手提着一个，在男伢子们的带领下跟着到了他们的家。

男伢子的父母听到孩子们的叫喊声，忙不迭地从房子里出来，刚刚张嘴说"这天还早啊，你们就砍……"话说了一半，就看到父亲手里提着两大捆柴草跟在后面。

男伢子父母的脸上顿时露出了惊讶和疑惑的神情，到了嘴边上的话也一下子吞了回去，一时不知道该如何是好，呆呆地看着这个不速之客。

这个时候，两个伢子都抢着说，是这个叔叔帮助砍的柴，他的劲儿可大了。伢子的父亲这才忙不迭地接过了柴草捆，让父亲进屋坐下，端来热茶水，询问父亲这一大早是从哪里来，要到哪里去。

父亲喝了一口热茶水后，不慌不忙地把自己的情况直接告诉了他们。

当猎户听说是这几天在汉口闹罢工的工人时，略显紧张的神情慢慢缓和下来，露出了笑容。他高兴地把大腿一拍，说："好啊，你们是英雄啊，是好样的，你们的事情我们这边都传开了。你是英雄，如果不嫌弃的话，就在我这里住下来，警察找不到这里来的。"

猎户把话说到这个份上以后，父亲想了想，答应先暂住两天，躲一躲风头。但还是要尽快离开武汉，时间长了，走漏了消息，会给你们全家带来麻烦的。

在猎户家歇了一天多。父亲与两个男伢子上山砍柴，空闲时间与猎户聊天，顺便了解去黄冈的道路、过江的渡口，以及山外军警搜捕的情况等。到了第三天的晌午，父亲觉得歇得差不多了，从山下一直到江边的情况也基本上掌握了，再说时间长了也担心出现其他意外情况，父亲按照与猎户事先商量好的办法，换了一身衣服，扮成上山砍柴的当地农民，用根扁担挑上两捆柴草，寻路下山，直奔渡口。

父亲原本就是农民家庭出身，现在穿着一身农民的服装，肩上挑着两捆柴草，与当地生活的农民没有什么两样，一路上也没有引起什么人的注意，很快来到了过江渡口的附近。为了方便观察情况，他选择了距离渡口人员比较多的地方停下来，放下柴草捆，把扁担横在两捆柴草上，就势坐在扁担上歇了下来。

渡口一带与往常无异，只是警察的人数比以往多了一些，还增加了少量的军人，数了数，大约有十一二个。因为是冬天，又在下雪，军警们个个缩着头、手笼在袖子里，无精打采地注视着过江的人们。偶尔看着有哪个不顺眼，就训斥几句或搜身查物。另外有两个看着像是个当官的，在一个草棚子里架着柴火烤火。

渡口边有一个卖茶水果子的店铺，店铺外面的草席子上贴了几张告示。父亲凑过去看了看，竟然是通缉令，贴有照片和有悬赏的是工会的几个主要领导人。另一张通缉令上只有人员名单，父亲的名字赫然出现榜上。父亲的心里紧了一下，下意识地往四下里瞧了瞧，看看无人注意他的举动，才略略放下心来。

回到柴草担子上坐定，嘴巴吆喝着卖柴草，眼睛则一直盯着渡口的关卡，脑子里不停地琢磨如何过江。如果混在人群里一起渡江，在上船前遇到了麻烦，该如何应付呢？这可是离开武汉的最后一个关卡，只有过了江，到了黄冈地界，才能算是基本上安全了。

正想着对付这十几个军警的办法时，迎面走过来一个询价买柴的中年汉子，价钱没有费什么口舌，很快就谈妥了。由于那个中年人的手上已经提着一篮刚买的鸡蛋和糖果，无法再把买到的柴草挑回家中，便提出了把柴送到他的家里去的要求。

父亲想了想，自己现在是个被通缉的人，眼下的首要问题是尽快安全过江，可如果把柴草送去他的家里，这一去一回怕是要耽搁不少的时间呢。后来转念一想，这是一个当地人，看着他被晒成古铜色的皮肤，一定是个常年在外劳作的穷苦百姓，送柴的这一路上正好可以借此机会了解一下当地的情况，特别是渡口的情况，说不定能找到个什么好法子呢。于是父亲连忙说："要的，要的（黄安当地方言，意即'可以'）。"

大约挑了有泡把钟（泡把钟：黄安当地方言，指十几分钟），进了一户距离江边很近的农家小院。

这一路上两人边走边聊，父亲已经晓得中年汉子是个渔民，长年在江边捕鱼，以此为生，兼种了一点红苕花生，日子过得不好不差。渡口来来往往的人多，有点像个小集市，他常在渡口买一些日常生活用品。

把柴草捆放下以后，中年人让父亲在堂屋里歇着，泡了茶水。父亲看看此人忠厚可靠，就用商量的口气说，大叔，你看能不能这样，你把我送过江去，这担柴我就不要钱了。中年人听到这个话，犹豫着没有马上回答。他嘴巴上抽着旱烟，吧嗒吧嗒地吸了几口，想了一下才说："可以是可以，只是冬天很少有渔家到江里捕鱼，加上现在江边查得紧，还有些危险呢。"

父亲看见中年人已经松了口，觉得有了希望。就直接提出，能不能找一个离这个渡口远一点的地方过江。中年人想了一会儿，估计觉得这是个划算的买卖，虽然说是有一点风险，但觉得还是有把握的，就答应了下来，说："那就带你到远处一个不常用的自家捕鱼的临时停船处，这个地方虽然可以躲开渡口的检查卡子，但是江那边的情况我就不清楚了，我只负责把你送过江去啊。"说到这里，父亲松了一口气，讨了两个煮红苕，三两下就塞到嘴里，起身就跟着中年人赶往停船处。

冬天的江面比夏天窄了许多，水流也不是很急。中年人驾着自己的船熟练地摇着桨，没用多少工夫就顺利到了江的对岸。

谢过中年人，父亲望着对岸，长长地出了一口气，静静地看了看这日夜不停翻滚的江水，自言自语地感慨道："再见了！大武汉，再见了！我最热爱的纱厂工会，我的工友们，终有一天，我还会回来的。"

双脚站在黄冈土地上的父亲，此时此刻思绪万千，心情十分复杂。

除了滚滚东去的长江水在上游袭来的水势推动下，夹着凛冽的寒风，有节奏地拍打着岸边，发出一阵一阵轰隆轰隆的响声之外，周围的一切，是那样地安静，静得似乎这个世界上只能感觉到自己一个人的存在，静得让他感到孤独，感到无助。

父亲望着翻滚的江水，又把林先生临别时的叮嘱回想了一遍：目前黄安的情况不清楚，暂时不能回家，回去等于自投罗网。同时，还容易连累家里的亲人，先忍忍吧。在黄冈找个落脚的地方，等把情况弄清楚了以后再回家不迟。一切应以安全稳妥为重。

轰轰烈烈的二七大罢工是武汉工人运动发展的顶点，前后不过十几天的时间，最后惨遭反动政府军阀的血腥镇压。

在这样的工人运动中，父亲快速地成长为一个为工人阶级争取民主、自由、权益而战斗的革命者。

父亲在回忆中动情地说："1919 年下半年选择到大武汉工作，现在看来还是蛮正确的。如果有的 1920 年到武汉第一纱厂去做工，就不可能加入工会，也不可能结识林、许等中国共产党党员，不可能参加轰轰烈烈的工人运动和'二七大罢工'。在纱厂工会，我真正了解到俄国十月革命的伟大胜利。它的胜利，告诉我一个真理，只要我们全中国广大的穷苦百姓团结起来，跟着中国共产党指引的道路走，就一定能够推翻这个剥削压迫我们的旧社会，铲除一切不合理的剥削制度。通过林先生和许先生的教育和引导，我才真正明白了为么斯说'劳工神圣'。为么斯说是我们工人创造了世界。这些话像刀刻一般牢牢地记在了心里，让我几十年不能忘记。矿是我们开，布是我们织，路是我们筑，所有的东西哪一样不是我们工人流血流汗创造出来的？没有我们工人的辛苦劳动，压迫我们的阶级就不能生活。他们的这些话讲得有多好啊！真是说到了我们所有工友的心里去了。工友们都愿意跟着他们一起干。他们手里举着的火炬，就是我们工人阶级的指路明灯。一想到这些，我就激动得很。正是在他们的教育指引下，我下定了决心，这一辈子，一定要做一个像他们一样的人。要以他们为榜样，为了天下的老百姓翻身得解放，鞠躬尽瘁死而后已。"

第四章
入党

1

1924 年底，父亲再次回到武汉寻找工会组织，可遗憾的是，虽然找遍了当年所熟悉的所有工会组织的办公地点，也一无所获。纱厂因为他的红色身份也拒绝接受他。无奈之下，父亲终于下定决心回黄安老家干革命。

1925 年年初，大约在农历新年的头十天，安伢从武汉回来了。

这个消息犹如往塆子门前的一个不太大的水塘子里，扔进去了一块巨大的石头，把整个塆子都"砸"得沸腾起来了。大家一传十、十传百地相互传递着消息，本来就不大的堂屋，早已被听到消息以后赶过来的男人们挤得水泄不通了。

简陋的堂屋里，除了平时在供桌两边各摆了一把破旧的凳子之外，再也寻不到一把可以用来坐人的椅子、凳子之类的家什了。

爷爷奶奶只好让族里辈分最高的长辈坐在仅有的两把破旧凳子上，其余人或坐在门栏上，或蹲在地上，或随便找个地方站着。大家的目光都盯着父亲。五年了，他到底经历了什么？为什么现在回来了？许许多多的疑惑都等待着父亲解答。

平日里乡亲之间，如果不是逢年过节、没有红白喜事，是很少往来走动的。如今却因为五年未归的父亲回来了，被闻讯赶来的乡亲们把一个又小又破的堂屋挤得满满当当。再加上男人们一人叼着一个水烟袋子，吞吐出来的烟雾，早已经把整个屋子里仅有的一点空间，全部给"塞得严丝合缝"。甚至到了只听到"吧嗒吧嗒"的抽烟声，而不见人的地步。人们只能从一闪一闪的烟火中，隐隐约约地晓得这间屋子里到底"装"了多少人。

屋子的外面也是一样，满是各家来的后生伢子，还有一些年长的叔婶、媳妇们，也混在人群里，都赶过来看热闹。

父亲站在堂屋的中间，在爷爷奶奶和众多长辈的注视下，把自己五年来的所有事情经过一一讲给父辈们听。

奶奶听到后，眼泪止不住地流，任凭一双干枯皱褶的手不停地去擦着眼睛。可哪里擦得净，哪里擦得住啊。

爷爷还是与以往一样，一声不吭地蹲在堂屋的地上。只是用嘴使劲地、不停地吧嗒吧嗒抽着烟，从他那微微颤抖的手上和使劲抽烟发出的声响中，人们才真正感受到父亲对儿子的疼爱和担心，爷爷轻轻拉了一下奶奶的衣襟，意思是让她克制一下自己的情绪，不要影响了儿子的讲述。

父亲向长辈们介绍他所认识的中国共产党党员林先生和许先生。

父亲把自己的亲身经历告诉长辈们，不仅是让他们知道现在我们的国家正在发生的大事情。还要借着这个机会，宣传中国共产党的革命思想，让大家对中国共产党有个认识，信任感；并将这些认识和信任，深深地植入到这个偏僻小山村子人们的思想当中，也为今后开展农村的革命工作打下基础。

讲外面所发生的事情，讲他自己的经历，讲发生在中国共产党党员身上的故事，讲"二七大罢工"的前前后后、所见所闻等，这些故事深深地吸引着全塆子的人。

从回来的那天下午开始，除了喝水、吃饭、上厕所的时间以外，父亲不停地讲到了晚上掌灯，再讲到第二天的天光（当地方言，意即"天马上就要亮了"）。族里的长辈们才说："哎呀，那么多的故事，一下子听不完，回去先歇歇，下午再接着讲啊！"

给族里长辈们讲过之后，塆子里同辈分的后生们又涌了进来，要求父亲再说给他们听听。由于都是同辈，无拘无束，父亲与他们边讲边聊，更是放松，堂屋里经常发出阵阵欢声笑语。年轻人的听法、想法、看法、说法与族里的长辈们就大不一样了。年轻人关心的首先是到城里做工是不是能挣到很多钱，或者问能挣多少钱。

有的后生抢着说，你是不是把挣的钱"把了屋里"（当地的土话，意思是把钱给了家里）盖房子了；有的说，我们冇的染布手艺，就是出去了也有得法子挣钱嘛，把头摇得像拨浪鼓一样，连连唉声叹气；有的说这样的好事情么样就落不到自己的头上呢？看来，只能在农村种一辈子庄稼、受一辈子穷，冇的出头之日了。

父亲还给年轻人讲了许多工会的故事，同辈的后生们都激动得站了起来，你一言我一语，各自发表自己的看法：

"还是中国共产党的法子好嘛，能够治得了这些欺负工人、压榨工人的资本家。"

有的后生则干脆大声喊道："要是我们这里有中国共产党就好了，也可以把我们这些个穷苦农民组织组织，成立个么事农民联合会，带领我们与地主老财去斗。减掉每年强加给我们的'租子'，或者把他们的田地分给贫苦农民，今后，我们也就不用再打饿肚了，孩子鞋子、衣服也有的穿了。"

大家纷纷议论，把屋里所有年轻人的情绪给调动起来了，他们个个手舞足蹈，恨不得现在塆子里就来一个中国共产党党员，领着大伙一起去斗地主。

有的后生对父亲说："你不是认识那个中国共产党党员林先生吗？黄冈离这里也不是很远，能不能把他请过来，帮我们也搞个斯会，也学着武汉工会的法子，领着我们农民去与地主老财说说理？要是不同意，我们就不把他种地，不把他扛活，看他们地荒了么样办？粮食收不上来么样办？还可以把那些地主老财屋里的粮食分给我们穷人，我们就不会天天吃野菜、吃树皮、吃野果子、烂红薯了……"

还有的后生说："我们屋里几辈子受穷，穷得连一件衣服都冇的，穿的比城市里的叫花子还要破，与山里的野人冇的两样。这个样子活得就是猪狗不如。干脆'扯旗子造反'，像过去书上说的那样，当英雄好汉，管他娘的，把地主老财屋里的粮食都分了，把地也分了，能把我们么样？"

总之，所有的年轻后生们犹如一团干柴，被一根火柴点着了，顷刻之间燃起了熊熊烈火。大家都对中国共产党领导的工人运动佩服得不得了，对未来中国共产党能够带领穷苦农民改变现状充满了极大的期望。当然，最盼望的是中国共产党能够早一天到塆子里来。

送走了年轻的后生们，又迎来了父亲儿时在一起玩耍的小伙伴。这些儿时的伙伴，与父亲年龄不相上下，既有本塆子的，也有附近塆子的。他们之间的话题则多了一些结婚生子、养家糊口的生活琐事。

父亲在回忆中说，真是想不到，像讲故事一样说了这些事情，家里的乡亲们竟然这么关心，这么爱听，还非常拥护中国共产党的思想和主张。更加没有想到的是，他说的这些事情还传播得这么远，影响这么大。这又一次证明了，中国共产党的思想、主张和做法，不光是受到城市里工人们的拥护和支持，在偏僻的农村，一样得到了拥护和支持！也就是说，中国共产党的主张和做法是符合全中国最广大的人民利益的。不论在中国的什么地方，只要是有剥削、有压迫、有穷苦的老百姓，就有最坚定的拥护者。

这一拨人走了，又是远房的亲戚朋友来了。他们既是过年期间走走亲戚的，也顺带着打探一下，父亲这些年来的所见所闻。

1925年农历春节，在前前后后一个多月的时间里，家里几乎每天都有来串门走亲戚的亲朋好友，真是到了那种"络绎不绝"的程度，再加上一些来打听消息、看热闹的人，说"热闹非凡"一点也不过分。

家里的大伯说，这个农历年过的，是这么多年来二老过的最高兴的年。从来没有见过二老的脸上挂满了发自内心的喜悦！从早到晚地招呼着到屋里来的客人。

那个年月里，其实家里也没有什么好招待的，无非就是灶上的铁锅不停地烧开水，谁渴了自己就去舀上一碗。哪个实在饿了，奶奶就在地窖里捡一些稍微大一点的红苕根子，简单洗一把，二话不说就进了肚子里了。也有的年轻后生干脆用手撸吧撸吧或者在自己的衣服上蹭一蹭，就放到嘴巴子里嚼着吃了。嘴巴子里发出咯吱咯吱的声响。大冬天的，生嚼红苕的滋味，只有那个年代的穷苦农民才晓得。在缺衣少食的年代，穷人们也只能用这个法子来安慰自己的胃了。

父亲离开家里去武汉做工有五个年头了，家里从来没有来过这么多的乡亲，从来没有这么热闹过，爷爷奶奶也从来没有这么开心快活过。奶奶说，这托的是安伢的福啊！这个农历年就是在父亲讲、亲朋好友们听，亲朋好友们再讲给他们的亲朋好友们听。莫看这个传播的办法没有收音机快，可是效果却好得很！犹如往水塘子里投进去了一个石头块子，砸出来的水花和激出来的涟漪，就会一波连着一波向外延伸，直至塘边的尽头。人口相传，等于每一个传声筒都是将自己脑子里记下来的故事情节，经过自己的消化吸收，"添油加醋"地再讲给下一个人或者下几个人听。凡是听过父亲说的，或者是听别人转述的，所有人都是在不知不觉之中，充当了父亲的传声筒、宣传员。父亲知道后高兴得哈哈大笑！这简直是如同打了一场大胜仗一样，让人兴奋、激动。

在父亲看来，在与组织失去联系以后，郁闷和压抑了两年之久的心情，现在终于烟消云散。自己也仿佛回到了武汉，回到了工会组织，与当年在林先生和许先生的领导下，开展工人运动的"激情燃烧的岁月"一样。

父亲觉得，回到家乡宣传中国共产党的思想主张，发动农民，同样能够做革命工作。所不同的是，现在没有党组织的领导，没有中国共产党党员指挥。只能够照着中国共产党党员林先生和许先生做工人运动的法子，摸索着做农民工作。希望有一天，自己也能够像中国共产党党员一样，把黄安县老家的穷苦农民发动起来，轰轰烈烈地大闹革命。

打这以后，父亲就按照自己的想法，利用传授武术、走亲戚、串门子的办法，开始秘密串联贫苦农民家里思想上积极要求革命的年轻后生。农忙时，父亲与爷爷大伯叔叔一起下地，给地主家打长工做农活。农闲时，对来学武术的农民，特别是年轻的后生，区分不同的情况，有针对性地宣传革命思想。没有用多长时间，身边竟也聚起了二三十个志同道合的年轻后生。

2

父亲从武汉回来的这一年，也就是 1925 年，恰恰就遇上了黄安县少有的大旱年。

那个时候的农村哪里有么斯水库、灌水渠？种地全靠"望天收"。雨水好，收成会好一些；雨水少，或者连续数月冇的落雨，尤其是在该"落雨水"的月份，又冇的雨水，那穷苦农民可就遭殃了。

租种地主老财的地，不仅交不上租金和粮食，干了一年下来，连一粒粮食也进不到自己的嘴巴里，不仅如此，还要欠地主老财一屁股的债。给地主老财家扛长活的贫雇农，也会因为地里颗粒无收，到年末拿不到当年的口粮。哪个人要是想去说一说自己屋里冇的饭吃，或者想借一点粮食的时候，地主老财们不仅不会同情你，还会指着庄稼地说："你们看看，地里有稻米吗？你们种的粮食呢？谁么斯都冇长出来嘛！我们都冇的粮食吃了，哪里还有稻米把得你们吃呢？这可不是我们的心狠，不把你们稻米，是老天爷不把的，要找你们只能去找老天爷去要稻米哦。"

那一年也怪得很，年初时还有点点雨水，一进入 5 月，成天的日头高挂，一直到年底竟再无落雨，哪怕是一星半点的雨水也冇的。火一样毒的日头把个稻田地原有的一点点湿气也全部给吸得干干的，每一块地里都爆裂出深深的纵横交错的大缝子。以种地为生的穷苦农民们，每天一到日头落山之前，都会用手掌遮在眼睛上方，眯缝着眼睛，虔诚地盯着西方的天空，在心里默默祈祷着，祈祷着老天爷能够开恩，能够告诉人们，明天能否是一个落雨的日子。结果盼来盼去，最后盼来的还是农民们万分失望的结果——冇的雨水。用一句当地老百姓常常用的谚语来形容："日头落山无云接，黄泥巴地晒成铁。"

干旱无雨的日子一天一天地在人们不断地企盼和念叨中过去，可是无论怎么样去烧香拜佛，也没有盼来雨水，靠种粮为生的穷苦农民们都陷入了绝望之中。这个样子下去肯定是不行的。一定要想出个法子解决穷苦农民度过大旱年、没有饭吃的问题。

父亲在心里想，要是中国共产党党员林先生遇到这个问题么样办呢？他一定是先搞个调查研究，然后是去发动群众，最后就是要用群众的力量来解决问题。

主意定下来了以后，父亲秘密地把自己身边最信得过的二三十个青年后生拢到一起商量办法。

"我们都是穷苦农民出身，都晓得遇到干旱稻米无收的后果。再说，我们绝大多数贫困农户连个像样的屋子都冇的，住的地方与猪狗冇的两样，又无御寒的衣物，如果再冇的粮食吃，那这个灾年无论如何是度不过去的，那是要饿死许多人的。还有，这次的大旱不只是我们附近这几个塆子、村子和几个乡，是全县大面积的旱灾，灾情很严重。如果只是我们几个塆子、村子、一两个乡，我们发动发动附近的穷苦农民共同起来抗租子，把那些有钱、有粮食的地主围起来，解决一些粮食还能够做得到的。为么斯这么说呢，因为我们人多势众嘛！几个地主老财冇的么事好怕的。可以先跟他们好好说。如果不答应赈济粮食，那就是不给我们穷苦的老百姓活路，那就冇的好说的了，就造他的反，把他屋里的粮库打开，搞赈灾，发粮！只要我们把附近的老百姓召集起几百人、上千人，这么多的人往地主老财家门口一站，大家齐声'吆喝'起来，叫他们开仓放粮，你们说他怕不怕？反正我们是冇的吃的，到末了不就是一个死吗？那我们就豁出去了，看看他们能够把我们么样！看看他们敢不把我们粮食吃？总之，活人是不能让尿憋死吧！"

大伙听了，个个喜笑颜开、异口同声地说："这个法子好啊！"

也有的说："不过呢，眼下是全县都旱了，所有种庄稼的农户的情况与我们这里是一个样子，如果我们现在只解决一两个乡的问题，还是有把握的，可是要解决全县种粮农户的口粮，力量明显是不够的。"

大家各自发表各自的看法。

有的说："我们也管不了那么许多，先把我们自己的口粮解决了再说吧。"

有的说："我们这边可以先闹腾起来，一旦闹成了，影响弄大了，可以借着这个势头，一个村子一个村子去发动，带着他们去找地主老财要口粮。"

还有的说："想法好是蛮好的，可万一到时候当地的农民不响应号召，或者不跟着我们去闹该么样办呢？再说如果我们这里的农户到地主老财家里弄到了口粮，他们还会不会再跟着我们一起去其他的乡、镇，帮助当地的穷苦农民闹口粮呢？"

大家你一句我一句地说着。

如果是只解决本垸子的事情，或者几个垸子的事情，可能还比较好办。可是谈到全乡、全区、全县，大家觉得这个事情又比较难了，觉得这个事情不好办了。刚刚还是劲头十足，一下子又没有了精神，不知道得该怎么办才好了。

大家把眼光集中在父亲身上，希望他能够讲出个好法子来。这个时候，父亲把经过自己考虑后的想法讲了出来："我们这几十号人，年龄差不好多，都是后生伢子，思想也比较一致。可是全县的农民有几十万人，又都长期受封建统治的压迫毒害，受'生死有命，富贵在天'这些封建迷信思想的束缚，要想一下子把他们的思想解放出来，跟我们一个样子，怕不是那么简单的事情，还需要做很多工作。这也不是短时间内能够做得到的事情。这需要像中国共产党那个样子，宣传群众，发动群众，成立工人联合会那样，去一点一点地做思想。工人在厂子里，人比较集中，又多是单身，容易招呼到一起。农民则主要是分散在各个垸子和各自的屋里，要把他们拢到一起做工作，可不是一件容易的事情啊。"

　　大家觉得还真是这么个理，都面面相觑，不知该如何做才好了。父亲看了看大伙，不慌不忙地说："眼下我们不晓得黄安县有冇的中国共产党。如果有，也不晓得他们在哪里。反正我们是无法找到他们的，除非是他们来找我们。尽管我们不是中国共产党党员，现在也找不到中国共产党。但是，我们可以按照'中国共产党是为天下老百姓办事情'的这个原则，只要是老百姓遇到了困难、遇到了问题，他们都会毫不犹豫地站出来，为老百姓伸张正义。哪怕是流血牺牲，付出自己的生命也在所不惜，来做一些力所能及的事情。我们各自先回去，每一个人负责两到三个垮子。把种地的贫雇农、缺粮户的情况搞得清清楚楚。要具体到每一户到底需要几多粮食才能度过荒年。还要把我们本乡地主土豪屋里储存的粮食情况也得摸清楚。这两个情况都搞清楚以后，在我这里汇总算个账，看看需要从地主老财的屋里弄出来几多粮食，才能够解决农民度过荒年的问题。同时，还要好好听听所有贫苦农民的想法和打算。当然，也要把我们准备采取的做法告诉他们，打好招呼，做好工作，随时准备与我们一起到地主老财屋里去开仓放粮。这个事情很重要，我们高桥乡的老百姓能不能度过荒年，就看我们的了。我们也要向中国共产党党员那样，认认真真地做好调查研究，做好各家各户的发动工作，争取把老百姓最大限度地发动起来。到时候才能够一呼百应，聚集起成百上千的农民，与我们一道去与地主老财进行斗争，不弄到穷苦百姓度荒年的口粮决不罢休。"

　　父亲一口气讲了这么多的道理，说了这么多的话，也不知道大家伙听明白冇有，有些什么意见，他停了一下，接着用询问的口气问："你们也不作声，都说说看，我说的这个法子，到底行不行哪？敢不敢哪？要是有害怕的不敢一起干的，现在赶紧作个声。要是冇的意见的话，我们可是要真干了啊！"

　　听到父亲的问话，年轻的后生们笑了起来。大家你一句我一句地发表各自的看法。

　　"这又不是只为我们自己，又不是一个人去找地主老财，这么多人一起去有么斯好害怕的咧。"

　　"退一万步讲，如果我受了伤，或者我死了的话，那也是为了千千万万户的贫苦农民闹度荒年的口粮嘛，他们永远都会记得我的嘛！再么样说咱们也是个英雄人物。"

　　"平日里都说自己勇敢，谁么斯都不怕，现在要开始动真的了，又不敢去了。这要是传出去了，以后还么样做人，这不是丢死人的事情嘛！"

大家统一了思想以后，父亲让大家抓紧回去做工作，要争取在入冬之前解决度过荒年的粮食问题。

父亲这边正在紧锣密鼓地准备时，忽然从县城里传来了消息，说地主与奸商勾结，故意囤积粮食，抬高粮价，还要把大批粮食运到外地去销售，以牟取暴利。现在黄安县的粮食歉收，本来粮食就少，如果再把粮食运到外地去，农民们度荒年将更加困难。为了防止粮食外运，有学生发动群众截住了外运的粮食，并张贴禁止粮食外运的通告。又有消息说，地主与奸商为了躲避道路上的拦截，准备用竹排将粮食从倒水河运出黄安县。

父亲得到这个消息以后，认为解决贫苦农民度荒年口粮的机会来了。他马上把青年后生召集起来，先把有关的情况给大家讲了讲，然后把人分成两个组。一个组跟着他去倒水河拦截从上游来的运粮竹排；另一个组负责通知周围塆子的家家户户，随时做好准备。一旦把粮食劫下来了，各家带上运粮的工具，把分到手的粮食运回去。为了抢时间，父亲顺手抄起了一根足有两米长的木棍子，带着十几个后生一起，大步流星地朝倒水河赶过去。

当时，正值12月底，大别山地区早已进入寒冬，北风刮得飕飕飕飕的，老百姓都猫在家里不出门了。到处见不到一个人。为了要尽快赶到倒水河，他们选择了一条近路。可是这些近路呢，又都是山路，连跑带走，没一会儿工夫，身上的衣服就被汗水浸透了。赶到河边时，河的两岸已经聚有了一二十个群众，他们都顺着倒水河上游的方向张望着。不知是哪个突然喊了一声："来了，来了，有竹排子过来了！"果然，从河的上游划过来了十几个竹排子，浩浩荡荡的，一个接一个从上游划了过来。看看快到眼前了，岸上的人开始大呼小叫："停下来，停下来！不准把粮食运出去！"但是不管人们怎么呼喊，竹排子却没有一点停下来的意思，继续以最快的速度向河的下游划去。

光是喊怎么能够把竹排子喊停下来呢？

父亲当时没有多想，只有一个念头：无论如何，必须要把竹排子拦下来才行。

他向着身后的几个后生大喊了一声："我下河去拦他们！你们哪个会水的就下来，不会的就赶紧回去通知乡里的农民们，带着装粮食的工具到这里来啊！"父亲连衣服都来不及脱，在大家的注视下，一个箭步就跃入到河里去了。

那时是枯水期，水面有百把米宽，靠近河面上的水浅沙子深，人一下到河里，连沙子带水就到了大腿根了。再往河中间去，水渐渐深了，有一人高，需要凫水。父亲从小就是凫水能手，憋一口气在水下面能够游一二十米远，在附近的几个垱子里他的水性也是最好的。看竹排子划过来了，父亲一个猛子扎了过去。把手上的长棍子使劲往河水下的沙子里一插，手撑着木棍大吼一声："停下来！不然老子就上到竹排子上去啦！"

父亲的声音像炸雷一般，吓得竹排子上的人心惊肉跳。天哪，这么冷的天，竟然有人敢凫水过来，立在竹排子前一动不动。再仔细一看，是个黑大个子，手持丈把长的一根棍子，虎着脸，大有"不停下来就跳上竹排子把他们都撑到河水里去"的意思。河岸两边越积越多的老百姓也大声地吼着助威。

竹排子上的人一看不停不行了，一边停下竹排子，一边向后面的竹排子喊话："走不了啦！走不了啦！"前面的竹排子停下来了，后面跟着的也只能停了下来。这时，在河两岸的人们都欢呼起来了，发出"嗷嗷嗷"的喊叫声音。

有人大声喊："今年大旱，稻子收不到，你们这帮人还把谷子往外运，你们想把我们老百姓饿死啊？太冇的良心了！"也有的就干脆叫骂起来。把这些划竹排子的人吓得连连说："我们只是划竹排子的，只晓得划，别么斯不晓得啊。"

父亲看两岸聚集的人越来越多，人们的呼喊声、叫骂声已经把这些竹排子上的人彻底震慑住了，大声吼道："竹排上的人听好了，乖乖地把竹排靠到岸边来。"然后向河两岸的群众说："乡亲们，这些粮食，都是地主老财家的，他们明明晓得今年是个大旱年，粮食歉收，老百姓冇的口粮度荒年，却勾结奸商，把粮食往外头运。他们的良心被狗吃掉了，想把我们穷人都饿死。现在竹排子已经被拦下来了，大家都来搬粮食吧！一颗谷子都莫把地主老财和奸商们留下了！"

父亲的话音刚落，就看到两岸聚集的人们大声呼应起来："好啊！好啊！搬粮食啊！"人们从岸上冲了下来。年轻的后生把一包一包的稻谷从竹排子上扛到岸边，岸边的不管是男人还是女人，打开麻包，就地把稻谷分给穷苦老百姓。

凡是来到这里的群众，只要是有装粮食的口袋子里、桶子里，都分到了谷子。不到半天光景，这一二十个竹排子上的粮食，被四面八方赶来的老百姓搬得一干二净。父亲和一起去的二十几个年轻后生在旁边开心地看着、笑着。

一个划竹排子的中年人问："你们把这些粮食都分了，我们回去了么样交代啊？"

"你就告诉那些个地主老财和奸商，这是倒水河两岸的老百姓干的。还谢谢他们给我们送来的不要钱的粮食呢！"年轻的后生们给了他一个响亮的答复。

这次的倒水河截粮、分粮，前来的群众成百成千，似乎谁都没有注意到是哪个人把竹排子拦截下来，又是哪个人号召老百姓把截下来的粮食就地分掉。

但是，整个事情的全过程，却被组织这次行动的中国共产党党员雷绍全看得清清楚楚。从此以后，他对父亲产生了极大的兴趣。

3

1926 年，如火如荼的农民运动逐渐席卷了整个黄安大地。

在中国共产党的领导下，成千上万的农民心中的愤怒，犹如一座巨大的火山，猛烈地爆发了出来。其气势如狂风暴雨一般，把一切在人民头上作威作福的旧势力打得落花流水，颜面扫地。

"打倒土豪劣绅！打倒恶霸地主！打倒贪官污吏！铲除封建势力！一切权力归农会！"的口号响彻了黄安大地。农村的各个垮子贴满了红红绿绿的标语。

高桥乡（注：其行政区几经变化，此为 20 世纪初高桥区所辖的高桥乡）几乎所有的农民都加入了农民协会。为什么这么说呢？农民协会可以为农民当家作主，在农村可以说了算嘛！这是广大贫苦农民从内心里说出来的心里话。

农民协会带领穷苦的农民们，打土豪、分田地。

他们把罪大恶极的土豪劣绅、恶霸地主抓起来，给他们戴高帽子，游行示众，开斗争会。让那些多少年来一直骑在农民头上作威作福的大老爷，只要见到农民协会的人来了，就作揖磕头，如丧家之犬。广大的农民群众翻身当家做了主人，到处是欢声笑语，打土豪分田地、抗租、抗息、抗税、抗债，成为穷苦农民们挂在嘴上的"口头谈"。

旧势力被推倒之后，农民协会就成了广大农村唯一的权力机关，正如电影和历史中经常讲的一句话"一切权力归农会"。农民协会说的话，如同过去清王朝时期皇帝的"圣旨"一样，那是必须要照着办的。父亲因为在"倒水河"拦截地主勾结奸商外运的粮食，并把拦截下来的粮食全部分给了贫困饥饿农民，在当地的名气大了起来，得到许多农民的信任。在高桥乡农民协会召开的选举会上，被乡亲们推选为乡农会的土地委员。

"你晓得么斯叫'土地委员'，是做么斯的吗？"

父亲在回忆当年参加农民协会的一些往事前，先向我提出了这么一个问题。

父亲看我没有作声，知道我也不懂"土地委员"这个词的含义，就自己接着说："农民最大的问题是么斯，其实说到底就是个土地问题。就是绝大多数农民冇的土地。这就是当时农民最大的问题！农民是以种地为生。可是在我们黄安县里绝大多数的农民，祖祖辈辈却冇的田地种，靠租地主老财的地，给地主当佃户。甚至，许许多多贫苦农民与你们的爷爷奶奶家里一样，连个做农田活的劳动工具都冇的一件，么样办呢？只能给地主家里'扛长活'，也叫作'扛长工''雇农'，也就是农村里最穷的人家了。

当年做过一个统计，我们乡的土地有 85% 以上都是地主老财所有，富农占了 5%，中农占了 10% 左右，广大的农民的土地大约占 3% 左右。雇农最穷。既冇的土地，又冇的劳动工具。我们龚家冲的农民，几乎全部都是贫雇农，都冇的土地。地主老财就是利用占有的大量土地，残酷地剥削压迫农民。他们可以把田地租给农民，让你为他种地。年成好一点的话，要交出去三分之二的粮食，自己可落下三分之一。如果年成不好，或是遇到了灾年，租子的数量也不能变。农民不仅交不上租子，反而还要欠地主老财的。这一年一年地滚下来，欠的租子和利息就越积越多。你这一辈子还不清，下一辈子接着还。也就是说，你就是累死、干死，也还不清欠下的租子了。类似这样的穷苦农户不晓得有'几多'（当地方言，意即"太多了，数不过来了"）。给你们随便举个例子，么样交租子。

租种地主老财的地还要分为三种：押租、租课、杂租。

么事叫作'押租'？农民要种地主的田地，需要交押金，这叫押租。

么斯叫作'租课'？就是每年按规定交租子。'租课'又分为'死租'和'活租'两种。

死租——地主老财到了年底，不管地里庄稼长得么样，收成好不好，都必须按照规定的数量交纳租子，一点都不能少，就是把你屋里有用的、值钱的东西全部卖了，也要交上租子。

活租——以当年粮食收成的好坏，再来决定交纳租子的数量。但到底要交多少租子之前，还得请地主到屋里先喝酒、吃饭，再由地主来做决定。

那么这户农民到底要交多少租子呢？这还要看地主吃好、喝好了冇的，当天的心情是个么样子。

杂租——主要是指除了土地之外需要租用的，比如说生产工具、生活用品，或者么斯秧苗、种子等，名目繁多。只要是租了、用了地主老财屋里的东西，都是要交纳租金的，一样都不得少。

讲这些事情就是想告诉你们，在过去的旧社会，广大农民所遭受的剥削是个么斯样子的，生活是多么悲惨。

真的是任由地主老财、土豪劣绅去宰割啊！

地主老财、土豪劣绅欺压农民的办法还有很多很多。像么斯送礼、服役、逢年过节、生丧嫁娶，佃户都要给他们送礼。他们随时可以指派佃户做苦役，如修房子、打谷子、磨米、磨面、砍柴、担粪、种菜等。老爷、太太、小姐们出门，佃户们还要去给抬轿子、挑担子送行。也就是说，农民种了哪家地主的田地，就成了哪家地主的牛马，任其使唤。

还有么斯高利贷剥削，还有像官府交纳名目繁多的苛捐杂税等。比如土地税、人头税、杂税，么斯屠宰捐、烟酒捐、灶头捐、房屋捐、婚姻捐、杂捐……哪个也搞不清楚到底有几多。只要是想刮老百姓的油，想让你拿钱，可以随随便便地搞出各种各样的捐、税。今天让你交这个捐，明天让你出那个税。可是老百姓哪里有这么多钱去交呢？就是一年到头不吃不喝也冇的钱交啊！不交，他们就抓人、打人、杀人、抢东西、放火烧房子。还威胁说，你们这些个穷棒子、泥腿子，是交钱还是交命，早一点想清楚。

这就是当年我们黄安县穷苦农民过的日子。遭受的这些苦难，真是说几天也说不完啊。你说说看，老百姓能不能活得了命？用现在的话说，就是根本冇的农民的活路了嘛。所以，当中国共产党告诉广大农民们，我们穷人种田，地主老财不仅不劳而获，还要收取租子，这个事情合理吗？这是不合理的嘛！现在我们要打翻这一切不合理的事情，把这些家伙们全部打倒。我们要有自己的地，自己种。自己收粮，有饭吃。再也不受他们的剥削压迫。我们要组织起来，成立农民协会。农民们都参加了农会，力量就大了，就不怕他们了。

为么斯这么说呢？我们穷人多啊，有几万、几十万人。他们人少哇。我们有农民协会撑腰，一起去斗他们。只要我们团结起来，还怕打不倒他们？还怕他们不老老实实的？中国共产党讲的这些话听起来很普通，却说到了穷苦农民的心里头去了。农民们都认为中国共产党说的话有道理，一定要推翻这个世道，农民们才能有活路。推翻这个世道的唯一办法就是一个——按照中国共产党说的法子成立农民协会。农民们团结起来，打倒土豪劣绅、地主老财，抗租、抗税，分了他们的土地。把他们统统打翻在地。今后，农民有了自己的田地，就再也不用担心吃不饱饭，穿不暖衣，有的房子住。再也不用当牛做马了。

这个土地委员，就是专门解决农民们有的土地问题的委员。

想起那个年代，打土豪分田地，真是我们穷苦农民最高兴、最快活的日子！"

父亲自打担任了土地委员，每天都是从早上忙到晚上，有的时候几乎是连夜工作。家里的门从早到晚都是敞开的。这个人前脚走，那个人后脚又来了，有的时候一下子要来几个甚至十几个。大家都抢着说分田地的事情，生怕自己说得慢了一点，土地就分不到自己手里了，或者会分得少一些。有时候，农民们为了一块地的"肥瘦"，或者因为分配的土地尺寸大小差了一点点，也要去争一阵子。但是不管怎么争、怎么吵，每个人的脸上都是面带喜色，都是兴高采烈的，都是想再喜上加一点儿喜，好上加一点儿好。人的天性嘛。是不是特别有意思啊？父亲尽量把这些穷乡亲们最关心的田地分配的事情办好，尽量办得让家家户户都满意。

爷爷奶奶成了端茶倒水的"接待员"。看到十里八乡的乡亲们都到家里来，找安伢说分配田地的事情，爷爷奶奶的脸上挂满了笑。家里天天都是烟雾缭绕、人声鼎沸。所有人都真真切切地感觉到：天变了！天亮了！穷人们的苦日子到头了。能够自己当自己的家，做自己的主人了。过去，父亲在穷乡亲的眼里是个胆子大、力气大、敢作敢当的伢子，现在成了打土豪、分田地的领导者和主心骨。

"听王委员的，按他说的办！"已经成为当地乡亲们经常挂在嘴边的口头禅。

爷爷奶奶看到人们都这么听安伢的，都这么信任自己的安伢，心里别提有多高兴了。他们为儿子而感到骄傲和自豪！

"最有意思的还是你的爷爷，过去平时不管是在屋里还是在门外，一天到晚就是驼着个背，低着脑袋子抽烟，也有得个笑脸。现在可好了，天天都是把腰挺得直直的，脸上挂着笑，不论见到哪个，都是笑着与人打招呼。你奶奶说得更形象了，咱家安伢现在做'大官'了，是乡里的农民协会的土地委员。大家都叫他'王委员'，负责全乡的田地分配，有出息得很哪！那个时候，晓得有几忙啊。白天，要丈量土豪劣绅、地主老财的土地；还要把全乡各家各户佃农、贫雇农的情况摸清楚；认真听取他们的想法和提出的要求。晚上，要把丈量的土地登记造册，提出分配土地的方案和具体意见。土地分配的方案和具体实施的意见，还要向农民协会作汇报，取得一致的意见以后，再向全体农民们公布。当然，总还是有一些农民认为不合适的，就要去做好解释工作，搞好协调。要协调的事情很多。"

父亲去过许许多多的贫雇农家里，这些人家与爷爷奶奶的家都是一样地穷啊。当他们晓得自家分到了田地，分到了劳动工具以后，那个高兴的样子简直无法用语言来形容了。有的农户蹲在分得的田地里，一蹲就是一个晚上，看也看不够，摸也摸不够，生怕这一切都不是真实的，担心自己闭上眼睛，一觉醒来，什么东西都没有了，所以他们不敢睡觉，叫都叫不回去。在自己的田地一直要守到"天光"（当地方言，意即"天亮了"），眼巴巴地看着、守着。有的农户家在自家的田边地头放炮仗。有的农户还到自家的祖坟上烧香烧纸，告慰祖先——失去的土地又重新回来了。乡亲们只要见到父亲，就热情地把他让到家里去喝茶，把过年才舍得拿出来喝的酒端出来给父亲喝。不管到哪个塆子，哪户人家，都是一片欢声笑语，所到之处都是相互间祝贺喜庆的情景。彼此见了面以后的第一句话的主题几乎全与分田、分地、分农具有关——

"你的屋里分了几多田？分了农具冇？"

"听说你屋里分的田在水塘子边上？得到肯定的答复后，马上双手抱拳说："那今后可是要年年丰收啊！要是遇到天旱年，莫忘帮一把哦！"

"听说你们几家分到了一头水牛，还有犁和耙，今后种地，晓得有几好啊，又快又省劲哪。"

张家塆子有个佃户，把多年欠的租子一笔勾销了，不仅分到了地，还分到了几担谷子。他拿一点谷子换了两斤烧酒送到农民协会，说是要感谢农会，感谢王委员。陈家畈一个瞎眼睛的婆婆听说父亲去了，摸摸索索地拉住父亲的手说："中国共产党好，农民协会好，菩萨一定会保佑你们长命百岁的。"

这样的事情太多，就是说上几天几夜怕也说不完哪！一句话，广大的贫苦农民家家户户就像是天天在过年一样热闹！沉寂了多年的村庄，被欺压了多年的农民，因为分到了属于自己的土地而扬眉吐气。他们盼到了希望，盼到了出头之日。这是父亲离开武汉工会组织以后，在黄安县党组织领导的农民协会开展工作的真实写照。父亲以林先生和许先生当年的工作精神、工作方法为榜样，把所有的贫苦农民都当成自己的亲人，认真听取他们的疾苦和要求，尽自己最大的努力解决他们的实际困难和问题，得到了全乡贫苦农民的拥护和支持。父亲很快成长为一个出色的农会干部。

当时的黄安县委负责人王鉴在一次农民协会的大会上说，高桥乡打土豪分田地搞得好！大涨了我们广大农民的志气，大灭了土豪劣绅、地主老财们的威风。不光砸烂了几千年的封建制度，把紧箍在农民头上的各种苛捐杂税全部打掉，还让所有的穷苦农民有了属于自己的田地。现如今，种田的掌握了印把子，"泥腿子"当上了农民协会委员。几辈子受穷受苦的穷苦农民，依靠自己的力量，打出了属于农民自己的天下！

农民协会的做法得到了最广大人民群众的支持！

老百姓终于等到了好光景，每天都能够高高兴兴过日子！每天都可以听到他们开心的笑语！不论你问哪个："这样的日子好不好啊？"听到的回答都是一句话："这还用说嘛，当然是好得很呐！"这也是天天盼、月月盼、年年盼，现在终于盼来了的好日子！

土豪劣绅、地主老财们可是恨得很啊！农户们说："土豪劣绅、地主老财高兴了几辈子了，现在才刚刚开始恨，今后他们要恨的日子还长得很呢，那就慢慢地恨吧！可是又能么样呢？让他们也尝一尝我们'泥腿子'掌大权是个么斯滋味吧！"

在中国共产党的领导下，在轰轰烈烈的农民运动中，父亲又重新找到了当年在武汉工人运动中的那种朝气。在黄安县中国共产党的领导下，回到了组织的怀抱，觉得浑身上下总有使不完的劲儿！自打担任了高桥乡农民协会的土地委员以后，父亲压抑了四年之久的心情，终于像火山一样爆发了，如同喷发出来的火红色岩浆一样，彻底释放出来了。他带着满腔热情，投入农民运动中，把党组织对他的信任，全乡农民对他的期望和重任，以及对土豪劣绅、恶霸地主老财的仇恨，全部化为无穷无尽的力量，夜以继日地工作，积极带领全乡的农民打土豪、分田地。他的责任就是要让全乡的贫苦农民，实现"耕者有其田""种地有农具，家里有存粮"的愿望。父亲干劲十足，不知疲倦，身心愉悦，恨不得把一天当作三天来用。

这一切的一切，不仅深得乡亲们的拥护和信任，也受到了县、区、乡农民协会的多次表扬。当时的黄安县党组织负责人王鉴，对父亲的工作态度、能力和责任心，给予了很多赞扬和肯定。有时见了面，他亲热地拍拍父亲的肩头，爽朗地说："干得不错嘛王委员！看来乡亲们给你的这个'封号'，是名至所归嘛！"

正当黄安县的农村发生翻天覆地的变化，父亲与广大穷苦农民欢欣雀跃的时候，国民党反动派，包括所有敌视农民运动的反革命分子，对农民运动产生了极度的恐惧和仇恨，他们终于撕下了戴在头上的面具，发动了"四一二"反革命政变和"七一五"反革命政变。反动势力开始封闭工会、农会和一切革命团体，向中国共产党举起屠刀，提出了"宁可错杀一千，不可漏掉一人"的血腥口号。在全国各地大肆抓捕、屠杀中国共产党党员和革命群众。

黄安县同全国一样，笼罩在白色恐怖之中。

那些被农民协会打倒在地的土豪劣绅、恶霸地主、地痞流氓，还有隐蔽在山中的土匪，在国民党反动派的支持下，纷纷卷土而来，组成了"还乡团""红枪会"等反革命武装，进行反攻倒算。他们到处抓捕枪杀中国共产党党员和农民协会的会员。无论是谁，只要是分了他们的田地、房屋、牲畜、农具、粮食，烧毁了地契和债券的贫苦农民，他们一个也不放过。烧、杀、抢、掠，无恶不作，手段极其残忍。

父亲形容那时的情景：国民党发动的反革命政变，让那些过去被我们穷苦百姓打倒在地，丧失了一切权力的土豪劣绅、恶霸地主们，开始弹冠相庆，相互祝贺："看看么样啊？现在天又变了。要把一切都变回来了。'泥腿子'们的好日子到头了，一定得让他们加倍偿还呢！你们不是闹得欢吗？现在该和你们'拉清单'了！

"'还乡团'为了报复，捣毁了高桥区农民协会办事处，残忍地杀害了区农会领导，还把他们的尸体放在高桥河的桥头暴尸示众。他们捆绑、吊打百姓，逼迫群众交出农会干部。对抓到的农会干部，将他们用刀砍、挖坑活埋，或者用铁钉子，把他们钉在门板上……他们用残酷的手段，对农民进行惨无人道的迫害，直至杀害，还不允许家人来收尸。这就是白色恐怖啊！这就是阶级报复！'还乡团'不仅要把农民分得的土地，分的粮食，分的一切东西，全部抢回去不说，还扬言，农民协会杀了我一个人，我就要杀你一百个人。让'农民协会'见鬼去吧！他们还恶狠狠地说，你们这些穷光蛋、泥腿子，还算是个人吗？连个猪、狗都不如。我们家老爷死了，要你死一百个人来陪葬也不够本啊！这样的事情，简直是太多太多，说也说不完。这就是阶级斗争的残酷性，不是你死就是我活。全县各级的农民协会都被迫解散了。白色恐怖，笼罩在黄安县的大地上。

"我当时是高桥乡的土地委员，是带领乡亲们打土豪、分田地的领头人，在当地是出了名的'王委员'，更是'还乡团'恨之入骨的农会干部。他们扬言，只要抓到了这个'王委员'，一定要把他扒皮抽筋，大卸八块，拿去喂狗。"

父亲打小是个天不怕、地不怕的人。现在在党组织的领导下，为了身后千千万万的穷苦农民，他毫无惧色地说："这有个么斯了不起啊，大不了就是一死嘛。但是，是哪个死在前头还说不清定哪！"他告诉农民自卫队的同志们："干革命就不能怕死。你怕死，就能保得住命嘛？就能保得住已经分到手里的田地嘛？我们为了千千万万的老百姓，跟他们去斗，就是死了，那也是英雄，是好汉，老百姓会永远记住你的。现在，'还乡团'不是要回来反攻倒算吗？那就来吧！我倒要看一看，是哪个更厉害。他们不是嚣张得很嘛，但是小心一点，千万莫要落到老子的手里，否则，要你们一个一个去见阎王！到死的时候，你们也一定会快活得很哪！"

为了保卫农民协会的革命成果，保卫广大穷苦农民分得的土地，全县各区、乡都组织起了农民自卫队，专门对付这些"还乡团"等反革命武装组织。

大革命失败以后，斗争形势非常严峻，土豪劣绅、恶霸地主与反革命武装串通一气，在全县各地到处进行疯狂的报复。如果遇到了农民自卫队的顽强抵抗，掉头就走；如果没有遇到农民自卫队，就大肆烧、杀、抢、掠，无恶不作。这样残酷的斗争情况，不是今天在这里发生，就是明天在那里出现。从五六月份开始，接连几个月，几乎天天在发生，天天在与"还乡团"等反动武装组织打仗。

革命与反革命，保卫革命成果与反攻倒算，两股力量都在为本阶级的利益进行着殊死的搏斗。你攻我守，我守彼攻。在黄安县几乎所有的农村，反复厮杀、拉锯，互不相让。阶级斗争的激烈性、残酷性，已经无法用语言来形容，难以把当时许多许许多多的情形描述得完整清晰。概括起来就是一句话：太惨烈了！由于当年两个阶级之间对抗的争斗十分频繁，父亲总结性地说了这么一段话。

高桥区的农民运动搞得最红火，因此也是"还乡团"等反革命武装的眼中钉、肉中刺，他们受到的报复，在整个县里来看也是非常严重的。

高桥区轰轰烈烈的农民运动，在国民党反动派支持的"西岢会""还乡团"等反动武装的镇压之下，失败了。"

父亲心里憋着气，为什么农民运动与工人运动的结果一模一样？难道又要背井离乡，隐姓埋名地到外地去谋生活吗？看来，穷苦的老百姓手里没有枪杆子，没有属于自己的武装，是打不赢反动武装的。

当年打不赢敌人时最有效的办法就是'跑反'（当时黄安县的广大农民，一听说敌人来了，就一起上山去躲起来，敌人走了以后再从山上下来）。大别山区山高林密，把老百姓全部动员到山里面，敌人来了不敢进山，怕我们自卫队搞他们。还乡团抓不到人，只好滚蛋。所以，每天要安排几名队员轮流放哨，一有情况就敲锣。垸子里的队员们听到锣声就赶紧招呼乡亲们进到山里去躲避，等还乡团走了以后再通知乡亲们回垸子里。我们农民自卫队用这个法子，与国民党反动派的还乡团周旋，一连相持了几个月。他们人少了不敢来，怕我们把他们收拾掉了。来的多了吧，一次也只能够到一两个垸子。再说，农村的地域这么大，零零散散的村庄、垸子那么多，顾得了这头，就顾不了那一头。也是心有余而力不足。这种情况，给了农民自卫队建设和发展的机会，有利于各个区、乡及时总结经验教训，抓紧训练队伍，研究对付还乡团的各种办法。那个时候的报警信号主要是靠敲锣，没有锣，实在来不及了就是靠喊。

经过近一年轰轰烈烈的农民运动，农村广大的贫苦农民的思想，发生了根本性的变化。他们从一贫如洗，当牛做马，被人瞧不起的"泥腿子""穷棒子"，到打倒了土豪劣绅、地主老财，分得了田地，粮食，有了种庄稼的生产工具。

"一切权力归农会。""泥腿子""穷棒子"当家做了主人，说话作数了，受到人们的尊重。尝到当家作主、扬眉吐气的甜头，更加相信中国共产党就是"大救星"，"农民协会"是穷人的家。中国共产党、"农民协会"说的、做的，都是为了让穷苦的老百姓永远脱离苦海，过上好日子。所以，不管国民党反动派如何枪杀中国共产党党员，搞"白色恐怖"，还乡团如何反攻倒算，搞烧、杀、抢、掠，反而让翻了身的老百姓的心，与中国共产党贴得更近，更愿意与中国共产党一起闹革命，保卫分得的田地，保卫自己的家园，保卫来之不易的当家作主人的幸福生活！

为了彻底打倒这些曾经骑在老百姓头上作威作福的统治者，和他们的反革命政权，所有翻了身、有了自己田地的老百姓，就是豁出性命也在所不惜。不要看国民党发动反革命政变，抓捕和枪杀中国共产党党员，封闭捣毁了各级工会、农会，残酷镇压工人运动和农民运动，可是黄安县的老百姓就是不信邪，这些行为更激起了老百姓对反动统治阶级的刻骨仇恨。

用起义进行还击，用武装进行对抗。参加自卫军、自卫队的农民群众越来越多，声势也越来越大。如同一堆一堆的干柴，一点就着。全县各地都燃起了武装反抗国民党反动派、还乡团的革命烈火。哪里有还乡团的反攻倒算，哪里就有农民武装的反抗。

4

1927 年 11 月初的一天傍晚，大约在酉时前后，父亲像往常一样，为防止敌人的偷袭，把几个关键岗哨的自卫队员做了详细的交代和安排，准备先回屋歇歇，晚上再去查岗。

父亲大步流星地从山上下来，低头刚要进屋，一只脚还在门外，就听到爷爷的咳嗽声和说话声："安伢，么样回来得列晚（当地方言，意即"这么晚"）？有个人找你，让你去一下。"父亲连忙问是哪个。爷爷回答说："不晓得，在垮子里从来有见过。不过看上去这个人和蔼可亲，好像对我们屋里蛮熟悉的。是不是上面来的人，也说不清楚。让你回屋里后，到垮子西边靠山顶的你叔伯爷爷在世前住过的空屋子去，他在那里等你。"

父亲稍作了下思考，然后出了门，向右一拐，顺着山路，直奔山头而去。

上了山，没有费几大工夫，径直来到这个十分熟悉的屋子前。父亲轻轻咳了一声，算是打了个招呼。这个时候里面的人晓得是父亲来了，只一句：进来吧。

屋里很暗，里边有一盏油灯。在昏暗的油灯下，坐着一个与父亲年龄相仿的年轻后生。仔细看看，觉得面熟，一时也记不起来在哪里见到过。那个人慢慢站了起来，伸出右手说："是王积功同志吧。咱们认识一下，我叫雷绍全。你可以叫我老雷，也可以称呼我雷同志。"

他的自我介绍让父亲很快想起来了，这位雷同志是在成立乡农民协会的大会上，与乡农民协会委员长王鉴一起坐在主席台上的领导。知道他姓雷，但从来没有跟他打过交道。

他看到父亲记起来，就笑了，指着横在地上的另外一个半截树桩子，轻轻地说了一句："来，我们坐下来说说话吧。"

在简单的寒暄之后，他简单地询问了一下这一带敌我斗争的情况，老百姓的生活和思想状况等。父亲对他提出的问题，详细地做出了回答。他仔细地听着，中间偶尔插插话，提出一些具体问题。父亲介绍了乡里当时的情况以后，停了下来，静静地望着他，不晓得他要说些什么事情，还要问一些什么问题。

这个时候，雷绍全没有马上开口，而是低了一下头，眼睛朝地下望着，像是在平复着情绪，或是在考虑该如何来谈他将要开始的谈话内容。安静下来的小屋子里，一时间没有一点点声音。只有在这个时候才能够听到，北风掠过山体发出的一阵一阵呼啦呼啦的声音，和树枝、树叶在风的作用下相互拍打的噼噼啪啪的响声。

雷同志在停了一会儿之后，慢慢地把头抬了起来，表情庄重而严肃地注视着父亲，然后缓缓地说："王积功同志，你在今年年初向党组织提出的加入中国共产党的申请，组织上开会研究过了，也派人对你的情况做过调查，认为你已经基本具备了一个中国共产党党员的条件。"

父亲听到雷同志这段话的时候，因为激动，显得有点紧张。他很想站起来说两句感谢的话和表达自己心意的话，可是话还没有来得及说出口，雷同志把手轻轻抬了一下，示意他要说的话还没有说完，让父亲先不要说。他接着刚才的话继续说："你这两年来的工作表现，县里、区里、乡里的党组织，农民协会，包括广大的农民群众，都看得清清楚楚。

原来考虑，在今年上半年，发展你加入中国共产党。可是连续发生了'四一二'反革命政变和'七一五'反革命政变。国民党反动派在全国掀起了反共高潮。大肆抓捕、枪杀中国共产党党员和革命群众，现在到处是一片白色恐怖，中国共产党党员的鲜血流遍了中国大地。在这种大环境下，党组织面临的形势是十分严峻的。但是，再险恶的形势也吓不倒我们真正的中国共产党党员。经过大革命洗礼的广大群众，没有懦弱和动摇。"

雷绍全接着说："鉴于当前斗争形势很严峻，上级党组织做出了决定，对要求申请加入中国共产党的所有人员，要进行更加严格的审查把关，并要在实际斗争中，进行生死考验。要确实保证，发展的每一个党员，都是真正的无产阶级革命斗士，有着坚定的共产主义必定胜利的信念，是不怕掉脑袋的铮铮汉子，是永远带领广大劳苦大众革命到底的中流砥柱，是人民心目中的光辉榜样和力量源泉！"

说到这里，雷绍全提高了声音问了一句："么样啊？！真正要加入我们党的，首先就要不怕死才行。王积功同志，你的决心下了冇？现在入党，就等于是宣告与敌人斗争到底，就等于绝了自己的后路，就等于义无反顾地一直战斗到我们赢得胜利的那一天！"

听到这里，父亲站起来坚定地表示："雷同志，我从在武汉参加工人运动的时候起，就想加入中国共产党，像林祥谦、施洋等工人阶级的先驱那样，为了革命，为了工人阶级的最高利益，抛头颅，洒热血，在所不惜。这个决心到现在不仅冇的一丝一毫的变化，而且还更加坚定了。现在虽然是处在大革命低潮，我偏偏要在这个时候参加中国共产党，做一个专门与国民党反动派战斗到底的战士。到底能不能做得到，请党组织考验我的决心吧！"

雷绍全听到这里，站了起来拉着父亲的手说："好嘛，要的就是你的这句话！希望你能用自己的实际行动，证实自己的决心，接受党组织在你入党之前，对你的'生死考验'！组织上考验你的办法很简单，要你在大白天，往县衙门贴上红色标语，你敢不敢啊？这样做的目的，是要告诉那些搞白色恐怖的国民党反动派，我们中国共产党党员是永远赶不尽、杀不绝、吓不倒的！在国民党反动派的眼皮子底下贴标语，是发出我们中国共产党党员誓死战斗到底的最强音，用行动告诉黄安的老百姓，只要还有一个中国共产党人，我们就会永远战斗下去！"

父亲怀着激动的心情，斩钉截铁地说："雷同志，我一定完成任务，用我的实际行动，接受党组织的考验。"

雷绍全接着又说："这个确实很危险，弄不好，会掉脑壳的，你要有这个心理准备。当然啦，我们不是为了逞英雄、充好汉。主要就是考验你怕不怕死，能不能在这种环境下机智、勇敢地完成这个艰巨的任务。"

他没有让父亲当时就回答么样去办。他晓得，这个看似简单的任务，在目前的情况下，光有胆量是不够的。有胆量，冇的智慧更是不可能完成任务的。他要看看，在许多人的眼睛里，这个胆子大、鬼点子多的"王委员"有冇的本事完成这个危险而艰巨的任务。他到底能够想出个么样的法子？有多大的哈数（当地方言，意即"有多大的本事"）。

"好了，组织上的决定和当前我们党面临的形势向你传达了。时间还早，我看我们随便聊聊吧。"雷绍全拉着父亲的手一起坐了下来，用平静的语气说。

父亲心想，现在是黄安县党组织的领导与他谈话，这样的机会很少，也很难得，不如借着这个机会，把自己从小到大，特别是到武汉第一纱厂参加工会的情况，做一个详细的汇报，让组织上有个更加全面的了解。想到这里，父亲认真地对雷绍全说："我先把我屋里的情况（当地方言，意即'家里的情况'）简单说一下。再把我读私塾，到县城的一家染坊当学徒、做工人的事情说一下。最后说说到武汉纱厂做工，参加工会组织，担任工会的秘密交通员的一些情况吧。"

看到雷绍全没有作声，只是轻轻地点了一下头。父亲开始了他有生以来的第一次向党组织的正式汇报……

雷绍全听得很仔细、很认真，有时候插话询问。

当父亲把自己这些年来的经历和有关情况大致汇报后，雷绍全深深地吸了一口气说："冇想到，你的经历还是蛮曲折、蛮丰富的。你很早就参加了革命工作，还接触和认识了这些革命先驱。"另外，雷绍全还详细询问了林先生、许先生等同志在武汉工人运动中担任的职务，以及对工人运动与农民运动有么斯区别等，父亲都一一谈了自己所知道的情况和看法。

父亲和雷绍全的"聊天"在不知不觉中，过了四个小时。

看看快夜深了，雷绍全这才打住了话题说："积功同志，我们今天谈得很多、很好，你让我对你的思想和经历，有了更新、更多的了解。你的潜力很大，可惜过去我们接触得太少了。你以后可以发挥更大的作用，我们党需要你这样的同志。今天晚上的谈话内容要保密，莫向任何人提及。回去以后抓紧休息一下子，把明天要去完成的这一项艰巨任务好好考虑考虑。"

　　父亲与雷绍全分手以后，心情久久无法平静下来。想到明天将要去完成的光荣而又艰巨的任务，接受党组织对自己入党之前的"生死考验"，想到雷绍全同志代表党组织对他工作的肯定、表扬和希望，更加觉得，不能辜负党组织的信任，一定要用实际行动，实现多年以来争取做一名中国共产党党员的愿望。

　　第二天刚到晌午，父亲找到雷绍全说，已经想好了一个可以完成这次任务的法子了，并详细地谈了自己的具体想法。

　　雷绍全同意了父亲的想法，下达了出发的命令。

　　1927年11月初的一天，午时刚过，在赶往县城的路上，出现了两个年轻的后生。雷绍全扮成教书先生的模样，戴着一顶棉帽子，脖子上系着一条围巾。也许是因为那一天的风比较大，围巾把嘴和大半个脸捂得严严实实的，让人看不清楚他的面孔。父亲则完全是当地农民的打扮，里面穿的是粗布的单衣和单裤，外面套了一件藏青色粗布长袍马褂。由于长袍的前后是两块长布，所以走路的速度快起来后，两块长布随着走路旋起来的气流，前后左右地舞动着。他的肩上挑着一担柴草，跟在雷绍全的后面。两个人一前一后、若无其事地边走边说着话。

　　他们按照事先的计划，选择从县城的南门进城。从这里进城的老百姓多，容易进城。而且，这一天又是城里的"小集"。由于已经到了下午，进城的人不太多，出城的人也不算太多，俩人不慌不忙地径直走到了南城门边，准备接受进城前的"盘查"。一眼望上去，两个后生与其他的老百姓一个样子，没有什么区别。卫兵把搜查过身子的雷绍全先放进城去，见父亲挑着柴草来了，大吼一声："乡巴佬，到城里来做么斯？把柴草捆子给老子放在地上。"

　　父亲说："老总，到城里卖柴草，换几个铜板去买药。"卫兵走到一担柴草跟前，用刺刀在柴草上面乱捅了一阵子，没有发现什么可疑之处。就吆喝着父亲："给老子把手抬起来。"从上到下仔细地拍了拍、摸了摸，看看也没有发现异常情况，这才把手挥了一下，嘴巴里不干不净地骂了一句："个穷棒子，身上连一个铜板都有的。快点滚！"这样把父亲放进了城。

　　进城后，父亲从柴草捆子里面抽出一根不太粗的竹竿后，将柴草担到集市上随手卖了，就近找了一个卖炮仗的小摊子，买了一千响的中等大小的炮仗和一盒洋火。接着又买了二两糯米饭。

　　这时，父亲手里除了扁担以外，还多了一根不长的竹竿。两个人继续若无其事地边走边说着话。走到离县衙门不远的地方，父亲找到了一处用几片草席子围起来的一个茅坑（茅坑：指厕所），说是要"解个小手"，让雷绍全在外面等一下。

父亲把茅坑的里里外外仔细地看了看，没有发现什么情况。于是将一只手里的炮仗挂在脖子上，将另外一只手上的一根竹竿晃了晃，然后从竹子的一端取下塞子，轻轻一磕，两幅标语应声而出。接着他很麻利地脱下了长袍，再从上衣口袋子里掏出刚刚买的糯米饭，将标语抹上厚厚的一层糯米饭，贴在长袍子下摆的前后两块布的里边儿。然后，小心翼翼地穿好长袍子，对自己的整个行装重新做了认真检查。看看没有发现有什么问题，便走出了茅坑。

看见父亲出来了，雷绍全把他上上下下地打量了好一会儿，想看一看，这马上就要到县衙门去刷标语了，这个人到底用个什么法子完成任务呢？可是，从头到脚看来看去，除了少了一根竹竿，脖子上多了一圈炮仗以外，再没有发现有什么变化，他心里觉得蛮奇怪的。

至此，该说的话都说了，该做的准备也做了。一切按照事先说好的办吧。两个人分了手，按照约定好的分工，各自朝着县衙门的方向走去。

父亲手里提着炮仗，朝着县衙门的方向不慌不忙地走着，边走边观察周围的情况。只见县衙门口的卫兵懒洋洋地把长枪挎在身上，由于天气寒冷，脖子都缩在上衣领子里面。手上没有戴手套，一个卫兵把手笼在袖子里，另一个干脆把手插在裤兜里，百无聊赖地看着过往的行人。经过仔细观察，父亲认为与来之前分析的情况差不多。他心想，现在缺的就是找几个小伢子来放炮仗了。父亲还看到，雷绍全早已经到了，正站在一个不起眼的地方，朝他望着呢，似乎在问：准备得么样了？

看看在大街上没有小伢子玩耍，父亲只好往附近的胡同里去寻找。转了两三个小胡同都没有见到一个男伢子，又转到一个胡同的十字路口，还是没有。他心里开始有点"打鼓"了，这要是找不到男伢子可怎么是好呢？这个事先设计好的计划不就泡汤了吗？平日里到处都能够看得到男伢子在街上玩耍打闹，今天是怎么搞的，一个也找不见呢？父亲正在奇怪是怎么一回事的时候，脑袋子向后一转，忽然看到，一个向北的胡同的拐弯处，有三个男伢子蹲在地上正在玩弹玻璃球。父亲一看大喜，三步并作两步地来到他们身边。

这几个男伢子谁也没有注意到，在他们的身后，有人正注视着他们。父亲问道："你们几个在弹球球呀，哪个想放炮仗啊？"这三个男伢子把脑袋子抬起来，定定地看着父亲，似乎在问："你是哪个？是在和我们说话吗？"

父亲这时候又问了一遍："你们几个男伢子想不想放炮仗啊？"直到这个时候，三个男伢子终于明白了，不仅是跟他们说话，而且还问他们要不要去放炮仗，连忙都抢着回答说："可以啊！想啊！你有几多炮仗啊？你为么斯让我们放炮仗呢？"

父亲对几个男伢子笑了笑说："想放就好嘛！你们晓不晓得，现在不是在过年，哪里有一个大人自己放炮仗玩的？我的老板今天给我开了工钱，心里头高兴得很嘛，买了炮仗想高兴高兴。你们几个男伢子如果愿意的话，我就把炮仗把得你们去放，我在边边上听听响，看看热闹，么样？"

"哦，弄了半天是这个样子的啊！冇的事情的，你要么样放，我们就么样放。"三个男伢子抢着说。"好嘛，我可以给你们每个人几百响，好不好啊？"这三个男伢子一听，高兴得蹦了起来。跑到父亲跟前，都抻着手往上跳，都想早一点把炮仗抢到手里。父亲心里高兴极了，说："莫急、莫急，都有、都有啊！"

为了达到预期的效果，需要把预设的条件跟他们讲清楚，不能够放了炮仗却没有完成任务。父亲把炮仗往上一举，大声说："我这里有个条件先把的你们说一哈子，同意了，才能把的你们去放；不同意的话，就算了。我去找别的男伢子来给我放炮仗。"三个男伢子一听就急了，也大声回答说："好嘛，好嘛，你有么斯条件你就快点说呀，真是急死个人了！"

"我要你们在县衙门前面的马路上去放炮仗，敢不敢？"

三个男伢子同时笑了起来，"这有个么斯敢不敢呀，不就是放放炮仗嘛，有么事好怕的呀，在哪里放不是放？"

"还有啊，你们不能在一起同时放，那个样子不热闹。"

"那要么样子放啊？"

"要一个一个地放，这个放得差不多了，另一个人再放。晓得了吗？"

"你这个人么的（意即'怎'）有那么多的要求？不就是放个炮仗嘛。"

父亲笑着又提出放炮仗的具体要求："我要你们打闹着放炮仗，是要把周围的人都吸引过来看，这个样子才热闹嘛！我想要的就是这个样子的热闹劲。不然的话，还要你们来放炮仗搞么斯啊？我自己就可以放了。

"晓得了晓得了，你这个人么样咧啰嗦啊。"三个男伢子有点不耐烦地说。

"还有啊，在县衙门口站岗的卫兵也是蛮辛苦的，一天到晚杵在那里，冇的么斯意思，枯燥得很，一定也喜欢热闹热闹。你们放炮仗的时候，可以离他们近一点，也让他们高兴高兴嘛！"

三个男伢子异口同声地说："要得！要得！"

看看三个男伢子都听明白了，父亲就把炮仗分到他们每个人的手上。三个男伢子手里拿着炮仗的，高兴地跑了，很快就来到了县衙门前面的马路边上，并按照父亲的要求跑到离县衙门大约有个二十步左右距离的地方。这时候，父亲掏出洋火，交给了一个个头高一点的男伢子，说："好了，你们就在这里放，一个一个地放啊，搞得热闹一点，不然的话，卫兵哥哥不高兴的。"说完就离开了。

那个个头高一点的男伢说："我先点炮仗喽！"说话的同时，他点燃了手中的一挂几百响的炮仗。炮仗在安静的县衙门前，连续发出噼噼啪啪的爆炸声，一下子吸引了人们的眼光。许多行人停下脚步观望。

有的行人说：今天是个么日子？该不是哪个屋里有喜庆事情啊？还有的人四下里到处观望，看看是哪个新开张的店铺在搞庆典。正在行人们张望之际，忽然又见一个男伢子从地上拾起一个已经爆炸后还在燃烧的炮仗，将手里的成串的炮仗扯散后，往其他两个男伢子的脚下，点一个扔一个，吓得那两个男伢子连跑带跳。他们这么一折腾，观望的过往行人，渐渐围拢了过来。

站在围观人群之外的雷绍全，全神贯注地观察着。

这个时候，父亲已经站在围观的人群当中，等待着最佳时机的到来。看看围观的人渐渐多了起来，父亲开始慢慢朝着县衙门的位置移动，并随时做好了张贴标语的准备。

县衙门口的两个卫兵早已按捺不住，不住地指手画脚，与围观的行人一起发出哈哈哈的大笑声。当看到围观的人们越来越多，围观的圈子距离县衙门越来越近的时候，站在衙门西面的那个卫兵，突然警觉起来。把挂在肩上的枪从身上取了下来。刚刚还在大笑之中的脸上，忽然之间换上了一副严肃的面孔。他端着枪离开了哨位，上前几步将靠近县衙门观看热闹的人群向外推搡、驱赶，但效果不明显。西面卫兵的行动，让父亲看到了机会，他开始悄悄地向县衙门口的西边挪动。站在县衙门东边位置上的卫兵也把枪从肩上取了下来，朝着围观的人群走过去，协助同伴共同向外驱赶、推搡人群。

父亲看到机会来了！

当第二个卫兵刚刚离开哨位的时候，父亲快速来到了县衙门门口的西面，回头看看并没有人注意他时，就迅速撩起长袍子的前摆，用手把前摆提起来，揭开粘在布上标语的前部，同时让身体尽量往墙上靠去。当确认标语的前部已经粘在墙上以后，再把长袍子的前摆，由上往下拉粘，很快把一张粘在长袍子上的标语，安全地贴在了墙上。

第一张用红纸写着"中国共产党万岁"的标语，贴在了县衙门的墙上之后，父亲转过身来，先用身体遮住已经被贴在墙上的标语，同时注意观察两个卫兵的位置和围观的人群的动态，并在心里掐算着放炮仗所剩余的时间。

为了在最短的时间内完成贴上第二张标语的任务，在紧张观察周围的同时，父亲从背后提起了长袍子的后摆，拿准了标语的位置后，侧身向东横着跨了几个大步，来到了县衙门门口的东面。

这次父亲是面对着围观的人群，与刚才的做法一样，准备贴第二张标语。不同的是，两只手是倒提着长袍子的"后摆"，在身体的背后拿着标语的前半部，往自己身后墙壁的上方使劲向上、向后抬起。当身体靠向墙体，确认标语的前部已经贴在了墙上的同时，长袍子的"后摆"则尽量靠近墙体，身体的姿势则由上往下蹲。就这样，神不知鬼不觉的，第二张红色标语又贴到了县衙门门口东边的墙上了。父亲贴完第二张标语之后，便若无其事地融入围观的人群中去了。站在不远处一直密切注视着父亲的雷绍全，看到两张标语分别贴在了县衙门门口东西两侧的墙上之后，长长地舒了一口气。

从放炮仗开始到贴好标语，前后不过就是几分钟的时间。

雷绍全用十分赞赏的口气说："这个王积功看来还真是有点子鬼板眼（意即'有鬼点子'）。真是出人意料的法子啊！哪个晓得他是用这个法子来贴标语呢？莫说，还真是一个好法子，可以说是非常奇妙的想法。"

在这短短的几分钟时间里，三个男伢子手里的炮仗放完了，围观的人群也逐渐开始散去。当卫兵转过身子，准备回到县衙门门口的哨位时，他们刚刚迈出去的脚，却像触了电一样的突然一下子收住了。两个人像是被什么法术定住了身子，站在原地一动不动。眼睛直勾勾地盯着县衙门，不约而同地发出了惊讶的"啊"的声音。他们这一喊不打紧，那些还没有完全散去的围观群众，都随着卫兵发出的惊讶声音和他们目视的方向，把脑袋全部转到了县衙门口。

只看见县衙门门口两侧的墙上，出现了两幅标语——"中国共产党万岁！""打倒国民党反动派！"这大红颜色的标语，在冬日阳光照耀下，分外耀眼。顿时，人们发出了各种各样的议论声。

"这是么斯时候贴上去的？刚才还冇见到嘛！是哪个有那大的个胆子，敢在县衙门的门口张贴标语？连站岗的卫兵都冇的发现，真是怪事情！"

"中国共产党个个都是天兵天将，来无影，去无踪。标语都贴到县衙门的门口上去了，却连个人的影子都冇见到，太神奇了！"

"中国共产党是抓不尽，杀不完的。你们信不信？他们今天可以在大白天到县衙门贴标语，明天就可以带领老百姓，攻下黄安县城。"

还有一个老百姓说得更是神乎其神："这个贴标语的人，说不定就在我们人群当中。"

……

一切都像是算计好的一样，父亲用这种办法，完成了组织上交给的任务，通过了党组织对他的"生死考验"。

父亲在回忆中感慨地说，自己与许许多多在战场上火线入党的同志一样，都是用鲜血和生命、理想和信念，践行着自己入党的决心。

在返回龚家冲的路上，父亲和雷绍全的脸上挂满了喜悦。他们步履轻松地走在返回的路上。

他们一路上高高兴兴地聊工作，不知不觉之中就到了龚家冲。二人分手前约好，晚上到垮子的老地方见面。

父亲满脸喜悦地大步跨回到了屋里，刚想找一口水喝，屁股还没有落在凳子上，将将（当地方言，意即"刚刚、才到"）满十三细的小叔缠着要参加自卫队。父亲安慰他说："哥今天忙了一天，水、米到现在冇沾一点，晚上还有事情要办。明天再来说你的事情，好吗？"

小叔不高兴地说："一天到晚就晓得忙你们的事，我的事情从来冇的人问一哈子。我现在都是大人了，别个屋里的伢子像我这么大的，都跟着你们一块儿做事情了，为么斯我就不行？"

爷爷把话接过来说："你哥忙了一天了，让他歇一下子，不是说好了吗？明天谈你的事情嘛。"小叔一脸不高兴地出门去了。

父亲没有再说话，接过奶奶盛的一碗红薯糊糊，就着一根咸萝卜，呼呼啦啦的几口就把红薯糊糊喝了下去。奶奶一看，晓得父亲是饿狠了，干脆把熬糊糊的锅子端了出来。没一会儿工夫，一锅子糊糊让父亲喝得个底朝天。

正想和爷爷奶奶说说话，自卫队的队员看到父亲从外面回来了，也上屋里来向父亲请示晚上的岗哨安排和明天的工作。处理完自卫队的工作，父亲看看天色已晚，到了与雷同志约好的见面时间了，就对爷爷奶奶说："晚上我还有点事情要去办一下子，你们莫要等我了，早一点歇着吧。"

说罢，父亲出了门，径直朝着山上会面的屋子走去。

5

这天晚上，还是在龚家冲西边山上的那一间小屋子里，点的还是那一盏小油灯。不同的是，在屋子里北面的墙上，悬挂着一面鲜艳的中国共产党党旗，气氛显得十分庄重、肃穆。

雷绍全拉着父亲的手，站在党旗前，用严肃而庄重的语气说："王积功同志，你通过了组织上对你申请入党的审查和考验，我代表党组织，正式批准你为中国共产党党员！从今天开始，你就是一名没有预备期的正式党员。现在我带着你，对着党旗宣誓。"

此时此刻，父亲心里激动万分，庄严地举起紧握的右拳，跟着雷绍全，一句一句地宣读着入党誓词："我自愿加入中国共产党，实行革命，努力工作，遵守纪律，严守秘密，牺牲个人，死不叛党。宣誓人——王积功。"

父亲在回忆中说，尽管过去了五十多年，但是，这段入党誓词一直都深深地刻在脑子里，始终不曾忘记。入党以后的几十年里，无论遇到了多么艰难的事情，只要一想到1927年的入党誓词，父亲就觉得没有什么困难不能克服，没有什么艰难险阻能够动摇他对共产主义的理想信念。永远不能玷污中国共产党党员的荣誉称号，永不脱党、永不叛党！

宣读完了入党誓词以后，雷绍全又将加入党组织后的有关事情，一一作了具体交代。主要是交代了这么几件事情："一是入党以后，必须要严格遵守党的纪律，服从党的决定；二是对党组织内部的关系、成员和党内的事情要严格保密。包括加入中国共产党的事情，一样都不能告诉其他人，就是自己的家人都不能说。三是除了入党介绍人和党的负责人以外，不经同意，不能随意与其他的党组织或者党员进行工作上的联系。现在是非常时期，我们党的组织和工作都是秘密进行的。没有特殊情况，不要主动与组织联系。做好分内的工作。四是由于"四一二"反革命政变和"七一五"反革命政变，黄陂县的党员仅剩少数几个人，为了加强当地党组织的力量，特别是加强对农民武装的领导，保证枪杆子牢牢掌握在中国共产党党员手里。党组织决定，你明天到黄陂县农民自卫队，队长姓徐，你去担任小队长。去的时候带上介绍信，交给县委的同志，或者直接交给徐队长。最后提醒说，对他本人的名字要保密，以后见面了，还是要称他'雷同志'，或是'老雷'都可以。他目前对外用了好几个假名字，都是为了掩护身份用的。"

1927年11月5日这一天，是父亲永生难忘的一天，终于实现了他多年来加入党组织的梦想！雷绍全与父亲的谈话，一直持续到第二天鸡叫"头鸣"才结束。此时的父亲毫无倦意，思想依旧处于极度的兴奋和激动之中。

他沿着熟悉的山路，大步往屋里走去。尽管天还没有放亮，尽管冬天的夜晚更加寒风刺骨，可是父亲的心里却如同升起了一轮明亮的太阳，浑身上下、由里到外，都被光荣、幸福、责任浸透得热血沸腾。要不是因为夜深人静，他真想大起嗓门，吼上几嗓子，一展心中的激动之情。

夜，静静地。虽然"日头"尚未升起来，但是东方已经现出鱼肚白，干干净净的，没有一丝云彩。他停下脚步，凝视着东方日头将要升起的地方，自言自语地说："又是一个好日子！"

从此，父亲开始了新的人生。

不知道为什么爷爷起得比平时要早，他一边吸着旱烟，一边咳嗽着对父亲说："又是一个晚上冇的困（当地方言，意即'一个晚上没有睡觉'）啊。"父亲刚刚到嘴边的话，被爷爷这么一问，一下子停在喉咙里，不知道该怎么说了。

自打参加"农民协会"以后，父亲因为工作上的事情，在家里困（睡觉、休息）的次数越来越少了。他自己都不记得在家里住过几日。他身不由己，一切都是根据工作的需要来决定，即便是人到了家里，但只要是"农民协会"的事情、自卫队的事情，他二话不说抬腿就走。累了，找个地方打个坐；乏了，随便在哪个农会会员或者穷苦农民的家里，甚至就在山上的草窝子里困一下子。也没有那么多的讲究。

想着想着，父亲突然间觉得自己长了这么大，几乎没有在家里好好地待上几日。更不要提孝敬爷爷奶奶了。到武汉做工，加入了工会，全身心地投入到工人运动当中。回到家乡后，又加入了农会，打土豪、分田地，忙里忙外的，一天到晚都是忙工作，可以说"忙得后脚跟打屁股"，根本顾不过来过问家里的事情，更别说关心爷爷奶奶的身体。

如今，马上又要离开家里，按照组织上的要求到黄陂县去工作。这一去更是不知道几时才能够回来看看，心里的歉疚和难受，让父亲一时间愣在那里，竟不知道该怎么样把马上要到外地去工作的事情说出口来。要出远门的事情，不告诉爷爷奶奶是不行的。话还要说啊，就看是怎么说了。

父亲边收拾自己常用的两件衣服，边想着怎么样把事情说出来。尽可能不让二老伤心难过，也不能违反组织纪律。就顺口绕着圈子编着话："昨天有任务出去忙了一天，回来了又去开会，搞的时间长了。"接着又说："上级有新任务，要出趟远门，怕是一时半会儿回不得来。你和'德'（当地方言，指妈妈）要注意身体，咳嗽这么厉害，烟还是要少抽一点。有么事情我会托人捎话过来的。"

奶奶听说父亲又要出远门，挪着小脚从灶屋（当地方言，指厨房）过来，望着一夜未合眼的父亲说："安伢，再忙也要晓得歇息啊，都这么大的人了，还冇学会照顾自己。既然上面把你有任务，就去忙你的吧。屋里的事情不用操心，有时间顺道的话，记得回来看看。我去弄一点你路上吃的干粮啊。"奶奶边说边抹着眼泪到灶屋去了。

父亲看着爷爷奶奶渐渐衰老和多病的身体，真的是不忍心离开家啊。可是，革命工作总得有人去做吧。不推翻国民党的反动统治，不把欺压在穷苦老百姓头上的土豪劣绅、恶霸地主统统都打倒，天下所有的穷人几时才能有好日子过？雷同志不是说过了吗，只有解放全人类，才能最后解放自己。现在，全国都处于"白色恐怖"笼罩下，中国共产党党员只有豁出命去跟敌人斗才行。自己的家里也只好先放下来，等到革命成功了以后再说吧。

父亲在心里给自己做着工作。他默默地念道："四一二"反革命政变和"七一五"反革命政变，我们牺牲了那么多的中国共产党党员和革命群众，他们都为了么斯？难道他们都没有父母、儿女、妻子、丈夫？革命者，忠孝恐怕冇的两全啊。说得再多有个么用呢？组织上交代的任务必须要去完成的。"

想到这，父亲狠了狠心，在心里对自己说："算了算了，不想那么多了。想多了也冇的用。"接着忙应声对奶奶说："要的要的，一冇时间一定回来啊。"

看到小叔叔站在边上望着自己在收拾行装，父亲突然想起来，昨天答应他的话，忙把他叫到跟前，叮嘱说："你也快满十三细了，也算是个半大的后生，屋里的事情要多上心。冇的事情的时候就要多陪陪爷爷奶奶，省得他们东想西想。现在形势很严峻，还乡团等反动武装随时可能来'反攻倒算'。我在这一带是有名的'农会干部''自卫队的队长'，只要还乡团来了，就一定会找我们屋里的麻烦。所以，每天都要做好'跑反'的准备，做好敌人来'反攻倒算'的准备。一旦有情况，不能老想着自己，要把老人照顾好，千万不能有任何闪失。你要是弄得不好，看我回来么样收拾你。"

刚刚给小叔叔交代了几句，看到自卫队的几个骨干来了，就接着说："我这个弟弟也不小了，平时自卫队可以给他安排一些力所能及的事情做一做，么斯放个哨、送个信，协助做好垮子的'跑反'工作等。哦，对了对了，这小子特别好玩，帮助我管着点，让他记得帮助把屋里的活做完啊，不要因为贪玩不做事情，惹得二老不高兴。"说得几个自卫队的骨干看着小叔子"哈哈哈"地笑着！搞得小叔不好意思了，两个手放在下面搓来搓去，脸也红了，嘴巴子嘟嘟囔囔不晓得说了些么斯。

看到小叔这个样子，父亲也跟着笑了。父亲又对小叔说："既然答应你到自卫队了，去了以后就要听招呼，要服从领导，遵守队里的纪律，不能够随着性子来。你读了几年私塾，有了一点文化，可以发挥一下自己的特长。但是不能够摆'臭架子'啊。"说到这，父亲对小叔挥了一下手，说："好了，你可以出去了，我还要与队里的同志说事情。"小叔一听，像是等到了"大赦"一般，这才撒腿就跑了出去。不过，却是开心地笑着跑出去的。因为从今天开始，小叔正式成为乡农民自卫队的一员，开始了他波澜壮阔的革命生涯。他终于可以像其他与他差不多大的男伢子一样，胳膊上系着红带子，手里拿着梭镖站岗放哨了。

临行前，自卫队的几个骨干聚在一起。父亲把上级通知去外地工作的情况简要告诉了大家。接着按照上级的要求，把队里的工作重新做了分工安排。重点研究、布置了近期对敌斗争的注意事项和需要采取的应对方法等。

"'跑反'已经是我们目前对付敌人'反攻倒算'的有效法子。'还乡团'来了，我们把粮食等生活用物品藏好，老百姓都进到山里躲着不回来。他们找不到老百姓，又找不到粮食，就是来了有个么斯用啊？白跑一场嘛！这个样子搞上它几次，再加上我们自卫队还要骚扰、袭击他们。到了那个时候，还乡团看看也有的么斯法子了，阴谋也实现不了，只能老老实实地待在城里了嘛。就是失败了嘛。不过，天气越来越冷了，自卫队要注意在山上做一些准备，不然老人、细伢子容易生病，这会影响今后的工作开展和'跑反'的效果。另外，我们队里现在名义上有一只短枪、两支长枪。子弹也很少，长枪还有三发，短枪只有一发。短枪由副队长负责，长枪由两个小队长用。其实我们的这三杆枪只有短枪还可以用，长枪就是摆个样子。这些情况哪个都不许透露出去，枪支弹药短缺的问题还是要自己想办法解决。不到万不得已，短枪的这一发子弹是不能够打出去的，这是纪律。"

当一切都安排妥当以后，父亲辞别了爷爷奶奶和家里的所有亲人，带上多年随身的长棍子，当然最重要的是雷绍全的介绍信，直奔黄陂，去执行党组织交给的新的工作任务。

第五章

参加黄麻起义

1

从龚家冲到黄陂县农民自卫队的驻地，走大路有八十多里，父亲走的是山路、小路。路尽管不好走，但是近了不少，赶在下午酉时左右就到了。

按照雷绍全的叮嘱，父亲找到了县委的同志。他看了看介绍信，高兴地说："王积功同志，你来得正是时候啊。我们县的党员目前只剩下几个了。你的到来，增加了我们县党组织的力量。黄陂县比不了你们黄安县，不光是党员数量不及你们的十分之一，而且农民自卫队的力量也远不及你们，钢枪也不如你们多。介绍信已经把你的情况讲得很清楚了，上级党组织也提出了对你的使用意见，要你到徐队长领导的农民自卫队去，协助他做好工作，确保枪杆子牢牢掌握在中国共产党党员手里。我们听的意见，坚决执行。"

接着，县委同志把徐队长的情况，向父亲介绍说："徐队长是1925年入党的老党员，窑工出身，过去在北伐军当过排长，是个军事人才。他组建了一支农民自卫队，担任队长，有七条枪、十几个人，是我们县第一支自己的武装。因为都是农民出身，又都是刚刚拢到一起来的，只有徐队长一个党员，要把这个队伍建设好，使用好，任务很重啊！

你在武汉参加过工人运动，回来又参加了农民协会，对工人运动和农民运动有了实际工作经验，这对于抓好这支农民武装是非常有利的。希望你去了以后，搞好团结，协助徐队长把队伍建设搞好，把党对武装斗争的要求落实好。"

由于两个人互相不认识，为了把交接工作做得稳妥，黄陂县委的同志，亲自把父亲带到徐队长的农民自卫队驻地，并当着两个人的面，为二人互相做了介绍。

对于徐队长的名字，父亲早有耳闻，只是从来没有见过。父亲在武汉参加工会期间，对于各行各业的工人有比较深刻的了解。他看着眼前的徐队长，对其最初的印象是：个头不高，身板结实，满手老茧，口音相差不多，性格豪爽，说起话来直来直去，看上去是一个做工的出身，是做过重体力活的人。

双手相握，二人相互凝视着、笑着，从此开始了一段难忘的战斗情谊。

徐队长见到父亲时的第一句话是："你是上级党组织从黄安派过来的，说明组织上对你的信任。我没有意见，就是欢迎。你、我都是党员，又都是工人出身，你还有一身好武功。你的加入，让我们自卫队如虎添翼。现在，我们自卫队有十几个人、七条枪。我把这支队伍分做三个小队，每个小队里五个人、两条枪，你担任一小队的队长，我给你多分一条枪。你和他们先聊聊，熟悉一下情况，注意把他们团结到一起，遇到有什么事情不好办，就跟我说一声，我来解决。你大胆地做工作，有我支持你。工作上的事情下一步再说。"

从介绍情况，到安排工作，再到应当注意的事项，没有废话，简明扼要。徐队长短短的几句话，就把父亲来这里工作的事情给说清楚了。

"快人快语，让人感到十分爽快。就这样，我担任了黄陂县河口农民自卫队小队长。在一小队落下脚来，与队员们一起生活了将近个把礼拜的时间。一天下午，徐队长突然来找我说，说刚刚接到通知，根据省委的指示，黄安、麻城今天晚上要举行起义，攻打黄安县城，要我们自卫队也参加。我说好嘛，是该搞武装起义，狠狠打击国民党反动派的嚣张气焰了！你看我们几时动身？"

徐队长交代任务说："这个样子吧，其他两个小队现在都在外执行任务，分了两三处地方，一下子收拢不了，又不能耽误起义这件大事。多一个人，多一条枪，就多一份力量。你是黄安人，对那里的情况比较熟悉，又晓得抄近道。你带一小队，先走一步，我带其他人随后就到。哦，对了，带上一个字条，交给负责起义的总指挥。把黄陂自卫队的情况给他们讲一下。"

父亲受领任务以后，一看时候不早了，为了尽快赶到黄安县去参加起义，二话不说，带着一小队就先赶路了。一边赶路的同时，父亲一边传达了徐队长布置的任务和提出的要求，并简要介绍了黄安的情况和参加起义的力量。队员们听了之后情绪十分高涨，个个都表示了决心。

"用这么短的时间赶到黄安县城，确实有点紧张了。我们要赶快赶路，要是去得晚了，怕是赶不上起义了。"

"晚上的山路不好走，要是在白天，我们可以跑一段、走一段，速度会快好些的。"

"讲这些有么斯用？任务来了，还管它白天、晚上，山路、平路、大路、小路还是夜路？不用说那么多了，就是跑断腿了也要赶上参加这次起义！"

也有的队员认为，"黄安、麻城可以搞起义，往后我们黄陂也可以搞嘛。到时候可以相互支持，把打下来的地方连成一片，都成为我们老百姓的天下，那样的话晓得有几好啊！"

队员们一路上你一言我一语地聊天，脚下却一刻不停地赶路。父亲没有参加队员们的议论，自己在心里默默想：对于这次武装起义，在来黄陂之前，雷绍全同志已经给我传达过省里的有关决定，只是没有想到起义来得这么快，规模搞得这么大！想到这次是代表黄陂农民自卫队前来配合黄安、麻城的农民自卫军举行的武装起义，夺取黄安县城，建立我们的革命政权和革命军队，每一个人的心情都格外激动和自豪。到时候也不晓得四里八乡的乡亲们，见到我以后会问些么斯。我想肯定会问，这段日子你到哪里去了？你么样是代表黄陂来参加起义的呢？起义成功以后你会留下来吗？还要回黄陂去吗？

当然，父亲也很想念爷爷奶奶，想念这里的乡亲朋友，希望在起义成功以后，能够有时间带着胜利的喜悦，回去陪一陪爷爷奶奶，给他们讲一讲这次起义的经历和许许多多他们不知道的事情。

父亲是练武出身，无论是夜行还是日行，不管是平坦大道，还是山路、小路，就是挑上一百两百斤担子，一天走出去百把公里路，也不算个多大的事情。可是他手下的几个队员，腿脚却跟不上劲儿。秋冬的晚上，一气儿走几十公里急行军的山路，汗水早就浸透了衣服，大口大口地喘着粗气。

为了尽快赶在起义之前到达黄安县城，父亲对队员们说："这么样行呢？照这个样子走下去，怕是赶不上的。"于是，把两名队员身上的两支枪从他们身上取了下来，挂在自己身上，说了一句："跟上！"蹽开大步直奔黄安县城。

过了高桥河没有多远，尽管天色很黑，远远地听到人们在大声说话、呼喊，隐隐约约地看到许许多多各乡、各塆子的人民群众，也在自发赶往县城。

这个时候父亲给队员们说，看到了吧，人民群众已经自发地行动起来了，都来参加这次武装起义。我们要赶上这些起义的人群队伍，与他们一块儿到县城里去。

随着时间的推移，参加起义的人们越来越多，行进的队伍也越来越庞大。再加上高举着红旗，打着火把，参加起义的农民队伍显得势不可当！真是犹如各条小溪流出的涓涓细流，逐渐汇集到了一起，形成了一股波澜壮阔的怒潮，向着县城奔流而去！父亲带领的河口农民自卫队小分队的所有人，终于赶上了这些去县城参加起义的人群队伍，并被农民起义的巨大力量所震撼，受到了极大的鼓舞。说起来也怪得很，赶了一夜的路，原本身体的疲劳感，此时竟然消失得无影无踪。

河口农民自卫队的小分队，自然而然地融进了这条滚滚涌动的怒潮，和所有参加起义农民们一起，朝着县城大踏步前进。这个时候，两个队员悄悄对父亲说："队长，把枪把得我们吧，我们可以走得动。"另外几个队员听见了他们说的话，都笑了起来，打趣地说："么样？这马上就要去攻城打仗了，枪还要队长帮你们扛着。"

两个人一听更是不好意思了，急得脸通红。

他们刚开始跟队长要枪的时候，是担心让旁边的老百姓看到，觉得太丢人。现在让自己队里的同志一打趣，也顾不上要什么面子了，干脆一起上来，把两条枪从父亲身上抢着取了下来，往自己肩上一扛，立刻就把自己是持有钢枪的农民自卫队战士的身份，告诉了周围参加起义的所有人们。

要知道，那个年代手里能有一把钢枪可是不得了的一件大事啊。他们的举动，在参加起义的群众队伍里，自然而然地引起了很大震动。许许多多的人民群众马上围了过来，有的还上前来摸一摸枪支，边走边问："这是钢枪啊，是真枪！能打几远啊？重不重啊？听说放枪以后耳朵就么斯都听不见了，一天到晚耳朵里嗡嗡作响，是不是这个样子的？"

人们用好奇、羡慕、赞叹的眼光一会儿看看枪，一会儿看看扛枪的人，赞赏的声音不绝于耳，可把这两个扛枪队员的自豪感彻底激发出来了！他们挺着胸，迈着大步，头也抬得高高的，就好像生怕老百姓不知道自己是持有钢枪的自卫队队员似的。之前在赶路上的疲劳一扫而光。

快到县城的时候，同样赶往县城去参加武装起义的人群和队伍也越来越多。

从县城方向往远处望去，通往县城的各条路上，到处都是自发参加武装起义的人民群众。男女老少不计其数。手里拿的武器也是五花八门，什么都有。有些精壮的后生，拿着自制的长矛、大刀，打猎用的土铳，砍柴用的砍刀，或者干脆把锄头、耙子、铁锹扛在肩上。半大不大的伢子们，跟在父辈和大人的后面，手里提着棍子、棒子，割稻谷用的镰刀。

黄安的妇女们也不甘落后，纷纷走出家门。她们除了带上给起义队伍吃的茶水煮的鸡蛋、灶里烤的红薯、锅里炕的糍粑，还在怀里揣上一把剪刀，或者是一把纳鞋底子用的锥子。她们要用自己的行动表明，女将（红安当地话，指妇女、女人）要和男将（指男人）们一样，打进黄安县城里去，为老百姓报仇雪恨，在武装起义中做出自己的贡献。

闻讯而来参加起义的人民群众也越集越多。起义的队伍逐渐汇聚成了一股强大的洪流，向县城涌动。声势浩大，势不可当！被封建势力压制了几千年，被反动政府、土豪劣绅、地主恶霸欺压了几辈子的贫苦农民，要用自己的方式和手里的武器，反抗一切敢于阻挡他们前进的反革命势力！

历史给了黄麻人民机会，黄麻人民创造了历史！

在快到黄安县城的时候，父亲遇到了许多高桥乡的父老乡亲，和在农民协会一起工作过的亲朋好友，热情地相互打着招呼，相互询问攻打县城的具体时间和地点。当知道总指挥部已经提前到了县城门外后，马上命令小分队的全体队员跑步前进。

"我们小分队在黄安县城的北门附近找到了起义总指挥部，立即将徐队长写的字条交给潘忠汝总指挥，并报告：黄陂农民自卫队，接到县委指示以后，按照徐队长的安排，第一小分队昼夜兼程，尽量赶上这次攻城战斗。其余的同志随后赶到，全力配合黄安麻城的武装起义。"

"潘总指挥听了我的报告以后，拉着我的手高兴地说：'好啊，几十公里的夜路，动作好快呀，我们还担心你们赶不过来呢！对了，你们可是代表我们家乡黄陂来的哟，真是太及时了！'接着潘总指挥大致介绍了一下这次攻打黄安县城的行动计划。

"看到我们来的五个人有三条长枪，提出让我们参加由吴光浩副总指挥组织指挥的攻城突击队。

"找到吴副总指挥的时候，他正在组织攻城准备，等候攻城的命令。听了来人的介绍，热情地说：'好啊，欢迎我们黄陂农民自卫队前来参加武装起义！你们的到来，增加了我们突击队的力量。积功同志，这次攻城战斗，我们突击队是攻城的先头队伍，也就是一把尖刀。攻城的主要办法是里应外合。我们已经派了十几个同志作为尖刀班，混在赶集的老百姓中提前进了县城，摸清楚敌人的兵力部署等情况后，发出攻城的信号。外边的人看到信号后就往里攻。让敌人弄不清楚我们的虚实。'"

父亲有生以来，第一次听说怎么样攻城打仗，觉得非常新鲜。同时，对这位吴副总指挥立刻产生了好感，认为眼前的这个人很不简单。别看他个头不高，文文静静，没想到对这次攻打黄安县城的办法想得这么周到，这么胸有成竹，不禁在心里头对他十分佩服。父亲当时心里就在想，他怎么懂得这么多呢？这么有本事呢？今天能跟着这样的副总指挥去打仗，真的是"见了广"，开了眼界。一定要在这次攻打县城的战斗中，好好向他学习打仗的本领，今后也要照着他的法子去打仗。

出发之前，徐队长曾经给父亲介绍了吴光浩同志的情况。他说："这个人是我们黄陂人，黄埔军校毕业后，党组织派他到国民革命军第四军叶挺独立团担任连长，参加了著名的汀泗桥、贺胜桥和攻克武昌城的战斗，在北伐军中很能打仗，尤其对攻城战斗有一套办法。你去了以后，可以跟他好好学习学习打仗的经验。要把这些经验带回来，今后可以用在我们的队伍上，提高作战能力。"

正想着徐队长的话，忽然听到吴光浩副总指挥说："你是第一次参加这样的战斗吧，没有关系，你们几个人就跟着我，到时候我会告诉你么样做的。"父亲特别高兴，正愁着没有机会跟在他的身边，亲身体验他是如何指挥作战的，这下可好了，可以跟着副总指挥一起参加战斗，赶紧回答道："太好了，太好了！我们几时开始攻城？"

吴光浩副总指挥说："现在正在等待县城里边的同志给我们发信号。听到信号以后，就可以攻城了。"

父亲又问了一句："那是不是我们所有参加起义的所有人，从四面八方一起同时攻城？"

吴光浩同志听到这里就笑了起来。他看着父亲说："我看你这个同志还是很有点思想的，你是不是在琢磨这么高大的城墙么样才能够打得下来？"

"是的是的。这个城墙又高又大的，就是用梯子往上攀的话，不光是目标蛮大，如果一旦暴露了，上面还有敌人守着用枪往下打，这个样子往上攻，可能还是不大容易的，也会造成一些伤亡吧？"父亲接着用话问他，希望他能够告诉自己具体的攻城办法。

"是这个样子的。攻城开始的时候，我们包围县城的农民自卫军和参加起义的人民群众，会发起一场声势浩大的攻城战斗。这个时候，我们这支突击队，就可以悄悄从这里（城墙的西北角）沿着城墙角攀爬上去进到城内，并伺机打开城门。由于声势浩大的攻城队伍从几个地方同时攻城，不仅大大分散了守城敌人的兵力和注意力，也为我们突击队创造了攀墙入城的条件，以攻其不备。突击队在尖刀班的配合下，攀墙入城后，分成两路：一路负责消灭北城门楼上面的守敌；另一路则快速冲到北门，收拾掉守卫城门的敌人，将城门打开，迎接起义队伍进城。只要我们这边的城门一旦打开，起义的大军就会像潮水一样涌进城里来，其他几个城门上的敌人晓得情况以后肯定就慌了，有的可能会弃城门而逃，这又为攻击另外几个城门的起义队伍创造了有利条件。这个时候，守城的敌人一定是顾此失彼，军心大乱。而我们几路农民起义大军冲进了城里，会合起来就会产生强大的力量，再去消灭城里的敌人，也就很有把握了，到那时，我们可以按照事先做出的安排分工，根据敌人的兵力部署，分头去消灭城内的敌人。怎么样？这下子你清楚了吧，还有么斯问题？"

"晓得了晓得了，冇想到打仗攻城还是一个很复杂的事情，需要动这么多的脑瓜子。原来以为我们人多势众，喊着口号，大家一起往上攻，这个阵势吓也能把敌人吓得半死，还怕攻不下黄安县城？"父亲深有感触地说。

"打仗是一门学问。人多势众固然是好，但并不能保证你就能够拿得下县城。敌人在那里也不是摆设。再说我们参加起义的大多数都是农民，既没有受过正规的军事训练，也没有打过这种攻城的正规仗。如果不好好进行策划和组织，会造成很多伤亡。我们既要取得攻城的胜利，还要把我们的伤亡降到最低，这些是需要当领导的去动脑子、想办法的。"

吴光浩的一番话，仅仅用了几分钟的时间，让父亲茅塞顿开，从心里感到能够认识这样一个会打仗的领导人，真是三生有幸，决心要跟他好好学习，今后也能够像他那样指挥打仗，成为一个优秀的军事指挥员。

这时候，城里突然响起了几声枪声。这个时候，总指挥潘忠汝下达了攻城的命令。

1927 年 11 月 14 日凌晨，攻打黄安县城的战斗开始了！

早已经把黄安县城围得"水泄不通"的农民起义大军，发出了震天动地的声音。"冲啊！杀啊！呵火、呵火、呵火"的呐喊声，与攻城的枪声、炸弹声交织在一起，响彻了大地！人山人海的起义队伍，涌向城墙、涌向城门，开始奋勇攻城。

武装起义的气势，足以把黄安县城掀个底朝天。在无数的火把映照下，集中在东西南北四个主要方向上的数路农民自卫军，几乎同时攀登着梯子奋勇向上，城门上的敌人慌乱地放枪。与农民自卫军一起围城、攻城的几万穷苦百姓，把压抑在他们心中的仇恨，像火山一样喷发出来！用惊天动地的呐喊声，为攀爬梯子、勇登城墙的勇士们，呐喊助威！

吴副总指挥喊了一声："突击队跟我上！"父亲立即带着小分队，跟着吴副总指挥的突击队从隐蔽处，迅速来到城墙的西北角。有的搭梯子，有的准备从西北墙角往上爬。

在黑暗中，只见县城墙的西北角，城砖砌得凹凸不平，从城墙的下面往上看成倾斜度。墙城最下面一段，坡度略小，比较容易攀爬。再往上，直到城墙顶的一段，坡度很陡，基本是垂直的。城墙的高度大约在两三丈左右，有攀爬经验的人，在没有被敌人发现的情况下，是可以徒手攀爬上去的。但不管怎么说，还是有很大的困难和危险，弄不好也可能跌落下来。这不光需要胆量，更多的还需要手力、臂力和向上攀爬的协调性。

看到这个情况，父亲向吴副总指挥提出来："我学练过武功，具备攀墙上去的条件，我先上吧！"

看到吴副总指挥有点犹豫的样子，父亲又说了一句："总不能让普通的群众先上，我们中国共产党党员跟在后面吧。"这时，吴副总指挥盯着父亲看了一会儿，说："好吧。上去以后，先注意观察一下周围的敌情，如果没有什么情况，再往下放绳子。"父亲把枪挎往身后，接过一捆绳子挎在肩膀上。接着徒手沿着凸凹不平的城墙角向上爬去。

城门外边，是群情激昂的起义队伍，大声呐喊的攻城声音，如同山呼海啸一般，大有将城墙推倒的气势！

父亲没用多少时间，很快攀爬到了城墙上。他从城墙上往四下看看，没有发现敌人，就把绳子放了下去，晃了几下，意思是说，可以上来了。突击队员们很快攀爬上来，在尖刀班的接应下，来到了城墙里面。

吴副总指挥随即向尖刀班了解了城内的敌情，看到人员到齐之后，马上下达了命令："突击队一小队负责消灭北门城楼上的敌人。其他人员随我去消灭看守北城门的敌人。打开城门，迎接潘总指挥和起义大军进城！"

父亲和剩下的突击队员，跟随吴副总指挥，用最快的速度冲向县城的北城门口。当守卫城门的几个敌人，突然发现从城里冲过来的突击队员的时候，已经来不及做任何抵抗了，吓得不知所措，只好把枪举起来，乖乖投降。父亲和跑得快一点儿的几个突击队员冲在最前面，顺手就把他们的枪给缴了。

"快打开城门！打开城门！"父亲与几个队员把敌人几脚踹倒在地，冲上去打开了城门。早已守候在城门外的攻城队伍，一看城门被打开了，兴奋得一起大喊起来："城门开了！城门开了！往里冲啊！冲啊……"起义大军顿时像潮水一般涌进城来。

当看到潘总指挥的时候，父亲和突击队的队员们把手里的长枪举得高高的，一边挥舞着长枪，一边大声喊："我们在这里！我们在这里！吴副总指挥在这里！"潘总指挥带领的起义大军和吴副总指挥的突击队，终于在北城门门口胜利会师了！

按照起义前定下来的战斗部署，先集中全力攻打对这次起义威胁最大的、位于"火王庙"的敌第三十军（起义前情报告知，三十军有一个团进了城），然后解决县衙门、警察局、监狱等地方的敌人。可没有想到的是，当突击队和自卫军冲到"火神庙"以后才发现，第三十军的一个团并没有来，里面空空的，没有见到一个敌人。正当大家感到非常失望时，不知道谁放了两枪，从庙宇后面竟然跑出来几个穿着军装的人员。队员们用枪对着他们大声喊道："缴枪不杀！"这几个国民党兵吓得双手高高地举着枪，也跟着喊："缴枪，缴枪，不杀，不杀。"他们的这个样子，弄得突击队员们哭笑不得。这时冲上去几个突击队员，下了他们的枪。看到这个情况，吴副总指挥说："赶紧把庙里庙外仔细搜查一遍。"结果再没有发现其他敌人。原先准备在这里打一场大仗，消灭敌第三十军进到城里的队伍，结果却发现敌人没有来，计划落了空。

吴副总指挥看到，这里已经没有什么情况了，他让自卫军的队员将这几个敌人暂时先关押在一个屋子里。然后同潘总指挥商量了几句，说："同志们，我们现在兵分两路，一路人跟着我去打县衙门，另一路人跟着潘总指挥去打警察局！"接着，吴副总指挥把手枪用力一挥，大声说："跟我走！"指挥突击队和部分农民自卫军，往县衙门冲了过去。潘总指挥则带着从北城门进了城的大部分起义大军，去攻打警察局。听说要去攻打县衙门了，突击队和自卫军的队员们，以及参加起义的部分人民群众，手里举着红旗，挥舞着手中的钢枪和梭镖、大刀以及各种农具，犹如射出的利箭一般，争先恐后地向县衙门冲去。

这个时候，不管是突击队的，还是自卫军的，尤其是手里拿着枪的队员们，更是个个奋勇当先，生怕落在别人后面，从而失去了杀敌立功的好机会。"同志们，立功的时候到了。咱们黄陂来的自卫队绝不能落在后面！"父亲赶紧招呼几个队员，让他们拿出全部力量，争取第一个冲进县衙门。父亲个子高，身体好，腿也长，很快冲到队伍的前面去了。当冲到县衙门的时候，天还没有亮。县衙门门口的卫兵，可能早已经被吓得不知所措，可是没有命令，他们又不能擅离职守，手里拿着枪、缩着脖子，不安地在门口晃动。当看到起义大军突然间冲过来的时候，掉头想往县衙里边跑，可是哪里还来得及。突击队员们的枪已经指到他们的身上了，他们只能乖乖把枪举在头顶上。

不知道哪个问了一句："你们的县太爷在哪里？"卫兵吓得用手指了指院子里面的县衙。队员们紧接着继续往县衙门冲了过去。守护县衙的敌人已经有所准备，朝着冲进院子里来的队员们开了枪。密密麻麻的枪声，让冲到最前面来的十几个队员愣了一下，手里有枪的队员马上开枪还击。突击队和自卫军的人多、枪多，虽然都只是步枪，可一起往里打，火力也很密集。冲到县衙院子里的突击队员和农民自卫军越来越多，没有枪的人在后面大声喊着："杀啊！杀啊！不缴枪就把他们都消灭掉！"喊杀的声音越来越大。里面的敌人被外面的喊杀声和密集的枪声吓破了胆，眼看守不住了，大声说："莫打了，莫打了，我们缴枪，我们缴枪。"

枪声一下子停了下来。

"把枪扔出来，不扔出来就把你们都打死在里面！听见有的？"有的队员大声地喊道。

敌人开始向外面噼里啪啦把枪扔了出来，可能是因为害怕，他们中没有一个人敢走出来。队员们在"冲进去！冲进去！去捉县太爷啊！"的喊声中，又一起向里面冲过去。刚刚跑出去几步，身边的一个队员忽然指着父亲的腿说："队长，这里有血，你是不是中枪了？"父亲下意识地低头看了看，血水正顺着小腿往下流，已经把裤腿染红了。这时，腿有些跟不上劲儿了，父亲急忙大声说："快快快，么管我了，你们赶紧冲进去！"没过一会儿，有队员跑出来对父亲说，"队长，突击队的和自卫军的人都已经冲进去了，县衙打下来了，县太爷也被捉住了，武装起义胜利啦！我们扶你去包扎包扎吧，也不晓得你伤得重不重，打到骨头了冇的？"

另一个队员问："队长，你的腿疼不疼啊？以后会不会留下残疾？"父亲听说抓到了县太爷、武装起义胜利了，笑着说："打仗嘛，哪里有不流血，不死人的。这是很正常的事情嘛。为了革命，流血牺牲是值得的！只要参加革命，无论哪个人，都要随时做好这种思想准备。痛算个么斯。黄麻起义负了伤，证明我们为这次起义做出了自己的贡献，是一个纪念，也是一种自豪。"

一个年长一点的队员兴奋地说："我们黄陂自卫队参加黄麻起义，队长负了伤，我们还缴获了两条枪。没有给黄陂人丢脸。为武装起义做出了贡献，确实应该感到骄傲和自豪！"

县衙门里挤满了前来攻打县衙门的突击队员、农民自卫军，和参加起义的人民群众，把一个平时普通老百姓根本进不来的县衙院子，挤得水泄不通。

那可真是广大人民群众扬眉吐气的日子啊！父亲被救护人员背出了县衙门。经过诊断，子弹是从小腿肚子穿过去的，一进一出打了两个洞。看看没有伤到骨头，当时给父亲做了简单的处理，既没有打针，也没有吃药。当然，在那个年代是没有什么针可打的，也没有消炎药可吃。

"这是我参加革命以后第一次负伤。"父亲说。

"我负伤后在七里坪住院治疗，没有跟着队伍行动。伤愈归队编入了鄂东军，之后队伍改编为工农革命军第七军，是鄂豫皖地区建立的第一支农民武装，也是红四方面军最初的来源和骨干力量。"

2

1929 年 8 月下旬的一天，特务队队长吴信行找到父亲说，师里有重要任务，赶快去一趟。

"你是我的领导，我是你手下的小队长，有么斯任务你就直接告诉我就行了，还要我跑过去做么斯？"父亲大声说道。"你去了就晓得了。"从吴队长说话的口气和脸上也看不出有什么特别的地方，父亲也没有二话，抬脚就往师部赶去。"到底是么斯任务，搞得神神秘秘的？以前安排任务，可从来冇遇到这个样子。"父亲自言自语地说。

到了师部以后，看到戴克敏党代表和另外一个陌生人坐在那里正在说话。父亲在门外喊了一声报告。

戴克敏党代表笑着说："说曹操、曹操就到了，快进来吧，我来给你们介绍一下，这个是才来不久的徐同志。吴光浩同志牺牲以后，中央派他来我们红十一军三十一师负责军事指挥工作。"

这是父亲第一次见到徐同志。父亲拘谨地给他敬了一个军礼以后，他站起来走到父亲的面前，跟父亲热情地握了握手说："刚才戴克敏同志介绍了你的情况，现在一见果然如此。你做过工人运动，当过地下秘密交通员，又参加了农民运动，应该说你是能工能农，你还会武功嘛。不错，不错。我们现在队伍上需要的就是你这样的干将。"

徐师长见面以后说的这一通话，因为说的是山西方言，父亲没有听懂。戴克敏用红安话给父亲翻译了一遍。看到父亲总算是听明白了，三个人一起会意地笑了起来，刚刚还有的一点点尴尬、拘谨的气氛也松了下来，

"以后慢慢熟悉了就好了啊。"戴克敏拍拍父亲的肩膀说："来来来，我们坐下说，坐下说吧。"这个时候父亲仔细看了看徐师长，瘦高的个子，如果不是穿着当地红军自己制作的黑灰色的军装，倒真像是一个地地道道的教书先生。

徐师长把话接过来，不紧不慢地说："积功同志，你一直在特务队工作，经常到黄安、河口、宋埠、麻城去执行任务，对这些地方的情况比较熟悉。我和党代表商量了一下，准备让你到黄安和宋埠一趟，挑选一些作战勇敢的农民自卫队、赤卫队的队员，到我们部队来，扩大红军力量。你也知道我们现在的队伍对外说是一个师，其实从上到下加起来也就是三百来个人，的确是太少，你这一次去要尽可能的多带些人回来，当然一定是要靠得住的，苦大仇深的，最好是打过仗，有一点点作战经验，哪怕是会放枪也行。来了以后经过简单的训练就可以带出去上战场。"

徐师长的话不多，简单几句话，把任务交代完了。因为是山西话，父亲听

得有点吃力，有一些听得似懂非懂，所以，在师长讲完了之后，戴克敏同志又把刚才徐师长说的任务，简单地重复了一次。

父亲听明白了以后就问："你们看需要几长时间完成任务？"

"当然是越快越好了。"

戴克敏又问父亲："有有的困难吗？还有么斯问题啊？"

父亲想了一下说："冇的参加过自卫队、赤卫队的，要不要？前些年，因为教授武功，搞农民协会，认识了一些年轻后生，这些人不晓得队伍上要不要？"

戴克敏说："只要是苦大仇深，家庭情况可靠，也就是我们平时说的信得过的人，当然是可以的嘛。"

接着，戴克敏又说："积功同志，这次让你去'招兵买马'，你刚才说的这个情况就是一个很重要的原因。我记得去年你有一次汇报思想的时候，专门向我提到了，你在武汉纱厂的工会时期，通过教授武功，团结了不少青年工人。后来，'二七大罢工'失败以后，遭到反动政府的通缉，你来到麻城的宋埠镇，隐姓埋名做工，又利用自己教授武功的办法，聚集了许多志同道合的年轻后生。如果这些人愿意到队伍上来，我们当然是欢迎的了。但是对这些人，你要一个一个地去了解他们的实际情况，有的人恐怕还要依靠当地的党组织进行调查了解，确保冇的任何问题才行。

需要提醒你的是，现在许多地区已经是敌人的控制区，人员情况也变得复杂了，所以要更加慎重地选拔人员。还要注意自己的安全，不能向无关人员透露你这次的行踪。还有，敌人的'会剿'一个连着一个，规模一次比一次大。过去逃亡出去的土豪劣绅、恶霸地主纷纷还乡，勾结国民党反动派和军阀武装成立了还乡团，对红军控制的根据地人民进行疯狂反扑，大搞反攻倒算，重新建立了各级反动政权和反革命武装，频繁进行'清乡剿共'。凡是被他们定为'共党嫌疑分子'的，要全家处决。他们还采用了'五户联保，或者十户联保'，只要发现哪一家有共产分子或通共分子，就将这个联保所属各户全部处决等，手段极其残忍。

在这种白色恐怖的高压之下，难免有些群众会为敌人的淫威所惧，做出一些有损我们的事情。过去'靠得住'的人，现在就不一定'靠得住'了。这些情况你一定要心里有数，万万不可大意。"

受领了任务，父亲像往常执行任务一样，打扮成农民的样子，在平时干活用的一根近两米长的扁担上挂一双自己编织的草鞋，身上斜挎一个放着衣服和干粮的布包就出发了。因为不是执行侦察敌情，既没有带一个队员，也没有带枪，连夜就下了山。按照计划，先去宋埠，再去黄安。

离开部队以后，用了半个月的时间，在当地党组织的安排配合下，下山"招兵买马"的工作进行得比较顺利。除了地方党组织选拔推荐的人以外，父亲又从带过的徒弟、儿童时期的朋友、农民协会时期的骨干成员中，足足挑选了将近五十名年轻后生。对选中的每一个人，都委托地方党组织进行了认真的调查了解，详细核实情况。并与他们一个一个地进行了深入、细致的谈话。

对最后定下来的人员情况进行登记造册，要求他们各自分散前往指定地点集合，再由接应的同志送到队伍驻地。

眼看任务完成得差不多了，事情也办得顺利。父亲想，该回家去看一看了。也不知道爷爷奶奶现在的情况怎么样了，是死是活，连一点音讯也没有，心里面十分放心不下，准备利用这些新战士到指定地点报到集合前，还有几天的时间空当，抽空回去看看，争取在家里过一个中秋节，尽一尽当儿子的孝心。

这是从1927年秋入党，被组织上安排到黄陂县河口自卫队工作以来，父亲有近两年的时间没有回家了，迫切的思乡之情让父亲加快了回家的脚步。父亲是当地挂了号的"名人"，所以他不能够走大道，只能选择一些小路、山路，避免被还乡团发现行踪，造成不必要的麻烦。

回家的路上，父亲的脑子里一直惦念着爷爷奶奶，如果二老还活着的话现在是个什么样子，身体可好……也牵挂着龚家冲所有亲戚朋友目前的近况，最担心的莫过于垸子里的父老乡亲们，他们会不会因为自己的红军身份，遭受还乡团的残酷报复。

距离家越来越近了。映入眼帘的，都是熟悉的山山水水，和成块成片的水稻田和花生、红薯等庄稼地，父亲觉得十分亲切。秋高气爽的天空，几乎没有什么云朵。家乡的大地，在阳光的照耀下，显得那样安宁、祥和。山地、田野上偶尔吹起的一阵一阵微风，水田里稻花散发出来的一种久违的清香，随风飘来，父亲大口地呼吸着，整个人都沉浸在家乡的美景之中，头脑里不时闪现出当年在田间地头、在池塘边上、在深山老林与小伙伴一起玩耍打闹的场景。

不知道是不是老天爷故意安排的。在前往东上店给爷爷奶奶买糖果的路上，父亲偶然遇到了一个"熟人"。他见到父亲以后先是愣了一下，然后忙不迭地打着招呼说："回来了啊！你怕是有几年冇回了吧？"父亲一看是个"熟人"，前两年在农民协会一块工作过，还是个沾亲带故的远房亲戚，一时间也没有多想，就随口答道："是的，是的。""你去东上店？不回屋里看看？""熟人"又问。父亲说："去买点糖果，准备回去望一望。""熟人"笑嘻嘻地说："好啊，好啊，我给你捎个话回去，让你的屋里有个准备。他们要是晓得你要回来，不晓得有几高兴！"

父亲万万没有想到的是，因为自己的一时疏忽、放松了警惕，竟然被一个远房亲戚，一个一起在农民协会工作过的"熟人"给出卖了，还给他带来了意想不到的杀身之祸。

太阳很快落下山去了，天色渐渐地暗了下来。买到了糖果以后，父亲甩开大步，兴冲冲地往回家的路上赶去。

从东上店到塆子里的路并不远，一路上再没有遇到一个认识的熟人。不管是大路还是田间小道，四处静悄悄的，连个人影子也很难看到。

"怪得很呢，这是么斯一回事？天还冇黑下来，么样这静？平时热热闹闹的，现在为么斯连一个人也见不到呢？"父亲的心一下子收紧了，警惕地在将要落下的夜幕中，四下观察着情况。

父亲作为特务队的小队长，经常深入敌占区去执行任务，像现在这样的情形见得多，开始也没有太当一回事儿，只是希望自己的塆子还没有被敌人毁掉，爷爷奶奶和家人，以及塆子里的所有亲人都安然无恙。离家越来越近，甚至远远可以看到塆子了。但是这种极不寻常的平静，却让父亲的心越揪越紧，甚至有点紧得揪心。"难道塆子出事儿了？！"直到这个时候，父亲担心的还只是塆子出事了没有，却完全没有想到，敌人已经在这里布下一张大网，正悄悄地等待着他的到来。

在战争年代，依照平时，无论是到哪个塆子去，遇见了这种情况，父亲一般会很快寻找一处隐蔽的地方藏起来，进行认真观察，在确保没有敌情的前提下，才能够进到塆子里面去。可是今天，思家之情促使他不仅没有停下脚步，反而继续快步向前。塆子就在眼前了，还有不到百把米的距离，就可以回家看到爷爷奶奶了。尽管父亲觉得这个"静"极不正常，极有可能塆子出现了情况，但是既然回来了，不管怎么样，都要回家里去看一看，不然急急忙忙地赶回来干什么呢？

"还等么斯呢？管不了那么多了，一不做二不休，就是龙潭虎穴也得要闯进去看一看再说。不管么样说，回来一趟不容易，总得要晓得父母的生死情况吧。总不能到了屋里的跟前，不进去看一眼吧？"

父亲回忆起这一段往事时，把他当年想尽快看到爷爷奶奶的心情告诉我。

我能够理解当年父亲的心情，但故事讲到这里，不免让我的心也跟着揪紧了，不由自主地说了一句："哟，这个情况可要当心啊！"

父亲看了我一眼，没有停下他的故事，继续顺着思路回忆。

主意定了，父亲大步走进了垮子。来到家里前面的池塘边，父亲从肩膀上取下扁担，一手拎着扁担，一手提着糖果。朝四下仔细地看了看。天上的月亮静静地看着他，池塘里的水也一动不动地看看他。仿佛在问：你回来了，还记得我们吗？还记得在池塘戏耍的往事吗？家里门前的情景与往常一样，似乎一切都没有因为年月的变化而发生改变，也没有发现敌人的踪迹。

父亲笑了笑，在心里自言自语地说："总算是赶在八月十五中秋夜的晚上回来了。长了二十几岁，早已不记得在屋里与父母及亲戚朋友们一起度过了几个中秋节，反正在脑子里没有任何印象。"他又想，那个"熟人"一定会把话捎到的，全家人一定在家里高兴地等着他呢！

其实到了这个时候，父亲已经明显感觉到家里出问题了。他有一瞬间的犹豫，想转身离去。"可是那个时候，年轻气盛，天不怕、地不怕，'犟筋子'的脾气，几头牛都拉不回来，到底还是冇的改变自己已经定下来的主意，而是继续'只身犯险'，就是死，也要回到屋里去望一眼。"

当然，这些都是父亲事后回忆时候说的话了。

他对着家里敞开的大门喊了一嗓子："德，我回来了！"说着，提了糖果和扁担就跨进了家的门槛。家里没有点灯，黑乎乎的。就在这个时候，突然从里面一下子冲出来了八九个敌人。

在黑暗中，一个敌人抢起一条凳子砸了过来。父亲没有躲闪，下意识地用手中的扁担挡了一下，把凳子打落在地，并顺势一扁担打在对方的腰上。其他敌人一拥而上，有的抓胳膊，有的抱腰，有的抱腿，死死地把父亲抱住。敌人好像早就有了分工一样，四个敌人抓住父亲的两只胳膊，使劲向后掰；另外四个敌人，有一个紧紧地抱住腰，另外三个死死地抱住了他的两条腿。一时间，父亲竟被这八个敌人的十六只手抱得死死的，动弹不了。

那个被打伤了腰的敌人坐在地上大声喊道："捉紧啊，莫让他跑了，他可是会武功的人，蛮劲大得很哪！"又喊道："你他妈抱腰搞么斯嘛，要抱腿，抱腿！把他的腿抱紧了，他就跑不了了！"

直到这时，父亲才真正意识到，自己真的是被那个刚刚遇到的"熟人"出卖了。敌人得知父亲回来的消息以后，早已提前做好了抓捕的准备。敌人的准备非常充分，竟然让父亲没有看出多少破绽。至少父亲在回到垮子里之前没有发现敌情。

这是自幼练功习武以来，父亲第一次遇到一个人要对付八个敌人的危险境地！更何况敌人又是有备而来的。敌人在暗处，父亲在明处。此时此刻，父亲的大脑在迅速转动，脑子里突然冒出当年学武的时候，程师傅经常教导的"遇敌心静，发力才猛，心散，力则散"。

"好嘛，今天最多不过就是个鱼死网破嘛，来吧，看看老子今天么样对付你们这些个王八蛋的。"父亲在心里暗暗定下决心，情况既然已经如此，那就豁出命去大干一场吧。

也就是一眨眼的工夫，父亲丹田下沉，"嘿"地大吼了一声。这吼声如同天上打的炸雷一般，震得敌人心惊胆战。与此同时，两只练过铁臂功的胳膊猛地发力，向里一夹。敌人万万没有想到父亲竟有如此神力，四个脑壳撞到了一起。这一下子可好，在上面抓胳膊的四个敌人当场全部撞晕在地上。

解决了抓胳膊的四个敌人之后，抱着大腿、小腿的四个敌人一看这个情景，吓得把父亲抱得更紧了，大概以为只要死死抱紧不松手，父亲把他们也奈何不得。

腾出了双手的父亲，用余光扫了一下身后紧抱着他的腿的四个敌人。他们有的跪在地上，有的是趴在地上，八只手死死地攥着自己的两条腿。四个脑袋靠得很近，几乎是靠在自己屁股两侧的下方。父亲紧握双拳，略一弯腰，用两只像铁一样的拳头，和拳头上最突出的骨节，左右发力，向后狠狠地砸向最靠近自己屁股的两个敌人的脑壳子上，这两个家伙喊都没有喊出声来，就歪到地上，昏死了过去。

对还剩下的两个抱腿的敌人。父亲则把劲收到腿上，接着大声吼道："去你娘的吧！"用他常年练站桩练就的铁腿，左腿用力踢了出去，一下子就把紧紧抱着他左腿的一个敌人狠狠地摔出去一两米远。然后转过身来，用空出来的左脚，朝依旧紧抱他右腿不放的敌人的下巴颏，狠狠地踹了一脚。这个敌人喊了一声"哎哟"，就趴在地上一动不动了。

这些敌人哪里知道，父亲练的是童子功，腿上常年练站桩后的功夫更是了得。按照父亲自己的话说就是，"平时肩扛二三百斤的粮食，一口气爬上一座几百米的山，是不费么斯劲的，靠的全是腿脚上的功夫。"

挣脱了八九个敌人的抓捕之后，父亲来不及对这几个躺在地上的敌人再补上几脚，更来不及看看爷爷奶奶此时此刻究竟在不在屋子里面，就几个大步跨出了家门，径直朝着后山跑去。

一开始被打伤了腰的敌人，从地上爬起来，冲着门外大喊："跑了跑了，快追呀！快追呀！"

敌人的叫喊声，立刻引来了敲锣声和枪声。

为了躲避敌人的枪弹，父亲说，他用一种叫作"之之形步"的跑法，向左前方跑两步，再向右前方跑两三步，快速向山上跑去。

枪声一声紧似一声，子弹划出的曳光，围绕在父亲的身边飞舞。"之之形步"虽然可以降低被子弹击中的概率，但同时也给奔跑的速度造成了影响。实际上，最麻烦的是，枪弹划出的曳光和敲锣声，不断向敌人和被胁迫的群众，指示着父亲的行动路线和方向。这边刚刚蹬上一个山头，人还没有开始下山，那边山下面的塆子里的群众，根据枪声和曳光弹指引的方向，又开始发出敲锣的声音。父亲感慨地说："简直成了接力赛，那真是让人一口气都冇的法子歇啊！"可总是这样子跑下去也不是一个法子啊！父亲心想，必须尽快想出一个脱身的办法来。

与敌人拼吧，身上没有带枪；躲起来？往哪里躲呢？晚上可以躲一阵子，但是枪声、锣声、敌人的喊叫声都紧随其后。就算是临时找个地方躲一下子，可敌人把这一带围起来搜山，或者胁迫老百姓不交人就杀人，到那个时候事情就更不好办了。不光自己脱不了身，还要殃及许多无辜的穷苦百姓。想来想去，最好的办法还是跑，而且跑得越远越好。只有这样，才能把敌人引到远处去，四里八乡的穷苦百姓才不会受到牵连，说不定还能给自家塆子里的亲人们留出脱身的机会。

既然暂时也没有什么好的办法，那就跑吧。父亲在敌人的前堵后追中，一连奔跑了五座山。枪声、锣声、喊叫声渐渐远去了，父亲知道算是跑出来了，暂时安全了。打倒了八九个敌人，又连续跑了五座山，如果不是仗着自己的身体底子好，这次怕是跑不脱了。能够在如此险恶的情况下，逃脱敌人的抓捕，真是不幸中的万幸。

直到这个时候，父亲才放缓了脚步。

跑到了第六座山的山顶时，追捕的敌人已经全无踪影，一直提得紧紧的心也慢慢松了下来。这一松不打紧，突然觉得口里有点血腥子味，结果刚一张口，一股鲜血从嘴巴里吐了出来。对着吐出来的鲜血，父亲愣愣地看了好一会儿。这是他有生以来第一次看到自己累得吐了血，而且还是在躲避敌人的追捕过程中，因跑得太急、太累造成的。

此时，父亲大口大口地喘着粗气，自己对自己说："王积功啊王积功，你这么好的身体都跑得吐了血，这可是血的教训啊，一辈子都不要忘记这个教训！这一切都是由于自己的麻痹大意造成的惨痛教训，是怪不得别人的。这次幸亏是跑得快，有的让敌人抓住，也有的死于敌人的枪弹之下。否则，假如被敌人抓住了，或者是牺牲了，这些还算是小事情。要是挑选的那些新战士，不能按时收拢，并安全、顺利地将他们带到部队去，那就是有的完成任务！辜负了上级党组织对我的信任。那就会给党组织、给部队的建设造成无法挽回的重大损失。如果真是这样的话，我就真正成了罪人。"

想到这些，父亲真是又后悔又后怕啊！

摆脱了敌人的追捕以后，基本上已经到了子时了。估计敌人在天亮之前还不会进行搜山，利用这个间隙，父亲找到了一处背风的凹地，先歇歇再说吧。

山上的树林里静悄悄的，什么声音也没有，真可谓万籁俱静。父亲伴随着万物的休眠，静静地盘腿打坐、调息，用气功来帮助通经活络、治疗受伤的心肺，尽快恢复体力。

大约过了四个多小时，天边现出了朦朦胧胧的白色。

"看看时间不早，不能再歇了，到了该下山的时候。"父亲想，"种地的农民，大都起得比较早。人多必然眼杂，行动起来就不太方便了。再说，估计还乡团为了追捕自己，已经通知了附近的乡、村，正在那里等着我自投罗网哪。"

父亲在农协会担任乡土地委员的时候，对这一带的山山水水、垸子和分散的住户，以及一些主要农户的情况比较清楚。哪些农户可靠，哪些群众摇摆不定，可以说基本上心中有数。

可是，想到昨天晚上发生的一切，父亲决定还是谨慎些为好，不能再犯昨天晚上那样的错误。弄得不好，还会再一次遭到敌人的围捕。

于是决定先不进村，改变行动方向，向南往黄陂县（现为黄陂区）的河口镇去。这样不仅与红军的游击区越来越近，也便于甩掉敌人的跟踪和追捕，尽快到达指定的会合地点。进入黄陂地界后，天已经完全放亮了。父亲先悄悄地找到组织上的一个秘密交通站，歇息了大半天，等到天完全黑了下来，直接赶往预定的会合地点。在接下来的三天时间里，父亲将经过挑选、先后到达的四十多个年轻后生，分四批，安全、顺利地送到了部队。终于完成了徐师长、戴政委交给他的任务。

这件事情发生之后，父亲终于打听到了敌人围捕他的来龙去脉。

那天，去买糖果的路上遇到的"熟人"，实际上已经被敌人收买，做了"奸细"。当他得知父亲要在中秋节的晚上回去看望父母的信息以后，并没有把话捎回去，而是直接到敌人在高桥区临时设立的反革命指挥中心告了密。敌人听说王积功要回来，高兴得手舞足蹈。如果能够抓到他，那可是大功一件。升官不一定，但是发财肯定是有的，能够领到一大笔赏钱的。几个头目大笑着说："我们找了这长时间都冇找到，他竟然自己回来了，真是自投罗网啊。这次一定要让他回得来，走不了！要搞好布置，让他什么都察觉不到。不知不觉地落到我们布下的天罗地网里面！"

敌人为了抓住父亲，事先做了周密布置，专门挑选了八九个身强力壮的敌人，力争一举活捉。当然，万一抓不到的时候，打死也是可以的。总之，他们不能让父亲活着出去。

为防止父亲发现塆子里的异常情况而逃脱，敌人在塆子的四周埋伏了十几个敌人，并在相邻的塆子也预设人员，一旦发现行踪，立即鸣锣、开枪，以指引围捕的方向和路线。为了不暴露行动，泄露风声，对龚家冲里没有"沾红"的、留在塆子里的村民采取了强行控制措施。所幸的是，所有"沾红"的群众，在国民党军队、"还乡团"来清剿的时候，早已"跑反"进到山里躲了起来。所以，当父亲回去的时候，其实家里根本没有人。

父亲冲破了他们布下的天罗地网。敌人无可奈何，气急败坏地把父亲家里唯一的一口水缸给砸了，把房子也烧了，这才心有不甘地悻悻而去。

3

对于这件事情，父亲一直认为是个意外。

父亲说："战争年代，么斯事情都可能随时发生。前一分钟你是战士、班长，后一分钟你就可能成为排长、连长，更不用说让一个做军事工作的干部转行去做政治工作了。党的需要、组织的需要，就是个人的需要。冇的任何价钱好讲，只有一句话，就是坚决执行，而且要保证完成任务。对于一个老党员、老同志，更是如此。

1932年8—9月间，组织上把我借到红十师担任宣传队长。之前我一直在警卫二团担任连长。为么斯说我是被借来的宣传队长？事情说起来有点长……"

据父亲回忆，从1932年下半年开始，国民党对鄂豫皖根据地发动了第四次大规模的"围剿"。由于之前部队发展比较顺利，仗也打得好，冇的领导产生了骄傲自满的思想。在这种思想情绪的指挥下，没有打破敌人的"围剿"，部队消耗很大，伤亡日益增多。伤病员的安置、部队减员等方面，出现了许许多多的困难和问题。

父亲当时在红四方面军的随营学校学习，已经有三四个月了。对于部队发生的这些情况，学员们议论很多，什么样的说法都有，思想上也比较混乱。

正是在这种情形下，父亲接到学校通知，要求他立即到第十师报到，说有工作调整。听到去第十师去报到，父亲心里还是蛮高兴的，觉得自己很幸运，以为要让他上前线去打仗了。这个时候上前线去，学校里许多同志都流露出了羡慕的眼光。有的说："老王，你可真有福气。"也有的说："领导们么样就想到你了，我们怎么就冇的领导记得起来呢？太不公平了。"还有的说："你小子一定是找了哪个领导说了话吧？能不能帮我们也说一说。"

当然，也有说一些鼓励话的，让父亲多杀敌人，为死去的同志报仇雪恨等。

父亲在学员们羡慕的眼光中，离开了随营学校。去报到的路上，父亲的心里很不踏实。

为什么不是回老部队而是去第十师呢？去了又是做什么工作？为什么这么

突然地把他调到第十师来呢？该不会是因为这个仗已经打成这个样子了，短短两个多月，已经牺牲了那么多的人，仅仅团一级的领导就牺牲了有十多个，部队上现在一定是又缺领导、又缺战士的原因吧。也许在学校学习了有三四个月，歇的时间太久了，轮也该轮到他上战场了吧……这些个问题一直在父亲脑子里转来转去，父亲心里七上八下的。

对第十师，父亲也熟，也不熟。对师团两级的领导，大都认识，有几个是一起参加黄麻起义的老战友，但是对下面的部队不是太熟悉。

看到父亲来了，师政治部傅主任高兴地用浓浓的四川口音打招呼："积功同志，我们又见面了。学习还没有完成，就把你抽出来，有没有意见啊？"

父亲连忙给他打个敬礼，说："学了几个月了，屁股都快磨出茧子来了，老是不摸枪，手痒得不行了！"

"这次让我来十师是不是干老本行啊？能够让我从学校出来，我得感谢你，感谢领导，算是把我从学习的苦海中'捞'了出来，我谢谢你们还来不及呢，哪有么斯意见呢？晓得不，学校的学员们看到仗打得这么苦，伤亡了那么多的干部战士，根据地也缩小了，都急着想上前线去打仗啊！我能回到一线部队来，他们都很羡慕我呢！主任，师里准备让我到哪个部队去啊？"

还没有等傅主任说话，父亲自己急不可耐地说了一大堆。

"不忙不忙，你先坐下来，我们慢慢说。"傅主任给父亲倒了一杯水，指了一下凳子，让父亲坐下来说话，然后，傅主任不急不忙地说："这次让你到十师来，组织上对你的工作有了新的安排，不是让你到战斗连队去当连长，而是让你担任我们师的宣传队长。"

傅主任的话音还没有落地，父亲"呼"地一下子从凳子上站了起来说："你说么斯，让我去当宣传队长？我冇听错了吧。"

傅主任一看父亲有点儿急了的样子，忙上前来拉住父亲的手说："莫急嘛，听我慢慢说嘛。你我以前打交道少，只是在随营学校的时候，你听过我讲的课。把你调到十师来做宣传队长，是我们师的甘济时政委提出来的。"

傅主任接着又说："甘政委说你打仗是把好手，搞'扩红'也是把好手。甘政委说，在1929年秋，部队在极度缺少兵源的情况下，一下子找了近五十个既年轻力壮又可靠的后生，相当于增加了一个连队，那可是一件非常了不起的大事情啊！说这些你就晓得了吧，你是在那个时候出的名。老话讲'人怕出名、猪怕壮'。这不是让领导们把你记起来了嘛。"

父亲听到这里，不由自主地"哦"了一声，接着问："甘济时同志也来十师工作了？"

当得到了肯定的答复以后，父亲说："这一定是老甘的点子了。"

傅主任说"看来你与甘政委很熟悉啊！以前你们就认识吧。甘政委现在还在会议室里等着你呢。"

到了师部会议室，甘济时政委看到父亲来了，就风趣地开着玩笑说："老王，我们有些日子冇的见喽。这次把你请出来，傅主任都给你说清楚了吧。我想你一定会有想不通的，所以就先安排傅主任给你透透风，让你先有一个思想准备，也好把你的急性子、急脾气放一放气。然后呢，我们再慢慢说。"

甘济时面带着微笑，与父亲面对面地坐下来，把茶水亲手递到父亲手里，说："我们又有年把多冇见面了吧。当年黄麻起义以后成立的鄂东军，已经有不少的战友、亲人，都为了保卫黄麻起义的胜利成果，为了我们劳苦大众早日翻身解放当家作主人，献出了宝贵的生命，长眠于地下了。现在只要一想起他们来，就想到他们在世时的音容笑貌。算了算了，一提起这些事情来，眼泪就在眼眶子里头打转转。我们活下来的这些人，还有么斯好计较的。说不定哪一天，我们也会像他们一样倒在战场上，为革命流尽最后一滴血呀！积功同志，你是老党员、老同志了。我想，我晓得你想上战场，想为死去的同志、战友、亲人报仇雪恨。我们红安出来的儿女，哪个不是如此呢？个个都要强得很，个个都是英雄好汉！"

接着，甘济时与父亲聊起来："我们的潘忠汝总指挥，面对十倍于我的强敌时，把个人生死置之度外。子弹打中了他的腹部，血流如注，他肠子都冒出来了，这种情况下，他想到的不是自己的安危，不是赶紧找医生治伤止血，而是一手托住冒出来的肠子，一手挥着大刀继续砍杀敌人。还大声呼喊着，同志们，为了保卫我们的革命政权和革命军队，冲啊！最后终于因为流尽了鲜血而英勇牺牲了。还有我们的吴光浩副总指挥，也是在与敌人面对面的战斗中壮烈牺牲的。这些都是我们过去的领导，也是我们非常熟悉的战友。他们在与国民党反动派的斗争中，为党、为人民，为了我们的军队流尽了最后一滴鲜血。他们永远活在我们心里！活在我们苏区人民、我们全军将士的心里！今天，我们的革命还没有成功，我们还要继续战斗下去。现在，我们的部队伤亡很大，而我们面前要面对的困难还很多。我们要想消灭一切国民党反动派，就必须要不断壮大我们的力量，接过牺牲的战友手中的钢枪、红旗，继续战斗下去，直至把红旗插遍全中国！所以，'扩红'工作很重要，也是我们当前的重要任务，这跟我们上前线与敌人面对面地战斗一样重要。"

甘济时语重心长的话语，句句在理，字字钻心，使父亲原本不太情愿去做宣传队长的心情，在甘政委的思想工作面前，渐渐平静了下来，父亲不住地点头，不住地用手擦拭着已经湿润的眼眶。

甘济时的话语刚一落，父亲站了起来，说："请甘政委放心，我服从组织安排，坚决完成组织上交给的任务，一定不辜负师首长的信任，努力把'扩红'工作做好。为打出一片红色天地，打出红色江山，尽自己的最大努力！"

甘济时接着说："你晓得吗？把你从随营学校要过来，是很不容易的，是'开了后门、走了关系'的。眼下由于部队伤亡较大，尤其是干部缺得多，各个单位都在'摸脑壳子'。我想，你这个'宝贝疙瘩'要是被别的师给'弄起跑（即抢走了）了'，我们不就吃了大亏吗？所以我要抢在他们前面才行嘛！傅主任刚从随营学校调到我们师里来工作，他对学校的情况很熟悉，我跟他商量，找他去开后门，疏通一下关系，把你从学校里挖到我们师里来做宣传队长。要晓得，有的方面军领导的批准，一般在学校学习的学员是不能离校的。最后商量的办法是，让老傅去学校'借人'，这样学校也不好拒绝。借嘛，老话不是说'有借有还，再借不难'嘛！说到底，还是把你给'借'出来的。先莫管那么多了，借出来了再说吧。要不然，被别的师给'借'走了么样办呢？干脆来他个先下手为强。还有，这件事情暂时不能大张旗鼓地公开说，要是方面军领导晓得了，还是会有麻烦的。不过，要是真的遇到了这种情况，到时候由我去做解释工作。"

听到这里，父亲笑了起来，说："甘政委啊，你的法子真多！说了半天，我是被你用'计谋'借过来的。既然是这样，我是不是还得感谢你把我借来做宣传队长，倒是我欠了你的情了？"

两个人相视大笑起来："一言为定啊，都不许作声啊！"甘政委又半开玩笑地补了一句。

"这就是甘济时！能把你说得心服口服，心情愉快地接受他交给你的工作任务。所以说，他是个人才啊，是个优秀的领导干部！能够在这样的领导手下工作，心情当然是很愉快的。"父亲在回忆中深有感触地说。

甘济时又接着说："积功同志，我先把你的工作任务说一下，你回去以后自己也要动动脑子，看看我说的法子行不行，有没有不妥的地方。如果有，一定要及时提出来啊！我们宣传队的任务，主要就是做好'扩红'工作。鼓励人民群众报名参加红军，支援前线打胜仗。"

1932年9月初，父亲走马上任。由一个带兵打仗、冲锋陷阵的警卫团连长，转身成为红四方面军第十师的宣传队长。

接受这项任务的时候，还是在鄂豫皖根据地，部队还没有开始西征转移突围，伤亡减员还不是特别大。进入10月之后，特别是离开了根据地之后，部队所处的环境越来越险恶，仗也越来越难打了，伤病员数量急剧增加。在敌人重兵围追堵截下，基本上是处于没有物质资金来源，没有群众基础的游动转移和作战状态。当然部队也得不到及时休整，高强度的作战，高强度的连续行军转移，也是造成部队重大伤亡的重要原因之一。

自从担任了红十师的宣传队长之后，原来以为只要能够做好宣传工作，让广大的人民群众了解红军的方针政策，多招募一些青壮年参加红军，就能够壮大部队的力量。可是，万万没有想到的是，在短短几个月的时间里，部队作战陷入了极为困难、非常被动的局面，无论部队从哪个方向突围，都是四面临敌。

部队往哪里走，敌人就往哪里追。基本上是边走边打、边打边走。

两个多月的时间里，几乎天天是枪炮声，天天是拼死的战斗。部队刚刚停下来想休整一下，敌人马上就跟上来了。部队得不到很好的休整。兵源、粮食、弹药等也得不到及时补给，伤亡人数越来越多，跟不上队伍的伤病员天天都在增加。由开始每天收容几个人，到后来每天十几人、几十人。

这个时候的宣传队，基本上成了名副其实的"收容队"。

到1932年10月下旬，宣传队的规模因伤病员数量的急速增加，变得越来越庞大，队伍里人员的成分也开始复杂了起来。原来甘政委给配的那十几个人也不够用了。父亲想去找甘政委反映一下这里的人多、事多、药品奇缺等困难，以求得他的帮助。

有一天，父亲正领着队伍追赶大部队的路上，遇到了因生病掉队的甘政委的警卫员。他告诉父亲甘政委已经牺牲了。

"那一刻真是让我终生难忘啊！"父亲说，"那一刻犹如五雷轰顶，我的脑瓜子'嗡'的一响，泪水就下来了。多么好的一个同志，一个战友，一个领导，多么优秀的一个指挥员！刚刚在一起共事还不到两个月的时间，就牺牲了。如果不是他的警卫员亲口告诉我，我打死也不敢相信甘政委已经牺牲了。我们黄麻起义的战友里面，又少了一位最亲密的战友啊。"

甘政委牺牲的消息，让父亲的心情十分沉重。那天，他闷闷不乐，原本就话不多的人，一下子变得更加少言寡语。

一路上，他都是"垮着脸"（黄安当地方言，也叫吊子脸、板着脸），反正就是一脸的不高兴。队伍里的人谁见了他也不敢与他说话，即使是有什么事情需要请示报告的，也都只好先压下来，等着父亲的脸出现"云开雾散"了再说。

其实，此时的父亲心里想得更多的是，我这个宣传队长是甘政委给借来的，现在老甘牺牲了，但是他交代的任务，必须要完成，而且还要完成得更好才行。只有这样才对得起甘济时同志对他的信任与嘱托。

那个时候，部队上都是有了困难找组织，找领导去解决，可是，甘政委已经不在了，那现在存在的这些问题、困难怎么解决呢？总得要有个法子才行吧。否则一直这么拖下去怎么行呢？这么多的伤病员，要吃、要喝、要治疗，还有许多重伤员需要抬着走，这一下子到哪里去找这么多抬担架的民工呢？就是照顾这些伤病员也需要人手啊！钱呢、粮食呢？这些要到哪里去找？

"晓得不？"父亲突然把头抬起来看着我说，我愣了一下，既像是在问我，又像是在告诉我他当时的想法。

"我是一个当过农民，做过染布的工人，基本上算是一个大老粗，带兵打仗还可以，但是做政治工作，搞'扩红'，当'收容队长'，后来又增加了医疗救护工作，确实觉得蛮费力的。按照现在的说法，就是心里累，脑子累，憋着一身的劲儿使不出来，那个感觉别提有多别扭、多难受。明明晓得像这样子钻牛角尖、生闷气是解决不了问题的。特别是作为一个领导，遇到困难问题了，自己拿不出个主意办法来，那其他同志该么样看你呢？你又么样去领导他们呢？

想不出办法的领导，其实就是一个无能的领导。还好，自己绊自己的腿，绊来绊去地把个脑壳子也绊痛了，看看也有的起到么斯用处，干脆不再绊自己了。还是想办法去解决这个'绊子'，尽快想出法子来。"

父亲说到这里，自己直摇头。"那还用说，一个老党员，连这么点子事情都办不好，那还能行吗？"

父亲忽然想到当连长的时候常常用到的一个法子——"开诸葛亮会"。老话说："三个臭皮匠，顶一个诸葛亮。"可以先把几个骨干找到一起，听听他们对眼下的困难和问题，有什么好的解决办法没有。

发动大家一起动脑子、想办法，哪有克服不了的困难问题呢？过去打仗是这样，现在搞"扩红"、搞"收容队"也是可以的。说不定你想了一天也没有想出来的法子，群众一句话就解决了你的问题呢。

想到这里，紧锁了一天的眉头，吊了一天的脸，总算是"云开雾散"了。父亲心里还不由自主地骂了自己一句：真是个笨蛋，这个法子都冇想到，还当个么斯领导呢？！

队里的同志一看父亲的脸已经"放晴"，认为队长一定是有了办法了，马上围了过来，准备向他汇报情况。当然主要还是提出许多的困难、问题，希望能够立刻得到答复。

看到大家你一句我一句地抢着汇报，父亲就用平静的语气说："莫急、莫急嘛！我又不是神仙下凡，哪里有那么大的本事嘞！我看这个样子，队里的几个骨干先开个会，把大家提出来的大大小小的各种问题，好好拢一拢，排排队，统一统一思想，然后把研究出来的法子告诉大家啊。"

部队进入河南境内后，有了几日的喘息时间。

利用这个难得的时间，父亲把宣传队里的几名党员、骨干拢到一起，开了一个"诸葛亮会"，这是父亲担任宣传队长后召开的第一次特殊会议。众人拾柴火焰高，群众才是真正的英雄嘛。要战胜眼前的困难，不依靠群众怎么能行。

那个时候，宣传队里加上父亲总共是五个党员。对那四个党员的名字，父亲说都已经记不上来了。勉勉强强还记得有个干事姓周，排长姓吴，剩下两名班长就忘掉了。

在"诸葛亮会"上，父亲说："我们几个都是党员，也是宣传队里的骨干力量。你们都晓得，现在，队里遇到了许多的困难和问题。可以说，这是组织上对我们每一个中国共产党党员的考验。

中国共产党党员是做么斯的？就是在遇到危险，遇到困难的时候，始终冲在第一线，带领群众完成组织上交给的任务。现在需要我们几个党员开动脑子，一起想办法。不能因为遇到了一点点困难和问题，就去找组织，找领导，伸手要这个、要那个。领导也不是神仙皇帝，我们一开口，问题就能够全部得到解决吗？

大家都晓得，前些时候甘政委牺牲了。现在王师长也负了伤，而队伍上的作战、转移任务很重，困难和问题一定比我们更多、更大。所以，我们要自己想办法解决自己目前遇到的困难和问题，为师里的领导分忧。老话说得好，活人哪有让尿憋死的道理？我看我们这样吧，大家先把各自想到的困难和急需解决的问题都摆出来，然后依照轻重缓急的顺序排排队，最后再研究解决这些困难和问题的法子。"

大家也觉得父亲说得有道理，不能等领导来解决问题，应该发挥中国共产党党员不怕困难的精神，想办法克服困难才行。大家纷纷发言，表明自己的态度。

一个说："是啊，这个时候不能为组织上分忧解难，那叫么斯中国共产党党员？"

"就是啊，有了困难就找组织、找领导伸手去要办法，那我们不是与普通的群众一样了吗？"警卫排长也附和着说。

"我们红军，不就是在不断地在战胜敌人、战胜困难中，逐渐发展壮大起来的嘛！"周干事站起来大声地说出了一句很有政治水平的话。

看到大家的情绪越来越高涨，父亲接着说："过去在连队打仗的时候，我们党员都是冲在前面。现在遇到困难，有了问题，难道就当缩头乌龟吗？等着上级领导来给我们解决问题，这不是让群众看笑话吗？我们有这么多的脑壳子，还有这么多的群众，一定能想出法子，克服眼前的困难的。"

周干事接过父亲的话说："我们宣传队现在有了困难、问题，不能什么都指着上级领导来帮我们拿主意，那还要我们这些党员做什么？还是应该开动自己的脑袋想办法解决。"

大家的思想通了，抢着发言、表态，都有一股子解决问题、克服困难的决心和劲头。

"队长，你说怎么干我们就怎么干。不就是有困难嘛，再大的困难也难不倒我们。中国共产党党员保证冲在最前面，完成组织上交给的任务。"

"既然大家都想把工作做好，克服眼前的困难问题，那我们一起把这些问题好好地摆一摆，要尽可能详细具体。我是队长，跟大家一样先把问题摆清楚。"

为了让大家了解当前部队的情况，以及宣传队眼下存在的各种困难，和急需解决的问题，然后把大家的思想统一到一起，把力量凝聚起来，父亲先谈了自己的一些想法和看法。

"为了更好地配合师的主力部队作战行动，我们宣传队，现在要尽最大的努力，把师里和各团交给我们的重伤员和掉队的病号，全部收容起来。对于这些伤病员，只要有一点点希望，能够在我们队里治疗好的，就一个也不能让他们掉队。这些同志都是我们队伍上的英雄，都是战斗骨干和革命同志，当然更是党的宝贵财富。我们有责任让他们感到，无论在任何时候，在任何极端困难的条件下，师里的党组织都在关怀着他们、惦记着他们。要让他们把宣传队当作自己的连队、自己的家，充分感觉到温暖。而且，还要让这些在战场上负了伤、得了病的同志们，能够看到尽快返回部队的希望。

现在我们队里有些同志有一些畏难情绪，认为现在的宣传队变成了'收容队'，做的工作是伺候人的工作，想回到作战部队去。要求上战场与敌人进行面对面的战斗，去杀敌立功，去当战斗英雄，就是流血牺牲，也是最受人尊敬的。其实，说心里话，有想法也是可以理解的。不怕你们笑话，连我自己也有与你们一样的想法。可我们是中国共产党党员，到宣传队来工作，也不是自己要求来的，是党组织的安排，是组织上对我们的信任。对于组织交给的工作我们不能挑三拣四，只能执行命令，努力工作，而且还要把工作做好。如果都想着去做惊天动地的英雄，那许许多多默默无闻的工作，由哪个去干呢？所以，有这些想法又是要不得的！我们党的事业，我们部队的工作涉及方方面面，哪一项工作都是党的工作，哪一项任务都是党布置的，都是必须要完成的任务。党的工作，组织上安排的任务，没有高低贵贱之分。大家可以想一想，如果没有炊事员做饭，战士们吃么斯？没有医生护士，受了伤，有了病，干部战士到哪里去治疗？甚至如果没有负责运输的民工、挑夫，前线打仗急需的炮弹、子弹、手榴弹，还有食品物资如何才能得到及时解决呢？所以说，我们党和部队的每项工作，都需要我们的党员干部带头去做，带领群众一起去做，还要保证把党交给的任务完成好。特别是遇到困难的时候，不能怕困难，畏首畏尾，要有一种不完成任务誓不罢休的革命精神。

什么叫'中国共产党'？做一个优秀的中国共产党党员的标准是么斯？我们怎么做才符合党组织对我们的要求和希望？恐怕只在嘴巴子上说说是不行的，那得要用自己的实际行动来回答。"

父亲的话语并不多，但是一字一句像铁锤子一般锤打在每一个党员干部的心里。几个党员干部的思想很快统一起来了，决心做好宣传队工作的态度也由过去的被动消极，转变为积极主动。

既然大家都想把工作做好，克服眼前的困难和问题，那我们就先把这些问题，好好地摆一摆，要尽可能说得详细和具体一些。父亲边说着话，边拿出随身携带的小本子开始记录大家提出的问题。

负责宣传工作的周干事是安徽金寨人，初中文化，他的口齿很利索，思路和条理性也好。把自己近段工作中看到的情况、发现的问题，直截了当地都说了出来："我们的宣传队当前面临的首要问题是人手少，事情多。部队刚刚开始转移的时候，我们只有一二十个伤员。现在突围作战几乎天天进行，受伤的干部战士越来越多，师医院和各团的卫生队已经满员，不能马上安置的、后续需要治疗的伤员，全部交到我们这里来了，再加上生病掉队的人员，目前已经快突破两百人了，如果照这个样发展下去，我们的宣传队，很快就成了名副其实的'收容队'了。而且，人数一定还会继续增加，收容的任务，也会随着伤病员的不断增加而日益艰巨。伤病员增加了，负责抬担架的民工、医疗救护人手也需要增加，以及还要增加做饭的伙夫、挑药品的人员、挑食物的挑夫等勤杂人员。这些是我想到的，也是问题比较大的方面。再有就是，有的伤员病情十分严重和伤残十分严重，我们一时无法治疗，是不是考虑把他们及时进行安置，或者安排回原籍？可是，安排这些同志回去，总还是要给他们生活费、治疗费和安家费吧？不能只说几句安慰的话吧？要对这些为革命流血负伤的同志们高度负责，这也是我们党组织的重要任务。可是，这些费用从哪里来？这也是很不好办的事情呀。"

负责警卫工作的吴排长，接着周干事的话说："实话说吧，我们的宣传队，现在实际上已经是'收容队'了。我们是在全师的尾巴上，敌人追得紧，所到之处群众基础又不像在鄂豫皖根据地那么牢固，老百姓躲着我们，当地的反动武装、土匪也常常骚扰袭击我们。因为人手少，枪支弹药少，警卫安全上很吃力。真是担心，要是哪天没有战死在战场上，却死在了这帮反动武装的刀枪下，是不是太冤枉了？一共六个人负责警卫，晚上连个岗都排不过来，一旦有情况怕是应付不过来。这个问题也得想法子尽快解决才行。"

两个班长说的情况也很具体，他们说："伤病员的消毒绷带不够，药品缺的更多，消炎用的药早已用完了，医护人员太少，照顾不过来，把临时可以搭一下手的人全用上还是不够。

现在所到之处，买不到粮食，出发时携带的食物也早已经吃完了。只能是尽量挖一些野菜、摘野果子来填肚子，或是在已经收割过了的庄稼地里，找拾一些可以吃的食物来充饥。如果弄到一点粮食，也是优先伤病员。为了让伤病员尽快恢复身体，已经杀了一匹马了。可是把马杀了，又得需要人来担东西。实在是没有办法了，顾了这一头，又顾不了那一头。说到底，还是要解决粮食问题才行啊。有吃的，人才有劲，伤病员的身体恢复得才可能快一些。再说，没有粮食吃，伤员的病怎么才能好呢？"

几个党员骨干把想到的，该说的，都说得差不多了以后，父亲把大家提出的困难、问题，大体上归纳为：缺钱、缺粮食、缺药品、缺警卫人员、缺枪支弹药、缺医护人员、缺担架、缺挑夫等。

其实，队里每个人的心里都很清楚，产生这些困难问题的主要原因是什么呢？就是伤员多，而且许多还是需要抬着走的重伤员。还有一部分同志，是因为部队连续行军打仗，体力跟不上掉队的，这也加大了宣传队的收容压力，致使收容任务越来越重，也是造成目前宣传队队伍越来越庞大的一个重要原因。

"么样办啊，同志们？"父亲说，"办法只有四个字，自己解决！我先把分工说一下，再说说对解决这些问题的想法。大家也可以谈谈自己的想法，来个'集思广益'吧。"

父亲的分工是：宣传队的警卫工作由吴排长负责。

可以先把轻伤员和伤愈准备归队的同志暂时留下来，加上原来的警卫战士，共同组成警卫队，保证全队的安全，特别是要防止尾随敌人的攻击，以及当地土匪、反动武装的袭扰。

宣传队的"扩红"工作主要由周干事负责。组成一支政治工作队，负责招募青壮年参军和宣传队的思想工作，以及重伤员、残疾伤员的安置；要把在宣传队里的人，无论男女，无论是红军战士还是普通的民工、医务救护人员统统发动起来，大家一起来共同做好"扩红"工作。

要想办法，尽快把伤势较重的同志就地安置；对少数重伤残疾的同志，做好他们退伍回乡安置的说服工作。

从现在开始，每到一地，尽可能扩大宣传范围，发动当地人民群众捐款、捐物、捐粮，招募青壮年入伍，招募担架员和挑夫。对新扩招的战士，暂时由政治工作队负责管理。这些人都是当地人，自然对当地的情况十分熟悉。组织他们发动群众，打土豪、分田地，建立党的基层组织，积极地为做好扩大红军力量作贡献。

关于医疗救护问题：由一名班长负责组成医护担架队，把受伤的干部战士照顾好。每到一地都要访医问药，把医治好伤病员作为首要任务。对那些对治疗枪伤、刀伤、骨伤有经验的郎中，尽量动员他们随我们宣传队前行，保证部队到达了目的地之后，妥善安排他们返乡。对于做出了重大贡献的，要给予经济上或物质上的奖励。

关于勤杂人员的管理问题：由挑夫、伙夫、马夫等勤杂人员，组成勤务保障队，同样也由一名班长带领两名战士来负责，除了要保证全队人员的吃饭、住宿问题，还要及时掌握这部分人员的思想动态，及时解决他们提出来的各类问题。要回家的，发给路费、食品等。

只要没有敌情，在情况许可的时候，也可以加强勤杂人员，与当地群众的联系，了解当地社会情况，宣传红军的方针政策，尽量为解决收容工作所需要的物资、物品做些力所能及的工作。哪怕是当地老百姓能够提供宿营住房，帮助烧灶做饭，给驮物资的牲畜看看病、钉马掌，给病号洗洗衣服，煮纱布消毒等的小事情。

不要小看了这些小事情。首先这些事情都需要人来做，而且哪件做得不好，或者不做，都是不行的。比如，没有了消过毒的纱布，无法给伤病员换药。如果用了不干净的纱布，会给伤员伤口造成感染；好了的伤口，会因为感染而发炎、发烧，甚至危及生命。可以说，"收容队"里没有小事情，都需要事先考虑到、考虑好，才能够切实保证医疗救护的工作不出问题。

没有想到吧同志们，咱们红军宣传队负责收容的事情有这么多、这么复杂吧。要管理的工作也是涉及方方面面，简直如同一个小社会。当这样一个队的队长，是不是很不容易？事无巨细，什么都要想到，哪一样没有想到，哪一样没有安排好，没有做好，都会给队里的工作带来影响，甚至是造成损失。

这些，就是当年红军宣传队负责收容工作的实际情况。当然这些工作仅仅靠几个领导、几个党员来做，是肯定不行的，需要把全队发动起来，调动起大家的积极性和主观能动性。

如何才能发动群众？带领大家一起来完成党交给的任务？这就需要我们每个队的负责人开动脑筋想办法。

各个队的分工和任务，只是一个原则框框。这个就好比战场上与敌人作战，战场情况千变万化，事先制定的方案、预案，即使再周密，也可能会有一些意想不到的情况发生。当指挥员的，需要根据实际情况灵活地作出一些调整，以适应变化了的情况。

父亲在回忆中说："我一边说，一边想，一边观察着几个党员骨干的思想变化情况。当看到大家不住地点头，没有不同意见的时候，就把当前亟须解决的主要问题，摆在大家的面前。

我们现在面临的困难问题，是不是主要出在钱、粮、人这三个上面？我看，我们还是用在鄂豫皖根据地搞农民协会的办法，每到一地，用'打土豪分田地'的法子，把当地的大地主、大恶霸的田地、粮食分给老百姓。把一部分钱、财物也分给老百姓，剩余的一部分收缴到队里，这样一来，宣传队不就有了需要的经费了吗？我们可以把地主武装用来欺负老百姓的队伍解散，枪支弹药全部收缴，配发给我们的警卫战士。这样一来，不光能得到当地老百姓的拥护和支持，扩大了'红军是为穷人打天下的队伍'的影响，还能解决我们当前急需的钱、粮食等物资问题，也有利于招募一些拥护我们政策的青壮年加入红军。

我说的这个法子，不光是对周干事负责的'扩红'工作队的，我们每一个队员都要学会做'扩红'工作，做群众工作。利用与当地老百姓接触的机会，积极宣传红军的方针政策，主动问寒问暖，帮贫扶困，尽最大努力做一些力所能及的事情，取得当地老百姓的理解支持。"

宣传队终于在忙乱之后，摆明了存在的诸多困难和问题，找出了解决问题的办法。同时，进一步明确了分工，各负其责，并充分发挥每个小单位和个人的主观能动性，使工作很快走上了正轨。也就是从这个时候开始，父亲从一个指挥打仗的军事干部，逐渐地通过总结摸索，学会如何做好思想政治工作，如何做好"扩红"宣传工作，以及因为大量收容伤病员所带来的衣、食、住、行等一系列大量的相关工作，努力地当好宣传队长。

说到这些事情的时候，父亲笑着对我说："早晓得这项工作这么复杂、麻烦，真是不如回去干老本行，与敌人面对面地去拼杀，来得痛快呀！可是既然干了，就要把这项工作干好，否则对不起党组织的信任，也对不起甘政委把我'借'

过来做这项工作了。做这个队长，婆婆妈妈的事情又多，又碎又杂。么斯思想工作、组织工作、宣传工作；么斯吃、喝、拉、撒、睡；么斯筹措钱、粮食，解决急需的药品、抬伤员的民工、做饭的伙夫，等等，大大小小的事情，从早到晚围绕在你的身边，在你的脑子里打转转。这些说的只是一些大的条条框框，其实涉及具体的工作就更多了。刚开始的时候把脑瓜子都搅成糨糊了。最麻烦的是做思想工作，我冇的甘济时政委的本事，又爱急躁，发脾气，搞急了还要摔东西、骂人、说脏话。有的干部、战士、伤病员，有时甚至是马夫、挑夫，有了这样或者那样的一些问题，你都要去做耐心地解释，去磨嘴巴皮子，去做好思想工作。大家是来自不同地方的革命同志，已经是捆在一起的生死兄弟，是战友了。不管是有么斯问题，只要有，一定是有原因的，靠发脾气、骂人、摔东西是解决不了问题的。需要认认真真地去做好解释工作和思想工作。因为要完成党组织交给的任务，就必须要团结一切在这里工作的同志。

组织上把这么些同志交给你了，特别是伤病员，对他们更要有责任心和耐心，要把他们管理好、照顾好。照顾不好的话，按现在的话叫'冇的爱心'，就是不负责任。为了伤病员能够早日康复，早日返回战斗的第一线，宁可我们自己少吃一口甚至不吃，也要让他们吃饱、喝好，把他们照顾好。路上如果遇到了敌人，宁可我们自己流血牺牲，也不能让他们再受二次伤。说到底就是要有责任心。要对党忠诚，对党交给的工作无限的忠诚，不能只是嘴上说说而已，领导干部更是要带头做好。"

父亲努力按照当时甘济时政委提出的要求，从一点一点地适应工作，到逐渐熟悉工作，再到把这项政治性极强的宣传队长工作做好。努力把自己从一名大老粗出身的军事指挥员，逐渐转变为一个合格的政治工作者。

在部队主力转移到了河南邓县的时候，宣传队又召开了第二次"诸葛亮会"。

父亲把红十师宣传队的工作基本理顺了，按现在的说法叫作"上路"了。不光是全队人员的精神面貌有了明显变化，四个工作小队的负责人的积极性也充分地被调动了起来。各小队的负责人，按照工作分工，又各自召开了本小队的"诸葛亮会"。发动群众，献计献策。

群众一旦发动起来了，这个力量，可比一个党员、一个骨干的力量大得多。一个人只有一个脑袋，那几十个人、上百个人脑袋加起来，肯定比一个脑袋的作用大得多！

各小队按照"把宣传队建设好，把伤病员照顾好"的要求，各种各样的点子、方法、建议随之而出。而且有些办法好得让人拍案叫绝，是一个脑袋想上几天几夜也不一定想得出来的。

往往最普通的一个法子，却能够解决许许多多的大困难、大问题。

所以，依靠群众、发动群众，用群众的智慧来战胜困难和问题，是中国共产党党员做好工作的法宝之一！

这是父亲的深刻体会。

父亲举了个例子。

负责医护担架队的班长，印象中是麻城人。他按照队里"诸葛亮会"的法子，把他管理的那一摊子里认为可以做骨干的同志召集起来，"照葫芦画瓢"地传达、贯彻队里的会议精神，发动大家一起出主意、想办法，解决医疗、医护工作中一些急需解决的问题。

结果会议开得很好、很成功，把大家的积极性都调动起来了。人人出主意、想办法，工作起来很有成效。比如：抬伤病员的担架不够，他们就发动当地的老乡帮助砍伐一些树木，自己动手，一气做了上百副担架。

负责医护治疗的同志，找到当地的药铺、郎中，解决了十分急需的消炎的中草药配方，煎熬成汤药给伤病员服用。经过做宣传动员，这个郎中和他的一个助手，愿意跟随队伍做医护治疗工作。答应在部队到了目的地后再返回。部队出发前，他把药铺托付给夫人和儿子照管。自己还主动找了三个挑夫，帮助队伍上挑药品、食物。

为了巩固和继续发挥"诸葛亮会"的成果，只要大部队在一处停留的时间超过一天，父亲就把几个分队长召集到一起，汇报交流各自的做法和"扩红"的成果，让各个分队之间搞比赛，看看哪个队的"扩红"工作做得好，以达到相互学习、相互促进、共同提高的目的。

王师长负伤期间，到宣传队来了解情况，对宣传队搞"扩红"的一套办法很赞赏，还要把宣传队的这些做法，在师里的会议上好好讲讲，让各个单位借鉴学习。

王师长提出："我们要提倡积极主动，不依不靠，自己解决困难。只有这样，队伍才会逐渐壮大起来。到时候，我们要人有人，要枪有枪，要钱有钱，就可以做到兵强马壮。我们有了这样的队伍，还怕打不垮国民党反动派吗？"

师长给予的肯定，使宣传队同志们的工作劲头更大了！那个时候，真可以说是"八仙过海，各显其能"。宣传队的上上下下都发动起来，这可不光是说宣传队的十几个干部战士，也包括担架员、挑夫、伙夫、马夫和医疗护理等勤杂人员，人人都来做扩大红军的工作。

所以说，当一支队伍的思想统一、行动统一、步调一致的时候，发挥出的创造力真是巨大的呀！尽管这个时期重伤员有一百多个，各种人员加起来达到四五百号人。但是，却在敌人的围追堵截中，在艰苦的连续行军中，在经常饿肚子的情况下，工作起来却有条不紊，大家始终保持着昂扬向上的精神状态，形成了不怕吃苦、不怕疲劳、互相帮助、团结友爱的良好氛围。

1932 年 11 月间，部队由湖北、河南一路向西进入陕西境内。父亲带领宣传队，跟随红十师主力，从湖北枣阳、土桥铺冲出敌人的重重包围后，继续被国民党军队堵截围追。部队边打边走，宣传队边走边收容。这个时期的重伤员增加了不少，宣传队的人手也更加紧张，经常是捉襟见肘，忙得拉不开闩。不是缺少担架员、挑夫、伙夫，就是缺少医疗护理人员；最麻烦的就是缺医少药，缺食物，缺医疗器械。按父亲的话就是——谁么斯都缺！

可是部队停不下来，宣传队更是无法停下脚步。

直到过了湖北的丹江，进入云阳县的南化塘地区，才算是暂时甩掉了围追堵截的敌人，部队得以休整几日。

当时的南化塘，远离战火，有点像个世外桃源。山清水秀，物产也很丰富，部队里传说，方面军总部准备要在这里开辟根据地。听到这个消息，宣传队上上下下都很高兴，都希望这里就是部队的最终目的地。

父亲没有这么乐观，直觉告诉他，部队还会走的，敌人很快就会追过来。所以，能不能在这里建立根据地，大家说得再多没有用。眼下最要紧的，还是抓紧时间休整，筹集宣传队急需的各种物资，解决一些亟待解决的问题，随时做好行军转移的准备。

利用短暂的休整时间，父亲要求，先要把所有的伤员、病号的情况做一个细致的检查、登记，特别是要对重伤员的伤口进行认真、细致的检查和相应的处理。对于伤情严重，实在无法带着继续转移突围的伤员，做好工作以后，尽量将他们在当地妥善安置；对伤情和病情恢复比较好的，已经能够跟上大部队作战行动的伤员，则安排回原单位。

从开始建立宣传队时的几个重伤员，经过将近一个多月的连续突围战斗，特别是在枣阳的新集和土桥铺这两仗打下来，由于师部的医院和三个团的卫生队已经放不下这么多重伤员，接受和管理重伤员的任务，基本上落在了宣传队的肩膀上。

一下子增加了一百多个重伤员，总数达到了两百多人。宣传队更加庞大了！暂且不说其他问题，仅仅两百多个重伤员，需要抬担架的民工至少要四百多人。

父亲找周干事商量，要想尽一切办法，抓紧解决人手不够、药品稀缺等这些刻不容缓的大问题。再就是粮食。正常人一顿两顿不吃饭，甚至一天、几天不吃饭，吃野菜、野果子还可以扛得过来。但是伤病员不行，还有抬着重伤员的民工，这些人不吃饭更不行。一个是无法恢复身体，一个就是更没有力气抬不了伤员。作战部队吃上几顿饱饭，好好睡两个觉，再背上几天干粮，可以很快恢复元气。而伤员就不是那么简单了。大多数的伤员，只要有吃的还是可以的，问题不大。但对于伤了手，伤了脸颊、牙齿，无法自己把饭吃到嘴里的，要专门做些细软饭，喂着他们吃。对于伤了肚子，伤了胃的，还要有人给他们做专门的细软饭菜。

印象当中，二十九团送来一个受了重伤的战士。这个战士是为了救护身边的首长，被敌人的炮弹炸伤了双手，脸上有一个弹片嵌入面颊。战士年龄才十六七岁，自己解大小便都需要人帮忙。他脸颊做了手术，弹片虽然取了出来，可是牙床子打坏了一半，很长时间吃不了饭。周干事专门安排一个护理人员，给他喂饭，就像照顾一个婴儿一样。像类似的情况，不光是要弄到粮食，还要把弄到的粮食喂到伤员的嘴巴里去才行。这样一来，要安排炊事班为这一类的伤员做专门的饭菜，安排专门的人员帮助他进食。

部队在南化塘地区刚刚休整了三天，正当大家认为南化塘地区是最适合建立根据地的地方，可以不再被敌人追得到处跑的时候，敌人又追了上来。

第六章
宣传队的艰难岁月

1

部队到陕西与湖北交界处的山阳县，准备进入陕西。

漫川关，是由湖北进入陕西的一道重要关口，也是历来兵家必争之地。它位于高山峻岭、悬崖峭壁之间，是常年的山洪冲刷出来的一条蜿蜒崎岖的峡谷。当地的老百姓有句顺口溜："进了漫川关，恰似鬼门关，风吹石头响，仰脸不见天。"从这句顺口溜里能够看得出来，进来容易，出去难。一旦在这里被敌人从四面堵住，红军将要陷入万劫不复的境地。敌人的目的很明确，就是将漫川关成为埋葬红四方面军的坟墓。

父亲因为是宣传队队长，没有直接参加漫川关的突围战斗。在他的脑子里考虑得最多的，是这个几乎聚集了全师所有的重伤员，加上动员来的几百个民工的宣传队。

父亲对有的领导提出的"化整为零，分散突围"意见很大。一支几乎完全没有战斗力的宣传队，该如何突围出去？在上级领导的最后决定还没有下达之前，父亲心里忐忑不安。但不管怎么说，突围是肯定的，而且必须要做好最坏的打算。

阴冷、潮湿的山谷底部非常狭窄，最宽的地方也就是十几米左右，窄的地方几米，甚至只有一两米。常年的洪水把大大小小的山石从山上冲下来，杂乱无序地铺撒在整个峡谷的底部。在夜幕下，峡谷几乎是到了人挨人、人挨牲口、人贴着火炮以及各种装备的地步。几乎所有的人、所有的物质装备都挤在一起，显得十分的拥挤和凌乱。

天色渐渐暗下来了，各个单位都在抓紧做好突围的准备工作，上上下下的心都紧绷着。不管是谁，每个人的心里都明白部队的危险处境。能不能突出敌人的包围，怎样突围出去，都等待着上级领导的最后决定。

父亲和周干事、吴排长，选择了一小块勉勉强强可以靠一靠坐一坐的地方，先把近百个重伤员安置下来，然后对所有伤病员的病情和各种物资进行检查。检查工作刚刚进行了一半，传达命令的通信员大步跑来，将方面军的决定用简短而快速的语言传达：集中力量，坚决突围！

这道命令虽然短暂，但是却清楚地告诉大家，方面军领导已经统一了思想，要"集中力量突围出去"。"集中力量突围出去"的消息，让部队中的混乱思想很快平静了下来。

担负打开突破口、开辟突围通道任务的部队，此时已经与敌人的守军展开了殊死的战斗。在峡谷的上方，不太远的西北方向上，大家听到红军将士的冲杀声与密集的枪弹声、手榴弹的爆炸声交织在一起。耀眼的红色火光，在夜幕里，映照在突围战斗的整个天空。让还在山谷底部等待突围的所有人的心揪得紧紧的。与此同时，其余各师、团以及勤杂人员，按照轻装突围要求，在抓紧时间做好随时准备突围前的一切准备。山炮被拆卸掩埋了，遣散了骡马，扔掉一切不利于突围的辎重物资。

上级要求，一旦突破口被打开，各个单位按照已定的序列，一鼓作气，全力以赴地冲出去，绝不能有任何犹豫、迟疑和退却。冲出敌人的包围就是胜利！

接到集中突围命令之后，父亲当时的感觉是，这次突围行动，与以往任何一次的突围都不一样。要想全部冲杀出去，肯定是不容易的。在实施突围的过程中，各种突发情况，意想不到的事情，都要做好牺牲的准备。哪怕是牺牲自己，也要把宣传队特别是这些在战场上已经身负重伤的伤员安全地带出去，绝不能辜负党组织交给自己的任务。

趁着还没有接到宣传队突围的命令，父亲召开了临时党支部扩大会，将支部成员，以及四个小队的主要负责人召集到一起，对宣传队的突围工作做了动员部署。他用平静而严肃的口气说：大家都知道当前的情况对我军十分不利，无论能否突围出去，所有人都要在思想上做好牺牲的准备。宣传队的主要任务，就是要把我们队里的伤病员保护好、照顾好、带出去。要把生的希望留给战友、留给同志、留给所有帮助过我们的民工。宁可牺牲自己，也要完成好党组织交给的任务。突围中，能够冲出去一个是一个。宁可战死，绝不投降！突围行动中，要按照"先医疗担架队，再勤务保障队，最后是警卫分队"的顺序进行，分成前、中、后三个队。周干事带领医疗担架队，紧随着作战部队跟进；吴排长带领勤务保障队为第二队；父亲带着警卫分队，负责宣传队的警卫和断后工作。

周干事将队里的所有伤病员一个一个地做了认真检查。特别是在担架上的重伤员，一律用绷带或者编织的草绳子进行稳固处理，以防止在突围途中，不慎将伤员颠落或者摔落下来。遇到实在无法通过的地段，担架员要根据伤员的病情、伤口的部位，可以选择轮流背、托、抬的办法，确保每一个伤员不掉队，并将伤情轻一点的伤员，每两人编为一组，除了带上必备的食物，其余物品一概交给挑夫，以保障这部分伤病员能够跟上队伍。

吴排长带领两名战士，将挑夫、马夫、伙夫等勤杂人员集中在一起，对他们的行装，挨个检查加固。能够精简的物资尽可能精简，药品和粮食要全部带上，由身强力壮的挑夫负责。还有刚刚收缴的银圆，由吴排长负责保管。要求大家跟紧队伍，互相帮助，勿使一个人掉队。

父亲对警卫分队十几个年轻的战士，和五个不久前"扩红"加入队伍的新战士，一个一个认真检查他们的武器、弹药，包括脚下穿的草鞋，腿上扎的绑腿，并用伤员用过的来不及消毒的绷带，将每个战士脚上的草鞋与他们的脚紧紧捆绑在一起，防止在突围中因草鞋脱落，使脚部受伤。当看到队伍最后的一名小个子战士时，父亲摸着他的头，问他是哪里人，有多大了。他很认真地回答道："河南淅川的，今年满了十六了，现在应该算是十七岁了。"

这时他旁边一个年龄稍大一点的战士补充说了一句，他才刚刚十五岁，还是个孩子。小个子战士一听就不高兴了，低着头，摆弄着身上的枪。

父亲看到他的绑腿捆扎得不好，最要命的是，他脚上的草鞋早已破烂不堪，应该说，只是名义上脚底有一双草鞋。而实际情况是，草鞋的前头只有一根麻绳挂在大脚趾上，脚跟上的细麻绳拴在脚脖子，基本上就是光着脚。父亲叹了一口气说："伢子，现在情况很急，一时也有的草给你打一双新的鞋子了。我这里还有一点点破布头，把你这双脚与草鞋子捆缚在一起，暂时先凑合凑合，等突围出了，我给你重新打一双草鞋啊。"小战士看到父亲为他扎紧了腿上的绑腿，又蹲在地上，把手里的布条子，连脚一起包裹起来，激动地说："队长，你真是比我的父亲对我还要好啊！"

对警卫分队的检查结束以后，父亲告诉大家说："这次突围，与往常的情况不一样。四周都是敌人，而我们的部队却在峡谷的底部。现在，兄弟部队在与敌人进行战斗，为部队的突围杀开一条血路。我们警卫分队虽然不用去冲锋陷阵，打垭口，可我们是在宣传队的最后面，要负责掩护全队冲出去，要随时准备阻击追赶过来的敌人，还要把掉队的战友带上，任务是很艰巨的。现在我们的宣传队里重伤员仍有两百号人，加上抬担架的担架员有四百来人，还没有算上掉队的重病号。这么多的伤病员和抬担架的队伍，他们可不是那些轻手利脚的战士，在突围中，行动不会很快，目标也大，如何保护这些伤病员、这些民工，是我们最大的责任。我们每个人都要做好流血、负伤甚至牺牲的准备！在突围中，不管遇到么斯情况，都要有必胜的信心，都要坚持住，都要保证全队的安全。"

对于战前的动员，战士们早已经习惯了。而这次的突围动员，对每一个人都意味着要随时做好牺牲的准备。用"悲壮赴死"的话来形容，一点也不过分。

战士们纷纷表示着自己的决心："绝不怕死！绝不投降！绝不掉队！"

父亲从自己的挎包里取出来一个不大的本本，本子的四个角，早已经被磨损得没有边了，呈自由卷曲状态。他把警卫分队里每一个战士的名字和家庭地址、亲属姓名，都认认真真地记下来。然后拉着大家的手坚定地说："我一定会带着你们一起完成任务，突围出去的。"

11月的群山深处，狭窄的山谷里，阴冷阴冷的，立冬的节气已经过了。在秦岭南麓，群山环抱，崇山峻岭，满眼望去到处是悬崖峭壁。树叶已经开始枯黄，扎骨头的冷风，"飕飕飕"地直往衣服里灌。自八九月从鄂豫皖根据地向西突围后，直到现在，部队仍然是穿着夏天的服装。而且，绝大多数人都已经有一天多没有进食了，可是在这荒山峡谷之中，两军对峙之地，找不到一户人家，更见不到一个老百姓，到哪里去寻找食物呢？一切只有等到突围出去之后再说了。

在布置、检查了突围之前的各项准备工作之后，父亲利用宣传队还没有接到突围命令的间隙，把随身带的蓑衣往身上裹了裹，就近选择了一个背风的巨石，独自靠在石头上，静静地仰头看天、看山，想着自己的心思。

方面军把突围战斗的突破口，选择在峡谷西北方向上的一个垭口，也可以叫作北山垭口，由当时攻坚能力最强的部队担任这次突围的主力部队。

父亲在回忆这一段历史的时候，给我讲了这么一段话："多年征战中养成了一个习惯，每当上级一个重大的决定下来之后，我都要静一静。会找一个僻静的地方，静静地思考在即将执行的任务当中，可能会出现的问题，以便随时做好应对的准备。按照现在的说法，叫作'未雨绸缪'。"

父亲这次的心情没有像以往那种准备上战场的激情，而是比较沉重。

这么多伤病员，这么多民工，加在一起有五百人之多。父亲透过微微的夜光默默地注视着身边的宣传队员，伤病员以及几百号民工。

这是一支刚刚创建不久的队伍。这支队伍的一切都已经融入父亲的血液里，成为他生命中不可缺少的一个部分。每一个分队，每一个干部、战士。还有一路上动员来的担架员、挑夫、马夫、伙夫等，他们虽然不是红军，但都是跟着队伍经过了枪林弹雨，在风风雨雨中一同冲杀过来的，已经是战友，是手足亲人了，同样都要把他们安全地带出这个地方。等到达最终的目的地以后，还要平安地把他们送上返回家乡的路。

"立即突围！立即冲出打开的缺口！"师部通讯员传达的命令短促而明确。

突然而至的命令，打断了父亲的思绪。他从地上一跃而起，对早已做好突围准备的宣传队，用手使劲一挥，嘴里大声喊道："突围！跟着前面的队伍冲出去！"

近两百副抬着重伤员的担架，还有几十个轻伤员和重病员，在周干事的带领下快速跑步向前，勤杂保障队伍紧随其后，在宣传队的最后边是父亲带领的警卫分队。

这是一支集中了红十师几乎所有需要用担架抬着的重伤员，可谓是浩浩荡荡，比一个满编战斗营的人还要多的队伍，在十里峡谷的底部，宣传队紧紧地跟随队伍，向前迅猛前进。没有灯火，几乎没有人说话，峡谷里回荡着急促的脚步声。

可没有想到的是，要到达已经冲开的敌人重兵把守的北山垭口，还必须要攀爬一座上百米高的悬崖峭壁。在前面开路的部队，利用悬崖边上可以抓住的突出石头、灌木，抠着石缝，用刺刀或者铁锹，砍挖出一个一个的阶梯。硬是在悬崖峭壁的边边子上，刀挖、锹铲、手抠、脚蹬地"抢修"出了一条"天路"！所有人，只要是上北山垭口，都必须从这里攀爬上去，无一例外。

说到这里，父亲停了下来，看着我说："爬过悬崖峭壁吗？"

听到父亲的问话，我一下愣住了，想了想，摇了摇头回答道："没有，只上过东湖八一小学那样的山。参军以后当的是炮兵，高炮阵地大都设置在不太高的山上，顶多能算得上个丘陵的地方。如果山太高，路太陡的话，炮也上不去啊。再说，当兵还不到七年，走过的地方实在是太少了。书本上听说过这些词汇，但究竟什么样的山才算是崇山峻岭？我知道悬崖峭壁就是形容坡度非常大，一般情况下如果没有辅助工具是上不去的。但是这些东西只是脑海里面有一个大致的形态，没有在实地看过，也体会不到山的高大和悬崖的陡峭。当然也就无法体会到攀爬悬崖峭壁的艰难和危险。"

父亲遗憾地摇了摇头。

当周干事带着担架队跑步来到这样陡峭的山路前，看到悬崖边上的这样一条"天路"，一时竟不知道怎样才能把伤员抬上去，急得在原地与几个战士和担架员商量怎么办。

有的说："干脆一人背一个上去吧。"

有的说："后面一个人推，前面一个人拉着往上爬。"

有的说："不行不行，背的人不可能有这么好的力气，万一跌下来了，不只是两个人都要跌下悬崖，还有可能把后面跟着往上爬的人也一起砸下去，那样损失就更大了。"

还有的说："宣传队里大多数都是伤病员，尤其是重伤员，他们身上的伤，有的是刚刚做了治疗；有的缝了的伤口还没有愈合，现在让他们往上爬，怎么爬得上去？就是前拉后推，恐怕也很难上得去啊。"

"队里还有那么多的民工、医疗救护人员，男男女女、老的小的，估计都没有爬过悬崖峭壁，那这些人又该如何上去呢？"

父亲看到担架队突然停了下来，知道一定是遇到了困难，急忙赶到前面来了解情况。

为了加快上山的速度，父亲一边安排身强力壮、没有疾病的伙夫、挑夫等勤杂人员先上，一边和周干事商量办法。从这么陡峭的悬崖峭壁攀爬上去，一个人徒手都有困难，再背上一个重伤员往上爬，可能更加困难，甚至是更加危险的，这个法子显然不行。

父亲抬起头来，快速地看了看悬崖边上这条刚刚让前面的部队，用刀砍、手抠、脚踩出来的，连两只脚宽都不到的弯弯曲曲的小路，很快定下了决心：大家都已经十分疲劳，又一天多有的吃么斯东西，每个人的体力都不好了，再背着伤员爬这个在悬崖峭壁上的小路是很危险的，也有的么斯把握。现在看来唯一的办法只有让担架上的伤员下担架。在每一个伤员的身上，拴上一根结实的绳子，两个抬担架的担架员，一个在前，一个在后。前面的，既要自己努力往上爬，还要注意照顾到后面的伤员，拉着伤员身上的绳子往上扯；后面的，除了要把担架背在身上，还要紧紧跟在伤员后边，把伤员尽力往上推。用前拉后推的办法，把伤病员安全送到悬崖峭壁上去。

队里的几个骨干，抓紧分头去给每副担架的担架员和伤员，把情况讲清楚，给他们做好思想工作。同时告诉大家，上去了以后，要立即把伤员重新放在担架上，继续跟着队伍向外突围，没有特殊情况，不许有片刻的停留。再就是把重伤员和轻伤员、病号，分成两批。能够自己往上攀爬的伤员和病号为第一批先上去，重伤员为第二批后上。重伤员在上去之前，要认真检查他们的伤口。尤其是对伤在腹部和胸部的伤员，看看伤口的缝合和愈合情况。无论伤口已经长好的，还是没有长好的，为了保险起见，都要用绷带捆绑、固定紧，主要是防止用力过大，把伤口拉开、震裂。

父亲把自己的决定说了以后，深深地叹了一口气说："这真是没有办法的办法呀，只能让我们的伤员们委屈一下了。要不然么样办？部队都突围转移走了，总不能把他们留在这里，等着国民党军队来把他们都枪杀了吧？"

当担架上的伤员们知道这个决定以后，主动让担架员把他们从担架上放到地上，有的重伤员干脆自己爬到地上。能够站起来的伤员，由担架员扶着往前走；不能站起来的伤员，让担架员把他们从担架上抬下来，全力配合，做好攀爬上山的准备。

一个双手负了重伤的伤员，平时双手缠着绷带，吃饭都不能够自己吃，却坚定地向周围所有人表示："我就是把两只手都爬断了，也要爬上去！我要留下这条命，今后还要和国民党反动派战斗下去！"

还有一个被敌人的枪弹打中了胸部的重伤员，他是一个年龄略大的排长。他拉着父亲说："我负了重伤，今天能不能爬得上去我不知道。但是请组织放心，我今天豁出命也要往山上爬，死也要死在前进的路上！"

重伤员们不怕流血，不怕牺牲，决心战胜眼前的困难，绝不当敌人的俘虏，死也要死在向前冲锋的路上。这样的英雄气概，深深打动了宣传队里的所有人。

大家按照分工，有的给伤员检查伤口，有的帮助捆绑、加固伤口，有的在他们腰上拴上绳子，有的做思想工作，给伤员鼓励、打气。

受教育最深最大的是担架员和医疗护理等勤杂人员。他们被红军的这种不怕死、革命到底的精神，深深地感动着、感染着。每一个人都表示，也要像红军战士一样不怕流血牺牲，战胜一切困难，勇敢地攀爬上这条他们平生从未攀爬过的上山之路。

这些担架员和医疗护理等勤杂人员只是非常普通的人民群众，他们到宣传队里来是为了给红军帮忙照顾伤员的。可是他们却要和红军战士一样，面对所有他们从来没有面对过的困难，更不用说，还是在国民党反动派军队的围追堵截下，随时都有可能流血负伤，甚至付出生命的代价。

红军走到哪里，他们就要跟到哪里。无论是攀爬悬崖峭壁，还是忍饥挨饿……红军吃过什么苦，他们一样吃过什么苦。红军走过的路，他们一步也不少走。这些从来没有经历过的事情，要克服的心理障碍，远比红军战士大得多，更何况还是在这样的一种极端危险的环境下。

不知为什么，父亲忽然觉得在这些人当中，他们大多是一些年轻力壮的后生，跟红军一样风里来雨里去，吃苦耐劳，无怨无悔。如果今后能够留下来参加红军，那该是一件多么好的事情哪。

说到这里，不得不说到从湖北枣阳一直跟过来的一家四口。当时，这家人要跟着作战的队伍走，可是队伍上因为经常在行军打仗，没有收留他们。后来，看到宣传队里有许多的伤病员需要人手，要求来队里帮忙。说有一口饭吃就可以，只要是让跟着红军，做什么都行。周干事把他们带到父亲这里，问怎么办？

父亲问他们："为么斯要跟着我们？跟着我们不光是要吃很多的苦，而且是很危险的，随时有可能流血负伤，甚至会付出生命的代价，这可不是说着玩的。"他们回答说："家里冇的地，仅有的一间半房子因为还不起地主的高利贷，地主家的狗腿子强行把我们赶了出来。现在既冇的吃，也冇的住的地方了，拖家带口的，实在是冇的法子活下去了。看到红军是穷人的队伍，是帮助穷人打天下的，所以全家都想参加红军，希望留下来。"

男的说，他有一身的好力气，可以帮助队伍上抬担架。他的媳妇说，可以烧火做饭。一对半大不大的儿女，女伢子大约有个十六七岁，说她可以照顾伤员。男孩子说他要当红军，说他不怕死。听起来话不多，决心蛮大的。

当时宣传队里缺人手，可是把一家老小都留在队伍上，不仅没有这个先例，恐怕也不合适吧。父亲还是很犹豫的。

周干事在一旁小声说："队长，现在队里缺人手，一时半会儿也找不到合适的人，他们一家四口既然来了，可以先安排在队伍里帮帮忙，相互之间也有个照应，等情况好转以后再做打算不迟。"

后来宣传队到了川北以后，女儿和儿子留下来当了红军，夫妻两个最后回老家去了。这些都是后话。

所有的重伤员都在担架员前扯、后推中，开始慢慢向着悬崖峭壁上爬去。而第一个带头往上爬去的担架工，就是刚才说到过的那两个孩子的父亲。

重伤员们要爬上陡峭的悬崖峭壁，需要克服多少困难？需要拿出多大的勇气？是可想而知的。他们首先要克服的是人们难以想象的疼痛，还要把因为负伤消耗的几乎没有任何体力的身体，拼尽全力，抱着随时准备牺牲的拼命精神，一点一点地向上爬去。

周干事和许许多多的医务人员和勤杂人员，不忍心地看着这一切，可又有什么更好的办法呢？这是一个什么样的情景？近两百重伤员，都是在战斗中身负重伤的，怎么可能有什么力量往悬崖上爬呢？

"面对敌人的围追堵截，在方面军全体都面临着生死存亡的危急时刻，不爬上悬崖峭壁，不冲出刚刚撕开的突破口，等待我们的只有死路一条啊！

么斯叫作红军精神？么斯叫作红军力量？什么是中国共产党党员的理想信念？红军这一代人身上所体现出来的，难道不是最好的诠释吗？"

父亲满含泪水的双眼紧紧地注视着每一个向山上慢慢爬去的重伤员。他们虽然身负重伤，却意志坚强！一个一个坚决地，爬向那连正常人都望而生畏的上百米高的悬崖峭壁边边上的"天路"！

突然有人"啊"了一声！大家不约而同地向发出声音的方向张望过去。那个胸部负了重伤的排长，终因体力不支，脚下一软，快速从悬崖边滑落下去，重重地摔在地上。当父亲跑到他跟前时，他睁开眼睛，微微地笑了一下，一句话也没有说出来，当时就牺牲了。

事后，那个一路上一直负责照顾这个排长的担架员哭着告诉父亲："爬了多一半的时候，排长告诉我们说，年轻人，你们走吧，我实在是没有一点点力气了，不能再拖累你们了。你们还年轻，路还长得很，赶快松开手里的绳子，向上爬吧。为了革命，我牺牲了不要紧，我们还有千千万万的红军，他们会为我报仇的！"

"我们两个担架员都不同意。可是他自己松开了腰上的绳子。他不愿意因为他而拖累了我们，不能让我们也跟着一起牺牲。我们当时都哭了，哭着求他跟我们一起上去，让他再咬咬牙吧，再坚持一下。可是他没有再犹豫，就这样，他为了我们两个，自己松开手跌了下去。"

父亲沉默地听着，一时间不知道说什么好。心情又悲痛，又为他的牺牲感到十分惋惜。父亲语气低沉地告诉我说："这是一个与他年龄差不多的一同参加了黄麻起义的同乡啊。"

没有过多久，又出现了一次险情。那个被炸坏了双手的伤员，因手上的伤口崩裂，力气耗尽也开始向下滑落。这时候，在他上方的担架员，使劲儿拉住捆在他腰上的绳子，大声地让他一定要坚持住。在他下面的担架员，用一只手死死地顶住他的脚。伤员全身贴在山体上，大口大口地喘着粗气，鲜血顺着他的双手流出，染红了他抠过的每一个石逢、抓过的每一个灌木。在前拉后推的助力下，终于稳住了自己的身体，咬紧牙关，继续拼尽全力，终于攀了上去。

在山下等待的每一个宣传队员，都紧张地注视着向上攀爬的重伤员和重病员。大家的手攥得紧紧的，牙齿也咬着，恨不得自己上去替他们使劲，替他们爬到山顶上去。

父亲在回忆中动情地说："这是他终身最难忘的一幕，永远永远地刻在脑子里了。

这是一些么样的人？么样的精神？

这就是红军！

这就是红军精神啊！"

刚刚爬上那段悬崖峭壁边边上的"天路"，就看到那经过激烈的战斗用鲜血染红的灌木荆棘，和经过反复冲杀不知牺牲了多少红军将士的生命，才拼杀出来的一条窄窄的、光溜溜的山脊通道。为了争夺这条通道，冲出敌人的合围，我们红军将士又有多少人在冲过这里的时候，中弹负伤或者牺牲跌落到悬崖下，献出了宝贵的生命？

可能无法统计。

两军相逢勇者胜。在生死存亡之际，所有参加拼杀的红军将士们，心中只有三个字——冲过去！

担架队员们将伤员再次放在了担架上，通过了这条用红军将士的鲜血染红的山脊，继续紧随前面的队伍向着北山垭口这条刚刚被杀开的生命通道猛冲过去。因为攀爬悬崖耽误了不少时间，在山上等候已久的政治部主任，用焦急的语气，督促宣传队的同志们："动作要快一点，再快一点，赶快冲过前面的垭口，冲过去就是胜利！"

宣传队跑步通过北山垭口的时候，父亲出于职业习惯，特意看了一下我军两个团和封堵全军前进的敌人守军进行拼死搏杀的地方。北山垭口，不是在山与山相连接的部位上一个像马鞍型的鞍部垭口，而是在群山环绕的高山峻岭之中一条纵贯两个大山之间的崎岖小路。最要命的是，就在这么一个小路的入口处，除了在两侧山上敌人设置了机枪阵地以外，通道的中间，还有一个小山包，直直对着这条必经之路。在这个位置，哪怕就是放上一挺机枪，就足够让冲击这里的红军付出极为惨重的代价，更不用说敌人还有两侧山上的火力支援。

这是真正的"一夫当关，万夫莫开"呀！

也许有人会说，用炮轰它一下不就解决问题了吗？他们不知道，部队为了攀爬上悬崖峭壁，用最快的速度冲出敌人的封锁，火炮等辎重全部都丢弃在山下，随身携带的除了轻武器弹药和一点点干粮外，哪里还有炮呢？

为了夺取这个垭口，杀出一条血路，掩护方面军全体人员突出敌人的封锁，红军将士在这里与敌人的守军打了三天两夜。阵地得而复失，失而复得，反反复复。红军没有退路，如果不能打开这条突出重围的通道，全军将被国民党军死死地围困在这里，其后果可想而知。摆在红军的面前只有一条路，那就是坚决地杀出去，杀开一条血路。为了这条必须夺取的突围之路、生存之路，红军将士在此地付出了巨大的牺牲。

那是生死存亡之战！是一场真正的血战啊！

面对勇猛无比的红军，鬼神都要让道。敌人的疯狂被我军的威武气势和不可战胜的精神所压倒。红军硬是杀了进去，在敌人三面火力封堵的通道上，生生地撕开了一条"口子"。战斗的惨烈程度，是用语言怎么形容都不为过的。

敌人看到我军撕开了口子，组织部队发了疯一样地发起了一轮又一轮的反扑。敌我双方都竭尽了全部的力量，在拼搏，在厮杀，在反复争夺这个关系着部队生死存亡、命运攸关的垭口。密集的枪声分不出你我。在往返多次的拼杀中，红军烈士遗体和敌军的尸体铺满了阵地的前前后后。所有经过北山垭口的部队，都被眼前的惨烈战斗所震撼！

北山垭口就是在这样的情况之下拿下来的。那是一条用鲜血染红的突围通道，是红军将士用鲜血和生命铺出来的一条血路！

部队冲出漫川关以后，没有停息，继续向北快速前进。宣传队在黑夜中紧紧跟随部队，沿着山里的小路，翻越野狐岭，横跨长满了茂密树林的山峦，一直插到一个叫竹林关的地方，才停下来歇了歇。

抬着担架的民工们，大多已经筋疲力尽，有的坐在地上大口大口地喘着粗气，有的干脆躺在地一动不动。

"再这样跑下去是要累死人的呀！"

"不行了，不行了，再也跑不动了。"

"敌人又没有追上来，为么斯老是这么一直跑？跑到么斯时候是个头呢？"

东倒西歪的担架队员们，躺在地上各自发表着意见。

"都晓得红军苦，红军累，哪个晓得不吃不喝的还要这么跑，一跑就是几十里上百里，鞋子都跑烂了，这要到哪里去弄鞋子呀？"

"也不晓得红军么斯时候才能到达目的地，让我们吃一顿饱饭？买一双鞋子穿？"

"红军为么斯不停下来找个地方把国民党军队揍一顿再说。老是让敌人追着打怕是不行吧？"

对于所有民工们的议论，父亲也没有时间去解释。

父亲和周干事等几个骨干利用这个短暂的休息间隙，抓紧时间检查伤病员的情况，需要治疗的当即进行治疗。同时，把宣传队里仅有的干粮全部拿出来，分给民工们。并用茅草、树皮等一切可以用来编织草鞋的东西为大家修补草鞋。其实也算不上什么修补，就是想办法找一些茅草、树皮等，把他们的脚和草鞋，绑缚在一起，以不影响继续的行动。

这是自打从鄂豫皖根据地出来以后，所经历的最危险的一次突围行动。对这些沿途动员来的民工们来说，是他们有生以来的第一次。能跟着队伍坚持下来，实在是非常不容易了。

父亲说："在当时的条件下，最辛苦的莫过于抬着伤病员跟着大部队行军的担架员了。正常人，一天一夜走上百把里路都累得不行，可是担架员的两只手，不能自由地前后摆动，需要一直保持着一个动作去抬着伤员。既要负重前行，还要保持稳定，不能把伤员摔下来，你们说苦不苦？累不累？无论是白天还是黑夜，他们要跟所有人一样的上山下山。

上山的时候，前面的人要尽量把担架放得低一点，后面的人却要把担架扛到肩上，甚至是用手向上举着，用头顶着，还要使劲地往上、往前送着用力。到了下山的时候，前面的要把担架扛在肩上，脚下还要防止滑倒，全身要承受住伤员和自己本身向前和向下带来的巨大冲击力量。这个过程所消耗的体力，是平常人的一倍，甚至是几倍。

无论是走什么路，他们要随时保持住身体平衡，紧紧抓住担架，不能把伤病员从担架上跌落下来，这容易吗？不仅如此，对特别部位受伤的重伤员，大小便还要扶持和帮助。有的伤病员吃饭还要担架员或者医护人员帮助喂下去，难不难？他们付出的辛苦，可是比普通的战士多得多呀。"

"宣传队刚刚组建的时候，有的几个重伤员，一共才三副担架，主要是连队来的战士负责抬担架。记得土桥铺一仗下来，宣传队一下子就接到了三十多个重伤员。部队减员也十分严重，不可能再抽调战士来做担架员。只有自己想办法，动员当地的老百姓来帮助料理伤员，帮忙抬担架。

在最困难的时候，有时候根本找不到老百姓，更不要说找到医院，找到医生，找个护理人员了。你可能会问，为么斯这么说呢？你想想啊，部队又没有走在城市里，也没有走乡村，走的尽是荒山野岭，没有人烟，到哪里去找民工、找担架员？在两军交战的地方，老百姓跑得连影子都找不到。遇到这种情况，宣传队的全体人员都要抬担架，都是担架员，当然包括自己在内。那个时候，由于敌情严重，仗打得很紧，经常找不到吃的，这些民工们却要跟着部队背井离乡。民工抬上一天、两天的，算是不错的。有的民工吃不了这个苦，半路上就跑掉了。再就是，我们找来的担架员、挑夫、伙夫、马夫等人民群众，许多的家里都有这样或者那样的实际困难，绝大多数是家里的主要劳动力。一旦跟上我们的红军队伍了，不光家里的活计照顾不了，如果负了伤或者留下了残疾，再或者牺牲了，对他们的家庭来说是个很大的损失和打击，其影响是很大的，更不要说国民党军队不会放过帮助过红军的人。

在这样的这一段特殊的日子里，这些普普通通的人民群众要与宣传队一起顶着枪林弹雨，冲过来杀过去，还要日夜兼程地翻山越岭，长途跋涉，净走一些人迹罕至的野路、险路，又得不到像样的休息，经常忍饥挨饿，基本上是红军吃么斯，他们吃么斯。这些普普通通的农家出身的子弟能够坚持下来，也是非常非常不容易的。

不少人以为，他们给红军抬伤病员，也就是临时性的，最多天把两天的时间就可以回家了。哪里晓得，因为部队要跳出敌人的四面包围，要连续不断地打仗和转移。宣传队虽然不打仗，但也要跟着部队行军转移，客观上使得队里所有被动员来的担架员、挑夫、伙夫、马夫、医疗救护人员等，不仅一天两天回不了家，如果找不到能够替换的人手，他们十天、半个月甚至更长时间也回不了家，返不了乡。

不过从客观上来说，这部分人民群众增加了对红军的理解，看到红军是一支真正为了穷苦老百姓翻身求解放的队伍，是真正的人民的队伍，不仅主动要求留下来继续抬重伤员，继续做这份艰苦的工作，还对红军队伍产生了很深的感情。以至于到后来他们中的许多人留在了队伍上，当了红军。"

父亲的这一段回忆，让我对当年红军宣传队的工作性质，有了真正的了解。

还有那些普普通通的人民群众，为了帮助红军的伤病员，抛家舍业，冒着极大的生命危险，所做出的平凡而又伟大的贡献，这一切都深深地打动了我。

部队突破敌人在漫川关的堵截之后，连夜沿着崇山峻岭之中人迹罕见的山路，迅速向北行进，宣传队紧随部队的脚步快速跟进。饿了，抓把干粮在嘴里；渴了，捧把山泉水喝。不分昼夜，一路都是急行军。

宣传队利用部队对敌作战期间抓紧进行短暂休整。

队伍停下来休息了，可是医护人员还不能休息。他们要抓紧时间了解伤员的病情，特别是所有攀爬了悬崖峭壁的重伤员，伤口情况究竟是个什么状态？伤口有没有撕裂？是不是需要立即手术？在雨雪交加，连续急行军的两天中，伤口有没有受到感染等，都要立即做出诊断，要赶在部队重新踏上征途之前，逐一进行治疗，在这个短暂的战斗间隙，医护人员是最忙碌的。伤员的病情是他们的首要任务，宁可自己不吃，不喝，不休息，也要尽全力来救治伤员。

连续两天翻越山峦起伏人迹罕至的大山，没有哪个人不累、不困的。就是铁打的身体，也要喘口气歇歇脚啊！

而这些医护人员，绝大多数是我们在行军转移的路途当中，动员来的民间郎中和自己带来的助手。他们为了救治红军的伤病员，冒着极大的危险，日夜跟随队伍跋山涉水，还要与我们所有人一样，忍饥挨饿，置生死而不顾。这需要多么大的勇气和毅力。

父亲回忆当年在土桥铺战斗中，三十团一个连长腹部受了重伤，肠子都出来了，经过师部医院的紧急抢救治疗以后，被安排到宣传队。这个伤员来了以后，不到两天就发生了严重的感染，高烧不退。周干事带着人四处寻医问药，找到了一个在当地有点名气的祖传中医郎中，把情况说了以后，他二话没说，就来到队伍上给这个连长检查伤口。发现当时虽然取出了弹片，可能是战事紧张、人手不够的原因，肠子清洗得不够彻底，造成了大面积感染。再加上伤员出血过多，如果再做手术的话，危险性太大了。这个郎中立即采用了祖传的膏药外敷，再配合熬制的草药内服，控制住了炎症，使伤员转危为安。

为彻底治好这个连长的伤，父亲希望他能够随队伍一起继续帮助治疗，并且诚恳地告诉他说，我们的医护人员人手太少，大多数只能帮助换换药，没有经过专门的医疗培训，非常需要他能在队伍上多待一些日子，帮助做一些培训工作。后来，他一直跟着我们到了川北，并与伤病员们结下了深厚的友谊。

在回忆宣传队西征途中的往事中，这个郎中给父亲留下的印象是深刻的。

在与郎中的不断接触中，他亲口告诉父亲，他放心不下这些伤员。希望通过自己的治疗，能够看到他们恢复成一个个健健康康、生龙活虎的红军战士！这个郎中当时已经有四十多岁了，平时很少一次走过这么长的路，更不要说连续几天地走，还要走这么多的山路，爬这么险峻的悬崖峭壁。他天生有恐高症，在漫川关是否跟我们一起攀爬那条非常危险的"天路"时，在山下犹豫良久。最后看到宣传队里的女同志都勇敢地爬了上去，那么多的重伤员也爬了上去，他终于下定决心，主动用一根绳子捆在自己的腰上，让两个战士一前一后地把他夹在中间，硬是鼓起勇气从这条"天路"攀爬上去了。

他事后说："攀爬这一段'天路'的时候，我始终不敢向下看一眼。也许只要看上一眼，可能就会浑身发软、彻底不行了，一定会跌下山去的。"然而在红军精神的感染下，四十多岁的惧高郎中竟然也坚持了下来。在风雨交加的日子里，郎中自己感冒发烧，他极度疲劳，需要休息，然而他却弃这些而不顾，把

"救治红军的伤病员"当作第一要务，全身心地为他们治病疗伤。按理说，他可以选择休息，让他的助手来做这些工作。但是，他没有休息，而是主动照顾伤病员。他给父亲说，宁可自己苦一点累一点，也要把红军伤员治好。郎中的行动，感动了宣传队里的所有人。

宣传队到达川北以后，临别之际，他与宣传队里的所有人一一握手道别，最后他深情地告诉大家：这段日子，是他永生难忘的日子。之所以能够坚持到今天，是红军的这种精神，这种"为了天下的老百姓都过上好日子，豁出性命去干革命"的精神感染了他。这是他最终坚持下来的真正动力！这也是他一生中最大的精神财富和收获。人的生命不可能太长，能够有如此一段经历，是人生不可多得的骄傲与自豪。

宣传队途经战国时代修建的汉中古栈道时，大家都有一种发慌的感觉。古栈道的险，一点也不亚于攀爬悬崖峭壁上的"天路"。

眼前的这条"古栈道"，已经年久失修，有的圆木缺损，有的木板早就腐朽不堪，尽管前面的部队经过时做了一些修补、加固，但是走上去还是需要格外小心。况且在有些地段，山体凹凸不平，直着身子是过不去的，需要侧身，甚至弯着腰才能够通过。最让人揪心的，是弯腰过"古栈道"时，下方一眼望不到底的深渊让人不寒而栗，心惊肉跳！尤其是负责抬伤员的担架员，还有挑夫、马夫、伙夫以及医疗护理人员，他们的心理承受力、恐惧感还要更加强烈。

因此，宣传队过"古栈道"，大多数民工们真正要克服的还是心理的恐惧感。

宣传队通过"古栈道"费了不少的时间。有些民工胆子比较小，就让战士们把他们夹在中间，一个一个地排着队，牵着手缓慢地通过。

有一个挑夫曾经小声问父亲："队长，今后要返回家乡时，能不能不再走这条道啊？现在人多还好一点，大家可以互相帮助，也能够壮壮胆子，要是一个人，真是不敢再走这个古栈道了。不要说走了，看着都让人害怕，让人头晕目眩。走在上面还晃晃悠悠的，心都跳到嗓子眼儿了，腿也抖，手也抖，脑瓜子一晕一晕的，整个人不由自主地就想往那个深渊探下去。不怕你笑话，说个迷信话，就像是有个鬼魂勾着你往下去。不睁着眼睛吧，过不去栈道；睁开眼睛吧，又觉得太吓人了！"

父亲安慰他说："我们红军现在是让敌人追得有的办法才走这里的，你今后回家可选择的路多得很，回去的时候不用再走这里了。放心吧。"

听父亲这样一说，他才放下心来，连连说："这就好，这就好。"

通过了又惊又险的"古栈道"后，部队进入了关中大平原。

自离开鄂豫皖根据地，向西走了两千多里路，走了许许多多的渺无人烟的崇山峻岭，甩掉了敌人的围追堵截之后，终于看到久违的平原。走在广阔的平原上，每一个人都觉得舒服得不得了！不需要去攀爬那些陡峭的山，也不需要担心被脚下的乱石绊倒，也没有杂草、荆棘给行军带来麻烦。人们可以在平坦的黄土地上，自由自在地走啊、跑啊、跳啊，别提多么舒服了！

在一个多月的时间里，无论是作战部队，还是宣传队，穿的是破破烂烂、五花八门的单衣服和形同虚设的草鞋。上千里的西征途中，脚丫子受尽了各种罪，到处是伤口，许多人的脚已经发炎、溃烂。

所以，在连续的行军打仗中，最遭罪的莫过于脚了。当双脚踏上大平原的那一刻起，在舒适松软的泥土上，都觉得好像是穿了一双千层底的布鞋，仿佛回到了家乡，回到了阔别已久的家乡的沙土地、稻田地一样，大家开心地笑着，开心地用脚揉搓着地上的黄土。搓来搓去，总觉得搓不够。这个时候的脚，与土地亲得不行，真想在这样的土地上一直行走下去。大家说，哪怕是打着"赤脚"走上一年半载也无所谓啊，那可是一种极大的享受哪！

到了关中平原以后，父亲说，从鄂豫皖根据地"反围剿"出来，一走就是两个月，打了两个月，人困马乏，思想上一直是处于高度紧张状态，弦一直绷得紧紧的，现在忽然到了平原，四周看上去都很安全，大家紧绷的心一下子松了下来。

宣传队里所有人，特别是那些民工们，上上下下都兴高采烈，议论纷纷。这个说："这下子好了，到了平原了，敌人也甩掉了，不用再去辛苦地翻山越岭，提心吊胆地攀爬悬崖峭壁，走那个让人心惊肉跳的古栈道啦。"

那个说："部队到了可以落脚，可以建立根据地的地方，离我们返回家乡的日子也不远了。"

有的在私下里已经开始打听和盘算，何时可以回家，如果回家的话走哪条路近一些，好走一些……

动员来的民工不是红军战士，有这些想法是很正常的。

作为宣传队的队长，父亲却一刻也没有轻松下来。几个月来的经历告诉他，也许在不远的地方，敌人已经悄悄地合围过来了。

他与周干事商量，部队今后无论是走还是留，宣传队要尽快解决队里的粮食、药品，还有衣服、鞋等急需的物资问题，要随时做好继续出发的准备。更重要的是，现在已经是冬季，队里所有人都是单衣单裤，脚上的鞋子早都已经穿烂，再不设法解决，会影响全师的行动。还要设法解决牲口问题。队里的几匹牲口都丢弃在漫川关了，现在这么多伤病员吃的粮食，全靠人挑，时间长了也不是一个办法，也要尽快解决。

商量完了以后，周干事去落实具体工作，父亲到担架队查看伤员的伤情，与医护人员一起，根据伤情轻重，重新对伤员进行编排。除了及时处理伤口、控制炎症，还要在条件允许的情况下，尽一切可能，优先把重伤员的营养搞好，让他们能够尽快好起来。

有一个安徽入伍的战士，大腿和小腿被敌人的机枪打了三个窟窿，特别是大腿，子弹打在他的大腿骨头上了，取出弹头以后很长时间伤口不能愈合，虽然不是要命的地方，可是伤口一时半会儿好不了，只能坐在担架上。急得他拉着父亲的手说："队长，我不是重伤员，还能够打枪，吃的饭还多，可现在走不了路，长期让人抬着走，真是急死个人哪。我现在已经是队里的累赘了，么斯办呀？"

父亲安慰他："不用着急嘛，哪个人能保证自己不吃敌人的枪子呢？负了伤，就要安下心来，好好治疗，争取早日康复再上战场。我们现在冇的自己的根据地，治疗条件非常有限，还要经常跟着队伍行军打仗，各个方面的条件都很艰苦，伤口恢复得也要慢一些，这些现实的情况，希望你能够理解。在我们的队伍里，无论你是伤员、病号，还是普通民工，所有人都是战友，都是同志和兄弟。你放心，队里一定会尽一切努力，把你的伤早日治好，让你一直跟在队伍里不掉队，这些都是我们宣传队的责任。"

他听了后，眼睛里噙着泪，双唇抖动着，哽咽了半天，一句话也说不出来。只是双手使劲地握着父亲的手。

民工们刚刚高兴了没两天，敌人为阻止我军进入陕西，已经包围过来。为了尽快摆脱敌人的合围，部队决定再一次翻越秦岭。

民工们听说又要再一次翻越秦岭，不少人面露为难之色，也有几个人直接提出返回家乡的要求。

"这是怎么回事情啊？我们不是刚从秦岭那边过来，现在怎么又要再返回去，太遭罪了。"

"为什么总是翻秦岭呢？别的路就不能走了吗？"

"如果我们这次翻过秦岭以后，那边的情况不好，是不是还得要再翻回来呢？"

民工们的议论非常多，思想情绪很不稳定。

一路上跟着队伍，部队吃的苦、受的累，他们一样也没有少，已经很不容易了。想要回家，也是合情合理的要求，问题是队里那么多的伤员怎么办呢？

周干事说，"队长，我看需要开一个支委扩大会，把班长、排长和分管的几个骨干召集到一起，统一一下认识，让大家分头下去了解了解情况。比如说，抬担架的民工中有哪些人提出了想回家的要求。还有，我们的伤员恢复的情况如何。对于民工，我们还是要尽量做做工作，争取让他们能够留下来，毕竟我们还有那么多的伤员需要坐担架呀。再说，部队这两个月来减员很大，又要随时准备战斗，任务很重，尽可能不要从连队抽人手。"

经过解释和做思想工作，提出回家的民工人数由开始的二十多人，到最后只有四个人没有继续跟着队伍。这四个人家里的确有困难，需要回去。其余的都同意继续跟着队伍，直到红军到达目的地以后再返回家中。

情况清楚了，心里也算是有了底。

为了把这支队伍带好，为了把一百多个重伤员能够安全、顺利地全部抬到方面军指定的目的地，完成师里交给的任务，父亲召开了全队人员大会。目的是肯定成绩，稳定队伍，激发斗志。父亲回忆说，这是自宣传队成立以来，第一次把全体人员召集在一起开的会。

会场的气氛很热烈，大家的情绪都很激动。决心、信心和积极性被彻底地调动起来了。这个鼓励表扬的大会达到了预期的目的。

在会议结束前，父亲又加了一把火："大家的信心足、决心大，那么我们今后要比一下子哦，看看哪个做得最好，既不掉队，伤员也安全，最后与红军队伍一起胜利到达我们的目的地吧。"

会议结束后，父亲向几个负责的同志交代，抓紧检查各项工作的落实，随时做好出发的准备。

2

1932 年的 12 月初，部队向南翻越秦岭。

八百里秦川是中国南北分界线，红军要向南发展，也要像秦帝国历史上一样，先翻越秦岭，再翻越大巴山，最后才能进入天府之国的四川。秦岭的山脉平均海拔大多在两千米以上，一座连一座的大山，连绵不断，望不到边。为了甩掉敌人的围追堵截，红军别无选择，只能再一次翻越横亘在眼前的巨大山脉。

12 月的秦岭，寒风刺骨，大雪弥漫，所经过的道路被风雪覆盖。放眼望去，一片白雪皑皑。几乎所有人，只能用单薄、破烂不堪的衣物来抵御秦岭大山里刺骨的寒冷。红军脚上的草鞋早已破烂不堪，只能用麻布片、破布、布条、树皮等把溃烂、流脓、滴血的脚和草鞋捆绑在一起。靠无畏的革命精神和坚定的理想信念行走在秦岭的崇山峻岭之中。一连翻越了九座海拔两千米以上的高山，整整在山里走了七天六夜。父亲带着担架队，始终走在宣传队的前面。

在冰雪皑皑的山路上，为了保证全队的安全，父亲跑前跑后，时刻关注着每一副担架上的伤员和抬着担架的民工，不断地给他们鼓劲加油。在翻越秦岭山脉的途中，父亲还编了一段顺口溜（此段回忆根据父亲的回忆整理）：

八百里秦川算个啥，大雪封山照样爬。单衣草鞋难不倒，饥寒交迫意志坚。相互帮扶同志情，老天见了也称赞。齐心协力向前进，坚持到底是好汉！

这段顺口溜，成了宣传队里最鼓劲的快板词。

在秦岭，最难忘的是在山里宿营的六个晚上。

本来就是大雪封山，每个人穿的衣服又少。所有人把能够穿在身上，披在身上，绑在身上的，不管是什么，只要是能遮寒的东西，全部用上。可是到了晚上，人要休息，怎么解决睡觉问题呢？

父亲在前面队伍用过的宿营位置上，把相对好一点的地方优先安排给伤病员。点上篝火，烤烤脚，烤烤手，支上锅烧些开水，让警卫分队的战士到四周去割一些茅草，垫在伤病员的身下，让他们可以休息得更好一些。每个夜晚，都是医护人员最忙碌的时间。他们要认真检查伤员的伤口，对伤员、病号的病情，进行及时、必要的处理。炊事班的同志，还要想方设法让伤病员在睡下之前，能够吃一点可口的食物，让他们补充营养，以利于身体康复得更快一些。虽然在秦岭的深山老林里人迹罕至，但是在一堆堆的篝火旁边，却围着一群群或坐或躺，或背靠背相互取暖的红军宣传队员、伤病员和几百个动员来的民工。

在篝火跳动的火光中，父亲看着一张张年轻稚嫩的脸，皮包骨一样的身体，心中一股爱怜之心油然而生。他们身穿破破烂烂的衣衫，个个筋疲力尽，在寒冷的冬天里打着赤脚，穿着用草、破布包裹脚的"草鞋"，把大地当床，以星空为被。

有的紧紧围在篝火边烤着被雨雪和汗水浸透了的衣服，有的把旱烟装在烟锅子里"吧嗒吧嗒"地吸着，有的把捆裹在脚上的所谓"草鞋"的外面的布条慢慢解开，查看着自己脚上的伤口。当把布条、草绳子从粘在一起的伤口处剥离开的时候，紧紧皱着眉头，强忍着疼痛，嘴里发出嘶嘶嘶嘶的声音。再用身边的冰雪，轻轻地把已经红肿的变了形的脚抱在怀里，小心地清理从裂了缝的口子里流出来的血水、脓水，将冻凝固结痂的脓疱擦洗干净，再用烤干的布条，重新把草鞋捆绑在脚上。

父亲被眼前的一幅一幅的画面深深地打动了。

此情此景过去了几十年之后，他语重心长地对我说："我们现在经常挂在嘴上讲'红军不怕远征难，万水千山只等闲。''红军精神永放光芒！'这些话不是有过亲身经历的人是很难体会到其中含义的。当年的红军，有多苦？有多难？有多累？有多不容易？不是几句话就能说得完的。那是道不尽、说不完的啊！

红军之所以可以在敌人疯狂的围追堵截中，在缺衣少食、连续作战、长距离行军转移的极度疲劳之中，还能够始终坚持下来，靠的是么斯啊？靠的就是坚定的革命理想和信念！就是要为了让天下的老百姓不再受剥削压迫，能够有自己的田地，有饭吃，有衣服穿，有房子住，过上太平日子。

只要我们红军能坚持下去，就会得到天下老百姓的拥护。终究有一天，我们会在老百姓的支持和帮助下，打倒万恶的旧社会，推翻反动的统治，让人民当家作主人，实现这一伟大的目标。

在宣传队这个群体里面，除了少数的红军干部、战士和伤病员外，绝大多数都是动员来帮助红军的群众。他们为了什么？尽管他们不是去上战场，杀敌人，可是抬担架、救护伤员，难道就不危险吗？假如现在敌人追了上来，把我们包围起来，敌人难道会因为他们不是红军，就能放过他们吗？也许他们还会因为帮助了红军，而导致家乡的父母妻儿受到牵连而惨遭迫害。

他们抬着担架上的伤员，每天都跟着部队走上百里的路。经常吃不饱，风寒露宿，苦不苦，累不累？他们喊过苦吗？他们为什么心甘情愿地与我们在一起，冒着生命危险抬伤员，难道他们就不怕流血负伤甚至牺牲吗？难道不想早一点回家团圆过太平日子吗？这些都是苦大仇深的农家子弟，没有文化，让他们讲什么大道理，也许讲不出来。但是有一条是清楚的，那就是'红军是穷人的队伍'，是为老百姓打天下，他们走到哪里，哪里的老百姓就有饭吃，有地种，有衣服穿，有好日子过。红军是土豪劣绅、恶霸地主的克星，他们见到红军就会吓得屁滚尿流，老老实实。红军就像是白天的太阳、晚上的月亮一样，照亮了老百姓的心，让老百姓看到了光明，看到了希望。所以红军才是老百姓的亲人，帮助红军就是帮助自己。红军的队伍越是壮大，老百姓就越是有了强大的靠山，再也不用怕被欺负被压迫，就有了过上好日子的希望。实际上，这些就是他们心里要说的话，是愿意帮助红军的最简单的道理，也是发自内心地对红军最朴实的情感。"

父亲把每一个帮助过红军的民工，都深深地刻在自己的脑子里，永远不忘记他们。没有这些群众的帮助，宣传队是不可能把这么多的伤病员安全地护送到目的地的。

父亲和战士们拾来一捆捆树枝，把每一堆篝火烧得旺旺的，尽最大努力，让他们在秦岭冰天雪地的夜晚，能够好好睡上一觉。

当看到所有人都睡下了，睡熟了，父亲检查了一下哨位后，选择了一棵粗壮的柏树，把蓑衣铺在地上，盘腿坐下来，眼睛直直地看着身边的年轻战士，看着伤员和民工，心里想，不管今后的路还有多远，还有多少艰难险阻，都一定要把宣传队的全体队员和民工们安全地带到目的地。

3

走出了大山，来到了汉水边。

河边只有两条小船。上级要求除了伤病员和妇女外，全军要徒步涉水过河。为了让部队尽快过河，前卫部队已经选择好了渡过汉水的位置。父亲在部队徒步涉水的出发地，认真查看了水面的宽度和水流的速度。那天夜里，几乎没有月光。放眼看去，水面虽然比较宽（大约两百米），水的流速似乎不太急，水面也比较平稳。不知到了河的中间，有没有浪，有没有急流……他又注意看了一下正在徒步涉水的部队。大约走到河中间的时候，隐隐约约地看到，最深处到了成年人的胸口处，个子小一点的，就到了脖子的位置了。假如到河水的中间地段，不起什么大浪，问题也许不会太大。但凡事不能只从好的情况去想，应该做最困难的准备和最坏的打算。毕竟这么多的民工，他们中间的绝大多数人，可能谁也没有徒步涉过两百来米的河的经历，而且还是在夜里。为了让宣传队所有人员都能够安全、顺利地徒步涉水过去，父亲略作考虑后，提出了安全渡过汉水的办法。

宣传队几百号的民工不是连队的战士，不能简单地把手一挥，用下命令的口气说一句"徒步过河"就可以了。还是要像婆婆妈妈那样的，认认真真地交代，告诉大家怎样过河。

父亲大声地给全队同志们说："同志们，现在是夜里，方面军也只找到了两条小船，所以除了伤员和女同志以外，大家都要从这里下水徒步过到汉水河的对岸去。我们宣传队里的民工多，大多都不会凫水，我就在前面打头带路，周干事在最后收尾。为了防止到了汉水河中间地段的时候，出现水深和有浪的情况，个子矮的同志可能被水淹着，就按照一个高个子带着一个矮个子的法子，把队里带的绳索和腿上打的绑腿解下来，连接到一起，一个一个地牵着绳过河。遇到水深的地方，个子矮一点的，就用一只手搭在前面个子高的同志的肩膀上。要是水快要到嘴巴边上的时候，就借前面个子高的同志的肩，把自己往上抬起来。这个时候大家既不要紧张也不要谦虚，不用担心把前面的同志压到水里去了。为么斯这么说呢？在深水处，人的身体是有浮力的，站在水里是站不稳的，就是让他背上一个人过河，也不会觉得重，反而还会在水里走得更稳当一些。按照我说的这个法子，大家都可以到达对岸。你们可以看看，前面的队伍不是都安全到了对岸了吗？"

可说是说，但在这样漆黑的夜里，水也是黑的，对于许许多多的"旱鸭子"来说，有哪个心里不打鼓啊？再加上北风呼呼地吹个不停，人还冻得直打哆嗦，下到冰水里的情况，真是可想而知啊！

父亲在宣传队里把个头最矮的战士叫到身边，带头下到水里，大声说："大家跟在我的后面啊，不用怕啊。"说着，把连接起来的绳子往腰上一系，带着小个子战士率先往河对岸走去。冬天的夜晚，原本在陆地上就很冷，刚刚行军赶路身上才有的一点点温乎劲儿，一下子跳到结了一层薄薄冰的水里面，人马上冻得缩起来。冰冷冰冷的河水，如同用一把一把的小刀子，透过皮肤，深深地刺进骨子里，让人又冻又痛，浑身颤抖不已。加上河面上不时刮过来的一阵一阵的冷风，每个人的牙齿都不自主地开始打架，发出"嗒嗒嗒嗒"的响声。

当父亲走出去了二十多米以后，回过头来向后望着，全队的人员正按照要求，有秩序地走进了水里。冬季的汉水刺骨扎心，水由脚到小腿，渐渐淹没了每一个人的腹部，淹没了胸部，却没有一个人因为水冷而出声。只是偶尔有人向后传递着："注意啊，这里有坑；这里有块大石头；这里的水比较深啊！"大家拉着绳子，相互提醒着脚下出现的异常情况。

到了汉水河的中间，水流越来越急，风推着浪，一浪跟着一浪，把徒步涉水的人冲得摇摇晃晃，几乎失去了重心。原本水已经淹没到了胸口以上的位置，浪头时不时从人们的头上跃过去，许多人因为没有徒步涉水的经验，在浪头的冲击下，被呛得咳嗽不止。

父亲让跟在身后的队员，双手抓住自己的肩膀，并对后面的队员大声说："向后一个一个传话，抓紧绳子，水浪来的时候，要把脸侧过去躲开啊。坚持住。"

于是，每个人向后面的同志大声喊着同样的话，这样既提醒后面的同志，也是告诉自己，在水浪过来的时候如何防止呛水。在淹没了胸的急流当中，人要想站稳，并向前挪动，是不容易的，甚至是很困难的，更不用说这些饥寒难耐的宣传队员和民工们。

大家亲如兄弟一般，相互照应，相互帮助。

最终宣传队安全地过了汉水。

刚从水里来到岸上，大家的衣服很快被寒冷的北风冻住了，在前行中发出"咔嚓咔嚓"的声响。

这个时候哪个人不冷啊？哪个人不想换上一身干衣服？或者说找一些树枝柴火烧上篝火把身上烤干了也可以。可是哪里有条件呢？所有人都是一身衣服，还是单衣、草鞋。再说，汉水河边也没有可以用来烤火的树枝或者茅草，就算是有，部队都在快速行进，哪有时间让你去生火取暖烤衣服呢？

周干事看到大家都闷不作声，为了活跃一下气氛，就动员大家讲一讲刚刚徒步过汉水时自己有趣的感想和有趣的事情，以缓解一下已经十分疲惫的身心。

一个湖北来的担架员说："爹妈生的我个头小了，害得我在河水里喝了好几口水，冰凉的汉水到了我的肚子里以后，弄得我现在肚子还在'咕咕咕'地叫，真想这会儿去解个大手，可是这大晚上的又怕掉了队，只好先憋着吧。"

大家听了以后发出了哄笑声。

一个同乡用家乡话接上说："憋不住就干脆屙在裤裆里吧，反正衣服都是湿的，拉了肚子在裤子外也看不出来的嘛。"

有的说："不行不行，那臭得很哪，我们这一路上都得闻他这个臭味儿了。"

"我找到了一个徒步涉水的'绝密法子'，你们想不想晓得啊？"一个战士用炫耀的口气说。

紧接着一个战士问："徒步涉水还有么斯'绝密法子'？没有让河水冲走，少喝几口冰冷的汉水就已经是万福了，你还能有么斯更好的法子不成？"

"莫卖关子，有话赶紧说，有屁赶紧放。"警卫班的班长看他卖关子，有点儿不耐烦。其实他也想知道他到底有个什么好的法子。万一这小子真有什么好的法子，下次再遇到徒步涉水的时候不就可以用上了吗。

"好了好了，不和你们卖关子了。"这个战士带着神秘的表情说，"告诉你们啊，开始下水的时候，真是冻得不行，全身直打抖，后来水到了脖子下面，有时候一个浪过来就呛了水，一紧张就忘了寒冷了，你们说怪不怪啊？因为手里抓住绳子，也不怕自己叫水冲走，就干脆在水深的那段借着水的浮力，试着往上跳着走，只要浪一过来我就往上跳一下，结果不光走在水里轻松，还一口水也没有喝到肚子里去。么样，我的这个法子行不行啊？"

"哎！我说，你小子这个法子听起来还真是蛮不错的嘞！这确实是经验之谈，很有一点道理。"班长肯定了他的做法。

战士受了表扬，高兴得咯咯咯地笑，连忙说："是吧，是吧。"还有点不好意思了。

跟在父亲身后的矮个子战士说："我基本上是抱着队长的脖子过的河，既没有累到，也没有喝上冰冷的河水，算是享了队长的福。不过在心里真是过意不去。可是队长却对我说：'你在我的背上，我也有的觉得沉啊，还让我在水里走得更稳当了。'你们说说，这让我说什么好呢？"

有四五个被水浪冲倒在水里的民工说："真是玄乎得很啊，一下子没有站稳，被水一冲，倒在水里去了，算是在汉水河里从头到脚洗了一个冷水澡，这恐怕是这一辈子最有意义的事情喽。以后回到家乡，也有了向家里人和乡亲们炫耀和唠叨的本钱了。大家可以想一想，他们哪里有这个福气，能够在大冬天到汉水河里来洗澡呢？那是个么斯感觉呀！到时候我要自豪地告诉他们说，这就是革命精神，是跟红军同志学的！"他自己边说边情不自禁地哈哈大笑起来了。他的话，连同他的笑声感染了所有的人。

"这就是当年的红军，这就是革命乐观主义精神！宣传队在极端艰难的条件下，不仅没有被眼前的各种困难所压倒，反而更加团结，更加坚强，更加激发了我们战胜一切困难的勇气和力量。红军为么斯能够取得最后胜利？靠的就是理想和信念，有一股子不怕死的精神。这种精神能够压倒一切艰难险阻，使我们不为任何困难所屈服。

因为红军中的每个人都晓得，为了解放全天下的老百姓，吃再大的苦，受再大的累，甚至流血牺牲，这些都是值得的！"说起当年的这些事情，父亲的思绪仿佛又回到了过去，宣传队的队员、伤病员、担架员等的音容笑貌，不断地浮现在眼前。

4

顺利渡过了汉水河后，部队做了短暂的休整。

陕南的党组织在这一地区工作开展得很好，群众觉悟高。队伍受到当地老百姓的热情欢迎。陕南的老百姓见到红军，就像见到了久别的亲人一样，拉着战士们的手说个不停，问寒问暖，并把战士们请到他们的家里，给伤病员治病疗伤，烧水做饭。

战士们都被感动得不知道怎样表达才好，一个劲儿地说：

"谢谢、谢谢谢谢啦！"

"谢谢大伯，谢谢大婶，不用不用，太麻烦你们了！"

"还是让我们自己来吧。"

……

这是部队离开鄂豫皖根据地以后，第一次遇到这么热情的老百姓。一种久违了的感情油然而生，似乎这里就是红军的家，这里就是红军的根据地。部队的干部战士们离开根据地已经有两三个月，很长时间没有这种"家"的感觉了，当地老乡们的热情燃起了他们对鄂豫皖根据地的怀念，同时也有了尽快建立根据地的渴望。

父亲正在跟陕南的老乡们拉家常，宣传队的周干事忽然把父亲叫到一旁悄悄说："我们是不是要在这里建立根据地了？这里的群众基础太好了，到这里简直就像回到了家里一样，与我们在鄂豫皖的根据简直是一个样子。能不能跟上级领导反映反映情况，根据地能不能就建立在这里？"

父亲听了以后，笑了笑说："老周，是不是队里的同志们都有这样的想法？你的这个想法与队里大多数同志的想法是一样的吧。"

周干事点了点头，他承认这个看法。

父亲让周干事坐下，接着说："是的，这里的群众基础比较好，地理位置也不错，比较符合建立根据地的条件。可是方面军领导的想法是么样的呢？现在还不晓得，还是等待上级命令吧。"

父亲参加了方面军总部召开的会议。总部决定进军川北，开辟川陕边革命根据地。

当父亲把方面军的决定告诉宣传队几个负责人以后，消息立刻在队里传开了。大家纷纷议论：

"哎哟，我的个天呀，这大冬天去爬大巴山，那不冻死个人了？"

"过了冬天以后，明年春天再过大巴山不行吗？为么事偏要现在过，敌人不是被甩掉了吗？"

"这里条件这么好，为什么不在这里建立根据地呢？"

民工们各种各样的反应都有，提出来的疑问还特别多。

父亲也知道，其实民工们的想法非常简单，为什么放着这么好的地方不做根据地，非要跑到山的那边去建立根据地？可是议论归议论，反应归反应，部队还是要按照方面军总部的要求，做好进军川北的准备。父亲和周干事根据总部的会议精神，商量下一步的工作安排。毕竟在这个季节去翻越大巴山，对无伤无病的人来说都是非常危险的，更不要说重伤员和重病号了，能不能过得去就更不好说了。父亲的意见是：

"我们不能拿着这些伤员同志的生命去冒险了，可以考虑暂时让他们留下来。这里条件比较好，适合养伤调养身体。等他们把身体调养好了，等到来年春暖花开之后，再去找我们，会更安全，更稳妥一些。同时我们也可以将空出来的部分担架队员安排返回家乡了。"

但谁也没有想到，经过摸底和做工作，就连几个不能行动的重伤员，也没有一个愿意留下来就地养伤。他们强烈要求，就是死也要死在队伍上，就是死在大巴山上也要跟着队伍走！

宣传队的几个骨干认为他们的想法是可以理解的。有哪个愿意离开队伍，在一个不熟悉的地方养伤？一个红军战士离开了队伍，就等于离开了家，离开了自己的亲人。就算是这里的老百姓再好，可是国民党军队来了以后，是一个什么结果谁心里都没有底。

有一个腹部受了重伤的战士说："我在担架上躺了一二十天了，伤也有了好转，我还是要跟着队伍走，与担架员一起走。就是没有人抬着我，我也要走。"

民工们听到这个决定以后就更有意思了，一开始有不少人吵着要回家，也不晓得是怎么一回事情，到了做决定的时候，却只有六个人愿意回家去。

其他大部分民工表示，就是不需要我们抬伤员了，也要跟着队伍到川北去。非要到了根据地以后，再说回家的事情，并纷纷说："我们跟着队伍抬着伤员，跋山涉水，什么路没有走过？爬悬崖峭壁上的小路，走'古栈道'，都过来了，而且大多数的时候还是抬着伤员，这么难的情况下，我们都挺过来了。现在就剩下一个大巴山了，没得么事了不起。再说，秦岭山上走了七天，有六个晚上都是在山上过的，我们不是也挺过来了吗？"

"红军可以过的山，我们也一样可以过得去，我们不怕！"

"我们只有把伤员抬到目的地，才算是完成了任务。现在还没有到达目的地就让我们回去，还是算作半道上回去的，这不行。如果现在从这里回去，家里人问起我们来该么样回答呀？如果他们晓得我们是半道上回去的，又么样看我们呢？"

这种情况还确实有点儿出乎宣传队几个领导的意料了。

按常理说，抬伤员是任务，是跟着队伍一起行动的理由。可是没有抬伤员的任务了，也不回家，还坚持要跟着队伍继续去翻越大巴山，一定要到了根据地以后再说，这说明什么呢？只能说明，他们在这两个多月与红军一起经历了风风雨雨、生死与共的生活，结下了亲如兄弟的情谊。民工们做出的选择，应当说也是发自内心的，是可以理解的。

"既然这样，那就带上他们一起向川北进军吧，这样的好青年、好后生，今后说不定会成为红军的骨干力量！"了解到这些情况后，父亲心里高兴，自言自语地说。

为了做好穿越大巴山的准备，父亲把所有民工们集中到了一起说："既然大家都下决心跟着红军一起去翻越大巴山，进入川北去建立根据地，我们肯定是欢迎的。但还是有些担心你们的安危。还有就是不想让你们再吃这个苦了。你们为了照顾、护送红军的伤病员，这一路上吃了那么多的苦，走了三千多里的路，已经为红军做出了非常重大的贡献。现在我们队里的伤病员在你们的精心照料下，恢复得很快、很好，在几十天的朝夕相处中，伤病员和你们结下了亲如兄弟般的深情厚谊。

当伤员们听说大家愿意继续跟着红军进入川北时，都很高兴。伤员们说，虽然伤情恢复得比较好，有些人已经可以不坐担架自己爬山了。但是从内心来讲，朝夕相处了这么多天，如果你们要是走了，他们的心里会很难受。也就是说，宣传队真是舍不得你们走。

当然了，我们也不忍心让你们再跟着我们一起去爬那个'天险大巴山'，不想让你们再吃这个苦了，心里边矛盾得很啊！

现在，大家都积极要求进入川北，这当然是好事情，是值得高兴的。大家的决心、信心和热情是很好的，但还是要把危险和困难给大家说清楚，大家要有充分的思想准备。

你们可能也听这里的老乡说过，这个大巴山，上山要走70里，山顶的脊梁还有70里，下山也有70里，一共要走210里。而且净是羊肠小道，还有许多悬崖峭壁，相当难走。当地的老乡们说，现在是大雪封山，从来没有听人说过有人敢在大雪天里上大巴山的！老乡们这样说，可以肯定是真话。他们祖祖辈辈在这块土地上生活，这里的事情什么他们不晓得呢？可我们是红军，不能因为这个时候去翻越大巴山有困难、很危险，有可能会死人就放弃行动。在红军面前，没有任何的困难和艰险可以阻挡我们前进的脚步！所以告诉大家，就是有千难万险，大巴山，我们红军是肯定过得去的！既然有这么大的风险，这么多的困难，那就一定要做好最充分的准备。争取不落掉一个伤员，不伤亡一个民工，让宣传队的所有人员全部安全抵达目的地。"

宣传队派出了三个采购组，一个组负责采购粮食，保证每个人带三天到四天的口粮；一个组负责采购棉花布匹，只要是能够抵御寒冷的都可以买。由于要在山顶上休息一个晚上，每个人还要背上一捆稻草；第三个组负责解决所有人脚上的鞋子问题。当地几乎没有做草鞋的，就优先把采购来的布、带子等，编织绑缚在已经破烂不堪的鞋子上，争取保护好所有人的手和脚。要做到鞋不能掉，脚不能破。

宣传队是个非常特殊的群体，上山之前的准备工作真是尽了最大的努力。

好在部队在村子里休整了三天。在老百姓热情的支持和帮助下，吃得好，睡得也好，疲劳的身体得到了很大的休整。这也算是从鄂豫皖根据地一路向西征战，到达陕南的三千里路途当中，休息得最好的一次。

队伍很快要出发了，很多人，包括红军伤病员，还有民工们，对这里热情的乡亲们恋恋不舍。

1932年12月的中下旬，宣传队开始翻越一千五百多米的"天险大巴山"，向川北进军。

在当地，从陕南到川北，翻越大巴山实际上有三条路。其中两条山路都比较平缓，但是路途相对遥远，有点类似官道，途中多处都有敌人把守。部队当年选择的是一条入川的近路，也是一条险路。进山后的路越走越窄，越走越陡，越走越险，后来就干脆没有路了。

漫天的大雪，在寒风的吹助下，肆虐地钻进单薄的衣服里，像一把一把的刀子切割着人们的肌肤，深深地刺进人的骨头缝子里。寒风，让四处飘洒的雪花和从树上吹打下来的积雪，如同扬沙一样让人睁不开眼睛。在极度湿滑的路上，时常有人因为看不清路面，在前行中跌倒。

一个人行走已经是十分艰难，可是担架队的民工们，要抬着伤员行走，需要克服的困难就更大了。

许多伤员见此情景，纷纷从担架上下来自己行走。更多时候，伤员主动选择自己爬山，或者由担架员搀扶着走。大家相互帮助、相互照顾，团结友爱，共同克服困难！

可就算是大家都十分小心，万分注意，还是不断有人滑倒、跌跟头。父亲看到这种情况，心里十分着急。两百多里的天险山路，如果总是在这样的情况下行走，难免不发生意外而造成伤亡。如果出现了这种情况，那就是宣传队的重大损失了。为了尽快解决滑倒的问题，父亲从警卫分队选了四个身体强壮一些的战士在前面选路、探路。

翻越大巴山的最大困难，就是会经常遇到陡峭又满是冰凌的坡道。每当遇到这样的情况，父亲就和宣传队的干部、战士以及有经验的民工一起，在最滑最危险的路段，放上干草，帮助队伍全部安全地通过。

五百多号人的队伍，走走停停，停停走走，不知道闯过了多少结满了冰凌的陡坡和危险的峭壁。经过将近整整一个白天的拼力攀爬，眼看就快到达大巴山的山顶了。而全队每一个人的体力也已经达到了极限，筋疲力尽，每向前迈出一步，都要大口大口地喘着粗气。

而最难的就是伤员们了。他们的伤病没有痊愈，却与所有人一样，拼尽全身的力量，艰难地往大巴山顶攀爬。接近大巴山山顶的时候，眼前又出现了一个更加陡峭的冰坡子，坡度有八九十度左右，看上去几乎是一道垂直的石壁，立在大家的眼前。抬头向上看去，又高又陡，再加上经过前面部队的登攀，在原来开出来的阶梯上，留下的是一层厚厚的冰溜子。向山下看，是完全看不到底的深深的幽谷。如果不小心滑了下去，几乎是毫无生还的可能。没有可以绕行的地方，只能与前面过去的队伍一样，想办法爬上去。战士们用刀在这个结满了冰的阶梯上，重新砍挖出可以踩蹬住的台阶，再铺上稻草。由一个战士先爬上去，往下放出绳子，然后组织队伍抓住绳子，手脚并用一个一个地往上攀爬。越往山顶上爬，风也越大，吹得人摇摇晃晃，站立不稳。

伤病员往上攀爬的办法，与漫川关攀爬悬崖峭壁时的办法差别不大。担架员一只手拉着山顶放下来的绳子，一只手拉着伤员腰上系着的带子，后面的担架员负责背着担架和托住伤员的脚，保证伤员的每一步都踩得结结实实，防止脚下打滑而不慎滑倒出现险情。尽管大家都非常小心，意外的事情还是发生了。

一个民工在攀爬中滑倒了，几乎造成了不可挽回的损失。

这件事情虽然过去了快四十年（注：父亲回忆这件事情的时间是 1975 年）了，可是一旦想起当时的情景，还是觉得心有余悸。

这是一个 20 岁出头的湖北汉子，身体好，身上背了两副担架，一副是他自己的，另一副是他帮助其他人背的。这个民工走在队伍后面，全队大多数人都已经攀爬到山顶了。父亲在山顶上看着他不慌不忙，一只手用力抠着刀子砍出来的阶梯缝隙，一只手拽着绳子，努力地向上攀爬。就在他马上就要到达山顶的最后一段时，突然刮起的一阵大风，将附近的积雪旋起，瞬间迷住了他的眼睛。他腾出一只手想去擦眼睛时，不小心脚下打了滑，身体一下失去了重心，还没来得及喊出声音，就向后侧快速倒了下去。这也就是一瞬间的事情，等大家反应过来的时候，他已经滑出去了近五六十米开外了。万幸的是，他身上背着的两副担架帮了大忙，横挂在山上不多的两棵树之间，使他没有继续滑向山谷的深渊，从而得以死里逃生！

父亲立即叫两个战士返回下去救他，他大声喊："队长，我有的事情，不用你们来帮我，我自己上得去。"

当时那个情况真是危险得很啊。山非常陡峭，靠近山顶的几十米甚至上百米的地方全是光秃秃的，基本上没有什么树，杂草和荆棘也很少很少，要想找到一个可以抓手的地方是很难的。这小伙子还真是有点福气，滑下去了那么远之后，竟然头朝下、脚朝上地让树给挂住了。虽然是被挂住了，但是要想从那个地方再爬上来，就没有那么容易了。人人都为他捏着一把汗。几个到了山顶的民工担心他一个人无法上来，也主动要求下去救他。

这小伙子倒还蛮沉得住气，告诉上面的同志不用下来，让大家用绳子传一把刀子下去。

他看了看周围的地势和植物，利用同志们传递给他的刀，先把身体的姿势调整好，在认准的前进的路上，用刀子砍出一个一个的手能抠住，脚能蹬住的地方。一切准备就绪后，从容地取下身上的一副担架，以挂住自己的树作为依托，缓慢地向上撑起身体，一点一点地爬行到陡坡前。略作休息，再拉着山顶放下来的绳子，硬是爬上了山顶。

一到了大巴山的山顶，小伙子就大声地笑起来了，高兴地对父亲和大家说："我这不是好好的吗？老天爷留着我的命，说明红军还需要我嘛！"他的一番豪言壮语极大地鼓舞了宣传队所有的人。大家都向他发出了赞赏的掌声和欢呼声！

父亲也为他的革命英雄主义和革命乐观主义精神所感染，由衷地感叹道："风雪上巴山，如闯鬼门关，不死活着干，胜利一定属于英雄汉！"

这件事情过去之后，周干事对父亲开玩笑说："你常常说自己是个大老粗，只晓得舞枪弄棒。可你在大巴山上顺口说出来的那么一段话，还是很精彩的，说明你还真是蛮适合做这个宣传队长的嘛！"

5

经过一个白天的努力，宣传队全体人员经历了多次擦身而过的生死考验，终于在夜幕降临前登上了大巴山顶。

看到全队人员都安全地到了山顶上之后，父亲一颗悬着的心终于落了下来。

可问题随之而来。在这样恶劣的环境和气候条件下，在刮得人站都站不稳当的"风天"里，在零下十几度冰溜子一样的"冰地"上，宣传队如何进行宿营呢？

那个时候红军别说是没有帐篷、棉被，就连棉衣、棉裤、棉鞋这些也没有。战士们身着单薄的衣服，个别好一点的（注：有人上山前从当地老乡手里买了点勉强能御寒的破旧衣物），也就是多套上一件衣服，或者披上一块麻布片子。

"在这样的环境下怎么办啊？"我忍不住问了一句话。

父亲看着我说："那就靠精神！靠红军精神！靠'天当被子地当床'的革命乐观主义！靠理想和信念！用不怕死的革命意志和决心，去克服和战胜困难！"

父亲招呼大家坐在冰冷冰冷的地上，大声地说："同志们，我们今天就只能在这大巴山光秃秃的山脊梁上宿营了。招待我们的是大巴山上一阵又一阵刺进骨子里的寒风。为了熬过这个晚上，防止冻死冻伤，所有人都要背靠背地坐在地上相互取暖，围成一个圈子。圈子要小一点。身体好的，要在圈子的外面，让伤病员和身体弱的同志坐在圈子的里面，为他们遮风挡雪。伤病员和身体虚弱的同志，与担架员靠在一起。要把可以防寒防风的衣服等物品全部用上，最好把脑袋也裹一下，手脚尽量不裸露在外。把担架和稻草全部坐在屁股下面，至少可以隔一隔地上的寒气啊。但是有一条，大家必须记住，就是我们谁也不能在这里睡觉，一旦睡着了，就很可能再也醒不过来了。在大巴山的山顶，我们只能简单休息休息，打个盹儿，恢复一下体力。今天晚上，也是考验所有人意志的时候。我们已经随着大部队转战了几千里，经受了无数次的生死考验，每一次都挺过来了。相信这次，我们每一个人照样都能够挺过来。挺过来了就是胜利！"

从大巴山的脚下，我们宣传队用了整整一天的时间，才攀爬到了山顶。现在，天已经慢慢地黑下来了，大家也已经非常非常疲惫。明天我们还要下山，还有近 140 里的山路需要坚持下去。道路的情况不会比今天好到哪里去，说不定更加危险，更加艰难。摆在我们每个人面前的，还是要下定最大的决心，鼓足更大的勇气，做好最充分的准备。

怎么办呢？还是那句话：坚持到底，就是胜利！要用必胜的信念坚持下去，战胜眼前的风寒雪夜。所有人都要活着走出大巴山！我们要给国民党反动派看一看，红军精神的力量！我们不光能够打垮敢于阻挡在我们前进道路上的任何敌人，也同样能够战胜自然界送给我们的悬崖峭壁、古栈道、秦岭和大巴山。

父亲的话，把所有人的心点得亮亮的。大家在互相的鼓励中充满了战胜一切困难的决心！

按照要求，全体人员就地背靠背地拢成了一圈一圈。父亲、周干事和几个骨干，分头对每个圈里的每一个人，检查他们应对寒冷的防护措施。周干事发现有两名女护工，只是把身上都用衣物等护住了，而脚下却没有做任何遮盖，忙解下自己身上的蓑衣，盖在她们的脚和腿上。并告诉她们说："要是把脚丫子冻掉喽，今后还么样走路呢？我们的脚同样是革命的本钱啊。说得两个女护工都不好意思地笑了起来。干部们一边检查一边提醒每一个队员，不许睡觉啊。大家要相互提醒，每隔一个小时必须要起来活动一下手脚，活动一下身体。我们在这里只是休息休息，不是在这里睡觉，记住啊！"

检查完了之后，几个干部、骨干才背靠背地围着坐在一起。冻得实在是坐也不行，站也不是。站起来，风吹得让人觉得更冷；可是坐在冰疙瘩上的滋味也不好受。山体冰冷冰冷的寒气，顺着屁股一直通到了全身，每个人都冻得抖动不已。为了分散对寒冷的注意力，几个人又聊起了白天那个湖北担架员滑下山去的那一幕。

周干事站起来大声告诉大家："都多说说话啊，聊聊天儿，这样可以防止睡着了。将来如果革命成功了，我们还活着的话，最好能够把我们宣传队一路上发生的故事写成小说就好了。把我们今天所亲身经历过的艰难险阻都详细地描写出来。就是牺牲了，也要让我们的子孙后代们晓得我们是么样牺牲的。这也是我们给未来的革命接班人留下来的一笔精神财富！要让我们的后代们晓得，我们红军是么样打破了敌人的围追堵截，是么样战胜了数不清的天险，是么样战胜了难以想象的困难，吃了几多的苦，牺牲了几多的红军才打下了这个红色的江山！"

几个战士在周干事的鼓动下，受到了鼓舞和启发，也兴奋地发表各自的看法。

一个战士说："那太好了，太好了！最好能把我们几个也写进去，让我们的家乡亲人，都晓得我们当红军的故事。"

那个个头最矮的小战士，悄悄地对着父亲说："我要学习认字，认了很多字以后，去当一个教书先生，把我们红军的故事写成书，讲给学生和娃娃们听，传给后人们看。说不定我也能写出像《西游记》《水浒传》《三国演义》这样有名气的书呢。"

一个班长听见了，插进话说："不错嘛，很有志气嘛。干吗只是小声对队长一个人说？这可是一件大好事情。你可要说话算话哦。我们队长和周干事就是有文化的人。从现在开始，就可以向他们学习认字哦。"

"哎哎哎，说来说去么样就说到了我们两个人的头上来了。"周干事笑着用脚蹬了一下这位班长，接着他的话，"红军也要有文化才行啊。革命成功了，国家还需要建设，更需要有文化、有知识的人。你好好学认字啊，学了以后记得也教教大家，不要一个人把认得的字都咽到自己肚子里去了，成为个人的私有财产哦！"

"那不会的。我一个人是建设不了国家的，大家都认得字以后，这建设国家的力量不就大了吗？"班长回答道。

警卫分队的排长高兴地站起来，把这个班长的头拨拉了一下说："没看出来嘛，你小子还是蛮有一点政治思想水平的。"接着说："我去查哨了，让他接着说，看看他肚子里还有些么斯货，好好倒一倒。"

另一个警卫分队的战士，也把自己如何参加红军的事情讲给大家听。他腼腆地、结结巴巴地说："我、我参加红军，是、是我媳妇给拿的主意。"

"哦，是吗？冇听说过嘛。说说看、说说看。"几个战士都起哄，让他快讲。

这个战士有点不好意思了，话说得更加结巴，结巴得连个整句子都连不起来。班长用肩膀扛了他一下，说："急么斯急嘛，慢慢说啊"。

"是这样的，这样的。"战士搓了搓手，用眼睛看了看班长，不好意思地把头抬起来说：

"当时红十师的师部在我们村子上。红军来到村子里，不仅不打扰村里的老百姓，还帮助各家各户挑水、劈柴，哪个家里有了病人，师里的医生就主动找上门来给咱瞧病、抓药，一分钱也不收。在红军里面，不管是干部还是普通的战士，说话和和气气，很有礼貌，遇到事情就讲道理。哪个家里吵了架，或者邻居之间闹了么事纠纷，也是找红军评理。我们村子里的穷苦人家多，红军主动把自己不多的粮食分给村民。

这期间发生了一件有意思的事情。村子里有一家大地主，有个儿子在政府做官，村子里的土地几乎都是他家的，在我们那一带很有势力，哪个都不敢惹他。突然间红军来了，他害怕了想跑，被几个红军堵在了家里。一开始，红军先给他讲大道理，他根本不听。后来，红军把村子里的乡亲们发动起来，冲到他的家里，给他戴上一个高高的帽子游行示众。不光把地主家里的田地、农具全部分给了穷苦的老百姓，还打开地主家的粮仓，除了给他留下一年的口粮外，其余的分给我们村子里的乡亲们了。

我那个刚娶进门的媳妇对我说，看看人家红军，都是为咱穷人办事情，天底下到哪里去找这么好的队伍啊！老话讲'好铁不打钉，好男不当兵'，可这支红军队伍，当官的和当兵的，吃的、穿的都是一个样子，官兵平等，分不出来哪个是当官的哪个是兵。现在咱们村子里的人都说红军好，都喜欢这支队伍，有好几个青年人已经报名参加了红军。我希望你也去当红军，跟着这支队伍，将来一定会有出息的。

就这样，第二天她拉着我的手，找到红军领导，给我报名参加了红军。这件事情当时在我们那一带都传开了，我和媳妇还成了名人了。"

当他把自己参加红军的故事讲出来以后，坐在他旁边的战士高兴地拍他的肩膀。围在圈子对面的人就用脚去蹬他的脚，大家纷纷打趣着说："不错嘛，有出息，有出息，真是有出息啊！"

警卫班长说："你小子真行，从来冇听你说过这件事情，闹了半天你是这样当的红军哪！"

说着笑着，早已经把大巴山顶上的寒冷忘到九霄云外去了。

大家热闹地聊天，饿了就掏出炒熟了的玉米或者高粱、豆子放在嘴巴里使劲嚼着，发出"咔嚓咔嚓"的声音。

听着战士们的对话，父亲陷入了深深的沉思当中。这是一群多么好的战士。他们虽然年纪轻轻，却对革命的理想和信念如此坚定，对眼下的困难又如此乐观，对未来的生活都充满了无限希望。不再受压迫和剥削，人人都有地种，有饭吃，有衣服穿，有房子住。红军为老百姓所做的一切，让广大的人民群众看到了希望。

今天来参加红军队伍的所有的年轻后生，都是奔着这个目标来的。为了实现这个共同的理想信念、共同的目标走到一起来了。这就是红军队伍能够从小到大、从弱到强，逐步发展壮大起来的根本原因。

父亲还想继续想下去的时候，警卫分队的排长，推了一把身边的班长说："赶快去通知各个圈子里的同志们，睡着了的都要叫醒，起来活动一下手脚再休息，防止冻伤和意外发生。"

他的话音把父亲拉回到现实当中。现在可是在大巴山顶，有零下十几度呢，全体坐在冰天雪地里，没有任何的遮护，万一冻坏了怎么办？父亲把围坐在一起的十几个干部战士都叫起来，分头到每一个围坐在地上的圈圈，检查大家的身体状况。

虽然没有出现冻亡的情况，但还是有几十个人的手脚被冻得完全没有知觉了。

"告诉大家么急啊，按照我的法子抓紧进行治疗。"父亲边说边让宣传队的干部、战士去把那些冻伤了脚的民工们，都招呼到自己的跟前，让一个冻了脚的民工把脚伸到自己的腿上。那个民工说什么也不愿意让队长给自己治脚。父亲给他和大家伙说："民工兄弟们，你们为了红军的伤病员做出了这么大的付出和贡献，现在你们冻伤了，我们红军难道不应该帮助你们吗？其实帮助了你们，也就是帮助了我们自己。再说大家已经是兄弟、战友，是革命同志了，这样做就更是应该的。如果有一天我的脚被冻着了，你们不是同样也可以帮助我呀。"说着，父亲把冻了脚的民工拉到跟前，用手掌给他反复搓脚，一直搓到脚上有了一点点感觉之后，再把他的双脚放到自己的衣服里，用身体里的一点点体温，慢慢焐到热了才放下他的脚。

所有的红军干部战士都按照父亲的法子，去帮助每一个冻住了手脚的民工。

照平时来说，也就是帮助同志搓了搓脚，也许算不了多大的一件事情。可是在天寒地冻的大巴山顶，在零下十几度的严寒当中，当人人都冷到自顾不暇的情况下，去帮助那些需要帮助的人，就体现了出了红军官兵平等、团结友爱，共渡难关的集体主义精神。

"这件事情尽管过去了几十年，可是那个情景一旦想起来，还是能够感觉得到，在那么艰苦的条件下，红军队伍里相互之间的那种亲密的战友之情、同志之情、兄弟之情，真的是很感动人的啊！"

说到这里，父亲停了下来，眼睛默默地向远处看去。

我想，父亲或许是回忆起当年在翻越风雪大巴山时一幕幕的情景，回想起了许许多多的战友、同志，还有那些亲如兄弟的民工，和那种胜似亲兄弟般的革命友情。又或许是给他们的父母亲人，讲述当年发生在红军宣传队里的往事。

父亲的神情是那样专注、那样深情，我的鼻子酸酸的，尽管努力克制着自己的情绪，可还是没有忍住，我的泪水竟然难以自制地流淌了出来。

在那一刻，我脑子里有一个词在反复出现着：红军、红军、红军……

宣传队在大巴山的山顶，休息了不到三个时辰。天边刚刚有一点点发白，父亲就带着宣传队的全体人员，沿着大巴山的山脊梁，向着目的地出发了。宁可少休息一点，也不能够在山顶上被冻伤、冻死。慢慢向前行进，既可以暖和身体，又可以抓紧时间翻越大巴山。

山脊梁很滑很滑，裸露的地面在大雪融化后被冻得光溜溜的，脚踩在上面找不到着力点，很容易滑倒、跌跤。可不管怎么说，总比爬山容易了许多。

也许是老天爷被红军这种天不怕、地不怕的精神所感动。当太阳出来的时候，肆虐的山风竟然也渐渐地停止了呼啸，漫天的飞雪消失得无影无踪。大家的心情犹如那刚刚升起来的太阳一样，个个露出了笑脸。

在阳光的沐浴下，宣传队的所有人员，似乎忘记了身上的疲劳，有说有笑，向前行进。他们谈论最多的还是昨天，也就是最危险、最困难的一天，在攀爬大巴山一路上发生的趣事，当然还有感受。那个差一点滑落到山底的湖北后生，成为大家议论最多的话题。

在大巴山顶的山脊梁上走得比较顺利。很快就走到了开始下山的路了。

"老话讲，上山容易下山难。我们是上大巴山难，难于上青天。看来下山大家都要小心点啊。"父亲开始提醒大家要注意下山的路。

果然，下山的路与上山时的路同样险峻。而且基本上都是陡坡、陡坎。还有一个接一个的悬崖峭壁。一不小心滑落下去，谁也不知道还有没有湖北后生那样的运气了。

为了能够尽快到达山下，父亲与其他部队下山用的办法差不多。只要遇到悬崖峭壁，或者非常陡峭的坎子，就拿出宣传队里专门带的绳索放下去，一个一个抓住绳索慢慢往下滑。对于重伤员，还是用老办法，在每个人腰上再拴上一根绳子，这样，他们可以抓住绳索，上面的人拽住腰上的绳子，慢慢地放下去。对于没有什么障碍，坡度稍微缓和一点的路段，大家就结成一对一对、一伙一伙的，慢慢往下出溜着滑下去。这样既节省了体力，又能够缩短下山的时间，加快了下山的速度。

全队五百多号人，终于在第二天的傍晚，从大巴山顶，安安全全地来到山下，进入四川的川北通江县两河口地区。

战胜了天险大巴山之后的胜利喜悦，挂在每一个人的脸上，激动兴奋的心情，把翻越大巴山的疲劳一扫而光。

大家相互庆祝，高兴地说：

"这就是四川吗？要在这里建立根据地了吗？"

"总算是到家了啊。"

"莫说，这个地方比我们鄂豫皖的山大多了嘛。这里要是打游击，可真是个好地方。"

一个担架员对大家说："我们把伤病员抬到这里，算是完成任务了，没有在半路上当逃兵啊，对家里人有个交代了。"

另外一个担架员兴奋地说："我回去以后，一定要把我们这一路上发生的事情，给家里的人和村子里的人好好摆摆龙门。让他们晓得，我们是经过生死考验的，是和红军一样的英雄好汉！让家里人为我们自豪。"

每个人都在用自己的方式，高兴地喊着、叫着、跳着，无一不欢欣鼓舞，兴奋异常。

从鄂豫皖根据地出发，为了摆脱敌人的围追堵截，一路向西，两个多月的时间里，部队边打边走，边走边打，行程三千多里。终于到达了川陕革命根据地。

第七章
群众是真正的英雄

1

翻越了大巴山之后，宣传队来到了四川省通江县洪口镇。

父亲带着名义上的宣传队，实际上的担架队、收容队，医疗救护队等五百余人，全部翻越了大巴山，实现了翻越大巴山之前给师首长做出的保证，没有牺牲一个人。

到达洪口镇的第三天，按照师里的安排，父亲把剩下的一百多个伤病员，全部移交到方面军医院。

本来是一个正常的工作交接，没有想到，交接时的场面却十分感人。交接工作是在一个小村庄前相对平坦一点的山地上举行，医院来的医生、护士忙着为伤病员检查伤情和病情，并进行详细的登记。

要移交伤病员的消息，迅速传遍了宣传队驻地的角角落落。

两个多月的西征途中，相互之间结下的兄弟之情和战友之谊，一瞬间迸发了出来。宣传队里所有的人都呼呼啦啦地拥了过去。有的紧紧抓住伤病员的手不放，有的抱着伤员放声大哭，有的相互诉说着一路上结下的生死情谊，有的告诉伤员们一定要保重身体、早日康复，还有的反复说"不要忘了兄弟啊，到哪里都莫要忘记告诉一声啊"……如同生离死别一般。

大家总有说不完的话，道不完的别。最难分难舍的，要数担架队的担架员了。他们对自己一路上抬着走过来的伤病员，感情是最深的。在这三千多里的西征路上，每个担架员都与伤病员结下了深情厚谊。担架员与伤病员结下的这种友谊，没有经过西征之路的人，是无法体会"特殊情谊"四个字的真正含义的。

有一个从南化塘来的担架员，一直在抹眼泪，大家看他哭得很伤心，就安慰他："莫哭了啊，伤员终于可以到医院里去治疗了，医院里的治疗条件好，伤也会好得更快一些，应当为他高兴才是啊。"

他说："我不是不放心他，是舍不得和他分开。我们在一起时间长了，已经成了亲兄弟了。这几十天里，早晨醒来睁开眼睛后的第一件事情就是先看看他，问问他的身体有哪里不舒服，饿了没有，伤口还疼不疼。白天行军也是一路走一路照顾他，生怕他有个闪失。晚上睡觉之前，都是先把伤员的事情安排妥当之后，我才能歇息，还不能睡得太死了，一有动静，就要起来扶着他上厕所，给他倒水喝，这些都已经成为习惯了。现在他这一走，我心里空落落的，不晓得该做么斯事情了。"

听了他说的话，好些个担架员都深有同感地点着头，刚刚平静下来的情绪，又被重新点燃了。都是二十大几的后生，有几个又呜呜呜地哭起来了。

说到这里，父亲跟我讲了两个湖北枣阳来的担架员与一位腹部受了重伤的排长之间一段感人的故事。

父亲说："这个排长当时伤得很重，肠子被弹片炸成了三段，流了好多血，组织上看到他的伤情太重了，准备为他处理了伤口以后，决定把他留在当地养伤。可是他所在团的领导和连里的同志们都为他说情，坚决要求把他带走，与部队一起行动。由于在湖北随县、新集和枣阳县土桥铺连续的战斗，伤员一下子增加了太多，师医院和团卫生队也都满了，没有能力再带着他一起行动了。在这种紧急情况下，师里要求宣传队接收。当时宣传队刚刚组建，加上我自己，一共还不到三十个人。为了完成这个任务，我让周干事马上到沿途的村庄去，看看能不能动员一些当地的老百姓做担架员。

这两个年轻后生就是在这个时候来的。他们一直负责抬着这个排长近两个月，走了三千多里路，爬了数不清的高山峻岭，遇到了在他们一生中所从来没有遇到过的艰难险阻，用两颗年轻赤诚的心，用对红军的爱戴，用热血和生命，一直抬着这个素不相识的年轻排长。漫川关突围中攀爬悬崖峭壁，他们二人用绑腿带子拴在排长身上，一前一后地拉着他，保护着他，把他一步一步连拉带顶扯上了悬崖顶。在风雨交加的日子里，担心排长淋着了雨，将自己身上的蓑衣解下来盖在他的身上，自己却被淋得感冒发烧。两次过秦岭的十几个日日夜夜，只要是能抬着走，绝不让排长自己下来走一步。在大巴山顶的生死一夜当中，两个担架员担心冻坏排长，把所有可以用来御寒的物品全部给了排长，他们自己在没有任何遮护的情况下，一前一后地守护在他身边，为他遮风挡雪。每隔一小时，就为他搓手搓脚，生怕他被冻坏了。在这两个多月里，在极端艰难困苦的环境下，排长的伤不仅没有复发，没有加重，反而在他们和医护人员的精心护理下，一天一天地好了起来。两个人由开始只负责抬着他走，照顾他吃饭，到后来帮助他大小便。用排长的话说——比他的亲爹亲娘还要亲啊！

这一路上，排长给两个担架员讲自己的出生，讲参加红军的初衷，讲自己入党的经历，讲红军的理想和信念，也讲革命胜利之后的选择。相互之间无拘无束、亲密无比，这三个人最后成了互相离不开的战友、同志、亲人。无论遇到什么困难，他们都相互鼓励，想方设法战胜困难。遇到敌人封锁，枪弹、炮弹不时在身边爆炸时，两个担架员不顾自身安危，冒着生命危险，抬着排长奋勇冲锋。

有了好吃的，首先想到的是排长。断粮、断炊的时候，他们到山里采野果、挖竹笋、找野菜，尽最大努力，保证排长能够不饿肚子。他们之间的关系，由单纯的伤员与担架员，转变成为拥有共同的革命目标——一定要共同走到方面军指定的目的地的战友，并结下了生死与共的革命战斗友谊。"

在宣传队里，这样的事情多的举不胜举，几乎每一个担架员和他们所抬着的伤员都是如此。所以，即将分别时，久久地手拉着手，祝福的话，关怀的话语，你一句，我一句，有永远说不完的知心话和叙不完的友谊情哪。

这天，师政治部傅主任来到宣传队了解情况，看望交接的伤病员。他见到当年甘济时政委组建宣传队时调配来的十几个干部战士，高兴地一边和大家使劲儿地握手，一边打着招呼。

他大声招呼着父亲，先学着用湖北话打着招呼："么样啊，身体还好吧。积功同志。"后来又用他的四川话接着说："这两个月来，师里不少重伤员由你们宣传队负责管了起来。晓得你们的担子很重，可是师里也没有办法帮你们解决困难和问题。你们靠着自己的智慧，完成了组织上交给你们的任务，确实是很不容易的。不光如此，为了护送、管好、照顾好这么多的伤员，还在沿途通过'扩红'，宣传、动员了几百号民工。可以说，你们成了名副其实的宣传队、收容队、担架队、医疗救护队。这么多人，这么一大摊子，要处理好吃、喝、拉、撒、睡的事情，简直比一个战斗团要操心的事情还要多，还要复杂。能够把这一两百号伤病员全部完好无损地带回家（川北根据地），确实是很不容易的！宣传队的全体同志为此付出了巨大努力，师领导和各个团的领导也都很满意。你们一定要好好总结总结，写一个详细的情况报告。师里王师长、周政委要听听宣传队从组建以来到现在的一些详细情况，你要好好准备一下，明天上午到师部去啊。"

"好嘛好嘛。"父亲回答道，并对周干事说："你抓紧时间把我们队里的人、财、物仔细清点一下。还有就是，要进一步确认一下，想留下来参加红军的民工到底有几多人？给想要返回家中的，每人准备五块大洋，家里困难多的还可以再多发一块。另外，莫忘了告诉大家，队里要在一起聚个餐，主要是为了给返回家乡的人践行，也是对所有民工表达最诚挚的感谢！人数搞清楚以后，造个花名册，包括准备走的和留下来参加红军的。这个名册要交到师部去。我们永远不能忘记这些帮助过红军的所有的人！"

在规定的汇报时间，傅主任打老远就看见父亲和周干事来了，后面还跟了一个战士，肩上挑着一担沉甸甸的东西。傅主任打着招呼说："积功同志，你们还真是准时啊，师长、政委在会议室里等着你们呢。哎哎，这是怎么一回事？来汇报工作怎么还担着一担粮食来呢？是不是担心师里缺粮啊？还是中午不把你们饭吃？"

父亲没有接傅主任的话，笑着打着"马虎眼"："哦、哦、哦、啊，这不是到了根据地了嘛，到了家了嘛，空着手来总是不太好吧，担一点点东西来，也表示一下我们宣传队同志们的一点心意才好嘛。只是莫嫌少就好了。"

父亲边答着话，边直接往师部的院子里面走。

王师长和周政委听到宣传队汇报工作的同志来了，听说还担了一担子"粮食"，是宣传队全体同志的一点点心意，就迎到门口来看个究竟。

父亲与王师长自打上大巴山的时候分手，一直到四川通江县的洪口镇才见面，仅仅过了几天时间，却犹如过去了年把时间一样，真的像是大战过后的久别重逢。王师长紧紧握着父亲的手，使劲摇晃了几下，有"士别一日，如隔三秋"的感觉。千言万语都在这个看似十分简单的握手之中，还能说什么，还用说什么吗？什么都不用说了。

在紧紧握住双手的同时，也都相互凝视着对方，似乎都有一种劫后余生的恍如隔世的感觉。

那个年代，部队上下之间客套话不多，加上刚到川北，队伍上各种事情多如牛毛，简单寒暄了几句后，父亲直截了当地回答了傅主任先前询问的话："刚才傅主任问我，那一担子是么斯东西？现在告诉各位领导，这是我们宣传队，一路上打土豪分田地，收缴上来的'浮财'（浮财：多指意外之财），现在把这些'浮财'全部交到师里，请师首长过目。"接着，父亲指着担子说："这一担子里面，有一包是现大洋，有五百多块，另一包是金银珠宝首饰。可是有一点要说清楚啊，莫嫌少啊，就是这么多，我们可是全部都交上来了。"说着，把警卫班长招呼过来："你过来，把你挑来的两个包包子放在地上，打开包包请首长们过目。"

这些现大洋和金银珠宝首饰，数目已经列了册，由警卫班长与师里有关负责同志点验。

把包包一打开，明晃晃的现大洋和不同色彩的金银珠宝首饰，在阳光的照耀下熠熠生辉，夺人眼目。几个领导上前俯下身子仔细查看起来。

王师长高兴地说："哈哈哈哈，好家伙，这么多呀，老王不错嘛！这下子我们师里可是发财了啊。"

王师长与父亲是同乡，从黄麻起义的那个时候起就认识了。他的年龄比父亲要小几岁，但是认识的时间长了，平日里在称呼上也比较随意。他说："老王，真有你的，现在我们师里正缺钱、缺粮、缺物，一句话，谁么斯都缺，你这可是雪中送炭啊！是及时雨嘛！这可得要好好感谢我们宣传队的同志们了，你们的心意师里全部收下了啊！"

看到师里几位首长都很开心，父亲和周干事也高兴地附和着说："应该的，应该的。哪个让我们是宣传队呢？这也是'扩红'中的一项任务嘛。"

接着父亲又说："对了对了，还有两个情况向首长请示汇报。一个是我们队伍现在的人员情况。一路上由于接收的伤员越来越多，为了解决抬伤员和救治伤病员的问题，每到一地只要有点点时间，我们就动员、征召当地的老百姓帮忙。为了满足工作需要，招来的有担架员、伙夫、挑夫、马夫，还有负责看病治病的医疗救护人员。前前后后、最多的时候有五百多个人。目前还有三百多人。

这一路上，部队基本上有的时间停下来，一直在转移，在行军，以致我们的伤病员与这些民工，尤其是与抬担架的民工，情谊日益加深。

在几十天的时间里，担架员抬着、护着伤员。伤员在担架上给担架员讲故事，讲革命道理，讲红军精神。这些民工在革命思想的熏陶下，在红军的革命精神影响下，被深深地打动了。许多的民工要求留下来，与我们的伤病员一起闹革命，参加红军队伍打敌人。现在主动要求留下来参加红军的有三百二十多人，只有二十几个因为家中的困难，提出了回家的要求。我们已经做了安排，对返回家乡的，每人发了五块大洋，个别家里困难大的再增加一块大洋；对要求留下参加红军的，只等师里的决定了。

另一个是武器装备和物质等方面的情况。枪支由组建宣传队时的两支短枪十支长枪，现在已经是四支短枪，长枪有三十多支，子弹有近五百发。另外还有几百斤大米和苞米，以及少量的面粉、猪肉，几捆子布料。就这些了，汇报完毕。至于我们下一步的工作，请首长们指示。"

正当师里三位首长听得津津有味，却忽然听说汇报完毕，半天没反应过来，都一起看着父亲，似乎在问：就是这些吗？

大约过了有一两分钟的时间，看到父亲他们没有再作声，王师长这才发现几个人还站在那里，忙说："老王，你们几个也不要站着了，大家都坐下来吧。我先说点自己的看法和想法，之后，看看周政委还有么斯说的。

老王，我看你还是接着干下去吧，就不要再回总部警卫团去了。现在你是人头熟、情况熟，工作也开展得蛮有成绩的，我们师里一时半会儿还找不出你这个样的宣传队长来接替你，你说么样啊？"

父亲说："王师长，么样都行，一切由组织上决定。我是一名老党员、老同志，这个觉悟还是有的，只要组织上需要，到哪里都一样干革命，绝不辜负党组织的信任。"

"那好吧，我先谈一下自己对宣传队下一步工作的意见，最后由周政委来决定。"

看到父亲没有什么其他的想法，王师长接着说："你是今天八九月间从'随营学校'借过来组建了我们师的宣传队，一晃有近四个月了。这段时间里，宣传队的工作开展得蛮好，不仅把现有的一百多个伤病员都安全地护送到了川北，还有三百多个民工能自愿留下来参加红军，这些成绩是你们上下一心，发挥主观能动性共同努力做到的，非常不容易。现在我们部队刚刚到川北，按照总部的意图准备在这里建立川陕革命根据地。眼下的事情千头万绪，许许多多的工作都要尽快、全面铺开。但最重要的是我们部队进入川北，已经使国民党反动派和四川军阀极为震动。据得到的情报看，敌人内部已经达成了一致，停下军阀之间的混战，共同对付我们。企图趁我军立足不稳，又长途西进征战了两个多月，人困马乏的时机，对我们进行'围剿'，彻底地'吃掉'我们。形势还是十分严峻的。

我们红四方面军既然已经到了四川，准备建立根据地，岂能让敌人把我们吃掉？我们要抓紧军事准备，粉碎敌人'围剿'，站稳脚跟，扩大根据地的范围。随时做好打大仗、打恶仗的准备。可是，部队刚刚到这里，人生地不熟，不仅仅是队伍减员严重，有的团被打得只剩下一个营的兵力。在这些人员当中，伤病员又占了很大比例，再加上缺粮、缺衣、缺弹药，部队又极度疲劳，也需要好好休整。所以，我看你们宣传队当下的主要任务，就是要抓好'扩红'，要宣传动员当地的年轻人积极报名参加红军。

打土豪分田地，是做好'扩红'工作中的重中之重，只要老百姓看到，我们红军是老百姓的队伍，是为穷苦人民谋利益的，他们就会义无反顾地支持我们。这些道理你们都晓得，也积累了一些实际工作经验。你们要把你们的经验、做法，在这个川北地区充分发挥出来，尽快为部队征召战士。打开土豪劣绅、恶霸地主的粮仓，开仓放粮，多余出来的粮食、物资，包括他们看家护院的枪支弹药，统统上收，解决部队缺粮、缺衣、缺枪弹等诸多问题，使部队能够尽快提高战斗力，随时做好'反围剿'斗争的准备。"

看到王师长把话停了下来，周政委接着说："那么，你对这些志愿加入红军的民工有些么斯打算？"周政委没有先谈自己的想法，而是先提问。

父亲觉得，如果自己先提出对这么多民工的安排意见，似乎不太妥当，毕竟自己只是一个宣传队长，一个基层的干部，便抬起头来看着周政委，接着又看看王师长和傅主任，似乎在问他们，这样合不合适？当看到几个师首长给予了肯定的目光后，也就放下心来，说："那我就大着胆子'放炮了'，说得不对，请师里几位首长批评、纠正啊。"

"按说现在队伍上急需补充兵源，各个团、营、连都损失很大，极大地影响了战斗力。如果把这三百多号人全部都补上去，至少可以补齐三个战斗连队的缺口。不过我有个想法，也可以算是一个'小九九'，这些新参加红军的民工，现在与宣传队的同志们已经很熟悉了，特别是他们这两个月来对红军宣传'扩红'的思想和做法也有所了解，有一部分人还直接参加了动员征召民工的工作，而且做得还是蛮有成绩的。像在陕南停留的几天当中，有几个自愿来参加抬担架的后生伢子，就是民工做工作动员来的。既然上上下下都比较熟悉了，对我们沿途做的'扩红'经过已经是耳濡目染，深有体会，不如将这些人暂时放在宣传队里，按照具体情况和'扩红'需要，编成几十个工作组，一下子全部撒出去搞'扩红'，撒到各个区、乡、镇、村，还有零零散散的一些住户，总比几个人、十几个人的宣传队的宣传力量要大很多。这样也比从各个团、营、连临时抽几个人来做'扩红'工作的作用会强一些，效果可能会好一些。照这个样子粗算一下，估计要不了十天、半月的工夫，能够很快地动员、征召来近千名当地的优秀青壮年参加红军。还有啊，这里的穷苦老百姓多，对恶霸地主、土豪劣绅、军阀、土匪恨得厉害，这个情况极有利于我们开展工作。如果这样，部队可以集中精力，抓紧做好休整和备战；而我们宣传队，则全力以赴地搞好'扩红'，尽快、尽早把优质兵源征召上来，补充到队伍上去。把做好作战准备和做好'扩红'工作的力量集中起来使用，突出了各自的重点工作。这是我的一点点想法，至于行不行，么样办，还请师里首长来决定。"

父亲一口气说了这么多，连口水也没有喝，渴得他说完便抓起桌子上的大碗水，一扬脖子，咕咚咕咚地一口气喝了下去。接着把嘴巴上的水一把抹掉，看着三位领导，只等他们发话。

周政委看着这情景乐了："急么斯嘛，这里不缺水。"便让通信员又把每一个人的大碗里头都倒得满满的。他看着王师长，想了一下说："如果现在把这些刚刚参加红军的民工补充到连队也不是不行，但是让他们一下子形成战斗力不太现实。可以搞一个假设，把这三百个新入伍的民工补充到连队去，再从连队抽出老兵骨干去搞'扩红'，那是一个么样的结果呢？从表面上看，连队的人数补上去了，战斗力一时半会儿也上不去。而宣传队的'扩红'力量却有削弱，等于是两个方面都没有解决问题。所以，我基本上同意宣传队在这个问题上的想法和建议。我们在这里要建立根据地，要发展壮大队伍，接下来的'扩红'工作非常重要，任务也很重。宣传队一路上取得了一些经验，对做好这项工作极为有利。同时，这些民工与宣传队朝夕相处了两个月，相互之间已经比较熟悉了，领导起来也比较顺手。建议同意他们的想法，就让这些刚刚参加红军的民工们，暂时先留在我们师的宣传队里，一起去做好'扩红'工作。尽快建立农民协会，打土豪分田地，收'浮财'，彻底解放当地的老百姓，动员他们参军、参战。协助建立地方武装，配合主力部队作战，做好后勤保障，使我们的队伍很快地在这里扎下根来，扩大影响，壮大队伍。"

王师长中间也不插话，认真、仔细地听周政委的意见，一边听，一边不断地点头。

周政委想了一下，接着又说："是不是可以这样定下来，宣传队现有的人，包括干部、战士和新近报名参加红军的民工，还有当地来的少数穷苦百姓，暂时一个不动，全部归宣传队统一安排。中心工作只有一个，就是集中力量做好'扩红'。为了加强对宣传队的领导，将周干事提升为副队长。宣传队现在有三百多人，为了方便管理，暂时按照三个连队的建制来设立，这也可以为今后部队的扩编、增加战斗部队的力量，先做一个准备。至于干部配备问题，可以把现有的排长、班长和老战士，根据他们的表现和能力，由宣传队研究提出任职和分工的意见，报到师里备案。川陕根据地的'扩红'工作做好了，不仅能够壮大我们的红军队伍，能够解决我们急需的兵源和各种物资，更有利于打击消灭国民党反动派和四川的军阀武装，有利于方面军在川北边区站稳脚跟。

宣传队从组建时的十几个人，经过这两三个月的工作，不仅没有损兵折将，反而很好地完成了师里交给他们的工作。与此同时，还动员征召了几百个精壮、朴实的民工，并通过你们的工作，将这些优秀的青年留下来参加了红军。这些工作成绩说明，你们已经取得了不少的'扩红'经验，希望今后努力发扬成绩，在这个新的根据地作出更大的成绩来。"

"我也有的么斯更多的要说，就按照周政委说的去办吧。相信你们。老王，你从一个军事干部，在这么短的时间，转变成为一个称职的政工干部，不错不错，好好搞吧。"王师长接着周政委的话表明了态度。

父亲忙不迭地打趣说："真是有的办法。你和周政委要我接着干，我能够不干吗？当初说是把我从'随营学校'借出来的，现在是不是该把我还回去了啊？"

"老王，还不回去了，还不回去了。师里讨论了，部队损失了大量基层指挥员，现在学校里的干部暂时都充实到部队去了。你就安下心来吧，是领导决定不再把你放回学校了。"傅主任笑着解释，拍着父亲的肩膀说："你这不是干得蛮好的嘛，还要回到学校去做什么？你不是说在学校学习天天坐着，坐得屁股都出茧子了嘛。"

父亲无可奈何地直摇头："看来这辈子怕是再做不了军事干部了，我学的这一身好武功，也没有个用武之地了。"

周政委接过父亲的话："积功同志，那可不一定呢，说不定哪一天工作上需要的话，你还得到前边去带领队伍冲锋陷阵。我这话可不是安慰你的，我们所有的干部都要有这个思想准备，都要学好多种技能，既要会打仗，又要能做政治工作，这两者是不矛盾的，叫能文能武吧。"

2

川陕根据地与鄂豫皖根据地有很多不同，虽然都属于南方，可是区别却非常大。

川陕边地区以群山环绕的大山为主体，连绵不断。当地的大巴山与米仓山，两座大山首尾相连，主要的山峰海拔大多在两千三百米到两千五百米左右，平均海拔也在千米以上。山上到处是遮天蔽日的原始森林，沟壑纵横，气势磅礴。县城大多在群山之中。

川北的山体坡度通常比较大，平坦的地方少，甚至可以说是极少。许多田地是在山上，垒石头造田，一层一层的，像建房子打地基一样，层层叠叠。大山与大山之间峡谷很深，交通不便，工商业不发达，基本上还处于刀耕火种的原始状态。加上军阀混战，土匪为患，土豪劣绅、地主恶霸的压榨盘剥，名目繁多的苛捐杂税，不少人倾家荡产、卖儿卖女也难以交清捐税。人民生活极为穷苦，衣衫褴褛，瘦骨嶙峋。广大老百姓生活在水深火热之中，阶级矛盾到了一触即发的地步。

哪里有压迫，哪里就会有反抗；压迫得越大，老百姓反抗的力量就越大。

为了把川陕边区的根据地建设好，把当地的老百姓发动起来，让红军的队伍尽快发展壮大起来，宣传队根据师首长的指示，决定采取边摸情况边"扩红"的方法，逐步展开工作。根据当地山高路远，各村各户居住分布散、远，以及土匪多的特点，组建了一个五十人的警卫分队，负责驻地周围的安全警卫。其余人员按照五人一组，组成五十个工作组，分头下去。

哪里想到，这边工作组还没有出发，驻地一下子就来了二十来个要参加红军的当地百姓，其中有男有女、有老有小。开始女的不多，只有两人要求参加红军。一个是中年妇女，一个年轻一点的，态度蛮坚决的，她们站在门口，不答应就不离开，但是又担心队伍上不收，觉得不好意思。父亲看她们大冬天穿着单薄，冻得发抖，便把她俩让到屋子里，通讯员把两碗热水端到跟前，听她们讲述参加红军的初衷。

门外报名参加红军的人群中，有一个四十岁左右的中年人，在一群年轻人当中显得很突出。他衣衫褴褛，大冬天打着一双赤脚，头上裹着一条宽布带子。父亲来到他跟前，关切地问他："你么样也要参加红军呢？家里还有么斯人吗？"这中年人显然是经过认真考虑了，用当地口音说："你们是不是看到我年岁大了，怕我跟不上队伍？我看你们队伍里也有年纪大的嘛，与我差不多年纪的也有嘛，他们为什么可以当红军打仗，我为什么就不行呢？"他的话把在场的其他人说得笑起来了。

一个年轻人说："你怎么能和那些人去比呢？别个可是领导，是当大官的。"

还有人说："你莫看有的红军年纪与你差不多，实际年龄都不太大，最大的也不过三十出头。只不过常年行军打仗，又吃不好、休息不好，人长得又黑又瘦的，显得有些老吧。"

那个中年人看到大家他不行，就急了，大声说道："莫看我的年龄大，上山下山地跑起来，你们还比不上我呢，哪个不信的话可以来试试看。再说，我活了四十多年了，对这一带的山路比你们哪个都熟悉。"

有人干脆说："你都这把年纪了，莫在这里添乱了，这当红军是要打仗的，这是我们年轻人的事，你还是回屋里去抱孙娃子吧。"

中年人听到这话，神情忽然呆滞了一会儿，眼眶慢慢红了，说："你们这些娃子们晓得么斯事情，我哪里有家？哪里有娃子？"接着，他把家里的遭遇向大家倾诉出来："先前我屋里的一家四口人在山里开了一块荒地，种的庄稼将将够一家老小填饱肚子。哪里晓得去年一个姓胡的保长，带了两个狗腿子找到我说，是哪个让你在这里种地的呀？你们私自种地也就罢了，可是你们收了庄稼，总得要交税、交租子吧。我跟他们讲理说，这么大的山上开荒种地还要交税、交租子？你们不能不讲理。我是拼着命，用绳索系着身子滑到一块儿稍微平一点的坡子上，下的种子，靠老天爷关照，才收了一点点苞米、土豆、番薯、黄豆。"可是那个保长根本不听，说，没有把你们撵走就不错了，让你们交几个租子交几个税，哪里有这么多废话说的！今年第一次多交一点，明年可以少一点了。我还要跟保长讲理，可这个保长干脆让两个狗腿子把我们收的一点点食物全部抢走，连一点点口粮都没有给留下来。我的老娘当时就气得昏死过去，没过半个月就过了世。

这件事情刚过不久，又来了一伙土匪，把我媳妇抓去，说他们那里缺个做饭的，让我媳妇去做饭，不然就要烧房子抢人。还说别不识抬举，让她去做饭是看得起她。这一下子我老婆子也没有了，剩下我和一个刚满十四岁的儿子。

没过多久，田颂尧的部队来到这一带招兵，说是招兵，其实就是'抓丁'的。这些军阀队伍的人，看到差不多的男子，不管你屋里是个什么情况，同不同意，不由分说抓了就走。我儿子原本想办法准备逃出去躲一躲的，被保长晓得以后说，二抽一，必须去一个。我给保长跪在地上磕头求情，说屋里就只有这么一个儿子，自己替他去行不行。可那个保长却说："你个老东西到军队去做什么？不行不行，必须是你们家的儿子去。"

说到这，这个中年人提高嗓音说："唉，真是造孽呀，还不到一年的时间，我们屋里的四口人，死的死，抓的抓，现在只剩下我自己一个人，真是叫天天不应，叫地地不灵，这个世道，真没有办法活下去了。你们说说，这样的日子么样过？他们根本不把我们当人看，想打就打，想骂就骂，想抓就抓，想杀就杀。一句话，他们想怎么样就怎么样。我们这些人在他们眼里头连一条狗都不如啊！"

接着他又说："今天我来报名参加红军，就是要报这个仇！我要参加红军去打这帮子龟儿子们，我要看看他们还敢不敢欺负我，敢不敢欺负像我这样的穷人！如果有幸能够找到我的媳妇和儿子的话，我要他们都来参加红军。"

中年人的话，让周围的人听得唏嘘不已。两个来报名参加红军的妇女更是用手捂着嘴抽泣了起来。

他的一番话，深深打动了宣传队所有的人。父亲拉着他满是老茧子的手说："只要你真心想当红军，我们当然是欢迎的。红军是老百姓的队伍，专门打国民党反动派，打军阀，打土豪劣绅，打一切剥削、压迫、欺负老百姓的土匪、恶霸。你的年龄大一点也有的关系，红军队伍里有那么多人，都是有分工的，都是根据需要和每个人的实际情况，安排做一些力所能及的工作。我们这里眼下正好缺少做饭的，你是不是先到炊事班给同志们做做饭么样？不晓得你愿不愿意？"

中年人一听就急了起来，忙说："不行不行，我是来当兵打仗的，我要上前线打仗杀敌人，怎么来了就让我当'伙夫兵'？你们这是瞧不起我。我有一身的力气，爬山越岭你们比不上我的。我常年在山里生活，对这一带的山山沟沟情况熟得很，我晓得土匪在哪里，晓得哪里的山路么样走，晓得哪里有村子，给你们带路总是行的吧。"

在大家赞许的笑声中，父亲也觉得他说得很实在，也有些道理，就把他的工作安排做了一下调整："那这样吧，需要进山剿匪，就由你来带路，平时帮助我们炊事班砍柴、做饭。如果遇到敌人来了，你要听从红军战士的指挥，不许乱跑。如果你能做到这些的话，这个事情就这么定下来，好不好啊？"

中年人终于破涕为笑，说："可以是可以，我也要把话说在头里，如果有仗打了，你们不能撇下我，必须让我上战场杀敌人。我就是这么一点条件，如果你们能够答应，我没有二话。"

父亲搞得左右不是，看着他那个执着的样子，笑着说："好吧，好吧，我也答应你的要求。这样总该是可以了吧？"

在"扩红"开始的第一天，工作组还没有出驻地，就来了二十几个人要报名参加红军，这个情况有点出乎意料，也更说明了当地的穷苦农民对参加红军的渴望；对打倒那些反动统治阶级、解放穷苦老百姓的渴望；对彻底铲除匪患、打倒国民党反动派、打倒军阀的渴望。

当地人民的血泪史，极大地震撼了宣传队全体队员的心灵，也使得每一个宣传队员都深深地感受到肩负的重大责任。

"同志们！"父亲大声对全体宣传队员说："如何才能尽快将川北地区广大的老百姓从水深火热中解救出来呢？还是老办法，就是要打土豪分田地、收浮财、开仓放粮，把那些欺压在人民头上作威作福的、横行四里八乡的土匪、军阀、恶霸地主、土豪劣绅统统打翻在地，让他们威风扫地，低头认罪。要在各县、乡、镇、村成立苏维埃政权，把我们革命的红旗插遍川北、插遍整个四川，直至全中国。

今天来报名参加红军的老百姓，只是广大人民群众中很少的一部分。来的这些人一定是在我们身上让他们看到了希望。可是川北的地方这么大，还有许许多多的老百姓不晓得、不了解红军，还在过着衣不遮体、食不果腹、暗无天日的生活。老百姓迫切需要红军去解救他们，去帮助他们。

我们宣传队员的任务繁重，责任重大，虽然我们当中的绝大多数同志是刚刚参加红军的民工，但是你们已经是老战士了。你们在过去的两个月里，已经目睹了红军的'扩红'工作，许多同志已经参加了这项工作，有了一些经验。现在，你们要用自己的亲身经历，要把红军是一支么样的队伍，要把红军的纪律和任务讲给当地的老百姓听，带领他们一起打土豪分田地，彻底把广大老百姓解放出来，建立苏维埃政权，使川北地区的穷苦百姓当家作主人。"

宣传队员们群情激动，相互交流，大声发表着自己的想法："队长，还等么斯呢？我们赶快下去搞发动吧。""对、对、对，我们下去要先把那些龟儿子们的土豪劣绅、地主老财都打倒了再说，还有土匪窝子也要打掉。""打倒土豪劣绅，分他们的田地，开仓放粮，把老百姓都发动起来闹革命。""建立苏维埃政权，让最穷最苦的老百姓，有深仇大恨的农民做领导，把老百姓都组织起来，团结起来，这样才能壮大我们的力量。""我们可以把那些无家可归，在生死线上挣扎的穷苦人民，优先招收到我们红军的队伍里来。"

不过也有人说，"年龄太大了还是不要的好，太小了也不行嘛"。但是马上有人反对说："哪个说不行呢？都可以嘛。我们队伍上有分工，打仗不行可以搞宣传，站个岗，放个哨，做个饭，送个弹药总是可以的嘛。"

这个时候有人大喊一声："妇女要不要啊？她们也要报名么样办呢？""怎么不行啊？！"早前两个已批准加入宣传队的妇女大声说："莫说是做饭、洗衣服、照顾伤病，就是让我们上前线去打仗杀敌人，也不会比你们男人差，不信咱们试一试看？"

在这种气氛中，大家各自发表各自的观点，场面很热烈。有的为了争论一个观点，搞得满脸通红，互不相让；有的议论哪个办法更好一些；也有的说，队里么样决定就么样办。不管是建议还是争论，大家的目的都是一个——尽快把当地的老百姓发动起来，解放出来，把红军队伍壮大起来。

父亲在宣传队出发前要求各"扩红"小组先到人口比较密集的乡、镇、村，然后再下到各个零散的点和户。先打土豪劣绅分田地，废除苛捐杂税，开仓放粮，用红军的实际行动告诉当地的老百姓，红军是老百姓的队伍，是专门为天下的劳苦大众办事情的。只有跟着中国共产党领导的红军闹革命，才能有衣穿，有饭吃，才能彻底翻身当家作主人。

要在当地的县、乡、镇、村成立苏维埃政权，选出绝大多数老百姓信任的农民担任苏维埃政权的领导。今后，无论大事小事，都由当地的苏维埃政权来解决。

要动员鼓励年轻人参加红军，保家保村，保卫分到广大农民手里的田地、粮食、农具以及免除的各种苛捐杂税等革命的胜利果实。

对自愿要求参加红军的，只要政治上符合要求，不抽大烟，身体条件允许的话，做好登记，按照男女年龄、身体情况对他们进行编组，汇总以后，挑选出符合编入红军部队的，送到部队去；剩下来的，优先编到乡或者村子的农民自卫队；对年龄比较大的男子和妇女，可以组织到运输队、担架队、慰问队，负责向前方运送粮食、弹药等物资，向后方运送伤员；年龄小的儿童，把他们编到儿童团、少先队，负责站岗放哨。

同时，要求各个工作组，在工作中相互比、相互看，搞"扩红"竞赛活动。看哪个组的工作做得好，动员、发动参加红军的青年多；哪个组收缴的浮财、粮食、布匹多；在基层红色政权建设，对自卫队、儿童团、少先队等保村、保民的组织建设，在组织担架队、运输队、宣传队、慰问队支援红军作战的工作等方面，也都是相互比赛的内容。

总之，动员一切自愿参加革命队伍的人，让每个人都来为新生的苏维埃政权服务，彻底消灭一切剥削制度，铲除盘踞在当地的土豪劣绅、地主老财，大小军阀、土匪、恶霸的各种敌对势力，让川北边区变成红色的海洋。

父亲最后强调：各个工作组既要放手开展工作，又要注意党和红军的方针政策，并及时报告各个组的工作情况。

1932 年 12 月下旬，第十师宣传队员们出发了。

他们手里拿着写好的各种各样的标语，什么"打土豪分田地，好男要当红军！""穷人自愿参加红军，一人参军全家光荣！""实行土地革命，红军胜利万岁！""平分土地，红军万岁！""建立苏维埃，实行工农专政！"等。

按照事先的分工，大家当天就到达了四周的乡镇，如董溪乡、新店乡、板凳乡、长坪乡、麻石镇等十几个乡镇。先到乡镇这一级后，再向外扩大到村子里去。

宣传队员四处张贴标语，设立招募处和报名处，对前来围观的群众宣传红军，宣传打土豪分田地，宣传平分土地，宣传人人平等，宣传工农苏维埃等。宣传队员由当地穷苦百姓带路，直接闯进土豪劣绅、恶霸地主的家里开仓放粮，烧毁各种地契、地租、押租、卖身契，废除各种名目繁多的苛捐杂税。那些穷苦了几辈子的农民高兴得都不知道怎样表达自己的感情。

同时，他们也有些担心，拉着宣传队员的手问："红军兄弟，这样行啊？你们如果走了以后怎么办呢？我们搞不赢这帮土豪劣绅、恶霸地主的呀。"

"你们要是前脚走了，这帮土豪劣绅、恶霸地主后脚就会来加倍地报复我们的。到时候我们去找哪个呢？"

宣传队员告诉乡亲们说："我们不会走的，红军也不会走的！"

"在各个区、各个乡、各个村的苏维埃，专门为老百姓撑腰说话。还有自卫队、儿童团、少先队，看看这些恶霸地主、地痞流氓、军阀土匪哪个还敢来？哪个还敢跟我们苏维埃闹？只要他们敢来，就让他们有来无回，彻底消灭他们！"

每到一地，提出这样问题的群众非常多，而这也是他们最关心、最担心的问题。队员们认真耐心地回答，并把革命的道理讲给所有人听。

宣传队员们大声对乡亲们说："我们今天打倒了恶霸地主、土豪劣绅，分了他们的地，分了他们的粮，烧了各种地租、地契、卖身契、押租，废除了苛捐杂税，许多老乡们不放心地问，他们以后会不会反攻倒算？找我们穷人来算账怎么办？告诉大家伙，我们建立了红色政权，哪个要是不老实，我们就要他的命！看看哪个还敢！为了保卫我们今天分到的田地，分到的粮食，我们大家都要踊跃报名参加红军，参加苏维埃，组织我们自己的武装，来保卫我们的胜利果实。"

分到了田地，领到了粮食，穷苦的老百姓当然是欢呼雀跃，都打心眼里感谢中国共产党，感谢红军。

通江县诺江镇，有一个当地有名的大财主，不光有钱、有势力，更是对老百姓的剥削压迫手段残酷至极。据当地老百姓说，这个龟孙子吃鸡不吐骨头，杀人不眨眼，老百姓对他恨之入骨。

宣传队一到镇子上，听说了这个情况，就问老百姓，哪个晓得这个大财主家里的情况，敢不敢带红军去？几个刚刚报名参加红军的后生听说要到这个大财主家里去，大声说："有红军撑腰，怕他么样？我们带路！"

　　这下子可好了，整个报名站就像烧开的水一样，马上沸腾了起来。一百多个当地的老百姓跟着红军宣传队前呼后拥的，向这个恶霸大财主的家里直冲了过去。到了门前齐声大吼："开门，快开门，再不开门就砸门了！"里面守门的人想看看究竟发生了什么事情，把门开个缝子想瞧一下子，哪里想到门被一脚踢开了，农民们一起涌了进去。那个大财主刚想耍威风，一看进来了这么多泥腿子，吓得他转身就想往后院子跑。可是来不及了，年轻的后生们几个箭步抢上去，硬是把他给按在那里动弹不得。

　　这时一个精壮的汉子大声对大财主问道："说，粮食都放到哪里去了？"看大财主没有回答，汉子就一脚踢在他的屁股上，说："不说是不是？你个龟儿子呀信不信，老子现在就把你的脑壳子敲开！"这个大财主过去对百姓欺负惯了，哪里见过这个阵势，吓得跪在地上一个劲儿地磕头，一边磕头一边结结巴巴地对家丁说："快、快、快、快去，快去把、把、把那个粮仓……打开。"

　　涌进大财家院子里的老百姓听到要把粮仓打开，所有的人都开始大声"哦！哦！哦！哦！"地呼叫了起来。人群中有人大喊一声："走啊，搬粮食去哦！快去搬喽！"老百姓一起涌到打开的粮仓里，一时间所有人都愣住了。谁也没有想到，这个老财主粮仓里的粮食堆积如山，真的是太多了，装在麻袋里的粮食已经堆到房子顶上了。还有好几个是用草席子围起来的稻谷垛子。

　　"龟儿子们的，我们老百姓都快要饿死了，这个老混蛋家里却堆了这么多的粮食！"

　　"妈的，都分了，一粒粮食都不留下，叫他们也尝一尝，什么叫饿得要死了的滋味儿！"

　　"分了它，分了它！"

　　群情激动的喊叫声，是每一个人发自内心的怒吼！

　　宣传队马上组织当地的群众开仓放粮，通知附近村子的各家各户前来领取粮食。放粮工作进行了整整一天，近处村子的每一户都领到了足够吃上一年的粮食，地主家的粮食还没有发放完。

　　宣传队的一个班长说，留下十个刚刚报名参加红军的青年在这里守着，派一个人回去向队长报告情况。

　　父亲第二天上午从洪口镇的另外一个村子赶过去，看到开仓放粮后剩余的粮食，还够附近村子的老百姓吃上两三年，就指着堆积如山的粮食对大家说：

"这就是地主老财对我们穷苦老百姓的剥削和压迫。穷人穷得没得饭吃，他们却把堆积如山的粮食专门用来向老百姓放高利贷，或者高价出售，继续盘剥老百姓。"

父亲决定，将剩余的粮食暂时存放在仓库里，等向师里请示报告以后，再按照师里的决定办理。

除此之外，在这个大宅院子里，还查出了一个专门存放棉花、布匹的仓库，以及各种"浮财"不计其数，按照上级苏维埃政府的规定，所有"浮财"一并没收。

短短的时间内，宣传队"打土豪分田地"的政策就收到了显著的成效。各个小组凯歌高奏，捷报一个接一个，没几天，每一个小组都是收获颇丰。

有的"扩红"小组在两天中，就有三十多名青壮年前来报名参加红军；有的小组在地主老财、土豪劣绅家里没收的大米就有三千多斤，这还不包括发给老百姓的；有的小组把收的布匹、棉花往师里的经理部运送，人背、肩挑就运送了整整两天。由于收缴的粮食和各种"浮财"、布匹、棉花等各种物质太多，宣传队则安排刚刚报名参加红军的新战士，到师部去报到的同时，把这些粮食、物资、物品帮助运送到师部。还有的小组不光宣传、动员了几十名青壮年参加红军，还在这些新战士的带领下，把当地罪大恶极的恶霸地主抓起来公审，砸开粮库放粮，并将收缴的现大洋、金银珠宝等"浮财"详细登记后，由几个队员用背篓全部背到师部去。

还有一个比较大的乡，宣传队去了以后，老百姓也不晓得来的是什么队伍，一开始没有人理睬。队员们也不着急，先在四处贴标语，做一些准备工作。等各种准备工作做好了以后，根据掌握的情况，队员们直接去把一家大土豪的宅院大门敲开。大宅院子里的人看来早已知道红军来了的消息，大土豪带着大老婆、小老婆跑了，只剩下几房姨太太和管家看家。宣传队把红军政策说明了以后，管家和姨太太倒是很配合，说，只要不伤害他们的性命，想要什么就拿什么。宣传队的组长也就客气地说："那好吧，把粮本、账本、地契、税票、高利贷账本，以及所有向农民索要、克扣粮食物品的账本，统统交出来，如果不交出来，等我们搜查出来了，就莫怪红军不客气了。"

管家的脑袋在地上磕得咚咚咚响，说："不敢啊，不敢啊，红军爷爷，只要留住我们的命，么样都行。"

组长说："这可是你说的啊，都听到了吧？"

管家回答说："听到了，听到了。"

"那好吧，先由你们指定人，带我们看看你们剥削来的粮食放在哪里了，再把你们各种记账的账本拿来，把藏着的银圆、金银财宝都拿出来放到堂屋里去，你们家里还有鸦片吧？"

管家说："有有有……"

组长警告他说："放在哪里了？都要说得清清楚楚，不允许有任何隐瞒。"

等到这里的宣传队员把土豪家里的各种粮食、物资等都清点得差不多了，接着召集四里八乡里的老百姓，宣布将没收的土豪家的财物、粮食等分给大家。

通江县在 1932 年遇到了大灾年，家家户户的老百姓都在发愁没得粮食吃，不知道今冬、明春怎么样才能够度得过去。听说红军把地主老财家的粮仓打开了，要开仓放粮了，乡亲们高兴得互相转告，附近的村子又很快把消息传到了更远的村子。消息像风一样，传遍了方圆几公里的村村户户。听到这个消息，人人兴高采烈。当然啦，也有一部分人将信将疑。但不管怎么说，闻讯而来的乡亲们，把大土豪家里的宅院里里外外挤得满满的，相互间议论纷纷，有的还在争论，疑惑这是不是在做梦，这是真的还是假的。

宣传队员听到他们的议论，就笑着告诉乡亲们说："假得了吗？你的家里平时的日子里敢不敢到大土豪的家里来啊？只怕是刚刚到了院子的外面，地主老财家就会放出狗来咬你吧？"

乡亲们点头称是："是啊，哪个敢往这里来呀？躲都躲不赢啊。要是让你来，不是催你要钱，就是催你要粮，或者要你的命？肯定是没有好事情的！"

"平日里见到这些人，就像是见到了催粮鬼、催命鬼，躲着还躲不开，哪个敢往这里来？"

"是的，到这里来的，都是来见阎王爷来的。往这里来就是没有事找事，甚至是找死。"

在大家的议论声中，一个宣传队员拿了一把土豪家的椅子站在上面大声说："大家静一下子，我们是红军。红军是老百姓的队伍，是专门为老百姓办事情的。今天让乡亲们来，就是要告诉大家，这些土豪劣绅、恶霸地主，都是专门欺负、剥削我们穷苦百姓的，是骑在老百姓头上作威作福的坏人。我们红军的政策，就是要打倒他们，把他们剥削老百姓得来的粮食、衣服、银圆，还有劳动工具等，发给大家。一句话，就是打土豪分田地，从今天开始，让广大的老百姓当家作主人。"

接着这位队员又说："请大家排好队，一家一户地来领取。"

穷苦的老百姓来得越来越多，他们自觉排好队，看到堆积如山的粮食、衣物、银圆，高兴地相互打着招呼："看看，还是红军好！红军就是老百姓的队伍！以往是我们往这里交租子、交粮食、交银圆，今天反过来了，不光是领到了粮食，还发给了银圆，发了衣服，还领到了从来没有见过的稀罕物品，真是太好了，太解恨了！看来天变了，我们穷人真是遇到了救星，从今往后，真的能够过上好日子了！"

"看来，红军这支队伍真的不是一般的队伍，从来没有见过世上有这么好的军队。完完全全为了帮助穷人，为我们穷人办事情的啊！"

"是啊，今天听到有人在敲锣、敲梆子，让我们到大土豪家去领粮食，开始哪里有人敢相信呢？有的害怕上当受骗；有的说不要慌着去，先看一看再说。直到村子里有人扛着粮食往家里来了，我们这才相信这一切是真的事情啊！只有红军来了，我们这些穷棒子才能有今天呢！"

领取粮食、衣物、银圆、农具等生活物品的现场，人越聚越多，从老人到孩子，还有大姑娘、小媳妇，凡是听到消息的乡亲都来了，简直跟过年过节一样，又喜庆又热闹，每一个人的脸上挂着喜悦，洋溢着幸福的笑容。

谁也没想到这个大土豪的家里有这么多粮食，这么多的衣服物品，还有这么多金银珠宝和银圆，整整两天也没有分发完。

宣传队将剩余的几千斤大米，三万多块银圆，还有鸦片、棉花、布匹等各类物资，全部按规定运往师部。

师里负责接收的经理部主任，看到天天都收到宣传队送来各类物资物品，高兴得嘴都合不拢。每次只要看到宣传队的人来送物资，他嘴里都反反复复地说："这个宣传队真是有两下子，没有想到天天都有这么多的东西送来，这下可好了，部队紧缺的、急需的物资基本上有了着落了！"每一回他还要加一句话："告诉王队长啊，谢谢宣传队啦！"

自愿报名参加红军的穷苦农民，只要是符合到部队去的条件的，都由各个小组派专人，按师部的要求和各个团提出的需要数量，集中补充到各个团。在不到两个月的时间里，宣传队给师里送去的新战士达到八千多人。还有一万多年龄偏大的中年人和年龄偏小的娃子，以及部分妇女、儿童，全部作为红军的后备军，被编到各个区、乡、镇、村的自卫军、自卫队、妇女队、儿童团和少先队。

不光如此，宣传队所到之处，除了平分土地，开仓放粮，焚毁了恶霸地主、土豪劣绅用以盘剥广大穷苦百姓所设立的各种名目繁多的账本，废除了所有的苛捐杂税，还帮助老百姓建立了从县到乡、镇、村的各级苏维埃政权，选出那些最让老百姓信任的穷苦百姓当了领导。

为了保卫取得的胜利果实，维护人民群众的根本利益，各个村子组建了农民自卫队、自卫军，使过去生活在水深火热之中的穷苦百姓们彻底翻了身，每个人的脸上挂满了当家做主人的笑容。过去骑在人民头上，不可一世，作威作福的恶霸地主、土豪劣绅，在老百姓面前威风扫地，惶惶不可终日。

老百姓被彻底发动起来了，人人争先为红军作贡献。有的负责安排食宿，有的照料护理伤病员，有的负责筹粮筹款，有的主动联络群众，宣传红军的各项政策，有的发现敌情、匪情及时报告消息。在新开辟的根据地的大地上，处处呈现出一派欣欣向荣的景象。

中国共产党是救星，红军是靠山、铁拳头。村村户户的广大青年自愿报名参加红军，把参加红军作为最光荣的事情。

有一家六口人，父亲、母亲把大儿子送到部队，让小儿子参加了儿童团，父亲自己加入了担架队，母亲是妇女队长。爷爷、奶奶给自己的儿子、媳妇、孙子每个人的衣服袖子上都扎上一根红带子，并且告诉他们说："你们要永远记住，我们这里的老百姓今天能够不再受欺负，不再受压迫，过上幸福的生活，全是因为有了中国共产党，有了红军。是中国共产党领导的红军队伍，推翻了过去这里的一切旧的制度和反动势力，打倒了穷人最恨的大土豪、大地主，消灭在山上盘踞多年的土匪。要想永远保护今天分到的田地、粮食，我们自己就要与红军站在一起，拿起刀枪上前线，杀敌人，保家，保地。哪个要是怕死，就不是咱家的子孙，永远不许再进这个家门。你们哪个立了功、受了奖，家里都要摆酒庆功；负伤残废了，我们养着；如果有一天上战场牺牲了，那是我们家世世代代的英雄！"

爷爷还说："人最终都是要死的。但是跟了中国共产党，跟了红军，为了保护穷人们的利益牺牲了，那才是真正的英雄好汉！"

这一家六口人保卫红色政权的事迹，传遍了川北边区。许许多多的农户都以此为榜样，母送子，妻送夫，夫妻共同参加红军的例子真是非常多啊。

按照 1949 年以后全国的数字统计，当年创建川陕苏区的斗争中，仅通江一个县二十三万人当中，有四万八千人参加了红军，十万多人参加了地方武装和民众支前组织。

从这些数据当中可以看到，当年在通江地区的广大人民积极报名参加红军的踊跃情景。也可以说，每一家、每一户都有参加红军的，或者是参加了地方武装，参加了支援红军作战的民众组织。这真是，家家都有红军史，人人都有红军的情结！

1933 年的春节前，师部召开军事会议，几个团长、政委见到父亲把他围在中间，说："老王，谢谢了啊，一下子给我们团送来了一千五百多个新入伍的战士，真是太及时了。"

有的上来拍着父亲的肩膀说："看来你这个宣传队长蛮称职的嘛，搞'扩红'工作还是有两下子的。不光源源不断地送来了新兵，师里还把你们弄来的布做成了衣服，这大冬天的不用再受冻了嘛。"

"听说，粮食、布匹、棉花，大都是宣传队收上来的，这可解决大问题了，不然吃不饱肚子，冻着身子，还么样打仗呢？"

见各团领导这么高兴，父亲忙说："这是工作需要嘛。我这个队长不做好'扩红'，么样对得住各位把脑壳子别在裤腰带上，在前方打仗杀敌人呢？应该的，应该的嘛。说实在的，我还羡慕你们呢，上阵杀敌那才叫痛快啊！现在手痒痒得也冇的办法呀。"

二十八团的团长汪烈山与父亲是老相识，是红安同乡，父亲长他两岁。他说起话来直来直去的，是个直筒子，从来不客气。把父亲扯到一边压低了声音说："老王，能不能再给我多送些新兵来？"

父亲说："么的（红安方言，意即'什么事？'或是'怎么啦？'）？把了你们团一千五百多新战士了，按照师里派下来的任务数，不是都补齐了吗？"

汪团长听了急忙说："哎呀，我说你个老王，声音小一点嘛。是补齐了，可是这到了川北以后几乎就冇停过打仗，打仗就要有减员嘛。再说我当这个团长，怎么会嫌兵少呢？记得以前听说书的讲过么斯'兵微将寡'这句话，我们从鄂豫皖根据地走出来，一路上与敌人恶战，部队损失太大，特别是战士损失的太多了，现在就是到了'兵微将寡'的境地了，不嫌多呀，我的战士越多越好啊！"

接着又说："哦对了，最好能弄一些枪弹来，部队太穷了。我们的枪也太老旧、太破烂了，有的枪里的膛线都打得有的了，子弹出了膛都不晓得飞到哪里去了，既浪费子弹又不能杀死敌人，只能当个摆设，把人都愁死了嘛。过去是一个人一支枪，现在多出来一千五百多人，现在是人有了，可枪又不够了，你说我这个当团长的能不急吗？下面的营长、连长都张着嘴要。比喻一下，就像是饿得嗷嗷叫的娃娃，当娘的都有的吃的，哪里有奶水把他们吃的咧。不管么样，多给操点心，想着点啊。我们可是同乡，是老战友！"

"我晓得老战友难，'巧妇难为无米之炊'，可以理解嘛！现在当地的老百姓都发动起来了，要参加红军的，男的、女的、老的、小的真的不少。可是符合到作战部队的还是少了一点。这件事情我只能是'矮子里拔将军'，会尽快想办法去落实，争取再给你补充千把人总可以了吧。至于枪弹，收缴得不多，除了队里留了几支枪，基本上都交到师里去了。这样吧，你派几个人到我那里去，我把队里的枪让你挑，看到合适的，你尽管拿去么样？"

其他几个团长、政委听到父亲和汪团长的悄悄话以后就不干了，围过来说："老王、老王，你这样做可太不好了吧，太不地道了，是不是应当公平一点啊，不能是同乡、是熟人，就搞得偏心，吃小灶。要是不公平，我们可是要打'小报告'的。"

听大家这么说，父亲就对汪团长说："老汪，你看我说么斯吧，你个直筒子，声音又大，他们都听到了，再让我么样办？"

汪团长见大家这么说，就笑了起来，对着大家打着哈哈说："都有都有啊！"也不知道他是让父亲给他的团和给其他的团，都是一样的"待遇"，还是什么意思？说了一句含糊其词的话，打了个"马虎眼"，自己跑进师部的会议室去了。把这道难题丢给了父亲。

父亲只好对大家说："各位团长、政委，这枪啊弹的，还得靠你们在战场上去多打胜仗从敌人手里缴获哟。至于再多补充一些新战士的事情，我们宣传队一定会按照各位团领导提出的意见和要求尽快去办的。"

"老王，这还差不多嘛。"几个团长、政委拍着父亲的肩膀说。

父亲无可奈何地笑着摇着头，与几位团里领导一起进了师部的会议室。

第八章
成立赤江独立团

1

1933 年 2 月下旬，师部通信员通知父亲到师里开会。

父亲以为是师里要了解宣传队两个月来的"扩红"工作情况，与周副队长一起，用了近一晚上的时间，将有关的情况、数据，以及各项登记表整理了出来，第二天一早，父亲带着这些材料赶到了师里。

父亲赶到师部的会议室时，师长、政委都不在，只有一个通信员在忙里忙外地收拾房子，见父亲来了，让父亲坐在会议室里先喝茶，说一会儿师首长就回来了。

坐在那里闲着没有事情，父亲心里就在琢磨："这么着急忙慌地通知我来，来了以后也没有见到他们一个人，这是怎么一回事情呢？"

大约过了一个多小时，王师长和周政委、傅主任回来了。见父亲已经到了，王师长开口就说："让你等久了吧，冇想到你来得这么快。我们几个领导抽空去了一趟通信队和警卫排，看了看刚刚补充来的当地的新战士。不错，不错，都很优秀，精明强干。这可是你们宣传队的功劳嘛。"

王师长一进门笑着说了这番话，既是说明了来晚了的原因，又算是打了招呼，还捎带着把宣传队的工作表扬了一番。

傅主任等师长、政委都坐下了以后，对父亲说："由于任务很急，关于宣传队工作的情况暂时不汇报了，你把准备好的有关材料留下来交给我就行了。今天让你来，是师里有一个重要的决定要告诉你，有些具体的工作任务需要当面给你交代清楚。"

　　父亲一听有了新任务，忙着把随身携带的小本子掏出来。可是心里却在想，是个么斯任务呢？事先怎么也有听说啊。也不听我们"扩红"的情况汇报了，还搞得这么正式，这么严肃。看来是有重大任务。

　　"情况是这样的，"周政委先开口说，"前几天，方面军总部召开会议，研究部署了反敌人'围剿'的军事斗争工作会议。回来后，师里进行了认真研究。自打我军去年12月底进入川北边区，至今已有两个月有余。我们先后解放了通江、南江和巴中三个县，发动当地的老百姓，实行了打土豪分田地的政策，并在各级建立了苏维埃政权，开辟新根据地建设，也逐步在县、区、乡、镇、村得到了落实和巩固。

　　敌人现在着了急，生怕我们红军在这里站稳了脚，长期待下去，进而占领整个四川。据我们内部掌握的情报，四川内部各个军阀之间的混战已停止，集中力量共同对付红军。现在四川军阀已经开始'围剿'行动了，完成了对根据地进行'三路围攻'的兵力部署。照这个计划，敌人的目的很明确，迫使我军退出川北，或者将我军聚歼于川陕边境地区。

　　这次敌人共动用了几十个团的兵力，这对于我们入川不久的红军，和刚刚建立起来还不太巩固的苏维埃政权，是一次很严峻的考验。要粉碎敌人这次大规模'围剿'，我们需要做出最充分的准备。

　　现在，我们有了初步建立起来的根据地，但是不太大，回旋余地小，在兵力上、装备上都是处于劣势。虽然我们通过'扩红'，各团的兵力算是基本上补齐了。可是刚刚入伍的战士，不可能马上就有战斗力，还需要训练。更不要说敌人有飞机，有大炮，弹药充足，粮食充足，尤其是在装备方面的优势远远大于我军。"

　　说到这里，周政委停顿一下，接着又说："还有一条，我们现在面对的是敌人的多路进攻，这样一来，就使得我军的作战面积增大，战线也拉得很长。"

　　"为了能够粉碎敌人的'三路围攻'，我军需要集中力量，变被动为主动，然后才能够一口一口地把敌人吃掉。要解决我们面临的作战面积大、战线长和兵力、装备不足的困难，上级要求各个师尽快建立地方武装，配合主力部队作战。今天让你来的主要目的，就是把你们宣传队在现有的基础上扩建为独立团。

　　"记得在去年年底刚入川的时候，宣传队的三百多民工全部自愿加入了红军。当时考虑你们相互已经熟悉了，对宣传'扩红'也有了基础，就把全师的

'扩红'重任基本上全部交由你们宣传队来完成。作战部队只是在驻地附近搞一搞'扩红'，主要还是集中精力搞休整、搞训练，应对随时发生的战斗情况。这样的安排，师里当时是留下了'伏笔'的。因为在整个方面军没有哪个宣传队有三四百人的情况。留下这么些人的目的，就是准备一旦有需要，在这个基础上，能够迅速扩大组建为较大的作战单位。现在时机已经成熟了。

"师里考虑，在你们宣传队现有人员、装备的基础上，将赤江县周边的区、乡、镇、村的农民自卫军整合进来，成立一个独立团，名称暂定为"赤江独立团"，由你担任团政委，对全团的军事工作、政治工作负总的责任。主要任务是配合主力部队作战。

"团长的人选还没有定。这是一支地方武装，准备由地方政府派一名干部来负责协调工作。我们党的军事工作历来是党指挥枪。时间紧迫，不用等团长的任命。再说你现在是政委，是独立团的主要负责人，也熟悉军事工作，应当把团长、政委的担子都挑起来。这是我们师入川以后建立的第一个地方独立团。对团里其他主要领导干部的任命，师里会尽快下达。"

周政委把组建独立团的目的、任务和方式传达了以后，停顿了一下又说："这个独立团尽管是属于地方武装的性质，可是你要把它按照正规红军部队的要求来进行建设，这个底子现在就要打好，不能因为是地方武装就放松训练和管理。我要说的就是这些，请王师长讲讲具体的安排意见吧。"

父亲在完全没有思想准备的情况下，边听、边记、边琢磨回去以后怎么样传达、落实的问题。当然，想得最多的也是困难：一个是人，一个是武器。

王师长的话不多，他对父亲说："老王，这件事情时间紧，任务重。快速把一个团搭建起来容易，但能不能快速地形成战斗力，就不是一个简单的问题了。

周政委刚才已经把目的、任务都讲清楚了。我要跟你说的是，最多把你一个月的时间。我这也是根据方面军总部的作战部署，也就是'收紧阵地'的时间表推算的。估计在一个月左右，我们可能把敌人放到通江县这里来，到那个时候，你就要带着独立团上战场去杀敌人，完成配合主力作战的任务。么样啊，有么斯困难问题？"

父亲此时的脑子里已经转过来了，思想上也已经有了准备，按照想好了的思路和问题，也不绕弯子，就像"竹筒倒豆子"一样，干脆利索地直接把想法倒了出来："在宣传队基础上扩建独立团，是方面军总部和师里下达的任务，那是一定要按要求完成的。现在的问题是人和武器。武器方面我晓得师里一时是解决不了的，况且各个团的枪支还达不到人手一支，这个问题我们自己想办法。没有枪，那就用大刀、长矛、梭镖等，总之把一切可以用来打击敌人、消灭敌人的冷兵器、刀枪棍棒都用上。现在主要的问题是人。经过两个月的'扩红'，宣传队已经向师部，以及各团选拔推荐了当地优秀青年近万人。这些青年的年龄基本上都是在16岁以上至23岁，剩下的是八岁至十五岁的儿童团员，和二十四岁至四十岁的赤卫军。这里面还有近半数的是女孩子和妇女。我的想法是，在儿童团里面，从十三、十四、十五岁当中的，可以挑选个头高一点，身体结实一点的参加独立团；尽量把各县、乡、镇、村里已经编组好的自卫军，按建制直接编入独立团。

独立团的编制，基本参照作战部队团的样子来搞。如果有可能的话，看看师里能不能给独立团调配几个有作战经验的干部，来做营、连指挥员。

我的想法就是这么多。如果师里首长认为可以的话，我们就照此办理。回去以后立刻召开会议，研究落实的具体办法。一句话，边组建，边训练，尽快形成战斗力。"

王师长、周政委等到父亲把话说完了以后，两个人对视了一下。王师长没有再说什么。周政委开口说："你说的这些问题，与师里之前所想到的基本上是一个样子。既然你已经想到了解决问题的办法，那就按照你的意思去办吧。总之是一个字——快！遇到大的问题，可以边干边请示，只要是不出格，不违反原则，就放手去干。"

接着周政委又说："关于干部的配备问题，你也晓得，我们从鄂豫皖根据地出来，西征这一路上，无论是干部还是战士的损失都是很大的。现在各个单位虽然补齐了战士，但是各级指挥员都是各个团自行选拔解决的，师里只对团一级的领导做个别的调整。再说入川以后，我们与川军的作战一直没有停过，敌人对我军大规模的'围剿'也已经开始了，营、连一级的指挥员更是不容易抽掉。你们还是立足于自己的人手，自己调整、解决吧。

宣传队组建之初，师里给了你们十几个干部、战士，这些同志经过这么长时间的锻炼考验，应当都可以提拔使用了。还有那些入川后参加红军的民工，你可以算一算，他们到宣传队的时间，长的有快半年了吧，短的也有两三个月了，已经可以算是老兵了，其中优秀的同志也可以当作班长和排长使用。怕么斯嘛？哪个都是从不会打仗，到会带兵打仗。三十一团的政委叶成焕，你该是很熟悉的吧。他原来是你们警卫连的一个通信员，现在是团政委，他才18岁嘛。'自古英雄出少年'，大胆任用年轻的同志，有能力的同志，这才能够保证我们的军队永远有生命力和战斗力。

好了，你是老党员、老同志了，到我们师里来也有半年多了。工作能力、办事情的法子都有，组织上是信任你的，相信你能够完成这项光荣而艰巨的任务的。"

周政委的话说完了，父亲站起来向师里首长郑重保证："坚决完成任务，绝不辜负组织上的信任。"

受领任务以后，在赶回宣传队驻地的路上，父亲边走边考虑着怎么样组建这个独立团。父亲想，去年来到第十师，组建师里的宣传队，搞"扩红"。现在让组建一个独立团，这担子真是越压越重，职务也越压越高了。师里也真是抠门啊，什么东西都不给，人也不给，装备也不给，哪怕是配几个懂得打仗的干部也好啊。一共就给了一句话——在宣传队基础上扩建成一个独立团。一个团一千多号人呢！看来，当初把这三百多个民工留在宣传队的时候，师里可能就已经有了考虑。行啊，既然师里首长信任，那就想办法完成任务，尽快把独立团搞起来才行。

想到这里，父亲以最快的速度返回宣传队队部的驻地。

三百多人的"扩红"队伍，为开展工作的需要，分成几十个小组撒到周边方圆近五十公里，面广，点多，非常分散。若要通知开个会、找个人，或者需要办一件什么事情，全凭人的两条腿走路去通知。

父亲找来通信班长，要求把通信员全部撒出去，要用最短的时间，尽快通知到所有排以上干部，争取晚上回到队部，召开紧急会议。如果通知的人手不够，可以抽调后勤部门的人，或者请驻地周边的儿童团、自卫队的人协助通知。总之是越快越好。

看干部们一时半会儿还回不来，利用这个空当，按照师首长的指示要求，父亲一个人在队部会议室，对独立团未来的编制、各级领导的配备，以及训练工作的开展，到如何在现有条件下尽快形成战斗力等相关事宜，先在脑子里"打转转"。

面临敌人重兵"围剿"的严峻形势，方面军总部和师里首长，把组建赤江独立团这副重担子交到父亲手里，父亲深感党组织对他的信任和被寄予的厚望，责任重大。这毕竟不是过去带过的一个连和一个宣传队，而是一支基本是由当地农民和一些年龄在十五岁以下的小娃子组成的部队。而且，在这个新组建的独立团里，真正直接参加过战斗的干部战士实在是太少，甚至可以用少得可怜来形容，算上他自己，也不到二十个人。枪支就更少了，一共不到三十支枪，有的枪老得连膛线都没有。在一千多人的部队里，只有不到三十支枪，这怎么能够打仗？这么多困难、问题，难道说上级领导能不知道吗？当然是知道的。可是部队就是这么个情况，作战部队的枪支还做不到人手一支，又如何能够有多余的枪拨给刚组建的地方独立团呢？一切困难和问题都需要靠独立团自己去研究解决，这就是现状，也是无法回避的事实。喊困难叫困难，有什么用呢？也解决不了问题的。天上是不会掉下枪支和弹药来的。

面对这些实际困难和问题，父亲想，部队的战斗力喊是喊不上去的，所有的困难和眼前存在的问题，以及今后可能会发生的问题，都需要独立团的领导自己去动脑子研究、去克服，自己想法子去解决。否则，什么困难都没有，组织上要你来组建、来领导这个独立团做什么呢？这是党组织的极大信任，更是一项只能够办好、不能有任何理由推卸责任的任务。

这个担子真的是好重啊！父亲想到这里，忽然觉得脑袋被一种无形的沉沉的东西压得抬不起来。

过去经常见师里的首长背着手、低着头，走来走去的，总以为是在散步，现在父亲开始有点明白了，那可能就是师里首长在考虑问题时一种常有的形态。管理一个师成千上万的队伍要操的心、要担的责任，真的是太大了。他们不得不随时随地考虑这个问题、那个困难。因为领导的决策、决心和部署，都是直接关系到整个部队的生死存亡，一步不慎，很可能会给部队带来无法挽回的重大损失，甚至会扼杀整个部队。现在组建独立团的重任压在了父亲的肩上，不光要扛起来，还要把这个团建设好，训练好，真正成为一支有战斗力的团，不能有一点点的马虎和片刻的松懈呀。

怎么样才能尽快把独立团建起来，尽快形成战斗力呢？父亲想，办法还是老办法：那就是发动群众，用群众的智慧来解决、破解面临的难题。

父亲经历过上百次作战，在担任宣传队长之前，一直在方面军警卫团的战斗连队担任连长。客观讲，他自己的打仗经验和军事指挥能力还是比较强的。

可要领导一些当地的农民、儿童团员，还要在一个月内把他们训练成为有作战能力的红军战士，却是一件十分困难，甚至是一件看起来不太可能实现的事情。更不要说全团才有不到三十支枪了。

可是红军就是红军，没有克服不了的困难，不能因为缺少枪支，缺少弹药就束手无策。难道说敌人到了眼前，能够说没有枪打不了敌人，就不打了吗？

未来的独立团绝大多数的战士根本没有摸过枪、打过仗，如果说没有困难和问题那是不现实的。一切还是要从实际出发。最重要的是，作为领导，必须要拿出解决困难、问题的办法来。

想到这里，父亲定下了决心，先从干部配备入手。

既然是在宣传队基础上扩建成独立团，师里不再派人来了，那原则上可以把宣传队一个多月前才刚刚任命的三个连长、指导员、副连长，全部提升到营里担任领导：九个正、副排长，直接提升为九个连长和指导员。这些营长、教导员，连长、指导员的位置定下来以后，排长、班长的人选就由各营、连根据人员实际情况研究决定，报团里备案。

关于战士的补充，按照三个营、九个战斗连的编制，每个连一百二十人计算，大约需要补充千把多人。不过，现在师里主力团的人数有的已经达到两千多人。独立团枪支弹药少，人员可以多编一些。至少是人多力量大嘛。

一下子进来这么多的新同志，这个战斗力怎么样才能在一个月内形成呢？这是未来独立团所面临的真正的大难题。这件事情需要听听营长、连长们的想法，"三个臭皮匠顶一个诸葛亮"。要充分发动群众，用群众的智慧来解决独立团在人员、装备和训练等方面存在的诸多问题，尽快把师里的指示落实下来。

接到通知的连、排长们，大多数在晚饭前后，陆陆续续地回到了队部。

宣传队要扩编为独立团的消息，早已不胫而走。大家相互间除了很长时间未见面，热情地问候、打招呼外，就是打听和议论在宣传队基础上成立独立团这样一个突然而至的大事情。大家你一句我一句地议论：

"这可是个好消息！"

"这说明了什么？说明师里领导对我们宣传队是非常重视和信任的。"

"那还用说，我们今后也是和主力团一样，要上前线去打仗呢。"

"这也怪不得通信员嘴巴长了，这么大的好事情，哪个听了心里不高兴呢？"

但是，究竟该怎么建，怎么搭班子，怎么搞训练，什么时间上战场配合主力部队作战等，大家发表着各自的意见，在看法上也是五花八门，十分热闹。

"这一下子到哪里去找年龄，身体都适合当红军的人呢？我们宣传队已经把最优秀的，特别是在年龄上、身体上都合格的青年人都送到部队去了。这剩下来就是儿童团，自卫军，老的老，小的小，么样办呢？"

"么样办？也好办哪，矮子里面挑高个子。"

"不要紧吧，年龄小一点怕么斯，初生牛犊不怕虎。再说，过上年把两年，也就是大人了嘛。"

一个通信班的通信员说："我还不是不满十五岁参加的红军吗？那个时候队伍上开始也是不收，我就一直跟着走，后来红军还是收了我。这一晃也十七岁了，个子也长高了。"

"对了对了，前些时候不是有个叫'小石头'的娃子，他才几大啊？说他十三岁我看差不多吧。软磨硬泡地在我们宣传队里住了三天，磨得队长有的法子了，后来送到师部去做了通讯员，现在不是干得蛮好吗？听说，师首长可喜欢这个小石头了。"

"年龄大一点也没有什么关系，只要身体好就可以的。"

有人说："年龄大的好管理。"也有人不同意这个说法，"我看儿童团的小娃娃也蛮讲道理的，站岗、放哨、查路条蛮认真的，机警得很。"

还有的说："我们这里说得再多有个么斯用呢？还是等一下子听队里的安排吧。"

宣传队的连、排长们在屋子外面议论纷纷的时候，屋子里边正在紧张地召开宣传队的最后一次党委会议。会议研究决定了独立团的编成结构，各级领导的人选，以及马上要开展的工作等。

屋子外面的议论、争论、讨论热火朝天。屋子里边的党委会议开得严肃认真，正在研究部署独立团成立以后的一系列工作。

赤江独立团是在敌人已经开始"围剿"的形势下，在随时准备到战场上与敌人进行面对面拼死战斗的情况下成立的。成立时没有鲜花，没有放炮仗，也没有横幅标语，什么宣传形式活动都没有。当然，也没有时间做这些事。

父亲在回忆中说："那个时候，敌人的'围剿'早已经开始了，前面的部队在阻击、迟滞敌人的行动。虽然上级要求我们在一个月内形成作战能力，但是我们不能按照一个月的时间进行准备，要在尽可能再短一点的时间里，就做好打仗的准备才行。再说，敌人也不可能等着我们组建好了、训练好了，才向我们进攻。我们要从成立的第一天开始，抓紧一切的时间进行军事训练。先学一点基本的战斗常识。比如瞄准、射击、刺杀，投掷手榴弹。学会使用大刀、长矛、砍刀、棍棒，甚至是弓箭等冷兵器。这是独立团未来上战场用以杀伤、消灭敌人的主要武器。当然，最重要的还是在战斗中学习打仗，学会打仗。谁也不是生下来就会打仗，都是从不会开始的，在实战中去摸索、去总结，在不断的挫折、失败、胜利中，来取得经验，学习打仗。

有枪有炮当然很好。

无枪无炮，也有无枪无炮的打法。

你打你的，我打我的，各有各的打法。只要是能够最大限度地保护自己少受损失的前提下，去消灭敌人，就是最好的法子。"

2

怎么样才能够使独立团在最短的时间内形成一定的战斗能力，并能配合主力部队作战？这是独立团组建后摆在父亲和独立团各级领导面前的一个首要问题。那就是抓紧训练部队。

整个军事训练分三步走。

第一步，从独立团组建的当天开始，先抓好对营、连、排干部的作战技能训练。训练内容是结合当地的地形、地物、地貌，专门研究山地、丛林游击战的战法，包括近战、夜战、偷袭、摸哨、设伏等战法。对于普通战士，按照第二天就要上战场打仗的要求，由老战士教他们先学会打绑腿、听口令、传口令、站岗、放哨，再学会瞄准、射击、投弹，以及使用大刀、长矛、砍刀、棍棒甚至弓箭等冷兵器，来杀伤消灭敌人。时间是六天内完成。

第二步，让经过集训后的营、连、排干部们，回到各自的部队，把在团里集训中学习的战术、战法传授给部队。时间是十天内完成。

至于部队的体能训练，穿插在军事训练的当中进行。主要有徒手跑步、爬山，到负重爬山。川北地区的特点就是山高，林密、坡度大，打仗多在山里进行。当地的少年、青年，从小到大都在山里长大，与山打交道的本领要比从外省来的同志强许多。对他们的训练重点是加强负重爬山，如扛弹药、扛枪或者背其他的物资。与当地老百姓平时背着背篓里的物品在山上爬上爬下不一样。部队背的是大刀、长矛、枪支、弹药箱子，虽然重量不是很大，但是要求爬山的速度要快，要一鼓作气冲上去。不能够像老百姓那样，可以爬一段歇一歇。这确实需要体力和耐力，更需要在这种情况下提高爬山的技能。否则弄得不好，也有可能会摔得鼻青脸肿，滚下山去。如果真是这个样子，不光人摔伤了，还会把枪摔坏了，把弹药箱子摔碎了。所以训练中有个规定，身体不好的，负重爬山不行的，是不准扛枪、扛弹药的。

还有，操枪、瞄准、射击这是作为一个战士的基本功，也是必须要熟练掌握的战斗技能。虽然我们没有子弹进行体验性射击，也就是实弹打靶吧，但是这项技能必须要学会。这是为了我们到战场上以后，一旦缴获了敌人的枪支弹药，就可以立刻拿起枪来打击敌人、消灭敌人。

在人多、枪少、弹药少的情况下，要想战胜敌人，更多的时候，是学会使用刀、枪、棍、棒，学习刺杀格斗，尤其在大刀、红缨枪上面下功夫。用冷兵器去最大限度地杀伤敌人，再用缴获的武器弹药武装我们自己。

父亲有一天下连队检查训练情况。发现战士们在用大刀、长矛的动作要领基本上是对的，可是又觉得哪里有点不对头，想趁着他们休息的间隙，询问一下负责训练的连长和同志们。

刚到一个连队，脚跟还没有站稳，一下子围过来了十几个刚刚从儿童团里挑选到独立团来的小战士。他们看到有人陪着父亲来观看训练，打听到是团长来了，很快就围了上来，还没有等到父亲开口说话询问情况，这些娃娃们就抢着开口放起了"机关炮"。

"现在天天除了负重爬山，就是用这个木头做的刀、棍子、棒子在这里'耍'，这个样子怎么能上战场杀敌人呢？给我们发枪吧，发一支不是木头做的，是真的钢枪。"有个小战士抢着说了一句。

"都说进了独立团就是红军了，怎么别个红军都有真枪，我们却没有。附近村子里的老百姓见了我们都开玩笑，说什么闹了半天，到了队伍上还是跟儿童团的时候差不多哟。"又有一个小战士说。

"我娘前两天来队伍上看我，也问了这个问题，怎么用木头做的刀和棍子搞训练呢？到队伍上了，应该像个红军的样子，背上枪进行操练。要我跟领导反映反映，发一支真枪练习，上了战场好杀那些龟孙子。"第三个说话的是一个黑瘦黑瘦的小战士。

父亲认真地听着大家像连珠炮一样的问题，不急不忙地，笑着望着这些还只有十四五岁的红军战士说："你们还有么斯想法、意见，都说一说，我听一听，莫放在肚子里憋坏了自己哦。"

当父亲的红安口音刚刚落地，那几个小红军搞得有一点不好意思了，有的搓手，有的摸着自己的脑壳子，有的红着脸低下了头。看到这个样子，就知道他们对刚才发表的意见对不对，在心里没有底了。

"是不是刚立了春，天气太冷了？么样搞的手太冷了吧？"父亲故意用开玩笑的语气问了一句，把这些刚刚来到独立团的小红军逗得笑起来了。

人群里有一个又尖又细的声音大声说道："我们讲的可是心里话，没有掺假，这是大家的共同想法。"

父亲扫了一眼周围，没有看到是哪个人说的话。正琢磨着想问一下的时候，班长从人群里把这个小战士推了出来。猛地看上去，他的个头要比一般的战士显得略矮一点，很机敏的样子，忽闪忽闪的两只眼睛很大，似乎没有受到前面几个与父亲对话的影响。

父亲朝他招了一下手，让他来到自己的身边，摸着他的脑袋对围在周围的人说："大家可以大胆地说啊，冇的关系，冇的关系的，有么斯话尽管说。你们的出发点是对的，都是为了能够消灭敌人嘛，是好事情嘛。说到这里把话停了下来，看了看大家还是没有作声。只好又接着说了一句：我现在要问问大家一个问题，听听你们的意见好不好？"

"好啊，好啊，团长，你有么斯问题你就问吧。"几个声音七嘴八舌地回答道。

父亲问："连长和指导员一定已经告诉你们了，现在我们全团就是那么二三十支枪，子弹平均每把枪还不到五发。大家说说看，我们是现在用这些仅有的子弹去学瞄准、打练习，还是留着今后上战场去杀敌人？"

身边的这个小个子战士立刻答道："当然是留着上战场杀敌人用啊！现在把子弹打完了，上战场拿个空枪还有什么用啊？"

"现在不练习射击本领，万一缴获了敌人的枪不会使用怎么办？"马上有人发出不同意的意见。

小个子战士用一脸的不服气，马上又回了一句："现在不是说让你练了瞄准和空枪击发吗？到时候真的有了枪了，你还不会使用吗？是不是太笨了？"

又一个战士说："毕竟现在练的是空枪击发嘛，这个与打真的子弹时候肯定是不一样的。我听说打子弹的时候，枪会往后顶，弄得不好会把人坐一个跟头。还有啊，打枪以后耳朵有几天都是嗡嗡嗡地叫，听不到人说话了。"

三种不同的意见，大家听了以后，有的同意小个子战士说的，也有的同意另外两个战士的说法。人群里发出相互争论的嗡嗡声，争得面红耳赤。

连长这个时候听得有一点不耐烦了，大声说："大家静一下子，我们还是听听团长说的吧。"

这时父亲开了口："还莫说，这些刚当红军之前还只能算一个小娃子，现在当了红军，当地老百姓都叫他们是娃娃红军，争论起来，既很认真，还都互相不服气，都认为自己的看法是最正确的。你们看到没有，站在边上的连长、排长还有班长们，听着你们这些娃娃红军们的争论，已经笑得前仰后合了。"

"是啊，莫看这些娃娃兵小小的年纪，学习军事还是蛮认真的，很不简单。自古英雄出少年，这里面说不定今后也有当团长的料。"一个连长笑着在旁边插了一句。

另一个连的连长好像发现了什么新情况似的，突然说："哎呀，我看团长身边那个小点儿的娃娃兵还是蛮机灵的，到团部当一个通讯员或者警卫员还是蛮合适的。"

一个指导员接了一句："当警卫员怕是不行，自己还保护不了自己，么样去保护首长？"

父亲听到他们议论自己身边的这个小娃娃红军，又注意地看了他一看。当时心里想，嗯，看起来做个通信员还是蛮适合的。他的特点有点跟那个送到师部去的小石头类似。父亲没有马上作声，领导嘛，做事情总是要从多方面考虑，至少在现在这个场合，表态把这个娃娃红军放到团部去做通信员是不适合的，其他的同志听了以后，会不会有些想法呢？先把这一件事情放下以后再说。

红军小战士提到的问题，看来他们一定是在下面议论过多时了，如果今天不给他们有个交代，怕是不好。于是父亲就明确地说："大家的想法、看法都有道理。我要说的是，哪个人不想手里有枪呢？但是我们的枪，还得要到战场上，从敌人的手中去夺取！平时学会操枪、装教练弹、瞄准、击发就可以了，这样既可以节省子弹，又能够学会使用枪的有关常识，一旦有了真枪，就能够用它来消灭敌人。至于打子弹枪会往后顶的现象，叫后坐力。就算是第一次把你坐了一个跟头，也没有么斯了不起吧，就当是告诉你了，枪也是有性格的。难道说你第二次打枪的时候还会再坐跟头吗？恐怕再笨的人也不会这么坐跟头了吧。"

"那是，那是，不会了，不会了，那怎么可能呢？"开始坚持说打枪时的后坐力很厉害的那个小红军战士，在一边不好意思地轻声回答道。

父亲接着说："现在我们手中冇的枪，只有大刀、长矛、棍棒么样办呢？就不大愿意去练习刀法、枪法，一直要等到有了枪再去杀敌了嘛？那我问你们，你们用么斯武器去杀敌人，夺取枪支呢？难道是赤手空拳地去与敌人搏斗吗？那岂不是拿着鸡蛋往石头上碰吗？这样不仅消灭不了敌人，我们自己还有可能被敌人消灭，是不是啊？所以呀，在冇的枪弹之前，我们还是要学会使用大刀、长矛、棍棒等冷兵器，要利用手中现有的武器去消灭敌人，夺取敌人的枪支弹药，来武装我们自己。你们说说是不是这个道理？"

小红军们你看看我，我看看你，觉得父亲说的话是有道理的，也是部队当前的实际情况。都点着头，表示同意这个说法。

父亲又说："同志们哪，这是没有办法的办法。你们看到我们主力团战士们身上背的枪，那都是他们用这些最简单的武器，在战场上从敌人的手中缴获来的。我希望你们也向这些老战士学习，用我们手中的刀枪棍棒，上战场杀敌人，从敌人的手中，夺取武器！"

父亲的这几句话说得这些娃娃红军们都热烈地鼓起掌来。

一个营长借着这个机会说："我们团长开始闹革命的时候，也没有枪，就是用大刀，用棍棒与敌人拼命，从敌人的手里夺取武器弹药。你看他现在用的这个驳壳枪，就是当年在鄂豫皖根据地作战的时候，从敌人一个连长身上缴获来的。不光枪打得好，武功也是了不得的，刀枪棍棒无所不会。"

另外一个连长一听马上来了精神，问父亲："团长，你能不能把使用刀枪棍棒的绝技交给我们，太复杂的我们一下子也学不会，教几个能够要敌人命的招数怎么样？"

父亲说："这样吧，先说一下为么斯用这些冷兵器照样可以打败敌人，从而缴获敌人的武器。让你们从心里面晓得，大刀、长矛也是消灭敌人的非常厉害的武器。

　　我们宣传队自打进入川北，还没有打过仗，更谈不上有打仗的经验。根据我在鄂豫皖时候的作战经验来看，在绝大多数同志几乎都冇的枪的条件下，要想去消灭敌人，夺取敌人的武器弹药，就要发扬不怕死的精神，发挥手中大刀、长矛、棍棒子的作用。比如说；利用晚上，乘敌人警惕性不高的时候，或者趁敌人睡熟了，悄悄地摸进去，消灭他们。这样既能够不费一枪一弹，又能够缴获敌人的武器弹药。我们还可以利用地形地物，用大刀、长矛在半路上袭击敌人等。所以说，要想消灭敌人，方法多得很嘛，对不对？"

　　几个小红军都忙不迭地点头称是："这个法子好，太好了！趁他们睡觉的时候，神不知鬼不觉的，就可以把这些龟儿子们的脑壳子像切西瓜一样切下来。"

　　"这些敌人到死，都不晓得是怎么死的，真是个好法子啊！"

　　"对了，对了。大家说，这是不是充分发挥了我们手中大刀、长矛的作用呢？"

　　父亲接着说："如果是在战场上也好办啊。我们这里打仗的战场不是都在山里面吗？这一座一座的大山和茂密的森林就是我们打击敌人和消灭敌人的最好战场！我们可以采用近战、夜战、贴身战，敌人的枪就发挥不了几大的作用了。这个时候用刀子、长矛、棍棒，杀伤敌人的效果也是蛮好的嘛。

　　为么斯这么说呢？你们可以想一想，子弹打出去以后是不会拐弯的，是一条直线。当我们躲在大树的后边，他们么样才能打到你呢？是不是要到你的跟前来，还要瞄准了打才行吧。当他想开枪的时候，我们突然从树的后面转到敌人的身边，还没有等他反应过来，上去就是一刀或者捅他一矛，或者朝他的脑袋上打上一棍子。这个时候，大刀、长矛、棍棒可比枪子来得快呀，要好使吧，要灵活吧。就算敌人把枪放响了，却不一定打得到你，因为相互之间的距离太近了，长枪用起来就冇的那么方便了。这是不是可以说，大刀、长矛、棍棒等冷兵器在山地、森林里作战时的作用，也是不能小看的。

　　你们大家看到了，我们作战部队许许多多的红军哥哥们，虽然手里拿着枪，但是身上大多还背有一把大刀，敌人叫他'鬼头刀'。一看到红军手里挥舞着大刀冲了上来，他们吓得掉头就跑。因为近身的肉搏，大刀比长枪灵活好使啊，优势也很明显。看起来大刀比上了刺刀的枪要短了许多，但是只要掌握了使用大刀的特点，那可是威风八面，舞动起来明晃晃的，寒气逼人，让敌人心惊胆寒！"

　　父亲的话还没有说完，旁边的干部战士一起鼓起掌来了："讲得太好了，太好了！可算是知道大刀的作用了，原来这么厉害啊！"

一个小红军忙不迭地拿着木头做的大刀挥舞了几下，忙问："是不是这个样子？"

"一般情况下，是这个样子用刀砍敌人。但是当你面对面与敌人拼杀的时候还不行。"父亲说："来，把你手里的木头刀子把我使使。"父亲接过大刀，喊了一声："大家看好了啊，一磕枪刺，二向上挡，三向下劈，四向前刺，四个动作一气呵成。"

站在周围的干部战士看着齐声喊了起来："好啊好啊，太厉害了，真带劲儿，真是威风得很哪！"

"注意啊！这前面两个动作，是保护自己不被敌人的刺刀刺着；后面两个动作，是对付敌人、杀伤敌人的。这四个动作要牢记在心里，好好练习，用的时候，才能够灵活运用哦。"

父亲掂了掂木头刀子说："看来，木头刀子轻飘飘的，的确不太好使啊。"接着转身给团里的文书说："通知做大刀的几家打铁的铺子抓紧一些，刀子做得糙一点不碍事，有的用总比木头的强。至少要先打出来五百把。还有，红缨枪的制作也要抓紧。"

父亲转回身来对小红军战士们说："使用大刀要有力气才行。现在趁着大刀还没有来，可以抓紧练练力气和耍大刀的动作要领。一旦有了真的大刀，适应一下重量后，上了战场就能发挥作用了。"

"刚刚舞的四个大刀动作是个基本功，先把它练熟悉，要天天练。要把这几个动作刻记在心里。当你熟练这几个动作以后，遇到不同的敌情就能应对自如。这个话叫么样说呢？"文书接上来说了一句："熟能生巧。""对了，就是这个意思！比如，当敌人用刺刀向你刺过来的时候，你要先用大刀，把他的刺刀挡开。如果你用的力气大，对方的枪一下子就收不住，被磕得甩到了一边。这个时候，你可以用大刀刺他或者砍他就比较容易了，甚至可以将敌人一刀毙命；就算毙不了他的命，也能把敌人砍伤是有的问题。这是用大刀的好处，明白了吗？

还有啊，个子小的同志，可以利用自己矮小、灵活的特点，争取先砍敌人的腿。敌人受了伤，力气就卸了一半，身体的重心也失去了平衡，这个时候是消灭敌人的最好机会。"

"明白了，晓得了。"周围的所有人兴奋地回答道。

"对了，只要下功夫好好练，上了战场杀敌人，一样可以像切西瓜似的消灭敌人。还有红缨枪。这件兵器的好处是，枪头锋利、身子长，比钢枪要长出许多。如果与敌人同时对刺，敌人的枪还没有刺到你，而你却已经把红缨枪刺入了对方的胸口里或者肚子里去了。红缨枪自然会因为身子长占到便宜。讲了这么多，就是告诉同志们，我们缺枪少弹，这是个实际情况。但不能说没有枪，没有子弹，就无法上战场杀敌人。今后我们就是有了枪，有了弹药，大刀还是照样要用。

你们晓得吧，十二师三十四团的许团长，在带领突击队向敌人冲锋当中，就是用大刀砍杀敌人的，他用大刀砍杀敌人的故事多得很，一把大刀就让敌人闻风丧胆！大刀所及之处，敌人不死即伤，不是脑壳子搬家，就是缺胳膊少腿。"

父亲的话刚落，连长这个时候敞开了大嗓门，对全连的同志们说："大家都听清楚了吗？看清楚了吗？千万不要小瞧了大刀、长矛的作用哦，只要练好了，照样能够消灭来'围剿'我们的敌人，打得那帮龟儿子们回老家去。"

有一个年纪略大一点的战士，风趣地附和了一句："说不定这些龟儿子们到阴曹地府去报到的时候，判官还要问，你们的快枪，么样打不过人家的砍刀呢？脑壳子么样到这里来了？"一句话把全连的同志们逗得哈哈哈地笑个不停。

有的说："这个比喻太有意思了，形象得很呢！"

一个班长用风趣的语气说："假如是在梦里脑壳子被我们切下来了，不晓得的话，还是可以原谅的嘛。因为睡得太死了，还说得过去的，就是冤得很。"

湖北籍的副班长则说："我说啊，要是在战场上，脑袋瓜子被大刀当西瓜切了，那可就说不清楚了。尽管手里端着枪，只能恨自己吸大烟的身子板太单薄、身体也不活泛，扣扳机的手指头不听使唤，有的大刀片子来得快呀！"

"好了好了，我再说一句啊。我们舞大刀、刺长矛的，要注意把劲儿用在对付敌人的关键部位上，最好是一刀子、一矛子下去就能要命的。至少也要让敌人受伤，基本丧失战斗力。到了战场上，管用的动作不用多，几个简单、实用的动作就可以了。"父亲最后又强调了一句："抓紧练吧同志们，敌人留给我们的时间不多了。"

军事训练的第三步：结合实战，学好山地、丛林地的战术、战法。

敌我双方的优势、劣势全团上下已经清楚。由于部队很快要上战场，时间不等人，在绝大多数人没有打过仗，不知道战场的情况是个什么样子。所以，把具体的打法，留到实际战斗时，按照当时的情况，在战斗的现场边讲战法边部署任务，同时由打过仗的干部带领着进行战斗实践。

通过实际战斗学习战法、锻炼队伍。让全团在实战中学习、实践，不断地提高各级乃至每一个人的战斗能力。

3

那个年代，对于只有不到三十条枪的刚刚组建的独立团，可以说几乎是没有什么战斗力的。这种情况，就是放在正规的作战部队，要想有效打击敌人，消灭敌人，也是有相当困难的。更不要说独立团的成员大多是部队挑剩下来，年龄大的大、小的小，多是一些没有经历过任何战斗的当地老百姓。

从表面上看，各个连队的表态都很积极，都说派上去打仗没有问题，都不怕死，肯定可以完成任务。其实父亲晓得，在这些话里面，有一半是真的，还有一半只能够算是一种政治态度。

说不怕死，那是真话。因为要保卫已经分到手的田地、粮食和当家做了主人的好日子，保卫红色政权，就必须是要有人上前线去打仗，必须去消灭敌人。

打仗是要伤人、死人的。

"保证完成任务"这些话，多数的时候是表态性的话，也是给自己打气的话。而实际上，在一些同志的心里还是有打鼓的，尤其是对没有枪弹，用大刀、长矛也能够战胜敌人的说法还是存有疑虑的，甚至有一部分人可以说是不大相信的。

父亲觉得，在这些议论当中，反映出来的当然是实际情况，同时也说明大家对如何打仗、如何消灭敌人，存在信心不足的问题。这些问题不解决，或者是解决得不好，如果马上去上阵杀敌，就不可能完成好上级交给的任务。恐怕不仅不能消灭敌人，还有可能会造成部队的重大伤亡。

看来要尽快先给干部们上上课，先把独立团如何在缺枪少弹的情况下消灭敌人的"法子"给大家讲清楚，让干部们晓得在现有条件下么样打仗，么样才能够消灭敌人。要打消顾虑，坚定必胜的信心。只有干部们有了信心，有了取胜的'法子'，才能在未来的战斗中带领战士们打好仗，打胜仗。

部队中存在的这个问题，确实让团里的几个领导十分着急。由于绝大多数领导也同样缺少实际作战经验，有的甚至没有打过仗，他们提出让父亲尽快想一个办法解决这个问题。

可父亲却说莫急嘛，法子嘛，有得是。

战士们眼下需要尽快把刀、枪、棍、棒的基本技术掌握好，身体要练得强壮有力，这些都是基本功。办法再多再好，如果没有基本功也是白搭。老话讲得好："磨刀不误砍柴工。"有了扎实的基本功作为基础，再加上好的法子，到时候自然可以收到"水到渠成"的效果。杀敌人的时候，才能够手起刀落，敌人的脑壳才能立刻搬家。

千军万马抓头头。要想尽快使独立团形成战斗力，首先要把干部和骨干的军政素质抓上去。

全团排以上的干部集中起来以后，父亲首先向来参加集训的骨干们提出了第一个问题：在通江这个地方，敌人会从哪里来？仗在哪里打？

有个营长大着胆子说："政委，通江县城就这么巴掌大一点点的地方，周围是一座连一座的大山，想找到一条能够推独轮车的路也极少，敌人要'围剿'我们，怕也只能是从山上过来吧。"

"山的下面到处都是水流湍急的峡谷，陡峭得很，无法站稳脚，在峡谷里面么样打仗？如果是有，也是极少数的情况吧。"有人小声嘀咕了一句。

"还有没有不同看法、意见？"父亲又问。

"我有。之前军阀们打仗争地盘，都是在这大山上打来打去，哪个打赢了，占领了山头，通江县城就是哪个的。"说这个话的，是一个当地自卫军过来的排长。

"是的，不管哪个军队来都是这样打的。"其他几个当地自卫军来的连长、排长也都抢着说。

看到大家再没有什么说的了，父亲清了一下嗓子说："现在问大家第二个问题。

既然过去军阀们是在山上打仗，如果现在由我们守在山上，前来'围剿'的敌人也同样要往山上来进攻了。那么这里的大山有个么斯特点呢？这里在座的各位，绝大多数都是本地人，你们可以说一说嘛。"

会场活跃起来了，有抢着发言的："我们这里的最大特点，就是山又高又大，坡子陡得很，很多地方都是悬崖峭壁，上山难，下山也难。"

"还有啊，林子密，山里到处是原始森林，钻进林子去了，易于隐蔽，不容易被发现。"

"哪个先到了山上，哪个就占据了主动。敌人要想往山上进攻是非常困难的。"

"可是也有一个问题。"一个排长站起来说。可说了半句话以后，不知道为什么就停了下来，可能还是在犹豫，后面这句话是该说还是不该说。坐在他身边的几个同乡就拉扯他的衣服："快说呀，快说呀，你的话怎么只说了一半就不说了？到底是个什么问题呢？"

他憋红了脸，鼓起勇气说："山上的林子密，便于隐蔽，这一点我都同意。可是敌人向山上进攻的时候，也会利用林子密这个特点，隐蔽地向山上进攻，我们也是不容易发现的。还有，也不容易用枪打着他们。我说的这些不晓得对不对。"

听他这么说，干部们频频点头。也就是说，大家对这个排长的观点持相同的看法。

这个排长发言以后，其他的同志没有再提出新的看法了。

"我把刚才大家说的归纳总结一下。"父亲说："根据大家的意见，如果在通江这里打仗，主要有三个特点，一个是敌人的'围剿'应该先向山上进攻，哪个占了山头，哪个就得了先手，也就是掌握了战斗的主动权。二个是这里山大、坡陡，易守难攻。三个是山高林密、杂草丛生，既有利于我们的隐蔽，也易于敌人的隐蔽。

从以上这三个特点看，前两条对我们是绝对有利，因为我们就在通江，随时可以占领这里的任何一个山头，修筑好防御工事。第三条是对敌我双方都有利。对于这一条，我要补充说一下，应该说，对我们独立团更加有利一些。为么斯这样说？从理论上讲，无论是进攻还是防御，敌我双方都可以利用茂密的森林进行隐蔽，不便于被对方发觉。可是从实际情况来看，敌人有枪，只要开枪，我们马上就能晓得他的位置，也就是向我们暴露了目标；还有，敌人就是用机枪打我们，恐怕一般是打不到我们的，除了我们隐蔽得好以外，挡在我们前面这么多的大树，也是我们最好的防御屏障。更不要说用步枪一枪一枪地打，效果就差得更多了。从某种意义上说，优势装备的敌人，其发挥装备的作用是有限的。

所以，从客观上讲，敌人如果'围剿'我们，要想攻上山来，不光是占不了多少便宜，而且还要付出极大的代价。这样一来，我们独立团是不是就可以充分利用这个地形上的优势，来狠狠地打击前来'围剿'的敌人呢？大家看看，是不是这个道理。这第二个问题清楚了吧？"

看到大家纷纷表示同意，父亲接着又说："现在给大家说说第三个问题：刚才讲了，在通江这里打仗，最有利于我们的条件，就是地形。

那么，对于缺少枪支弹药的独立团，用么斯'法子'才能够最有效杀伤敌人、夺取武器呢？我认为比较适合独立团的作战方法，有两个，一是近战；二是夜战。尤其是现在。"

于是，父亲给大家讲述如何在现有情况下进行"近战"和"夜战"。

先说"近战"。"近战"，是指近距离内与敌人作战。这个战法能够充分发挥人的勇敢精神和近战兵器的威力，减少或避免敌人远距离火力的杀伤，以较小的代价换取较大的胜利，是劣势装备战胜优势装备敌人的一种有效战法。主要以大刀、长矛、棍棒等冷兵器，进行白刃格斗。也就是把敌人放到跟前来，利用地形，近距离地予以杀伤消灭。有的同志问，挖个陷阱，里边埋上竹桩子行不行？怎么不行呢？没有用一枪一弹就把敌人消灭了，这当然也是个好的办法。

再比如说，敌人白天来进攻，因为山高坡陡，敌人的大炮是上不了山的；树林子太密，也看不清山上的红军有多少人，有几条枪，隐蔽在么斯位置上，这样一来，可以在敌人进攻的正面，放上一部分人，留几条枪；同时在敌人进攻路线的两侧，也埋伏一部分人，留几条枪。等敌人进到我们防御阵地的正面二三十米的时候，甚至更近的距离上，我们瞄准后，突然放枪，打他个措手不及。敌人要开枪反击，可是这山上森林密布，树干粗得很，又看不清我们隐蔽的位置，子弹是无法自己拐弯子吧，基本上是打不到我们的。这个时候，隐蔽在两侧的同志抓住这个有利时机，可以用枪，兜着他们的屁股放上几枪。看到敌人乱了阵脚，溃散时，再用大刀、长矛，把零散落单的敌人消灭掉，并夺取他们的武器。

正面的和侧面的部队同时出击的时候，要充分发挥我们手中大刀和长矛的作用。还有啊，你在敌人的后面突然大喊一声，你们想想敌人会是个么斯样子，胆子大一点的可能敢于跟你动手拼一下子，咱们就用大刀、长矛把他的枪挡开，上去只管砍他、刺他；胆子小的那只能是吓得掉头就跑。这时我们就瞅着机会，上去就是一刀子，或者砍敌人的脑壳，或者砍他的膀子。长矛就更加有利了，利用长矛的身长，朝着敌人的身体后面，只管猛刺。敌人手里的枪自然就会成为我们的战利品了。

敌人最怕的就是近战。晓得红军有的几把枪，距离远了，肯定舍不得放枪。所以你们看，敌人在老远的地方就开始放枪了。一来是为了壮自己的胆子；二来也希望放枪能够消灭红军，或者吓跑红军。

可事情总不是敌人说了算。你在远处放枪，我们也不理你，先让你高兴高兴，天晓得子弹都打到哪里去了，不是钻到地里去了，就是打到树上了。专等敌人弯着腰，从山下边爬到山上来，爬到距我们只有十几米二十米，气喘吁吁，累得要死不活的时候，我们就冲上去，挥舞着大刀、长矛，与他们贴身近战，就能把敌人打得屁滚尿流，滚下山去。"

父亲刚刚说到这里，有一个连长插话说："敌人搞不清楚我们有多少人，多少枪，就会往回逃跑，使劲往回跑。当然，也有的敌人不敢跑，怕我们在背后放枪，干脆趴在地上不敢动。我们冲上去只管抓俘虏，缴枪弹。"

又有一个排长插话说："也有的敌人可能觉得红军的枪少，弹药少，等枪声一停下来，看看没有事，还会再往上冲，或者怕挨枪子，慢慢往上爬着走。"

"还有么斯想法，尽管大胆地说出来。"父亲进一步启发大家。

"大家说得都对，无非就是这些情况。那么我们该么样打呢？"

一个打过仗的连长站起来说："敌人要是往回跑，这个时候我们就要趁势勇敢地冲上去，抡起大刀，拿起长矛，尽量多消灭敌人，并缴获敌人的武器弹药。如果他们都趴在地上不动，也没有关系，敌人不进就得退。如果趴在地上的这些敌人想要继续进攻，我们就等着他到了跟前，在可以用枪瞄准到敌人的时候，就用枪打；离得近一点的，就冲上去，用我们平时已经熟练使用的大刀、长矛去消灭敌人。"

"说得好！就是这个法子。远了放枪，近了用刀砍，用矛子刺。这就是近战。敌人怕近战，所以我们要利用敌人怕死的心理，在近距离上大胆地挥舞大刀、使用长矛，用不怕死的精神，最大限度地消灭敌人，夺取武器弹药，赢得战斗的胜利。"对此，父亲给予了充分的肯定。

"再举一个例子啊，说得具体一点。"为了让大家对近战的战斗有个更加清楚的认识。父亲把自己在鄂豫皖根据地的一次近战杀敌的故事说给大家。

"那是国民党对鄂豫皖根据地进行的第三次'围剿'。敌人的人多、枪多、炮多，天上还有飞机丢炸弹。我带着一个连隐蔽在防御工事里。敌人的机枪、炮弹打得阵地一片火海，尘土飞扬。我对全连的同志们说，除了留一个观察员以外，其他的都不许露脑壳子。大炮声一停下来，敌人就会冲锋的，大家不要着急啊。到时候，听我指挥，一定要把敌人放近了再打。至少到三四十米，最好是在一二十米，不能浪费子弹，瞄准了再放枪。

敌人这次的冲锋人数非常多，大概有将近两个连的人，两三百人，像潮水一样的涌了上来。我们的机枪一响，一下子就撂倒了十多个敌人。冲在前面的看到情况不好，掉头就想往回跑。可是在他们的后面有督战队啊，不往前冲，是要就地正法的。可是，往上冲，我们的机枪对着他们打；往回跑，有他们自己的机枪对着他们打。这打过来、打过去，敌人死的、伤的就更多了。剩下来的，啥也不顾了，丢下枪就四处乱跑，敌人的督战队也拦不住了，干脆跟着一起往回跑。我看机会来了，大声喊，同志们冲啊，冲上去杀敌人啊！到了这个时候，根本不用枪打了，一人一把大刀，追着敌人杀。兵败如山倒啊，敌人哪里还有能力跟红军进行对抗呢？聪明一点的敌人赶紧把枪丢下，跑得很快。那些跑得慢一点的，不是当了俘虏，就是被我们砍杀了。一仗下来，缴获了上百条枪，还有大量的弹药。这样的仗，你们说是不是打得很过瘾啊？"

"再给同志们说一说'夜战'。'夜战'这两个字的意思已经说得很清楚，就是这个仗要在晚上打。由于是在晚上，有利于秘密地接近敌人，达到出奇制胜的效果。

'夜战'也是我们红军的传统战法。大家不是说枪少、弹少，仗不好打吗？可是，到了晚上敌人要休息、要睡觉，只留下几个放哨的。再加上晚上天黑，伸手不见五指，敌人是在明处，我们在暗处，大家说在这种情况下，是不是我们杀敌人的好机会呢？当然啦，我们事先要做好侦察工作。派出去几个侦察员，悄悄潜行到敌人的宿营地，把敌人的情况搞清楚。然后，带领部队过去，找准机会先摸掉敌人的哨兵，再悄悄摸进他们睡觉的屋子里去，用手中的大刀、长矛，神不知鬼不觉的，就可以把敌人一个一个地全部干掉。那墙上挂的、地上放的枪支弹药，是不是都属于我们了呢？

这个仗是不是很划算呢？是不是用大刀、长矛同样可以消灭敌人呢？当然，前提是计划要周密，动作要轻，胆子要大。哪些人在外面搞掩护、做接应，哪些人去摸哨，哪些人进到屋子里去杀敌人。只要分工明确，有预备方案，完成这样的任务是不是有意思得很啊？这样是不是可以不费一枪一弹就能消灭敌人，还能把敌人的武器弹药变为我们手中的武器呢。"

父亲把"夜战"的战法、战术讲得清晰、透彻，再加上一连串带有总结性的反问句，让一部分心里不太踏实、思想上还有一些疑虑的同志终于明白了红军"近战和夜战"的战法和特点，明白了在特定条件下，劣势装备也能够战胜优势装备的敌人，从而在思想深处树立起了敢打必胜的信心。

听到这里，参加集训的干部们交头接耳，个个脸上露出了赞叹和开心的笑容。

有个干部壮着胆子说："这么一来，我们缺枪少弹的问题就容易解决了。"

还有的说："是啊，这个法子好啊，只要胆子大就可以完成任务。我们红军就是胆子大，就是不怕死。到了晚上，敌人在明，我们在暗，他们睡觉，正是我们揍他、消灭他的最好机会。"

此时，大家的话匣子彻底打开了：

"摸到他们睡觉的屋子里，老子一刀一个，送龟儿子们上西天，为我爹我娘报仇。"

"要是我去，我一定要多弄几条枪回来。"

"在外面担任警戒的就吃亏了，杀不了敌人弄不到枪嘛。"

"怕么斯，这次我们去屋子里，下次让你们进去。有枪的，在外面站岗放哨打掩护。"

"这个'夜战'的法子太好了，太有意思了，我们几时可以去啊？"

"真是急死个人了，要是现在能去该有几好啊，我马上就可以从敌人那里缴获枪了！"

"我一定要亲手杀敌，亲手缴获敌人的枪弹，以后要用缴获敌人的枪弹去消灭敌人。"

团部有个新入伍的通讯员听到干部们的议论后，也大声发表自己的意见："我认为年纪大的、有枪的在外面搞警戒，我们年纪小的最适合进到屋子里去杀敌人的，夜战的时候我看这个样子分工好！"

他的话引起了一片笑声。

"这小子不好好端茶倒水，也在这里瞎掺和。"有个营长吸着烟，歪着脑袋笑眯眯地看着他说。

笑声停了一下，会场上的争论和发言继续交织一起。

"对了对了，有枪的在外面，没有枪的到里边，又能杀敌人又能缴获枪弹。"

"是啊，这样才公平嘛！"

讨论的声音和议论的声音越来越大。对于"哪些人应该在外边搞警戒，哪些人应该到屋子里去杀敌人"的问题相互之间争论得面红耳赤，互不相让，似乎都成了指挥员、都成了会打"夜战"的行家里手。

全团骨干的集训，开成了讨论会、杀敌会，为"夜战"出谋划策会，为杀敌、缴枪的誓师会，战前的动员会！再也没有人会担心大刀、长矛不好使，枪支弹药太少了，杀敌人有困难。大家迫切地盼望着能尽快上战场杀敌人，用近战和夜战去消灭敌人，武装自己。

父亲看到，用这种集训的方式，不光讲清楚了如何用劣势装备战胜优势装备敌人。更重要的是，通过深入细致地讲解红军的战术、战法，让大家树立起了求战求胜、敢打必胜、战胜敌人的勇气和信心！

战前的骨干集训，在这样的气氛中结束了。实现了"既是一堂军事教学课，更是一堂红军的政治思想工作课"的目的。可谓一举两得啊。

为这支新组建的地方武装——赤江独立团，在即将迎来的配合主力部队作战，打下了一个良好的思想基础。

从此后开始，独立团上上下下人人想着"近战""夜战"的战法，个个摩拳擦掌，争取早日上阵多杀敌人、多缴获枪支弹药的精气神，在全团上下形成了很好的氛围。

部队很快进入到临战前训练的热潮之中。

第九章
血染"五马归槽"

1

接到师部的命令，父亲带领刚刚组建不久的赤江独立团，于1933年3月下旬，进驻到通江县城以北大约十公里，一座叫"五马归槽"的山上，拟配合主力部队，阻击敌人发动的"三路围攻"。

赤江独立团负责坚守"五马归槽"（注：五马归槽处于平溪坝与鹰龙山之间的一处防御要地）到"断头山"一线。

部队刚到"五马归槽"没有多久，师里的参谋长和二十八团汪团长到独立团来视察了解情况。

参谋长和汪团长都是从鄂豫皖根据地过来的，老熟人见了面，说起话来直来直去，不喜欢讲客套话、绕弯子。

"王政委，你们团准备得怎么样啊？有什么困难吗？"参谋长用关怀的语气询问。

听到他的问话，父亲知道他心里是怎么想的：你老王自己的作战经验和带队伍的能力大家都是晓得的。可是独立团才刚刚组建，没有几条枪，人数倒是不少，几乎都是当地的农民，还有一部分不满十五岁的娃娃兵，不要说去打仗，怕是这些人这辈子见都没有见过打仗。现在让你带着这些人，在这里配合主力团作战，到底怎么样？行不行呢？

父亲回答得直截了当："困难、问题这还用说吗？肯定是有的嘛，可是说了能管莫用呢？这不是现在正想着法子呢。总不能说，让我组建的独立团只是一个摆设嘛，反正是不能让领导们失望的。"

汪烈山是一个很直爽的人，说话火爆直接："莫担心，他老王有的是法子，在鄂豫皖根据地参加了那么多战斗，在我们师里他的年龄和资历，恐怕冇的几个比他老了。如果冇的两把刷子，师里也不会把这副担子交给他，你说是不是啊？"

汪团长这句话不知道是说给参谋长听的，还是说给父亲听的。总之还带有一点点调侃的意思。

父亲苦笑了一下，也学着他的口气说："先莫要把人戴高帽子嘛，我的两把刷子再好，冇的枪，队伍又冇的经过实际战斗，怕也是不好办的吧。要不然我们两个换一换么样呀！"

"哈哈哈哈哈哈，"汪烈山大笑着说，"看看，看看，就晓得你的嘴巴子利索，一点亏都不吃。你说吧，让我老汪帮个么斯忙啊，直接说，我尽力办喔！"

"说笑归说笑，请汪团长放心，到时候我们独立团一定会全力以赴地配合你们的。再不济，一个团千把多人，在这易守难攻的山上，我们就是用大刀片子、长矛、棍子、棒子也保证让田颂尧的双枪兵一个也莫想攻到我们的阵地上来。"父亲边说边在汪烈山的肩膀上狠狠地拍了两下，算是对他说的话的一种回应。

"今天我和汪团长一起到你们团里来，是要把你们团的防御区域和重点防御方向、防御阵地都看一下，了解一下，给你当当参谋。剩下来的事情，就全靠你们团上下团结一心，完成师里交给你们的阻击任务。

另外，为了方便指挥协调这一带阻击敌人的任务，在鹰龙山上设立了一个临时指挥所，位置大约距离你们团的指挥所向东一公里左右的地方，有紧急情况时可以用号音联系。"

参谋长临走前，严肃地对父亲说："我们师里这次的防御战线拉得很长，真正打起来了，独立团还是要依靠自己的力量，来完成师里赋予你们阻击敌人的作战任务，万万不可掉以轻心。目前，敌人还没有打过来，敌人的'围剿'受到了我军的层层阻击以后，已经付出了重大伤亡，士气大挫，没有了一开始的骄狂劲儿，攻势也明显减弱了。方面军层层阻击、收紧阵地、诱敌深入的战役设想和布局，以及战术运用收到了良好的效果。初步实现了大量消耗敌人的有生力量和迟滞敌人进攻速度的目的。按照目前情况看，敌人可能要调整一下部署，休整休整。敌人休整时间的长短不好说，但对于你们独立团来说却是一个极好的锻炼部队的机会。都说你王政委的鬼点子多，能不能抓住机会，把一个完全没有打过仗的独立团，带成一个有战斗力的队伍，就看你这个当领导的能力了。不过，我们相信你是能够完成这项艰巨的任务的。"

参谋长和汪团长走了以后，父亲看着脚下的这座大山和预设阵地，陷入了长久的思考之中。

这次的思考，与一个月之前组建独立团时又不一样了。现在是要马上带领部队上阵杀敌了。紧迫感更加强烈，有一种时不我待的巨大压力。

父亲清醒地知道，赤江独立团是一支刚刚组建一个月的地方武装，是一支从来没有打过仗的队伍。全团一千六百多人中，除去宣传队原有的三百多人外，新扩编来的一千多人当中，大约有三分之一左右为当地十四五岁的孩子，三分之二为当地的普通民众，其中绝大多数是农民出身，几乎没有人摸过枪。

这些普通的农家子弟，过去在国民党反动派的统治下，受尽了剥削和压迫，过着牛马不如的生活。中国共产党带领的红军来了，解放了广大的穷苦百姓，使他们有了属于自己的土地，分得了粮食和劳动工具，当家做了主人。革命热情高涨。无论男女老少，都知道中国共产党是领着穷人打天下的，是老百姓的救命菩萨。为了保卫已经获得的胜利果实，他们踊跃参加红军，想打仗的劲头足得很。经过了一个月的军事训练，个个跃跃欲试，请求上战场杀敌立功。但是，毕竟没有上过战场，没有打过仗，没有与敌人面对面、刀对刀、枪对枪地真正战斗过。对于这些实际情况，连以上干部们心里都很清楚。

如何把这样一支刚刚建起来的地方武装，快速地通过实战，锻炼成为一支能打仗、敢打仗、打胜仗的部队，这可不是光靠嘴巴子说说的事情。

打仗毕竟是真刀真枪地与敌人进行殊死搏斗，是你死我活的，是要伤人、要死人的。尤其在武器完全不占优势的情况下，仅仅靠大刀、长矛和几十条的步枪、少量的弹药，要想战胜敌人，完成上级布置的阻击成连、成营、成团敌人的进攻任务，的的确确是一件非常困难的事情。

面对这个十分现实的问题。想要一下子就能够完成实现打胜仗的要求，差距无疑是巨大的。

这需要有一个过程，一个从不会打仗到会打仗的过程。就像吃饭一样，要一口一口地吃，一口吞下去一碗饭，恐怕饭还没有咽到肚子里，人就会被噎住。所以，缩短这个距离，也需要一步一步来，要在实际战斗中得到锻炼和提高。也就是通过实战来练兵，把打仗和练兵结合起来，尽快通过实战的检验取得胜利。从而，树立起全团能够战胜敌人、消灭敌人的强大信心！

通过什么样的战斗方式、方法，才能够让全团从中学习打仗，学会打仗、并以最小的代价取得战斗的胜利，树立敢打必胜的信心呢？

平时怎么说教，怎么练兵都好办，可真的要带着队伍上去进行血与火的战斗，作为一个独立团的主管领导，自然是重担在身，不能有任何一点点的疏忽大意。也许一个小小的失误，造成的损失可能是巨大的，甚至是无法挽回的。

既然定下了用通过实际战斗，来解决不会打仗和信心不足的问题，可以先听听全团连以上干部的想法、看法。毕竟战前的训练说的、练的不算少了，看看他们认为先打一个什么样的仗比较好。然后再定下决心，做出具体部署。

对于领兵的干部们来说，开作战会议也是学习打仗、学会打仗的一个极好的课堂嘛！

父亲常常说，自己打仗的许多经验、法子，也是跟着老领导、老同志一点一点学习来的。这可不是从娘肚子里生下来就会的。要是那个样子，不就成了神仙啦。

俗话讲得好，养兵千日用兵一时。

用好兵的关键又在将帅。老话说得好，"兵孬孬一个，将孬孬一窝"。如果是因为领导的决策失误，给部队造成损失，不光辜负了上级领导的信任，更无法向根据地的广大人民群众交代。

在召开的团作战会议上，父亲让连以上干部们就当前敌我态势、方面军的作战方略、独立团的实际情况、和师里布置的阻击任务，以及如何才能尽快缩短从不会打仗、到学会打仗的距离，让大家畅所欲言，大胆说出自己的看法、想法和意见、建议来。

一连长首先说："这是独立团组建起来以后与敌人首次作战，希望团里相信我们一连，把最艰巨的任务交给我们，我们一定会完成任务的。"

其他的连长们也不甘示弱。

"我们连有两个战士是猎户出身，枪打得准，如果把我们连放在最前面，对消灭敌人非常有利。"三营的一个连长提出"把自己的连队放在阵地的最前沿"的理由。

三连连长紧接着说："现在子弹金贵得很，隔得老远放枪，就是打死、打伤了敌人，恐怕枪支弹药也不太好捡回来吧。还是把敌人放近了再打；一来能够打得更准一些，省得浪费子弹；二来以逸待劳，在敌人爬山累得气喘吁吁的时候，我们突然出现在他们的眼前，干他个近战肉搏，来一个，消灭一个。让龟儿子们尝一尝红军大刀片子的厉害吧。"

"用大刀片子消灭敌人，还是我们连厉害。娃娃红军年龄太小了，身上没有几多力气。"从自卫军过来的连长大声说。

七连是娃娃红军最多的连队，连长不甘示弱地说："太小看人了吧，我们两个人、三个人共同对付一个敌人，恐怕比你们一个人要强点吧。老话讲，'三拳不敌四掌'嘛！"

几个营长看着连长们争论得面红耳赤，互不相让，并没有马上开口说话，显得有几分老成持重。

"么样啊？你们几个营长、教导员也可以说说自己的想法嘛。"父亲没有直接回答连长们的要求，而是把目光转向营里的几个领导。

三个营长中有两个是从鄂豫皖根据地来的，打过仗，有一定的战斗经验。在受领了任务以后，已经把整个团在"五马归槽"阻击敌人作战的地段、地形、重点设防的地点等，都做了认真的查看。三营长是从自卫军来的，配了一个过去在宣传队时的警卫班长做副营长。

三营副营长说："从地形上看，对独立团守山头、打阻击作战十分有利。敌人是从远处来，要从山下往山上打，只要能够卡住咽喉处、关键点，如果再有一挺或者两挺机枪，或者十支、二十支步枪，敌人要想打到山上来，占领我们的阵地，几乎是没有可能的。就算是敌人用大炮来轰，用飞机来丢炸弹，那么多的茂密的树林，我们的人藏在林子里很难看到，作用还是有限的。"

"可是我们的问题又是明摆着的。"一营长磕了磕烟灰，不紧不慢地说："每个连充其量只有三把长枪，每支枪不足五发子弹，主要用的武器还是大刀、长矛。战士们虽然经过了一个月的军事训练，有了一点点军事常识，可是没有经过实际的战斗，更谈不上有作战的经验。到时候如果敌人真正向山上进攻的时候，哪个晓得战士们的心里会是个么样子？"

"我看一营长说得有道理，打过仗的，和没有打过仗的，心理状态是完全不一样的。一个连队里面，哪怕有五个、十个打过仗的班长，这个连队还是能够勉勉强强带得起来的。如果一个连长带领的一百多号人都没有打过仗，恐怕战斗打响以后，指挥起来还是很困难的呀。"二营长跟着也表了个态。

对于把哪个营、连放在前面，哪个放在后面，哪个营、连作为团里的预备队，大家都显得十分慎重，谁也没有轻易表态。毕竟现在是在研究部署即将到来的战斗，谁也不敢保证自己的队伍放在哪里合适。如果把任务争取来了，到时候不能完成任务的话，自己掉了脑壳子事小，部队没有打好阻击，丢了阵地，那就是犯罪！

三个营长的谨慎表态，与连长们积极争取最危险、最艰巨的任务，形成了很大的反差。

实际上干部们心里都清楚，要想带着这样一支队伍去打仗，还要能够完成上级交给的作战任务，绝非易事。积极要求打仗的热情很高是好事情，可是部队没有经过打仗，这也是不能忽视的现实。

"我认为，独立团现在的关键问题，就是部队没有经历过实战。从心理上对于打仗到底是个什么样子，是怎么一回事情，还没有一个具体的概念。战士们虽然知道，战斗是与'围剿'我们的敌人进行，但到底是怎么个打法，是阵地对阵地地打，还是守着阵地等着敌人来进攻？这些问题，说到底就是心里不托底，是不是？这个问题好办嘛，那我们就打一仗啊。我们可以主动找一个敌人的目标，让政委带着我们，去打他一家伙。先从打小一点的仗开始打，多打几个小仗，各个连队轮换参加，等有了经验，就可以打大仗。这样部队不就带出来了，打出来了，也打出信心来了吗？"刚刚由宣传队副队长提升为独立团政治处的周主任提出了自己的意见和看法。

大家对周主任的话非常认同，用点头来表达自己同意的看法。

周主任看到大家支持自己的看法，接着说："既然大家同意先打几个小仗的办法来锻炼部队，那现在的问题是哪个连先打，在哪里打？关键是要打一个胜仗，哪怕是一个小小的胜仗也行。通过打胜仗，把全团的信心鼓起来，把全团渴望打仗、渴望打胜仗的劲头激发出来！"

周主任的意见和建议，打破了会议的沉闷。营、连干部们交头接耳，在底下交换着看法。

"看来大家都知道，新成立的独立团的第一仗很关键。如果一旦上了战场，敌人没有消灭几个，自己有了伤亡，损兵折将，对整个团的士气影响是很大的，先不说传出去影响好不好，还会影响到当地老百姓的参军热情。所以说我们要慎重嘛，要把目标选择好。做到不打则已，打则必胜。"

周主任继续接着上面的话说："其实打仗也没有什么了不起，独立团不就是枪支少一点，子弹少一点，绝大多数战士们没有打过仗嘛，不会打仗嘛！我们几个人，哪个不是从新兵走过来的，现在不是也有了一点打仗的经验和体会吗？而且现在也成了带兵的人了吗？这才几年的时间，已经当了营长、教导员了嘛！"

"没有枪，到敌人手里去夺，不会打，跟着老同志学打几次不就会了吗？有哪个人从娘肚子里一出来手里就有枪，就会打仗？现在需要的是什么呢？需要我们带领手底下的这些新参加红军的同志，教他们打仗，教他们杀敌，教他们从敌人手里夺取枪支弹药，武装我们自己。"周主任到底是搞政治工作、宣传工作的出身，几句话一说，把大家的积极性给调动起来了。

"说得对，说得好啊，就是这个道理。"营、连长们异口同声地说。

"王政委在平时的训练中不是反复讲明白了，我们要针对独立团当前存在的困难和问题，发挥我们自己的优势，扬长避短，与敌人打仗可以采取近战、夜战的法子吗？"

三营长听了周主任的一番话以后说："周主任说的这些都对，这些道理我们也晓得，只是觉得第一仗很重要，必须要打好才行的。可是现在敌人到了哪里还不晓得，怎么样发挥我们的优势去打敌人也不清楚。还有，如果敌人来了，让哪个连先打头阵，心里头也拿不准。"

二营长说起话来直来直去，开口道："如果敌人来了，我们营的战士年龄普遍较大，性格沉稳，依我看，四连可以先上去打个样子，给全团看看。"

二营的教导员点头赞同营长的话，并补充说："四连的同志遇事沉稳冷静一些，训练情况也不错，让四连先上去打一个头阵。同时，也可以考虑从各营、连抽一些骨干跟着一起去。一来可以亲自体验一下与川军作战的实际情况；二来有利于发现问题，总结经验教训，回来以后便于带好自己的部队，也起到了以点带面的作用。"

"我谈一点自己的想法。"一营长不紧不慢地说。

一营长是从宣传队的警卫排长提升上来的，在独立团里战斗经历比其他干部要多一些。他一开口，大家都把目光转向了一营长。

"我是这样想的，团里的现状大家也都晓得，不用多说了。第一仗非常重要，不光是对我们这个刚刚组建起来的独立团，更是对我们所有第一次接受战斗任务，第一次亲身经历与敌人战斗的同志，是非常重要的第一课。因为这个仗不仅会影响直接参加战斗的同志，也会影响其他没有参加战斗的同志。

我的具体想法是，先派出一支或者几支精明强干、人数不多的侦察小组，详细打探敌人目前已经到达的位置、人员数量和装备等情况。摸清楚情况以后，选择一个对我们有利于消灭敌人的地方，采取夜战歼敌的办法。行动前，可以让政委带上各营、连的主要干部进行实地勘察，再决定担任这次夜袭作战的单位、人员和具体方案。以求一战能够打响我们团成立后的第一炮！打出我团的威风，振奋全团的士气，同时也可以为全团今后的作战积累经验。"

一营长的发言，让在座的营、连长们脸上露出了笑容，觉得一营长说得好，这个主意出得好，符合目前独立团的现状和实际情况。

父亲没有马上表态，只是继续问道："其他同志还有有的么斯想法、看法和建议？"

看大家没有再作声，父亲就说："我们现在要的就是集思广益，老话不是说'三个臭皮匠，顶个诸葛亮'嘛，我相信，我们这些打过仗的同志，一定比三个臭皮匠的脑子、智慧要多一些吧。像今天这样集体研究打仗的问题，对每个同志来说，是一次极好的学习机会。

在座的各位，今天是营长、教导员，连长、指导员，经过多次的战斗实践，今后可能就会做团长、师长。对于我们在座的各位来说，这样的战前'诸葛亮会'是个学习打仗的机会。机会难得呀同志们。不要担心说错了或者说得不太好，被人家笑话。从学习打仗到学会打仗，总有个过程。一回生，二回熟，第三回也许就成了优秀的指挥员了。好了，不啰唆了。"父亲把桌子一拍，站起来说道："我看一营长的想法很好，就用这个夜袭战作为我们独立团成立以后的第一仗。不打则已，要打就要打得干脆利落，取得胜利才行！"

接着父亲作了具体部署："我宣布，由一营长挑选一些机灵点的同志，按照当地人的生活习惯，扮成普普通通的农民，多派几个小组，每个小组最多两三个人即可。要选几个年纪小一点，机警一点的战士，争取用一天时间把情况侦察清楚，然后一起到团部作详细的汇报。根据侦察到的情况，团里再组织营、连干部进行实地勘察。最后根据侦察到的情况和勘察后的结果，决定参加这次夜袭战的单位、人员、武器配备，以及作战的具体方案和作战预案。

侦察敌情也是我们独立团组建以来的第一次，为了把敌人的情况尽可能摸清楚，先由连、排长根据平时观察掌握的情况，挑选出十五名战士，分成五个侦察小组，按照敌人来袭的大致方向、大概的行动路线，同时派出去。出去侦察的人员，有的可以装扮成放牛的，有的可以是砍柴的，有的串门子走亲戚的，还有弹棉花、收破烂的，有的装扮成要饭的等五花八门。原则上就是，装扮么斯就要像么斯，选自己最适合的角色进行装扮，不要让敌人看出破绽来了。"

派出去的侦察人员在第二天的下午，最迟的晚上都回来了。

一营长听了侦察人员的情况汇报后，就把参加侦察的所有人员一个不落地全部带到了团部，并将综合起来的侦察情况，向全团所有连以上干部进行了详细的汇报。

侦察到的大体情况是：敌人的大部队已经到达小通江河以西的地区，随时准备过河进攻通江县城。大约有一个营的先头部队，已过了小通江河，驻扎在离河不远的几个村子里。村与村之间的距离比较远，但都架了电话线，一旦有情况便于相互沟通配合。其中有一个连驻扎在半山腰的一个村子里，距离我们独立团的阻击区域比较近。这个村子的周边树木长得茂密，灌木丛多，便于隐蔽接近敌人。还有，村子的苏维埃政权建设得比较稳固，村里不少的住户都有参加红军的，群众基础也好。看能不能把敌人的这个连作为我们此次夜袭战的主要目标。另外要说明一下，到这个点去侦察的是两个十四岁的由儿童团过来的小战士完成的。

营长、连长们听得都很认真，基本上认为，夜袭战选择打敌人这个突出的连队比较合适。

有个连长提出来："就是不晓得敌人在村子里是怎么驻扎的。有没有修筑工事。村子外面有没有敌人驻守。一个连百十号人，村子里估计住不下吧？除非把老百姓都赶出村子才行。"

一营长指着两个小战士说："来来来，你们两个把敌人在这个村子里和村子外面的情况再详细地介绍介绍。"

当大家把目光都集中到这两个小战士身上的时候，父亲发现，有一个竟然是前不久给连队讲如何用大刀杀敌的那个小个子战士。他把腰挺得直直的，立正敬了一个标准的军礼，接着开始讲他们到村子里看到的情况。

"我们两个人小，个子也不高，装扮成放牛的不行，因为没有牛，装作砍柴的也有问题，这砍的柴要卖呢还是给自己屋里烧呢？我们过去没有来过这个村子，也不认得村子里的人，不能冒冒失失地背着柴火，随便到农户屋里去。

万一让敌人遇到了，在回答中出了问题，被敌人抓住了，丢了性命还是次要的，关键是完不成组织上交给的侦察任务，错失了侦察良机，还有可能会提前暴露我军已经开始对他们实施侦察的意图。想来想去，我们两个决定，干脆装扮成个要饭的。我们是本地人，以前要过饭，不需要进行什么装扮，捡个破衣服破裤子换上，打个赤脚就行了。

"我们往村子里去的时候，敌人的哨兵把我们拦了下来，问我们是干什么的。我们说："我们能干什么？是来要饭吃的。你不让我们进村子，我们怎么有饭吃？不让进村子也可以，你们给两个玉米棒子，我们就不进去了。"我们两个人软磨硬泡，把两个哨兵缠得没有办法，挥了一下手说："要到吃的了，你们就赶紧滚啊！莫在村子里边'泡蘑菇耍着玩'！"就这样把我们放进了村子里面。

"进了村子，我们分头在村子里乞讨，借此机会在四处转，到各家各户看看。看到一个屋子修得蛮好，里面有几个挂短枪的人，肩上有军衔。看样子，像是川军的连长或者排长。其他的敌人大多数住在自己搭的棚子里面。

"这些是我们白天看到的情况，要是还不行的话，我们晚上再去一趟。"

一营长说："不行不行，白天都不容易进村子，晚上就更进不去了，去了搞不好还会暴露的。敌人晚上的哨兵警惕性还是蛮高的。"

父亲听了介绍情况以后，说："不错嘛，不错嘛，两个小同志装扮成要饭的，进了敌人占领的村子里面，还把情况也基本摸清楚了。我们虽然现在还没有打响这一仗，但是至少摸来的情况，对于即将开始的夜袭战，是十分重要的。如果夜袭战打成功了，要给你们两个小同志记头功哦！"

父亲高兴地接着说："现在情况基本上已经搞清楚了。这次夜袭战的部署是这样的，大家注意记一下：以一营为主，由营长带着一连，趁着天黑摸进村子里去，最好是不动一枪一弹，把这个村子的敌人，能消灭的尽量消灭掉。只要是不反抗、愿意投降的全部押回来。枪支弹药等装备物资一律收缴，能够拿走的，要全部拿走，一样也不能留下来。另外两个连作为掩护，配合一连负责扫清外围的流动哨和警戒哨，剪断电话线，并在主要的出入通道处，将铁丝网剪开两米左右，便于部队进入和退出。

"其余各营、连的枪支全部由干部们带上，既作为观战学习的干部队，也作为遇到突发情况以后的火力支援队，由我负责全面指挥。

"二营、三营留在驻地，由政治部周主任负责指挥，没有特殊情况，部队在原地不动，如遇有特殊情况，可用号音与'鹰龙山'的指挥所联络。

"现在集合部队，按照作战部署，向夜袭目标出发。团部通信员到'鹰龙山'二十八团指挥所报告，今晚我带领一营到阻击阵地前沿，对敌人一个连进行夜袭战。团部留周主任坐镇指挥。"

通江这个地方，一年四季雨水多。夜袭当晚，小雨淅淅沥沥下个不停。参加行动的全体人员身披蓑衣，头戴斗笠，有枪的和没枪的，人人身上背一把大刀，个头小、年龄小的是一把略小一点的大刀。部队在两名侦察员的带领下直插敌人的驻地。

山路不光陡峭，加上下雨，路面泥泞，湿滑难行。

夜晚行军，不能有照明，不能有声音，从"五马归槽"抄近道向西往山下走，不断有人滑到，几乎人人一身泥一身水。可是又有谁关注这些呢？所有人的心里想的是一件事情：要打好夜袭战。一定要争取多缴获敌人的武器弹药，争取多杀敌人。把立功的喜报送回家。

在前往夜袭战的路上，年纪尚小的红军战士，虽然有初生牛犊不怕虎的劲头，可是在即将要发生的与敌人的战斗面前，心里面还是蛮有些紧张的，毕竟是人生第一次参加打仗。

刚刚从农民自卫军参加红军、年龄在二三十岁的青壮年来说，尽管心里也紧张得很，但还是能够沉得住气，稳得住神，从他们稳健的步伐和坚定的目光里，可以看到一团团燃烧的烈火和保家立功的决心。因为他们知道，不打垮这些国民党反动派，那些当年横行四里八乡、作威作福、欺压老百姓的土豪劣绅、恶霸地主，就一定还会回来进行疯狂的报复，这里的人民就要重新过上暗无天日、继续受剥削受压迫的悲惨生活。他们要把对过去的仇恨，化为复仇的力量，义无反顾地冲上战场，要用自己在战斗中的行动，告诉家乡的父老乡亲，告慰已经过世的亲人们。

而对于多次参加过战斗的红军指挥员来说，想得更多的则是如何在瞬息万变的战场上，带领自己的队伍勇敢地冲杀在最前面，出色地完成团里赋予的战斗任务。当然他们更加知道，只有身先士卒、不怕流血牺牲的革命精神，才能够为这些刚刚参加红军的同志们，做出表率作用，才能够激励自己的连队勇猛杀敌。

在雨中急行军大约两个小时，便顺利到达了目的地。

深夜里，敌人占领的村子和远处的村子，都显得很静，只有嘀嘀嗒嗒的下雨声和青蛙偶尔发出的呱呱呱的叫声。

也许是因为下雨的缘故，没有发现敌人的流动哨兵，村子入口处的两个哨兵，在一个临时搭建的草棚子里打着瞌睡。对红军的到来和即将要发生的战斗，竟一无所知，毫无防备。

父亲与几个营、连干部在雨中认真仔细地观察着整个村子和敌人驻地的情况，小声交流着对眼前看到的情况的意见和建议。

在即将到来的夜袭战前，许许多多第一次参加战斗的红军战士，有的觉得时间过得很慢很慢，有的感觉过得很快很快。临战前的思想不一样，对时间的快和慢的感觉也是不一样的。

父亲掏出怀表看了看，时间到了夜里的子时，便对一营长和旁边的三连长说："一营长，你带几个人从左边沿着铁丝网到村子的后边去看一下。三连长，你也带几个人从右边沿铁丝网向村子的后面去看一看，我们在这里等你们的侦察情况。"

所有参加夜袭战的人，都睁大了眼睛，死死盯着即将要发生夜袭战的区域。

打过仗，特别是搞过夜袭战的，与没有打过仗、更没有参加过夜袭战是不一样。有什么不一样吗？

心情，当然是心情完全不一样。

虽然晚上很黑，但是父亲能够感觉到，他周围的战士们的表情和动作，与打过仗的红军实在是不一样。

他给一营的教导员说："告诉大家不要紧张，一切按照我们平时演练过的法子办。等一会儿行动的时候，要服从命令、听从指挥，一定不得擅自行动。还有，在外围担负掩护任务的，没有命令，枪的保险不要打开。"

这时，两个侦察组沿着铁丝网仔细观察了一圈。为了防止有突发的情况，还扔出小石头以观察动静。看看再无敌人的暗哨，转了一圈也没有新的发现。估计敌人都在睡大觉，毫无提防，也没有预防我们红军偷袭的准备。

在返回来的路上，一营长在临近村子口的附近，剪开一段铁丝网。

三连长根据侦察员报告的位置，除了仔细观察了铁丝网外的情况，还顺利找到了电话线，并把线割断。

看到时机已经成熟，父亲让一营长带几个人，先把村口上的两个哨兵摸掉，然后按照研究确定的战斗部署，带着一连进去分头展开行动，最好不动枪，尽量不要惊动敌人。遇到紧急情况，用手里的刀子去解决问题。

一营长接到行动命令以后，为了行动方便，二话不说，把穿在身上的蓑衣和斗笠全部脱掉，全连同志都照着营长的样子，也把蓑衣和斗笠一股脑地脱了下来，拔出随身携带的大刀，做好了行动的准备。

在黑夜里，行动在有力的手势下进行。

一连长带了两名排长不动声响地，顺利解决了村口的哨兵，把刚刚缴获的步枪举起来，朝父亲这边晃了几下。一营长看到后，把手一挥，低声说了一句"上"，带着一连全部人员静悄悄地顺着村子口，快速地冲进了村子。

按照事先的作战分工，营长带领几个战士负责解决敌人连部里面的敌军官，一连长指挥全连其他人员，分成九个战斗小组，由各个班长带领，负责解决帐篷里面的敌人。

一营长很有经验，来到川军当官的屋子前，看到门口没有卫兵，大门在里面上了闩，就用随身携带的大刀把门轻轻撬开，摸着黑，悄悄地进到屋子里。早已经适应了黑暗的眼睛，看到在房子里有五个敌人都在熟睡当中，几把手枪挂在墙上。他们根本不知道已经有红军潜入到房间里了，此时此刻正站在屋子当中注视着他们。看到这种情况，一营长把一只手的食指放在嘴巴上，意思是让大家不要出声，然后指着挂在墙上的枪支，挥一挥手，告诉大家先把枪摘下来。当把敌人挂在墙上的枪支全部收缴以后，看看敌人还没有发觉，还在呼呼大睡，就朝着一个胖军官使劲踢了一脚，可是这个家伙嘴巴哼了一声，接着骂了一句"格老子，是不是莫得烟抽了，睡不着了？"说完，翻了个身子，接着又睡了过去。一营长一看，这个家伙睡得也太死了，干脆用大刀片子往他的肩膀上使劲一拍，他"嗷"地大叫了一声，一骨碌爬了起来，问：搞得么斯鬼嘛？！猛然之间，看到有几个人，站在眼前用明晃晃的大刀片子正指着他们的脑袋，顿时吓得魂飞魄散，一时间不知道该怎么办才好，举着双手一个劲地说："好汉饶命，好汉饶命！"

"我们是红军。饶命可以，你们要按我说的办！"一营长大声说道。

当听到站在面前的是红军以后，这胖军官立即扑在床上，又磕头又作揖地不停说："红军爷爷饶命、饶命！"

"好的好的，你说嘛，我们照着做就行了嘛。"在黑暗当中，这个川军急急忙忙战战兢兢地赶紧答应着说。

"那好吧，你们几个出去，告诉你们的人，都在帐篷外边集合，武器弹药放在一边，不许抵抗，红军优待俘虏。哪个要是敢动一下子，叫他立刻去见阎王！"一营长斩钉截铁地命令道。

看着敌人丑态百出那个怕死的样子，两个小侦察员刚要笑出声来，被营长制止住了，赶紧用手把自己的嘴巴捂上。

一营长接着又命令道："我们已经把这里包围了，要是想活命，出去告诉你的弟兄们，乖乖把枪缴了，可以放你们一条生路，不然的话，莫怪老子的大刀片子不认人了！"

那个胖子军官吓得结结巴巴地说："交、交、交、交、交……全部都交，哪个敢不交，格老子要他的命！"

说着，这几个川军的军官提着抽掉了腰带的裤子，垂头丧气地走出了屋门。

这个时候，各个班、排也都按照要求，把缴了枪的敌人，往村子中间一块不太大的地方押了过来。

一营长对已经集合起来的俘虏们说："川军弟兄们，你们已经缴了枪，我们不会杀你们的，这个请放心，红军说话是算数的。为了保证我们红军行动的安全，防止你们当中有人不老实，跑出去报告，暂时委屈你们一下，把你们带到一个地方接受接受教育。我把丑话说在前面啊，老老实实地接受教育的，会立即释放，不老实的，就把脑壳子留下来。明年的今天，就是你的祭日。"说完就踢了那个川军胖连长一脚。那家伙一看，晓得是让他说话，便马上说道："都、都、都、都要听红军爷爷爷爷的啊，哪、哪、哪、哪个也不许乱来。"

一个连的俘虏，在朦胧的细雨中，使劲点着头，表示完全服从。

就这样，一营一连，兵不血刃，一枪未发，扛着缴获了的武器弹药，押着百十号俘虏，沿着原路顺利出了村，向预定的会合地点快步走来。

一连的同志们，押着俘虏，肩上扛着、手里拿着缴获的各种武器弹药和军需物品，人人脸上挂着既严肃又威风的表情，怀着取得夜袭战胜利后激动、兴奋的心情出了村子。

在村子外面负责接应和担负警戒任务的父亲，以及二营、三营的营、连、排长们密切的注视下，看到这么多的俘虏和缴获的武器弹药，从村子里顺利地朝这边走来的时候，激动而又迫不及待地使劲向他们招手，要不是怕惊动了附近的敌人，恐怕早就大声叫喊出来了。不过，这些营、连、排的干部们还是用压低了的声音，激动得直嚷嚷：

"好家伙，抓了这么多的俘虏呢！"

"快看啊，快看，他们从村子里面出来了。"

"咦，你们看看他们手里都提着武器，还有人扛着箱子。"

"那肩上扛的是子弹箱。也不晓得一个箱子能够装几多子弹，能不能有个几千发呀？"

"看把你想的、美的，有个几百发就不错了。"

"争个么斯，回来打开弹药箱子数一下子不就清楚了吗？"

"我说呀，这么快就解决了战斗，真是没得想到。"

"这个夜袭战打得太好了，一枪没发，一点动静也没有，神不知鬼不觉地就这样打完了。我怎么觉得，这个仗好像还没有打过瘾就结束了。唉，没有捞上这一仗，太遗憾了，看看一营他们有几神气啊。"

二营、三营的干部们看到一连手里拿的、肩上扛的、身上挎的这么多枪支弹药，妒忌得眼睛都快把眼珠子瞪出来了。他们酸溜溜地说："这要是让我们连上去该有几好啊，下次一定要争取我们连上去啊。"

"对了，对了，政委要公平啊，下次一定得让我们营去打夜仗，不然的话，下面战士们的思想工作不好做了。"

趁着一连押着俘虏还没有到达会合地点，营、连长们把父亲围在中间，争着发表自己的意见，生怕不积极争取，下次打"夜战"时还是没有自己的部队。

父亲看到打了胜仗，全团的干部们的情绪都这么高涨，也很高兴，说："都莫要争了，今后的仗，有的是让你们打的。"

"说话要作数哦！"几个干部听了高兴地一起要求父亲说话要算话。

"那是一定的。眼下，我们要做好'夜战'后的经验总结，用这次夜袭战的成功战例，调动起全团上下要求打仗、争取打仗的主动性、积极性。让以后的仗越打越好，缴获的武器弹药越多越好。"

父亲的话还没有落音，一个干部指着一连前行的方向说了一句："你们看看，那个个头高高的班长肩上扛的是个么斯枪？"

大家朝指的方向望去，又纷纷议论起来：

"那个叫作机枪，没见过吧。我在主力团见过，听老战士说，这机枪搂一下子火，可以连续打出去几十发子弹，'嗒嗒嗒嗒嗒嗒'的声音，又脆又好听。专门捡敌人集中的地方的打，可以把敌人打死、打伤一大片，就像割稻谷似的，一镰刀下去就是一大片。只要打着了，不死也得伤，厉害得很呢。"

"好是好，但搂一下子打出去那么多子弹，太浪费了，不如步枪好，瞄准一个打倒一个，既节省子弹，打得还准，这才叫过瘾！"

"现在子弹少，这样子打肯定是不行，但是缴获的子弹多了，对付集群冲锋的敌人还是蛮管用的，威力大，效果也好。这挺机枪要是把的我们营该有几好啊。用机枪向敌人扫射，那才叫打得痛快，打得过瘾，打得解恨！"

在大家兴奋的议论声中，一营长带着一连和押解的黑压压的一群俘虏走了过来。

一营长几个跨步跑到父亲面前，打了一个敬礼，用激动的语气报告说："政委，我们没有辜负全团同志的信任和希望，完成了团党委交给我们营的夜袭作战任务，俘获了一个连的敌人，缴获了一个连的全部武器弹药。此次战斗我营无一人伤亡。"

父亲紧紧握住一营长的手，另一只手使劲拍了一下他的肩膀说："不错嘛，不错嘛，到底是从鄂豫皖根据地出来的老战士，你们为刚刚组建的独立团打了头一仗。不对，是打了第一个大胜仗，为全团开了个好头。回去以后要好好总结经验，给全团干部骨干讲讲课，这是传经送宝，是鼓舞士气。当然，也更是为了独立团在未来即将迎来的'反敌人三路围攻'中，打下了一个很好的基础。"

黑夜中忽然眼前冒出了两个小个子，仔细一看原来是先前派出去侦察敌人的两个小侦察员。父亲忙招呼他们过来，对他俩说："再给你们两个人一个任务。你们现在立刻回去，把我们打夜袭战的简要情况，先给周主任报告一下，然后直接到指挥所，给首长们汇报我团昨晚在小通江河东岸，消灭了敌人一个连的大致情况。首长们问么斯你们就答斯。但是有一条，不能瞎说、吹牛、说大话，要实事求是，可以相互补充。还有，告诉首长们，团里会尽快给师首长写出夜袭战的详细情况报告。记清楚了吗？"

这两个小家伙双脚一并，抬手敬礼，说道："保证完成任务。"话音未落，两个人一转身已经撒腿向山里头跑去了。

父亲看到村子里的群众跟着队伍出了村子也向这里来了，就对二营长说："这些俘虏就交给你们营负责了。先把俘虏押到山里，找个地方进行教育，我随后就到。"

父亲径直来到乡亲们面前，高兴地与他们打着招呼。与几个年长一些的乡亲们一一握手。有个别的乡亲认得父亲，忙着称呼："王队长，是你们来了啊，真是太及时了。这些敌人刚来了没有几天，就让你们在晚上给端了窝，真是太厉害了！"

一个中年妇女说："现在是半夜里，估计附近的敌人都没有听到这边的动静，还在睡觉，还不晓得这里发生的事情。不如你们到村子里歇一下，我们弄些吃的，给你们填填肚子，吃了饭再走吧。"

其他几个乡亲们都附和着说："是啊是啊，哪怕是喝一碗米汤也行啊。"

"你们淋了一晚上的雨，我回去给你们烧一锅姜汤，让同志们驱驱寒。山里的条件不好，喝碗姜水再走也不迟嘛。"

父亲知道乡亲们的心意，这些地方，是红军来了以后进行了土地革命，每个村子都建立了苏维埃新政权。这才刚刚过了两三个月的好日子。国民党反动派这次来"围剿"红军，不用说，乡亲们一定是又受苦了。他忙回答说："乡亲们的好意我们心领了。今天晚上的行动，没有先给你们打招呼，是怕连累了大家。现在我们独立团已经顺利完成了夜袭敌人的任务，全歼了敌人一个连，缴获了他们的武器和弹药。天亮以后，估计敌人很快就会得到消息。夜袭敌人的行动是在你们村子里进行的，敌人是不会放过村子里的乡亲们的，我看不如这样，请乡亲们马上回去收拾一下，带上必需的物品，先跟我们进山里去躲几天，等这一阵子过去了以后看看情况再回来。"

听父亲这么一说，村里几个年长的小声商量了一下，认为父亲说得在理，当即就表示同意："我们这就回去招呼各家抓紧收拾一下，趁着天还没有亮，抓紧跟独立团进山。"

看到乡亲们同意先跟着独立团进山，父亲马上对身边的三营长说："帮助村子里的乡亲们转移的任务就交给你们营了。你和教导员商量一下，多派一些战士来帮忙。乡亲们进山以后要妥善安置，并与一营保持联系。天亮以后，如果遇到进山来'围剿'的敌人，要尽量把敌人引到一营的预设阵地，或者其他附近的山里头。切不可让乡亲们受到任何伤害和损失，哪怕是一袋粮食、一头牲畜。"

"好的，晓得了。"三营长紧接着说："政委，一营缴获的武器弹药，团里能不能配给我们营一部分，一来可以让我们也分享这次夜袭战的胜利果实，二来也有利于各营做好应对敌人的反扑。"

"可以。"于是父亲对跟在身边的一营长说："把你们缴获的武器弹药按照三个营各三分之一的比例马上分发。机关枪和六〇迫击炮就先留在你们营。"

接着父亲下达了命令："现在我宣布，全团原定的战斗部署不变。一营负责第一道防线的阻击任务，二营为第二道防线，三营两个连为第三道防线，留出一个连作为团的预备队。"

事情忙得差不多了，正准备随着队伍向山里去，父亲又想起了一件事，对一营长说："另外啊，一营长，你们营的两个小侦察员，在这次夜袭战中表现得很好，莫看他们年纪小，但是很机警，胆子也大，办事情很灵活，我准备叫他们到团部工作。一个担任通信班长，一个担任侦察班长，你看么样啊？有么斯意见吗？"

"那还能有么样啊，政委看中的人错不了，他们能到团里工作也是我们营的骄傲嘛！"一营长笑着答道。

一营教导员听说要两个小侦察员到团部去工作，忙接上话："莫说，还真是两个好苗子，今天如果不是政委发了话，我们也是有考虑，准备安排做营部的通信员、警卫员。既然政委开口了，我们只好忍痛割爱吧。"

父亲听了笑了笑："看看，看看，这营长、教导员配合得有几好啊，得了好还要卖个乖嘛！"

通江的雨水，过了夜里子时以后，从淅淅沥沥的小雨，渐渐地越下越大。

父亲带着队伍在雨中疾行。天黑雨大，道路泥泞，偶尔有滑倒的，旁边很快就有人搭把手拉他起来。到底是打了胜仗，虽然说是晚上，可是在每一个人的脸上都挂着胜利后的喜悦。部队从出发去打夜袭到现在，已经连续七八个小时没有休息了，看上去却个个精神饱满。

在返回各营阵地的路上，大家尽量加快脚步，一来可以释放夜袭战取得胜利后的激动心情，二来希望尽快到达驻地以后，好好地、尽情地欢呼庆祝庆祝。庆祝独立团成立以后打的第一个大胜仗！

进山了，队伍来到一个三岔路口，父亲忽然止住了脚步，几个营里的干部也都跟着停了下来。父亲对几个营的领导说："在这里分开走吧，不能把乡亲们和俘虏都带到我们的防御阵地上去。我和一营继续照直向东上山，到阻击阵地去；二营带着乡亲们向南走；俘虏队伍向北去。安置好以后，及时与团部联系。"

接着，父亲又具体做了下一步的战斗部署：

"现在离天光还有四个小时。天光（红安土话，意即'天亮了'）以后，敌人要采取么斯行动还不得而知。为了防止敌人的报复，一营马上安排部队做好迎击战斗准备。特别要注意的是，要多派出一些哨兵，在附近的路口、村子安排着普通百姓服装的流动哨。进到山里以后，每间隔一里的距离上，都要放一至两人。记住啊，对每条能走人的路上，都要放出暗哨，并留好联络信号。这可不能马虎，敌人也不是吃素的，吃了这么大的亏，他们是不会甘心的。防止打我们一个回马枪啊。

二营长，你现在把对俘虏的教育和释放任务，交给教导员去处理。这些人如果愿意参加红军最好；不愿意的，把路费让他们走，但不是现在，尽量放在今天下午以后。时间拖长了不行，影响部队行动；太短了，又容易过早让敌人晓得我们的位置和相关情况，也不行。你带着部队进入第二道阻击敌人的位置。

从现在开始，所有部队进入战备状态，随时准备与进攻的敌人战斗。回去以后你们开个会，把接下来的行动好好研究部署一下，用游击战的办法拖住敌人，消耗敌人，不能把敌人放到山上来，遇到紧急情况，用号音与团部联系，一般情况，让通信员来报告。如果冇的其他问题，就抓紧去做准备吧。

三营负责村子里进山的乡亲们，也同样要做好应对敌人的进攻或者搜山的准备。与乡亲们商量商量，他们人熟、地熟，多放些哨，发现敌人千万不能慌乱，要事先安排人手，提前把敌人引开。要设法把敌人引得越远越好。带着敌人在大山里面打转转，兜圈子，拖得他们晕头转向。搞累了，想休息的时候，就袭击他、骚扰他，总之不能让他们消停下来。同时把你们这里发生的情况，及时报告团部，也要通报一营和二营。"

队伍很快分成三路，按不同方向向山里进发。

原来以为俘虏不好押送，没想到这一个连的俘虏，一路上倒是蛮听招呼的，穿着雨衣，一个一个的还不掉队，没有惹出一点麻烦。

父亲随着一营的队伍向山里走去。

在返回阵地的路上，父亲没有再说一句话，他在思考，如何向师里写出这次夜袭战的情况报告，如何组织部队进行战斗总结。

不管怎么说，这是独立团成立以后的第一次夜袭战斗，并且取得了完全的胜利。部队既没有伤亡一个人，也没有动用一枪一弹，兵不血刃地吃掉了一个连的敌人，缴获全部的武器装备，使部队的武器一下子增加了一百多件，还有机关枪一挺、六〇迫击炮一门。这对于刚刚成立不久的一支地方武装来说，是很不容易的，成绩是应当给予充分肯定的。

可是，话也要说回来，独立团也存在问题。比如这次夜袭战斗，主要是依靠过去参加过战斗的各级干部，使用的部队也只有一个连，绝大多数的连队还没有得到锻炼。还有，敌人很有可能会对发生夜袭战所在的村庄采取报复行动，对新建设的苏维埃政权是有一定影响的，我们在战前没有把这个情况考虑进去等。无论是取得的胜利，还是存在的不足，这些都需要进行总结。以发扬成绩，提高士气，找出问题和不足，改进工作，以利于今后的战斗。

这次的战斗总结工作看来需要抓紧进行，敌人可能随时会采取报复行动。采取的规模有多大？是在白天还是在晚上？是一路敌人还是多路敌人来袭？这许许多多的未知情况，也要马上进行研究部署。

父亲想到这里，停下了脚步，让文书马上通知各营领导，到一营营部参加夜袭战斗的总结会。

天还没有亮，各营的主要领导很快都到齐了。一营的三个连长、指导员也列席了总结会议。因为各营的领导都参加了这次的夜袭战斗，对整个战斗的情况都已基本清楚。所以，总结会议是先由参加此次战斗的单位，也包括在外围观战的各营领导，来谈谈自身的感受。既谈成功的方面、好的经验做法，也谈存在的问题和做得不够好的地方，以及对今后部队开展夜袭战的意见和建议。父亲在最后做了总结："昨天晚上，我们独立团建团后打的第一仗取得了完全的胜利！在所有参加战斗的干部、战士的共同努力下，实现了战前的预想，用零伤亡的成绩，俘获了敌人一个整连，并缴获了全部的武器装备物资。这个胜利，对于我们一个刚刚组建的、几无战斗经验的队伍来说，意义非常重大。这不仅仅是打了胜仗，最大的收获是，锻炼了队伍，提高了我们用劣势武器装备战胜敌人的信心。并使许多的干部战士从这场战斗当中学习了打仗，有的同志掌握了打'夜战'的基本规律和战法，也为全团同志打好未来的战斗，起到了表率作用。周主任在这次战斗前说过的一句话我看蛮好的，就是起到了'以点带面'的作用。大家千万莫小看了这个作用，在我们接下来要进行的战斗当中，主要就是通过这个办法，用老同志带领新同志，用会打仗的带领不会打仗的，让有经验的带领有的经验的，尽快让全团干部战士，都学会打仗，都成为有战斗经验的行家里手。只有这样，才能尽快提高我们团的整体作战能力，完成上级赋予我团配合主力部队阻击敌人的任务。

"作为我们各级的领导干部来说，也有一条很重要的经验：就是在研究具体战斗细节时，能很好地引导干部、战士开动脑筋，积极思考。把战斗中可能会出现的各种各样不同的情况和问题，尽可能想得多一些、深一些，大胆地提出自己的想法、看法，敢于发表不同的意见、建议，使我们的作战方案和作战预案能够更加贴近战斗实际，更加具有前瞻性。

"还有一点要给同志们讲清楚，'夜战'的模式并不是千篇一律的。今天我们利用'夜战'，打的是集中驻扎在一个村子里的一个连队。那么到了明天会是个么样的情况呢？下一个目标会在哪里？有几多敌人？是集中在村子里、还是分散在野外宿营？如果是一个团或者更多的敌人占领了一大片地方，搭建的帐篷一个连着一个，这种情况下，还能不能打'夜战'？要是打的话，该么样去打？类似这样或者那样的情况，我们的干部们要多想一想，多做一些'夜战'的方案、预案。一旦遇有情况时，就可以很快拿出消灭敌人的具体办法来。这叫作'未雨绸缪，有备无患'。"

这次"夜战"总结会取得了很好的效果：一是充分调动了干部们的积极性和主观能动性，让所有的干部在行动前，以对党的事业、对部队的建设发展、对保护当地人民的生命财产安全负责任的态度，学会对整个战斗的发展进程进行认真细致的思考，提出了有针对性的意见建议，从而对这次的夜袭战斗做到了心中有数。战前，派出侦察小组对敌人的有关情况进行了认真的实地侦察。为了慎重起见，团里再组织连以上干部进行现场勘查，依据实际情况，周密部署了战斗方案，对可能出现的突发情况也做了预备方案，使每一个环节紧密相扣。这样做的目的，是让干部们通过真实的战斗，在打仗中学习打仗到学会打仗，做到每打一仗就能够进一步。

二是战前集思广益，统一作战行动。比如在连以上干部作战会议中，有的干部提出来，川军多数是穷人家的娃，其中许多是被抓的"壮丁"，只要他们不反抗，乖乖缴枪投降，先当俘虏看押起来，等打完夜袭战之后再做处理。对抵抗到底的，那就没有什么说的，一刀杀掉；对经过教育、愿意加入红军的，我们应当欢迎他们掉转枪口去打敌人。

也有的提出，为了保证夜袭战斗的顺利进行，在情况允许的条件下，可以采取"擒贼先擒王"的办法，把几个当官的敌人先抓起来，对顺利解决这个连的其他敌人还是比较有利的。

团党委觉得大家提出的想法很好，让一营根据大家提出的想法和建议，在行动之前，再把作战行动具体细化到小的环节上。他们研究得很认真、很仔细。比如天黑，进到屋子里去，一下子碰到了么斯东西惊醒了敌人，么样进行处理？有敌人拿枪抵抗么样办？俘虏押出来了，么样才能有效地看管、防止他们抵抗或者逃跑……战斗要达到的目标是，既要尽最大可能，把这一个连的敌人一个不漏地全部解决掉，并缴获其全部的武器弹药、装备物资，还要尽量不伤亡一个红军战士，不浪费一枪一弹。

三是各个单位都要根据团里的战斗总结精神，做好传达工作。尤其是还没有参加战斗的营、连，更需要把参加了战斗的单位的成功经验和好的做法，进行认真学习，并随时做好参加下次战斗的准备。

毕竟这是一次规模不大的战斗，是在敌人毫无防备的情况下，我们组织的一次夜袭战。由于绝大多数的部队没有参加到这一场战斗中，还没有得到实战锻炼，所以说，还是有很大的局限性。这需要我们团的各级领导干部，要实事求是地把这次战斗的成绩、经验和不足总结出来，把今后在类似战斗中需要注意的情况和问题都摆出来，做到心中有数。同时，以这次的战斗取得的胜利作为起点，以利于全团同志在未来的战斗当中取得更好、更大的成绩。

2

借着这次夜袭战的成功经验，二营、三营的各级干部们，为了抓紧做好部队的训、战结合，迅速提高战斗力，采用"以老带新"的方法，请一营的同志帮忙一起搞侦察、摸敌情，传授打"夜战"的经验体会，共同摸索、总结在实际战斗中的成绩与不足。

虽然又分别组织了几次夜袭战，但收获都不是很大。这倒不是因为不想打的大一点，是敌人吃了亏以后，把宿营地收缩了，部队之间的距离相比以往近了许多，只要一有动静，他们就会整体出动。并且对红军的夜袭战采取了许多防范措施。比如增加了流动哨和巡逻队；除了架设电话以外，还开通了电台，以随时保证通信的畅通。所以，对独立团夜袭战造成了诸多的不便。

敌变，我也变。

敌人不可能永远缩在他们自己的驻地不出来活动。他们需要吃，就要运送粮食；要打仗，就要运送弹药；有了伤病员，就要送往医院。还有敌人派出的流动哨巡逻队，也是可以打击的目标、袭击的对象。这些也为独立团提供了消灭敌人、锻炼部队的机会。

利用敌人前来"围剿"的大部队还没有完全集结完毕的机会，无论是白天还是黑夜，团里的三个营经常轮流派出精干的人员，埋伏在敌人的必经之地，只要敌人敢出来，就可以零敲碎打地予以消灭。虽然每次的战果不太大，但是积少成多，也使得全团的干部、战士，在这些不大不小的战斗当中，不断积累经验，掌握消灭敌人的各种机会，从不会打仗，到逐渐学会了打仗。

这些实战经验，极大地锻炼提高了部队的作战能力，积累了一定的作战经验，虽然效果有限，但是上至各级领导干部，下至普通的战士，收获的经验却是非常大的。无论每次战斗取得的胜利是大是小，缴获的武器装备是多是少，同样都能够大大地激发全团的战斗热情。

政治部的周主任，抓住每次战斗取得的胜利成果，让政治处的同志们以发简报、编快板等形式进行宣传，组织宣传队、慰问队，把有关连队和个人在战斗中的英雄模范事迹进行宣传报道，给立功受奖的干部、战士佩戴光荣花，上英雄榜。给这些同志的家庭发立功受奖的喜报。

当地政府知道这些情况以后，又组织他们家里的亲人来到部队上祝贺，并鼓励自己的子弟兵们再立新功、取得更大的成绩。有的群众把自己家里孩子立功受到的奖励情况，告诉亲朋好友，形成了"一人当兵，全家光荣；一人立功受奖，全村贺喜"的拥护参军、参战的群众性的热潮。

敌人对独立团的频繁袭击，非常恼怒，四处扬言要彻底消灭赤江独立团。

敌人想吃掉独立团的目的很明确，是要清除障碍，为"三路围攻"做好准备。独立团的夜袭战、骚扰战，拦截战、打伏击等，目的是锻炼部队，缴获敌人的装备用来装备自己，为"反三路围攻"配合主力团，彻底阻击和消灭敌人创造条件。

双方要想达到目的，都需要了解和掌握对方的情况。

独立团一方面通过直接侦察了解敌情，一方面通过发动当地的人民群众来获取情况情报。

在根据地里，敌人两眼一抹黑，翻身当家做了主人的人民群众是不会给敌人提供情报的。从抓获的俘虏口中得知，敌人已经知道独立团是个地方武装，刚刚成立，基本上是当地的"泥腿子"，没有几条破枪，也没有打过什么像样的仗，成不了什么气候，消灭独立团应该是易如反掌，没有任何问题的。并且部署了对独立团所在的"五马归槽"地区进行"围剿"的计划。

父亲对此早有准备。在组织部队第一次夜袭作战后的总结会上，给各营、连干部打了招呼，要随时做好应对敌人报复性的、大规模进攻的准备工作。而做好战斗准备的关键，是要提前知道敌人的动向。除了派出侦察人员及时掌握敌人的动态外，还要把明的、暗的哨兵安排好，布置到敌人必经的各要道、路口，以及有可能发动偷袭进攻的地方。

为了解决好这个问题，父亲专门组织了一次经验交流会，让一营长给大家讲解部队在鄂豫皖根据地的时候，是怎样布哨的，并要求大家认真听，认真做好记录，回去以后，要照此办理。父亲告诫大家说："千万莫要小看了放哨这件事情，这里面是很有学问的。如果这项工作没有做好，部队就有可能遭到重大损失，说重一点，甚至会使我们全军覆没。我们独立团的绝大多数同志还是新兵，对于打仗的一些军事常识了解得少，不晓得这些军事常识的重要性和必要性。参加红军时间长的老同志，特别是各级干部，要把红军的好传统、好作风、好经验，传授给新同志。要一代一代地传下去，这是保证我们这支新部队学会打仗，减少自身伤亡的重要法宝。"

接着，一营长对野战条件下，特别是山地丛林作战中，为了防止敌人突然发起的进攻、偷袭，部队在宿营地或者临时休息点，需要及时放出警戒哨的重要性等相关军事常识，进行了认真讲解：在每一个连队，不能只设一个哨位，除了每个方向都要有固定哨兵以外，还要有潜伏哨、流动哨。有条件的还要放瞭望哨、联络哨和远方观察哨。在重要的方向上和重点的部位，要放两层甚至三层岗哨。哨位尽量选择在没有明显特征、便于隐蔽，又便于发现敌人的地方。选择哨位的时候，需要我们的连、排干部带上班长或者老兵、骨干，一个一个地去选择。选好后，每个班的战士要牢记哨位的位置，牢记口令。一般情况下哨位要双人，也就是双岗双哨，老兵带上新兵，年龄大的带上年龄小的，两个小时一班哨。晚上八点到第二天早晨的五六点，是最要警惕的，防止敌人偷袭，防止敌人摸哨。

还有，为什么要在重要方向和重要部位放两层甚至三层呢，而不是一层哨位？这是为了防止敌人偷袭时候，很容易摸掉我们已经暴露的哨兵。双层、三层哨，说得直白一些，就是加了双层、三层的保险！

安排哨兵不是摆设。每一个去执勤的哨兵，一定要把自己负责的警戒位置，附近的地形、地物了解清楚。附近有没有土包，有没有草丛……当发现有任何异常响动的时候，要保持十分的警觉。哨兵的枪都要子弹上膛，随时准备开枪，发出报警信号。战场上的情况是瞬息万变的，无特殊情况，平时一定要注意关上保险，以免枪支走火、误伤自己同志和暴露哨位。

一营长说到这里时，父亲补充强调道："还有，哨兵在哨位上是不能够打瞌睡的，更不允许睡觉、抽烟，也不允许聊天，这是部队的纪律，必须严格遵守执行，违反了纪律要受到处分的，哪个人也有的例外。我说的这些，是血的教训总结出来的，可以这么说，每一条规定都包括一次甚至多次血的教训。"

"一营长把如何安排警戒，放置哨兵的有关规定，说得很清楚了。我们在座的都是班长以上的干部、骨干，回去以后各个单位要抓好落实，千万不可掉以轻心。我们团、营两级的干部，每天要到各个连队去检查哨位的落实情况，如果不按规定办，发现了以后要通报全团，并严肃处理，严重的要给予纪律处分。

敌人的进攻迫在眉睫了，一营是我们全团的第一道阻击防线，要尽快研究拿出作战方案和作战预案。作战的预案也很重要，最好能多做几个预案，这样一旦遇到情况，就不会手忙脚乱。么斯情况下执行么样的作战方案。对作战方案和作战预案，营、连两级的领导干部必须要了然于胸，有了情况一定要快速做出反应，并把这里发生的情况及时向团部报告。"

没有想到敌人的报复来得很快。

时间大约是在四月初。一天，公鸡还没有打头鸣，敌人的侦察分队摸了上来。团部接到一营通信班长的报告。

父亲睡得比较晚，刚刚打了一个盹，听说有情况，一个骨碌翻身爬了起来，对周主任说："看来，敌人吃了大亏以后，一直想找机会报复，派人来侦察了几次，没有得手，人和武器也被我们统统没收了。今天，天还有的亮，也就是早上三四点钟的样子，敌人接受了前几次的教训，绕过了我们的一些哨卡，已经摸到了一营防御前沿约一公里的主要方向上，动作还是蛮快的嘛。敌人是不想让我们休息好、睡个好觉了。他们起得还蛮早的。也好，我们是以逸待劳，正等着他们来呢。敌人这么快就自己送上门来了，这倒省得我们去找了。送上门来的东西，哪有不要的道理，当然是要全部照收。我琢磨着这次敌人来的可能不会少，前面几次还有的到跟前就吃了亏，到现在也有把我们的底子给摸清楚。""是啊政委，敌人来多来少我们都要打，我看就按他们来的人多准备吧，不狠狠地教训教训他们一下子，就不知道我们独立团的厉害。"周主任一边穿衣服一边说着。

"我估摸着，这次敌人既然摸过来，估计人数不会少，应该在两个连左右，甚至是一个营。老周啊，我看是不是这样，你还是在团指挥所坐镇指挥。让二营和三营也事先做一下准备，这两个营抽出些人手，准备去支援和配合一营作战。

我们两个现在分头行动，我到一营去了解情况，你把二营长和三营长叫到团部研究一下，看看准备让哪个连队上去，哪个连队留下来做预备队。警卫排、通信班、司号班都留在团部，我带一个参谋和一个文书先到一营去。"

"哦，对了，还有啊，这次敌人来，不晓得会不会动炮？估计他们不晓得我们在哪里，到底有几多人。再说进到山里面了，这炮怕是不好打吧。为了防止各种可能的情况发生，团的预备队要做好随时参战的准备。二营负责的第二道防线也是非常重要的，不能有任何闪失。"

父亲和周主任商量完了以后，从桌子上抓起了一缸子水咕咚咕咚两口就灌到肚子里，带着人匆匆往一营阵地上去了。

敌人的侦察分队正悄悄向之前袭击他们的主要方向搜索前进。在这一带负责设伏的班长，觉得来袭敌人的情况还没有完全摸清楚，可以先让他们慢慢地继续搜索前进，没有马上鸣枪示警，而是让身边的新同志先回连里报告情况。

一营的反应很快，得到这个情况以后，立即做出了三个决定：立刻向团部报告情况；继续密切注意监视敌人，先不动他们，将敌人的侦察分队继续往里面放，没有命令不能开枪；马上派出一个侦察班，分成三组，迅速绕到敌人的侧后，看看敌人到底出动了多少部队以及他们的装备情况，尤其要注意看看他们有没有携带重机枪、六〇迫击炮之类的重武器。

父亲赶到一营驻地的时候，在一营部的帐篷外，听到营里的几个领导正在一起商量研究这个仗应该怎么打才好。讨论得十分热烈。父亲停下脚步，在帐篷外面认真听每一个人对打这一仗的想法、意见和建议。父亲认为，自己一旦进去，讨论就会停下来，也许有一些想法和看法，当着他的面就不说了。所以不如在外面停一停，让这些干部敞开思想，放开胆子讲。"兼听则明，旁观者清"嘛。以旁听者的角度，听听下面同志们的想法，还是很有必要的。也算是对这些干部军政素质情况进行的一次考察。

三连长性子急，抢着给几位营领导们说："这次无论如何咱们三连必须要打先锋，要当作主力连队来用，不能老干一些打扫战场、押送俘虏的事情。"

他这个态度，当然也是因为第一次在夜袭战的行动中，三连是预备队，负责在外围打掩护和战斗后押解俘虏，他认为是打杂活的角色。

三连长直接提出："这有什么说的，来了好嘛，正愁龟儿子们怎么不来呢。既然送上门了，省得我们去找了。那就给他来个一锅端，好好干他一仗，叫这帮龟儿子们有来无回！"

三连副连长也附和着说："我们营里现在有机枪，一直没有舍得开过'洋荤'，这次敌人要是来得多，正好可以让狗日的们尝尝他们送来的'花生米'是个什么滋味？打在身上钻几个洞洞，看看比大烟枪是不是更舒服点啊！莫以为我们是地方武装，想在我们身上占便宜，没有门儿！"

二连长是部队入川之前宣传队里的警卫战士，平时不大吭声，喜欢抽个烟袋，营里几个干部都叫他"闷葫芦"。可是，今天他说的意见却让大家对他有了新的认识。"敌人吃了大亏，夜袭战加上最近这几次小战斗，让他们损失了两百多号人。敌人这么快来报复，说明敌人咽不下这口气。上面当官的一定狠狠地骂了他们，想报复我们的心情自然是十分迫切。当然想得更多的是，要把我们这些地方武装一口吃掉。从这个情况出发，敌人出动的兵力一定不会比过去少，只会多，应该是一到两个连左右，或者还会更多一些。我们应该有这个思想准备。如果真是来了一个营，我们也是一个营，要想打好这一仗，全部消灭敌人，困难还是不小哦，是不是应该把这个考虑和团部说一下比较稳妥一些。"

二连长的几句话一出来，大家都觉得还是蛮有道理的，纷纷点头表示认可。

父亲听了后，默默地在心里念道："你这个'闷葫芦'，可以嘛，今天这个想法建议提得好啊！"

他接着又说："这只是我的想法，不晓得好不好，今天也算是，也算是一个'臭皮匠'的意见，千万莫要笑话我！"

话音刚落，逗得大家忍不住笑出声来："这个家伙还蛮谦虚的嘛，还晓得做一个'臭皮匠'，不简单，不简单，又进步了嘛。"

"莫笑了啊！现在是研究敌情，准备打仗，时间很紧了。如果大家都觉得二连长的想法有道理，那就按照这个可能出现的情况，把这次准备大打的方案说一说，我们一边做准备，一边报告团部。"一营长看到大家开起了玩笑，连忙严肃地说。

父亲听到这里，就走进了一营的帐篷里，说："我来了好一会儿了，一直在外面听你们讨论研究敌情。看来你们研究得还是不错的，你们接着说，看看准备么样打吧。"

一营长看到父亲来了，特别高兴，说："政委，你来得正好，那我就接着说啊。这次的基本打法是，一连还是在正面防御，把我们现有的两挺机枪全部配到正面，用来抗击敌人的密集冲锋。一连的任务就是坚决守住，没有命令不准后撤一步。二连提前到敌人进攻路线的左右两侧，选择易于防守，便于消灭敌人的地方隐蔽待敌。主要任务是打敌人的伏击。三连抽出一个排，带上全部的枪弹、大刀，摸到进攻敌人的后面去，最好能够打掉敌人设置的指挥所，袭扰敌人的进攻。你们去的这个排，可不是去死打硬拼的，尽量采取偷袭的法子。目的是打乱敌人的部署，造成敌人的指挥混乱。如果条件允许的话，也可以搞一个前后夹击敌人的假象。总之一条，要想方设法地让敌人越乱越好。如果敌人来了一个营甚至更多的话，我们一个营恐怕是吃不掉了。毕竟新战士多，枪支弹药少，虽然其中有人参加了夜袭战、伏击战，但是大规模的、正面阻击敌人进攻的阵地战，他们还从来没有打过，更谈不上有这方面的战斗经验。为了更有把握地打好这一仗，争取多消灭一些敌人，请团里派出队伍支援我们。"

营长说着，营部的文书头也不抬地做着记录。

听了一营长的想法之后，父亲对一营的敌情判断、情况处置以及部队的战斗分工和这次战斗的基本打法表示赞同。说："这样吧，来这里之前，我与周主任简单商量了一下，考虑到敌人上一次来进攻我们的时候，只派了一个连左右的兵力，很可能是属于试探性的，结果还没有到跟前，被我们打得屁滚尿流，一定晓得我们的力量不容小觑。这次，估计敌人的兵力应该在一个营左右。

"你们刚才也提到了，这是我们独立团在占领'五马归槽'阵地以来，第一次面对敌人对我们防御阵地的进攻。这对于我们的部队来说是个新课题，绝大多数同志都没有这样的战斗经历，再加上兵力可能不够，想请团里派队伍来支援。

"我的想法是，从二营、三营各抽调一个连前来支援、配合你们的战斗。当然，不是说把这两个连队全部放到前沿阵地上去，而是作为你们的机动队和预备队使用。剩余的四个连队，三个连放在第二道防御阵地，一个连作为团里的预备队，由周主任负责。同时，将我们这里的有关情况向'鹰龙山'指挥所报告。

"这次敌人来的可能比较多，战斗规模也许比较大，战斗的时间也有可能会比较长，伤亡是难免的。二营和三营的教导员，一个负责组织救护队、担架队，一个组织附近的村子，准备中饭和晚饭，保证战士们吃好、喝好，不能让战士们饿着肚子打仗。"

开完会后，大家按照分工，各负其责。

父亲和团机关的参谋、文书，与一营几个领导赶往前沿阵地。

在赶往前沿阵地的路上，谈起了两个哨兵对这次发现敌情的处置问题，都觉得比较稳妥。父亲建议营里领导，对这个班长应多加关注和培养。他刚参军两个月，遇事就能够这么冷静、稳妥地处理敌情，的确是很不容易的。至少说明这个班长，在处理这个情况的时候，不是简单地鸣枪示警，而是想到在敌人这几个侦察人员的后面，还有没有其他侦察人员，敌人后续大部队到底来了多少。所以，他想到让一个人先回来报告，自己留下继续坚持观察敌人的动态。在还没有到最危急的时刻，不采取鸣枪报警的措施。也可以这么说，在他的思想里有了全局的观念，这是很不容易的。因为他面对的是战场，是敌人。

由于敌人并不能准确地知道独立团的防御阵地在哪里，以及部队的人员装备等情况，所以敌人基本上是搜索前进，行动并不快。

到了前沿阵地以后，父亲听取了一营派出的侦察人员和哨兵报告的最新的敌情动态以后，说："把敌人的侦察分队放进来的办法是对的，不着急嘛。让敌人侦察分队往里再走走，使随其后面的敌人放心大胆地出来，就可以看看到底出来多少敌人。这样，我们才好收拾他们的尾巴，打乱他们的部署，让他们首

尾难顾。一营长，我们是不是能够弄几个活口回来，了解一下敌人这次行动的
目的，出动的人员数量和装备等情况。

当我们把这个敌人的侦察分队收拾了以后，敌人后面的部队失去了'眼睛、
耳朵'。敌人了解不到我军的虚实，在进攻上容易失去章法。部队的军心可能因
此而产生动摇，行动的针对性会大打折扣。而我们则可以把敌人的情况摸得清
清楚楚，自然而然地掌握了这次战斗的主动权。"

二连的一个排长带着五个战士，很快将俘获的五名敌人侦察员押了回来。

几个川军俘虏，也许是吓坏了，也许是因为"大烟瘾"发了，走起路来歪
歪倒倒的，平时欺负老百姓的威风劲头，不晓得都到哪里去了。有一个兵脚上
只剩了一只鞋子，看来是逃跑的时候跑丢了。俘虏身上的枪是倒背着的，独立
团的战士卸掉了枪栓，让他们扛着上的山。

到了营指挥所，这位排长对五名俘虏说："到了到了，你们把枪都取下来吧。
老实点，我们首长问么斯就答么斯，不讲实话，小心我们的大刀片子给你们'切
西瓜'。"几个俘虏中有个年龄大一点的是个班长，赶忙答应道："我说我说，我
把晓得的全部告诉红军长官。"

问："说说看，你们这次出动了几多队伍？"

答："来了三个连，一个营的兵力。"

问："来这里想搞么事？"

答："我们长官让我们兄弟几个先来试探一下，看看在这里的红军是哪个部
分的，驻地在什么地方，有多少人。听说是当地的农民自卫队，长官们不相信，
说'不可能吧，农民自卫军还会搞夜袭、偷袭、搞夜战，打伏击战？打得有板
有眼的，我们可是吃了大亏喽。'

我们长官还说，莫以为我们川军是好欺负。今天非要给'共匪'，不对不
对，说得不对，是给红军点颜色看看。让我们几个把发现的情况报告回去。部
队在三四点就集合吃了早饭，我们搞侦察的先行。"

问："你们这次看到么斯了？"

答："没有没有，我们什么都没有看到，摸着黑走夜路，还没有等我们看到
什么，就被你们的人给捉到这里来了。"

问："如果发现了情况，你们准备么样报告你们的长官呢？"

答："我们后面还有一个排，距离有五百米左右，他们带有电台。先把情况

报告给排长，他用电台告诉后面的部队。不晓得这个排长现在到了哪里了。如果找不到我们，不晓得他们是个什么样的情况了。"

正在这个时候，一连阵地方向响起了枪声。

俘虏押走了以后，父亲看看天还没有亮，对一营的几个干部说："看来敌人的想法是先摸摸我们的底，有几多人，几多枪，战斗力强不强。不强，就一定是农民自卫队，他们可能要倾力一战，争取把我们吃掉。如果发现我们不好打，会估计是红军的主力团，可能不会硬打下去。打上一阵子，回去好交差，以后准备再来，再组织更多的部队来。所以，我们先不管是个什么斯情况，不管敌人是拼死往上打，还是边试探边打，我们按照原订计划打，把敌人放得近一点，最好放到一连阵地前二三十米再狠狠地打，让这些川军好好尝尝我们独立团'花生米'的厉害。

二连和三连趁着天黑，潜行到敌人进攻路线的左右两翼事先埋伏好，在没有得到营部发出的进攻信号时不能擅自行动，要尽量等到敌人的第二次或者第三次冲锋的时候再打。打得要突然，要猛。

二营和三营的两个连队，作为团里的预备队，随时准备支援一营的战斗。

我看二营长可以带上你们的四连，绕到敌人的侧后，准备掐断敌人的退路。到时候如果实在'包不了这个饺子'也不要紧，主要的任务就是破坏敌人的指挥，造成他们的混乱。同时也能够锻炼锻炼部队，多缴获一些枪支弹药回来。"

说到这里，父亲停了一下，问："哦，还有个事情，不晓得一营有没有枪打得准的战士，让他专门负责打敌人当官的和机枪手。"

一营教导员告诉父亲说："有啊，有啊，一连有个当地的猎户，刚刚由自卫军编入到营里的，年龄偏大一点，不到四十岁，但枪打得蛮准。上一场伏击战，我亲眼看到他用了三发子弹，击毙了两个，击伤了一个。团里给他家里发喜报，他本人立了二等功。"

父亲听后说："现在，我们的子弹太少了，要多有几个这样的战士就好了。我看把这个战士放在主阵地的侧翼位置上，专门负责打冷枪，打掉敌人的指挥官最好。"

作战方案定下来，父亲对一营长说："老李，你这个营指挥所的前面树木实在是太多了，不便于观察前方的战斗情况，我们还是一起到一连阵地上去看看。"

一营长见父亲要去战场最前沿的一连，急忙说："太危险了吧，你是团里的主心骨，到这里已经是很靠前了。如果再到一连的阵地上去，无法保证你的安全了。再说，你还不相信我们打敌人的能力吗？么去了吧。"

"是吗？战士们都在前方杀敌，我们也不能当个缩头乌龟吧，再说你这个指挥所根本就看不出去，只能看到远方处红光一闪，白烟一冒，结果还是啥情况也不晓得。作为指挥员，最重要的是要掌握战场上随时发生的情况，以及敌我双方的态势，还有我军的斗志、伤亡、战术运用等。不到战斗的一线，你晓得前方战斗现在是个么斯样子呢？"

父亲接着又说："同志，冇的关系喔，走吧，走吧。子弹看见我们了，会绕着走的！"

到了一连阵地，敌人的进攻已经开始，但是规模不大，看样子采取的还是属于试探性的进攻，进攻的敌人也很分散。敌我双方的枪声交织在一起，没有机枪的声音。在零零散散的步枪声里，分不清敌我。

一连长见到父亲，说："政委，敌人上来了两次都被打下去了。"

父亲问："规模大不大？有几多人？"

一连长答："不多，第一次大约有一个排，第二次还是在一个排左右。树太多太密，远了看不见，打不着。近了，也不好打。正如你讲课时候说的，子弹不会拐弯，都打在树上了。现在看，在这样的战场上打仗，枪的作用受到了限制，只有把敌人放到跟前，用大刀砍，用矛子刺。短枪也比长枪要灵活得多。我们打了敌人两次冲锋，只伤了三个战士，还是轻伤。要是像这样打下去，敌人一点便宜也占不到的。"

父亲一边听一连长的汇报，一边观察整个战场的情况，看了一阵子说："你们看到了吧，现在我们独立团的战士经过了一两次的战斗，成熟了不少。在战斗的间隙，有的抽烟，有的在擦枪、擦刀，有的靠着战壕休息，有的在聊天，脸上像冇的发生过战斗一样，平静得很。"

二营教导员把村子里做好的早饭送上了阵地，村子里的乡亲们和炊事班的同志们，正忙着给阵地上的战士盛饭盛菜。

三个挂了彩的战士说什么也不下去，一定要坚持战斗，部队情绪非常高。

"仗打得不错嘛，一营长。估计要不了一会儿，敌人的第三次进攻就要开始了，告诉大家做好准备。这次敌人估计会上来的多一些。通知二连和三连，做好拦腰打击敌人的准备。"父亲的话音刚落，敌人的六〇迫击炮弹就打了过来，试射、矫正射，一连的阵地上顿时硝烟弥漫，弹片横飞。"看来敌人这次吸取了教训，枪不好使，改用炮来攻了。"一连长正说着，连着几发炮弹落在了他的附近。炸断的树枝噼噼啪啪的散落在阵地上，有的砸在战士们的身上。

父亲被一营长和警卫员拉到距离战壕二十多米的一块大岩石的附近。

由于没有防备敌人打炮，一连一下子伤亡了十几个人，这也打破了部队刚才还比较平静的心情。

父亲马上对一营长说："告诉部队，只要一听到炮响，阵地上只留上两个同志，其他人员马上离开工事，向后撤出三十米左右，等到炮声停下来了，再回到阵地上去，不能蹲在战壕里面挨炮弹炸，这个法子要向其他的营、连长们讲清楚，不能再吃这个亏了。"

炮声停了没多久，一连长大声喊着："敌人上来了，同志们准备战斗，为牺牲的战友们报仇！"

刚刚还在一起战斗的战友，一下子牺牲了好几个，报仇的怒火，在所有人心中熊熊燃烧。

"妈的，龟儿子们，你们上来吧！这次请你们好好尝尝老子的大刀片子的滋味！"

"对呀，同志们，穿一个枪眼儿太便宜这帮龟儿子们了，用刀子砍，用长矛刺，血债血偿啊！"

敌人这次上来的人员不少，因为遮挡物太多，看不清楚，只是看到在树木下、草丛中的人头密密麻麻地向山上蠕动，动作很慢，看起来至少有一个连，也可能更多。

在山里打仗不像平地，可以很快冲上来，也可以从老远就开枪射击，枪打不到的地方还可以用炮打。但要想与守在山上的红军打仗，敌人首先要爬山，边爬山边射击还是很困难的，可是趴在地上射击又看不见红军在哪里。站直了身子射击，又怕当了红军的活靶子。敌人在身后督战队的逼迫下，缓慢地往上爬，不时朝山上放几枪壮壮胆子。至于子弹打到哪里去了，只有天晓得。

看到敌人慢慢地向上爬行，阵地上的战士们按照连、排干部的要求，也不着急用枪打。有枪的战士因为看不清敌人，也没有冒然开枪射击。整个阵地上显得十分安静，偶尔可以听到敌人打过来的断断续续的枪声。

那个猎户出身的战士很会利用地形和地物，自己一个人找了一个既隐蔽，又便于观察和适合射击的位置。只要他的枪一响，总有一个敌人倒下去，吓得敌人趴在地上半天不敢动。有个别胆子大的，抓起枪来，朝着猎户隐蔽的位置放枪，这边猎户也不含糊，放上一枪就换了一个位置，叫敌人摸不清他到底在哪里。猎户边移动着射击位置边自言自语念道："好你个龟儿子们，还敢朝你爷爷放枪！哪个放枪，我就先让哪个到阎王爷那里报到去。"他不紧不慢地，瞄准一个，就放上一枪。不一会儿连续放倒了六七个敌人。别看这零敲碎打的只是打倒了几个，却把进攻的敌人打得都不敢轻易抬起脑壳来。本来山就很陡，三天两头的雨水，让山体表面又滑又泥泞，向上爬起来十分地费力。现在，猎户时不时放上几枪，而且打得又很有准头，这么一打，敌人干脆全身伏在地上，像蜗牛般地在地上爬行。说得好听一点，叫作"匍匐前进"。战士们看到敌人这个样子的进攻动作，在战壕里笑成一片。有的说："像这个样子爬着进攻，到我们的阵地时，只怕是要等到我们吃了中午饭以后了！"有的开着玩笑："我们在阵地上干脆先美美地睡上一觉吧，只怕等到觉睡醒了，这帮龟儿子们还没有爬上来呢！"

埋伏在敌人进攻路线两侧的两个连，看到敌人上来这么多人，手里早就痒痒的了，可是要打，还要听营里的号音才能打。

一营长也在等待时机。打早了，敌人还没有进入一连的火力范围。二连、三连如果一开火，敌人也许就被打回去了，或者他们把进攻的方向改向两侧。这样一来，不易达到战前制定战斗方案的效果，在消灭敌人的数量上就要大打折扣；打得晚了，也会给一连的正面阵地造成的压力过大，尤其是当敌人的兵力超过两个连以上的时候。

一营长把他的考虑，说出来以后，父亲很清楚，他的打法是正确的。

二营和三营几个领导听到后，觉得一营长说得有道理，同时也受到了不少启发。感叹道："打仗还真是一门学问啊！不光是要拼勇敢，还要会动脑筋，会用兵，要争取用最小的代价取得最大的战斗成果才行啊。"

"你们看。"一营长用手往前一指："敌人已经进入一连的火力范围了，不过，还可以再放近一点。按正常情况来看，现在可以开枪射击了，可是我们眼前的树林子太密，看不出去多远，这样打的效果不好，容易浪费子弹，不如再放近一点，放到一二十米的时候，枪也能打得准了，用刀、用长矛的战士也可以上去杀敌人了。再加上二连和三连这个时候兜着敌人的屁股打，效果应该是最好的。"

"差不多了。司号员,吹号!"一营长拔出大刀,大声下达进攻命令。

冲锋号的声音在群山中回荡。激昂的号音,把"五马归槽"一带的崇山峻岭震荡得犹如山呼海啸一般。一营一连像猛虎般跳出战壕,大喊着扑向山下进攻的敌人。因为距离太近了,处于最前面的敌人想瞄准了开枪已经是来不及了,只能掉转身往山下跑。战士们挥舞着大刀、长矛追赶敌人,大声喊着:"缴枪不杀,缴枪不杀!"在独立团的战士们冲杀下,敌人开始四散逃命。有的把枪扔到地上,什么也顾不得了,只管拼命地逃跑要紧;有的敌人更有意思,因为山路陡峭,收不住脚,一边往山下出溜,同时把枪举过头顶,等着我们的战士追上来缴枪;有的被战士们用大刀砍掉了脑壳子,有的被砍伤了胳膊、腿;还有的被长矛刺中的。受了伤的敌人,躺在地上大声呻吟着、喊叫着。

与此同时,二连、三连向敌人的两侧冲杀过去。由于是敌人整个进攻阵型的尾部,也是兵力最多的部位。在冲锋号响起之前,这些敌人还在不紧不慢地往山上进攻。可是,突然响起的冲锋号音,像是催命的音符,使敌人一下子阵脚大乱。在连续的冲击下,前面的敌人往山下快速溃退,把紧跟在后面的敌人冲得人仰马翻。这真是"兵败如山倒"啊!谁都不管不顾,争先恐后地往回撤退。川军的特点就是逃命快如猴。当地的老百姓都晓得"川军两杆枪,进攻像蜗牛,撤退逃跑赛兔猴",通江的山又高又大,坡子还特别陡。敌人利用山高坡陡的地形和山路又湿又滑的特点,直接往下出溜。那可真是一个比一个快。

可是一切都晚了,二连、三连已经封堵住了敌人的退路,从两侧兜着敌人的屁股向山上冲杀过去。短兵相接,刀枪相碰发出的响声,红军战士的喊杀声交织在一起,震天动地,吓破了胆的敌人,没命地向山下逃跑,只恨自己的腿太短,跑得慢。

一营把敌人两个连团团围住,到处是缴枪不杀的吼声!

一个手拿长矛的小个子红军,样子看起来也只有十二三岁。只听见他稚嫩的声音在大声喊着:"莫跑了,再跑,老子用矛子捅死你。"那个川兵正使劲往山下出溜,一边出溜,嘴巴里还一边喊着:"不跑了,不跑了,枪把你。"但身子还在向山下出溜得更快了。看看小个子红军离他越来越近,又大声喊:"放过我好吗?"这个娃娃红军可一点不含糊,大叫一声:"我叫你龟儿子们跑。"一矛子就捅了过去。川兵吓得一侧身子,用求饶的声音喊道:"莫扎啊,莫扎啊,我不跑啦，不跑啦！你莫用矛子扎我嘛，我就不跑了嘛。"小战士拾起敌人丢在地上的枪，往自己的肩上一背，端着长矛神气地说："给老子起来，当了俘虏就不杀你了，还跑个斯？走吧，到前面集合去。"

许多同志看到小个子红军的勇敢战斗精神，包括营连干部们，对他英勇杀敌的行为，表示深深的赞赏。他们用敬佩的眼神看着他说："他叫小五子，我们是一个村里儿童团的。他比我的年纪还要小一点，打起仗来却这么勇敢，真是让人佩服得很！"

距离小五子身边不远的二连的一个排长说："这个红军娃娃打仗非常勇敢，有一股子不要命的精神。别看他手里没有枪，照样端着长矛就往前冲。敌人向他求情，他都不放过，一直把敌人追到实在是跑不掉了，乖乖地把枪交了当了俘虏。"

班长看他肩上背着一杆长枪，手里拿着矛子，押着俘虏过来，高兴地说道："五娃子，你好厉害呀，第一次上战场就抓到了俘虏，缴获了一支长枪，了不起！了不起！这回连里一定会给你记功、受奖，团部也一定会给你爹你娘报喜的！"

五娃子听了以后，还有点不太好意思了，小声嘟囔了一句："哪个说我们人小就上不得战场，缴获不了钢枪，当不了英雄好汉？不过这回好了，总算是让我上了战场，抓了俘虏，还缴获了一杆钢枪。这次我爹我娘一定会为我高兴的。"

二营长从山下回来了，带着一脸的高兴，喜气洋洋地说："政委，我们四连摸下山去，找到了敌人的指挥所，扔了几颗手榴弹，打了几排子的枪，干掉了至少十几个敌人。敌人的警卫排反应很快，都是快枪。我们没有恋战就撤出来了。回来的路上，遇到了溃散下来的川军，晓得一营这边已经得了手，就组织四连拦腰打了一个伏击，缴获也不少，有一挺机枪，长枪二十几支，还有一门迫击炮。我们没有一个阵亡，只有两个轻伤。"

看到一营取得了大胜仗，而且二营也有收获，只有三营长的情绪不太高，一言不发，用有一点忌妒的眼神看着一营、二营干部战士的欢声笑语，看着他们缴获了那么多敌人的武器装备，后来干脆一屁股坐在地上，谁也不理睬，自顾自地抽着自己卷的旱烟，闷闷不乐。

这些情况当然躲不过父亲的眼睛。

父亲的心里十分清楚，手心是肉，手背也是肉。要把这一千多当地的农家子弟带成能战善战的队伍，绝不是一天两天、一仗两仗的事情。

可是三营，三个连队中有三分之二都还是些孩子，大的十五六岁，个别小的只有十三四岁，太小了，身体还没有长成熟。把这些娃娃战士放到打仗的一线上去，真是于心不忍，还放不下心，又舍不得。搞得不好，一仗打下来，伤亡太大，不光会对部队的情绪产生极大的影响，而且我们该如何面对这些娃娃的父母、乡亲们？又该怎样向他们解释呢？这些都是作为一个团的领导不得不认真思考的一个非常严肃的问题。

父亲走过去，把手轻轻地搭在三营长的肩上说："我说三营长啊，仗是一定有你们打的。但是要么样让你们营来参加战斗，团里要好好研究研究。毕竟我们要对他们的父母、亲人负责任啊。"

三营长很不高兴地说："我们营总是当预备队，要当到哪一天是个头呢？总是这个样子下去，不光部队得不到锻炼，对我们战士们的思想情绪也有很大的影响啊。

仗，有打大仗，也有打小仗，我们营打大仗不行，安排个小仗总是可以的嘛，哪怕能够取得一点点小小的胜利，部队也可以得到一定的锻炼，也有利于鼓舞士气，激发全营干部战士的战斗热情。"

三营教导员也同意营长的意见，跟着说："部队都是从小到大，从弱到强，每个战士的成长也是这样一个过程。政委，你看能不能这样，一连守这个阵地已经有十几天了，大大小小的仗也打了好几次了，是不是也该轮换轮换了吧。或者一连在阵地上留上一个排，我们派上来两个连配合他们作战。他们有经验，带一带我们营里的同志总可以吧，相互学习共同提高嘛。"

父亲回答说："这个事情还是要慎重，等团里研究研究再做答复。有一点可以明确地告诉你们营的同志们，每一位同志都要随时做好上战场打仗的准备。"

三营营长、教导员刚才还愁眉不展的脸上顿时"云开雾散"。三个连长抢着说："政委，是不是可以早点研究嘛，我们下面的战士，早就等不及了，嗷嗷叫，发牢骚、讲怪话的人可不在少数啊，再不让他们上战场怕是要憋出病来的。"

"我们每次遇到团里有作战任务的时候，总是做预备队，等于是看着别人打，看着别人立功受奖，用大刀、长矛换成了真正的钢枪。不晓得让人有几多羡慕。妒忌得很啊！"

"总之一句话，早就盼望能早点上战场杀敌立功了。"

独立团自进入"五马归槽"阵地之后，夜袭战、伏击战等大大小小的战斗打了有十几次，各营、连的积极要求参加战斗的热情越来越高，仗也打得不错，缴获的枪支弹药，快到了全团总人数的三分之一。当然，有些枪的质量差一点，有的还需要修理以后才能用。但是不管怎么说，枪比以前多了，参加过战斗的连队，也占到了七成以上。许许多多刚刚入伍的同志成了战斗英雄，这里面还有一些年龄才十二三岁的小红军战士，经过战斗的锻炼，有的同志已经成为骨干。凡是参加过战斗的连队也取得了一些战斗经验。

每次战斗结束以后，团政治处都以最快的速度，收集、整理好各单位上报的英雄模范事迹，将在战斗中表现突出、立功受奖同志的喜讯，发到他们的家里，让他们的亲人、亲戚朋友，以及当地的乡亲们，早日晓得自己的孩子在部队里英勇杀敌、立功受奖的表现，并且为养育有这样的孩子而感到骄傲和自豪。

这场战斗一结束，父亲就把连以上干部集中在一营指挥所总结战斗情况，也对敌人即将组织的反攻作出部署："一营和二营回去以后，除了抓紧正常的布哨、训练，还要认真总结经验，更好地发扬经过实战证明成功的打法，也要找出在战斗中暴露出来的问题，并加以很好地研究解决。争取做到，打一仗，进一步，一次比一次打得好，队伍一天比一天更有战斗力。

"要对战斗中表现突出的个人和先进的单位予以表彰。大力搞好宣传教育，让英雄模范的家乡人民为有这样的儿女而感到骄傲和自豪。

"还要注意，千万不能骄傲自满，不要因为打了一两场胜仗，取得了一点战斗经验，就觉得这川军有的么斯本事，就觉得打仗就是那么一回事情，好打得很。老话说得好，'骄兵必败。'我们不能做骄兵，也有的资格骄傲。反而是要更加清醒，更加谦虚和谨慎。

"每一个指挥员，都要把每一个红军战士的生命，装在自己的心里，要对每一次的战斗负责任。在非特殊情况下，如果没有十分的把握，就不能够轻易改变作战方案和战斗部署。

"上级党组织把部队交给了我们，广大人民群众把他们的孩子交给了我们，我们必须要对上级党组织负责，对人民群众负责，认真带好部队，兢兢业业地打好每一仗。要用一个又一个的胜利，来告慰那些在战斗中牺牲的战友同志，告慰被国民党反动派残酷迫害致死的所有亲人，让他们的在天之灵感到欣慰。

"估计敌人不会停止对独立团的进攻，快的话，明天还要对我们发起更大规模的进攻。为了打好接下来的战斗，也为了全面锻炼全团所有部队的战斗精神和战斗能力，团里决定对当前的作战部署做一些调整。

"三营接替一营的防御阵地，一营接替二营的防御阵地，二营作为团的预备队。

"一营还有一个任务，就是要把你们作战中的成功经验传授给三营。么样传授呢？大体的想法是：一营从一连抽出来一个排，继续留在一线阵地上，协助三营在主要防御方向的连队；另外抽出两个排，协助三营在次要防御方向上的连队。总之，一营一连，交给三营来指挥。"

下一步的作战方案部署完毕后，父亲问大家："看看这个法子行不行？一营和三营有冇的么斯意见，大家可以都说一说，走群众路线嘛。"见没有人发言，父亲又问："怎么都不作声？你们都要学习一营的二连长，做一回'臭皮匠'嘛！"

"我们一营没有意见，无条件服从，保证协助三营做好我们团在第一道防线阻击敌人的任务，争取把敌人全部消灭在前沿阵地上。人在阵地在。"一营长首先发言表了态。

"三营也没有意见。"

接下来三营长倒是说了几句实在话："说实话吧，要把我们营一下子放到主要防御方向上，能不能完成团里交给的任务，我们心里是没有底的。现在用这个法子蛮好的。有一营老大哥的帮助，不光心里有了底，我还代表全营向团党委保证，坚决完成团里交给我们的任务，绝不辜负组织上对我们的厚望。"

最后父亲说："任务就这么定了啊，你们两个营要尽快做好交接，随时准备迎击敌人发起的进攻。

二营，现在虽说是团里的预备队，主要任务是休整，也就是说要好好地先睡个好觉，吃饱饭，养足精神。现在团里派几个人下山去侦察一下敌人的动静，如果有机会的话，准备让你们二营今天晚上下山去搞个夜袭，打敌人一个冷不防。要让敌人在还没有对我们发起进攻之前，给他们搅和搅和，搅得动静越大越好，让敌人一天到晚不得安宁。至少搅得敌人吃不好，睡不好，抽不好大烟，让他们草木皆兵，冇的精神来打我们。这样，我们的部队就可以好好得到休整，养精蓄锐、以逸待劳地、好好地收拾这帮子龟儿子们啦！"

3

在山上的林子里，怎么样才能以最小的代价来消灭敌人，取得最大的战果呢？

父亲让凡是参加战斗的连队，按照三个人为一个组，一个班分成四组。年龄大、身体强的带上两个年龄小、身体弱的。一个组对付一个敌人。

这样安排，主要是因为独立团里年龄小的战士比较多，比如三营的娃娃红军多，几乎占了全团兵力的近三分之一。这么多的娃娃红军，个个要求上阵杀敌，热情很高，也很要强。可毕竟年龄还小，身子也单薄。面对凶恶的敌人，担心他们抡起大砍刀，没有把敌人砍死、砍伤，反被敌人伤到了。所以要求连队把年长的、个头大、身体强壮的战士，带上个子小、身体弱的小战士，好相互之间有个帮衬。小战士也是有长处的，特点就是机灵，鬼点子多，相互在一起可以发挥各自的长处。

在那么大的山里，把一两个连的战士撒出去，敌人是不容易发现的。等到敌人扛着枪、拖着炮，在陡峭的山路上慢慢往上爬行的时候，累得趴在地上歇歇脚的工夫，我们的红军战士，就可以根据各自的不同位置，选择最适合的办法去消灭敌人、夺取枪支弹药了。

三个人对付一个敌人，两个组对付一两个敌人，有的在前，有的在后，有的在左，有的在右。就是敌人发现了，也不好应付在他身前身后突然之间同时冒出来的几个红军战士。

在幽深深的林子里，往往突然大喝一声，也会吓得敌人魂飞魄散，魂不守舍，掉头就跑，或者举枪投降。这个时候，红军战士，从林子里边、荆棘茅草丛中突然冒出来，满山遍野到处是喊杀声。在大刀片子的寒光闪闪之中，在长矛追杀中，敌人往往连拉枪栓的时间都没有，不是被刀子砍中了，就是被矛子刺中，再或者被棒子打了头部、腰部或者腿部。反应快一点儿的，可能还能逃跑，反应慢一点的，大多数不是死，就是伤，或者投降成为俘虏。独立团基本上可以不费一枪一弹，便可将进攻的敌人收拾掉。

也就是说，只要全团干部战士充分认识到山地丛林里近战打法的优势，经过短暂的、适应性的训练，是完全能够战胜敌人，打出威风的。

父亲让三个营做好轮流交替、组织近战杀敌的准备。

1933 年的 4 月上旬，敌人的"围剿"部队已经逐步集结到了小通江河附近，一部分已经过河，到达通江县区域。为了阻击、迟滞敌人的行动，消耗敌人的有生力量，按照师里的统一作战部署，赤江独立团负责鹰龙山与断头山一线的阻击任务。

刚刚集结到这里的敌人气势汹汹，不光人多、枪多、炮多、弹药多，还有飞机助阵，大有把红军一举赶出川北之势。

独立团利用"五马归槽"山的有利地势，共设置了三道防线。

一营仍然负责第一道防线；二营负责第二道防线；第三道防线基本上比较靠近"五马归槽"山的顶部了，范围也比较小，实际上是团部的警卫排加上三营共同负责。同时三营还是团里的预备队。

为抓紧锻炼部队，提前做好应对敌人大规模向"五马归槽"进攻的准备，积极组织部队进行战前适应性的练兵，设法主动将驻扎在附近的敌人，吸引到对独立团十分有利的位置上加以消灭。

团里决定，从二营选派出十几个同志，挑选平时训练较好、身体比较强壮的战士，由连、排干部带着，袭击与我独立团设防线最近的敌人。采用边打边撤的法子，把敌人引进山里，到达设伏的区域予以歼灭。

此次战斗规模设定为敌出动一个连左右的兵力。战斗以二营为主，一营一个排加上三营一个连负责接应配合，一营一个连作为预备队，防止战斗规模发展一旦超出预定的范围，造成的兵力不足。

设伏的地点设在一营防御阵地前沿，向前延伸出去约三百米左右。这里的树木比较茂密，荆棘杂草遍布，沟沟坎坎比较多的区域。

战斗打响后，敌人看到红军只有十几、二十个人、几杆步枪来袭击，根本没有把"土红军"放在眼里，不到十几分钟的时间，有一个连的兵力大呼小叫地追了出来，边追击边在后面放枪。

敌军一个连长挥舞着手枪，呼喊着指挥部队追过来，口里不停地喊着："跑，看你们往哪里跑，一个也不要放掉。捉到活的，官升一级；打死一个，赏大洋两块。"

　　按照预先制定的战斗方案，看到把敌人引出来了，战士们一边快速吸引敌人往预设阵地跑，一边不时回头放上两枪。

　　看看敌人紧跟上来，为了防止自己人员太集中，造成不必要的伤亡，二营十几个人很快的分成四个小组，进一步引导敌人分散兵力。打打停停，停停打打，继续吸引敌人上钩。

　　敌人看到人数不多的红军分散往回跑，以为是打不赢要逃跑，觉得立功的机会来了，在当官的指挥下猛追过来。他们不想放走一个红军，也兵分四路。

　　很快就要到达伏击敌人的阵地了，为了不被敌人的枪弹打着，每组人员之间的距离进一步分散拉大，猫着腰，钻进了早已经勘察好的山林、草丛、洞穴之中。

　　这些刚刚入伍的战士，都是本地人，生在山里，长在山里。不光是对自己家乡的山山水水非常熟悉，而且跋山涉水的本领更是不在话下。敌人也是四川人，虽然也是在山里长大，但许多是被川军抓来的"丁"。平时拿钱充个人数，混口饭吃，打起仗来，只是跟着吆喝，绝不肯卖命。当官的催得急了，装模作样地跑上几步，胡乱地放上两枪。

　　战士们也不含糊，你慢，我也慢；你跑不动，我可以等你。时不时地还瞄准敌人，放上一两枪。

　　用了将近一个小时，终于把这一百多敌人引进了伏击位置。

　　这是独立团第一次在白天下山主动袭击敌人。父亲为了亲自掌握这次战斗的具体情况，带着团部的参谋人员和几个营长，一直在预设阵地前沿，紧密关注着敌人的动向。当看到这一股敌人不多不少，有将近一个连，一百多号人全部进入了预设的伏击圈后，觉得用五个连吃掉敌人问题不大，随即让二营的两个连绕到敌人的背后，在敌人过来的路上埋伏了起来，力争把这些敌人一个不落地全部吃掉。

　　一切安排妥当，二营长让司号员发出进攻信号。

　　战士们在号音中，从隐藏的大树后、草丛中、洞穴里冲杀出来，吼叫声、喊杀声铺天盖地，同时，这震天动地的呐喊，激发了所有战士奋勇杀敌的决心、信心和勇气。

　　有大刀的，用刀砍；有长矛的，用矛子刺；没有大刀、长矛的，用棍子棒子打。面对从几个方向突然冲杀出来的红军，吓得敌人在林子中乱窜乱跑。

红军发起的进攻十分突然，双方距离又非常近，敌人还没有反应过来的时候，独立团的战士们已经冲杀到了面前，此时敌人的选择只有两个：乖乖缴枪，或者赶快逃命。反应快一点的掉头往回跑，慢一点的只有乖乖缴枪投降。

父亲看到二营六连连长带领两个战士，迎面冲向一个正在准备拿枪射击的敌人，说时迟那时快，他几个箭步猛冲上去，迅速用刀背把敌人的枪向上磕去，枪朝着天打响了，六连长的大刀顺势向下斜劈下来，敌人从胸到腹部立刻被划开一道血口子，那家伙把枪一丢，捂着肚子躺在了地上打起滚来，妈呀、妈呀地叫个不停。六连长拾起敌人扔在地上的枪，交给身边一个战士，带着另一个战士，朝其他的敌人又冲了过去。

还有一个班长，带了三名小战士，勇敢地扑向了一个敌人军官。这个军官手里拿着手枪，朝着扑到他跟前的一个小战士开了一枪，小战士虽然倒下去了，却紧紧抱着敌军官的腿不放手。这个家伙急着脱身，准备再向小战士开枪时，班长及时赶到手起刀落，敌军官哼都没有来得及哼一声，倒在地上不动弹了。班长一把抓过手枪，快速地取下敌人身上的子弹袋，并与另一个战士，将负了伤的小战士抬往一营的阵地上。他们边跑边喊着什么。大概在喊，担架员或者是喊卫生员，让他们来帮助紧急救治这位负了伤的小战士。

双方的搏斗紧张激烈，完全是近身搏斗，扭打在一起。敌人的机枪手看到周围突然出现的众多红军，下意识地端起枪，胡乱地扫射起来。也许是因为树林子太密、双方人员搅在一起，这一梭子的子弹没有打到红军，却打中了川军两个弟兄。几个战士看到这个家伙不管不顾地用机枪扫射，就隐蔽到了大树的后面，等敌机枪手把一梭子子弹打完了，五六个战士一起冲到这个敌机枪手的跟前。其中一个战士从敌机枪手的侧后冲过去，一矛子把他刺了个透心凉，抽出长矛的时候，敌人还没有倒下去，用棍子的小战士在他的小腿上狠狠地打了一棍子，随后使用大刀的战士，上去再补一刀，让这个敌人当时就见阎王去了。另外两个小战士，一个从地上捡起机枪扛上肩膀，另一个把敌机枪手身上背的子弹匣连同装弹匣的袋子一股脑的全摘了下来，背在身上，高高兴兴地往回返。

在人们看来还是娃娃的红军战士，别看是第一次上战场，面对凶恶的敌人真是毫不含糊，手里挥舞大刀，不管三七二十一只管朝着敌人头上、身上砍，砍到了哪里算哪里。有的敌人手被砍伤了，痛得"妈呀妈呀"地直叫唤。一小个子红军战士，见敌人没缴枪投降，就追着砍，嘴里还大声地喊着："看你还往哪里跑？！快缴枪！缴枪！！把枪给老子乖乖放到地上，再跑老子就一刀子砍死你个龟儿子！"

敌人吓得只好停下来，跪在地上苦苦哀求："好好好，我的红军小祖宗，我缴枪，我缴枪，你莫再砍了好吧，痛死我了啊！"

战后，这个小个子红军战士，挥舞着缴获的步枪向全连同志高兴地炫耀，自豪地大声说："看看，我也有枪啦！还是一杆新枪哪！下次我妈来看我时，就可以看到我背着枪的样子了，一定会说我像个红军战士了。"大家被他的举动逗得，笑得嘴都合不拢。

就在大家都在夸奖他，表扬他的时候，连长走过来说："呵、呵、呵，看把你小子能的，打仗勇敢，又缴到枪了，应当表扬。但是对自身存在的问题也要有认识才行，这样才能打一仗进一步啊。你这次遇到的敌人是个个头小的，要是遇到一个大个子的敌人，他用刺刀跟你拼命的话，像你这样乱砍一通，可能会要吃亏喽。刺刀比大刀长一倍多，只要敌人躲开了你的乱刀，一个斜刺就能够刺到你。不信的话，咱们现在就来试一试，看看是你的乱刀好使，还是我的刺刀快？"连长的话，让小战士不吭声了。围观的战士们听了以后，都点头称是。

这次对敌人的伏击战斗，采取近身杀敌的战法取得了大胜，创造了全歼一百多号敌人、缴获一百多支步枪和一挺机枪的战绩，全团上下喜气洋洋。尤其是那些在近战中杀死或者杀伤了敌人，又亲手缴获了敌人武器弹药的战士，更是兴奋不已，各自讲述着自己在这场伏击战中的体会和收获。

独立团自成立以后，前后用了不到一个半月的时间，通过夜袭敌营、摸哨、打伏击等方式，不仅用缴获的枪支弹药武装了自己，同时在多次的"小打小闹"战斗中，逐步锻炼了部队，积累了一些作战经验，战斗力也有了一定程度的提高。这支创建不久的队伍，在短短的几十天里，让川军闻风丧胆，初步实现了师首长提出的要求。

4

按照上级的作战方针和兵力部署，以少数兵力控制敌人必经之险要的隘口，采取"收紧阵地，诱敌深入"的积极防御，层层阻击和消耗敌人有生力量的战法，使敌人的"三路围攻"严重受阻，损失巨大，不得不暂时停止了进攻，与我军形成了短期的对峙状态。

在这一段时间里，独立团进一步加强了对部队战斗力的锻炼。

充分利用敌人的休整时机，晚上采用夜袭、摸哨，白天采取设伏、偷袭运输队、运粮队等多种多样的方法，对分散行动和孤立之敌人，以及一切有利于实施零敲碎打的敌人，进行不间断的骚扰和打击。

经过多次规模不等的战斗行动，各个连队均从敌人手中缴获了大量的武器装备。全团从不到三十只长、短枪，发展到平均三分之二以上的人员有了枪，每个连都至少有了一挺机枪，个别连队还缴获了六○迫击炮。

在这些主动出击、规模不大的战斗中，所有的连队都得到了锻炼，许许多多的同志立了功、受了奖，而在频繁的战斗中，还涌现出了许多战斗英雄和模范和一大批战斗骨干。

更为重要的是，战士们经过这些规模不大的战斗，积累了许多宝贵的经验和教训。同时也让那些常年握着锄头把子长满了老茧子的手，成为扛上枪能打仗的战斗能手；让两个月之前，还只是一些当地普普通通的农家子弟、儿童团员，在村子里还是玩耍调皮的娃娃，经过战斗的洗礼，褪掉了身上稚嫩的孩子气，迅速成长为优秀的红军战士，全团树立起了敢打敢拼的信心和不怕流血牺牲的战斗精神。

独立团的每一位干部和战士，都成为创造这段历史的英雄和见证者。他们为川陕革命根据地的建设，为中国革命的胜利作出了重大贡献。

当红军主力部队主动撤离了通江县城后，敌人出动了几个团的兵力，对独立团防守阵地发起了连续不断的猛烈进攻

敌人占领了山下所有可以通行的大道和小路。山下到处是一个接一个的帐

篷，以及遍布的哨卡。

"在此之前，我们独立团，为了便于偷袭骚扰敌人，并尽可能多地消灭敌人，各营各连的防御位置相对靠近山下，距离驻扎在附近的敌军比较近，以利于随时能够快速地出击和快速的回防。后来情况发生了变化，主力部队撤走以后，按照师里的要求，我把部队逐渐收缩到山上，以主攻阵地为主，向下设三道防线。敌人为了占领'五马归槽和鹰龙山'的主阵地，打开向北的进攻通道，遂把进攻的重点放在我们这里。他们晓得独立团是地方武装，战斗力不强，有的几杆破枪，想把我们一口吃掉。"虽然几十年过去了，父亲仍然对这一段战斗历程记得十分清楚。

从 5 月初开始，枪声、炮声、手榴弹声爆炸声不绝于耳。几乎每天从早打到晚。在打得最激烈的时候，敌人出动飞机不断地对独立团坚守的阵地投掷炸弹，并用飞机上的机枪俯冲扫射。

敌人在进攻的主要方向，即正南方向上，配置了大约四个团；在西北、西南的进攻方向上，配置有一个多团。

独立团处于三面敌人的夹攻之中。为了阻击敌人，拖住和消耗敌人，父亲对阵地布置作了新的调整。

要想阻止敌人的全面进攻，硬拼是划不来的。在这一问题上，无论是从全局来看，还是从独立团的局部来说，基本情况都是一样，都需要收缩战线，采取重点防御，用最少的兵力，更加灵活的战法，来消灭敌人的有生力量。

独立团依据有利的地形，选择既有利于自己的防御，又能够有效消灭敌人的位置。比如悬崖峭壁之上，狭窄而又险峻的小路，据险而守。尽管防御的战线收缩了，可"五马归槽"的山体较大，从防御的面积上看还是非常大。虽然突出了防御的重点，但也要防止疏而有漏，不能让敌人有空子可钻，从没有重兵把守的地方对我们进行偷袭。

按照部队的实战经验和战斗能力，仍旧把一营放在第一道防线上，即从"五马归槽"的整座山体从西北方向一直到正南方向画了一个半圆，主要阵地设置在半山腰；二营作为第二道防线，重点是利用西北至西南这一方向上的悬崖峭壁，崎岖险峻的小路，以及巨大的岩石等有利地形，在靠近山体的上半部构筑工事，设置少量人员，据险把守，并留出两个连队，作为营的预备队，还要随时准备支援一营作战；三营是以娃娃红军为主的连队，由于年龄多在 15 岁左右，战斗力比较弱，放在全团的最后一道防线上，主峰阵地只放了两个排，在"五马归槽"到"鹰龙山"的结合部，安排一个排。其余的全部作为团里的预备队。

当年，通江县除了县城里有几条小街、窄路，周边没有公路，全是大山和峡谷。在大、小通江河流的边上，有的地方偶尔可以单人行走，但行走起来也是非常困难的。当地老百姓走亲访友、买卖柴草或者赶集什么的，多是行走在各个大山的山脊梁上，这也是当地的主要通行道路。因此，只要红军把山守住了，就等于守住了交通要道，卡住了敌人进攻通道的命脉。

从5月上旬开始，敌人对独立团坚守的断头山和"五马归槽"阵地，发起了全面进攻。

由于在大规模的进攻之前，敌人攻打独立团防御阵地时已经吃了不少亏，所以敌人改变了进攻方略，采取先用火炮对我方的阵地进行覆盖式的炮击，然后再出动步兵发起冲锋。充分发挥其人多和武器装备精良的优势。

当敌人的炮弹像雨点一样打在一营阵地上的时候，面对呼啸而至的密集炮弹，独立团因为缺少在防御作战中应对敌人覆盖式炮火的经验，造成了很大的伤亡。

修筑的防御工事在近二十分钟的炮击中被全部摧毁。

炮声刚刚停止，成群结队的敌人开始了冲锋。一营长看到正面防御阵地上能够站起来重新投入战斗的战士不多了，立即用号音指挥营里的预备队抽出一个排投入到战斗。

毕竟敌人是仰攻，我方据险而守，第一轮进攻被打下去了。

父亲看到这个情况，大声对通信员说："小王，你带着通信班，马上到各个阵地，告诉营长、连长们，敌人打炮的时候，部队要撤到后面来，或者撤离到炮弹打不到的地方。不能在阵地上等着挨炮弹，阵地上只留几个人观察，等敌人的炮火停下来了，敌人的步兵往上发起冲锋时，部队再进入防御阵地也不迟啊。快去快去！"

"放心吧，政委，保证完成任务。"小王一边答应着，一边带着通信班战士朝着各个阵地快速跑去。

刚刚退下去的敌人，很快发起了第二轮进攻。

与前一次一样，炮声刚停下来，敌人的步兵就发起了全面进攻。部队接受了教训，事先有了准备，减少了伤亡。成排成连的敌人，放眼望去，似乎满山遍野到处都是向山上进攻的敌人。在茂密的大树林子里，在荆棘杂草和灌木丛中，数也数不过来。敌人一边往山上爬，一边胡乱地向上放枪。敌人的机枪、步枪、手枪、冲锋枪，一刻不停打在一营的阵地上，不过，这种打法对对占有优势地形的独立团并没有构成多大的威胁。

敌人在督战队的督促下，一波又一波地涌上了一连的阵地，战士们毫无畏惧，挺身而起，用等候已久的大刀、长矛、棍棒杀向敌人。

战斗从上午八九点开始，一直打到下午四五点钟左右。敌人看一直无法攻破独立团的阵地，只好撤了回去。

敌人完全撤退之后，父亲与周主任商量："照这个样子打下去不行，要赶紧想法子，好好研究研究坚守阵地的打法。否则，不光会把一个团全部打光，我们也无法完成师里交给的阻击任务。"

接着父亲叫通信员通知各营、连长马上到一营指挥所开会。

人到齐了以后，父亲让大家抓紧时间，把各营的战斗情况和伤亡情况碰一下。接着说："说不定敌人晚上还会再来的。哪个先说呢？"话音刚落，几个营、连长都抢着说自己的看法：

"敌人的炮打得太凶了，政委，我们连吃了不少亏，一天下来已经牺牲了九个，伤了二十几个，照这个样子打下去，要守住阵地还是很困难的。"

"是啊，炮声一停，敌人就是成排成连地往上冲，漫山遍野，挺吓人的。好在我们是据险而守，居高临下，被我们消灭的敌人也不少。"

正当大家热烈发言时，一连长站起来说："敌人打炮的问题怎么办？还有什么好办法没有？政委说炮声一响，让我们撤到后面，可是敌人打一阵子炮以后，为掩护步兵进攻，把炮延伸着往后打，又打在我们退到的位置上，还是伤亡了一些人。"

"还有啊，"一营长接着说，"从今天一天的战斗情况看，部队伤亡很大。敌人进攻的规模也大，成排成连地往上冲，刚打下去一拨，紧接着又上来了一拨，连喘口气的时间都没有。敌人的目的很明显，就是要不惜一切代价，一举攻下"五马归槽"。照这个样子看，说不定晚上也会来攻打我们的。敌人也会学着我们偷袭的办法，摸着黑往上攻。反正双方都互相看不清楚。敌人只要是来进攻，至少是一个连，也有可能是两个连，或者一个营。像这些情况我们都应该考虑到，做到有备无患。"

"是这个问题。敌人的部队多，他们可以换着来攻打我们。"一个进来倒水的通讯员插了一句。

"你小子说得不错嘛。"周主任拍了一下这个通讯员的肩膀。

一营长又说："白天的打法要研究，晚上的打法也要研究。晚上看不清，瞎打也是不行嘛。可是敌人到了眼跟前了，这么多的敌人，一个人对付一个人，毕竟我们人少，部队还是要吃亏的啊。这样打下去肯定是不行的。"

一连长看到大家都在叫困难，说问题，急得把袖子一捋，说："还怕他个龟儿子们啊。大不了老子战死在这里，敌人也休想从老子的阵地上过去。"

父亲听了大家的发言后说："要打好这场阻击仗，把敌人死死拖在这里，既让他进不得，又让他退不得，完成师里赋予独立团的任务，归结起来应该注意解决两个问题。一是白天的仗，关键是要防炮。防炮的事情做好了，可以大大减少部队的伤亡；二是防止夜晚敌人的偷袭。先说说第一个问题——我觉得，刚才一营长说的还是有道理的。敌人打炮的时候，我们往后撤个几十米的办法，在现在的这个地形上对我们不太有利。为么斯这样说呢？一营的阵地到二营的阵地之间，是一段更陡的坡子。往后撤退要爬这些陡坡，不光是费时费劲，从直线距离上看也没有跑出去几远。敌人的炮弹延伸打在阵地后面的坡上，也免不了伤亡。除非在一营阵地后面的坡上再挖上一些防炮弹的工事，或者掩体。"

父亲说到这里停顿了一下，正准备接着往下说的时候，一营长忽然插话说："政委，我有个想法，不知道对不对啊？在白天的战斗中，我注意观察了敌人的炮弹落点，炮弹基本上都砸在我们的阵地上了，在阵地周围三十米以外的地方则没有落弹，也就是说，在阵地前、后、左、右三十米开外还是比较安全的。这样一来，当敌人打炮的时候，在阵地上的同志们可以根据自己所处的位置，选择对自己有利的地方去躲避炮弹，当敌人停止炮击以后，再回到阵地上来。这是我的一点想法，供各位领导和同志们参考。"

"一营长说的这个情况很重要，敌人打炮的目标是明确的，不是漫无目标地瞎放炮。这样的话，阵地上的战士可以按照一营长的办法躲避，就可有效解决防炮弹这个问题了。这样做的好处是，各自就近躲避炮弹的动作会比较快，当敌人炮弹延伸的时候，战士们可以很快回到自己的阵地上来。

当然，这里面还有一个问题需要引起大家的注意。就是在一营阵地的前下方，在这个距离可能还有少量没有撤下去的敌人及一些伤员。对这部分敌人，需要及时进行处置，并收缴他们的枪支弹药。一来可以用来补充我们自己；二来也防止这些敌人再一次对我们进行攻击。

总之，白天阵地防炮弹的做法，一营可以都尝试一下，看看哪一种更符合战场的实际，效果更好。

白天的打法基本上还是把敌人尽量放到二三十米的距离上，主要由枪打得准的战士负责打枪，敌人露出脑袋来就打；近了，那就是大刀、长矛、棍棒干掉他们。

上面说的这些都是白天的打法。要是到了晚上，敌人摸上来了该么样办呢？"父亲开始谈第二个问题，进一步启发大家考虑问题的思路。

二连长提出了自己的看法："这两天，敌人晚上都有一些动作，看来是豁出来了，下决心非要攻上山来不可。这是我们放在远处的哨兵发现的，敌人也想学着我们过去用过的法子，先摸哨，探探情况，如果我们没有发觉，准备得不充分，敌人可能会直接摸到我们阵地上来了。

现在的情况与我们当初在半山腰驻防的时候，夜里去打敌人的情况不一样了。那个时候我们团的防御阵地是比较靠近山下的，现在兵力都收缩到山上来了，山下的情况掌握得不多，看能不能够在山下面或者山的附近，多放一些暗哨，一有情况就可以及时报警，让山上的同志们及早做好防范准备，同时，也可以把敌人'夜战'的行动彻底暴露出来。让敌人有本事，就晚上明着来打；没本事，就老老实实地回去睡觉，白天再来。"

说到这，二连长看着父亲说："政委，如果夜里敌人来得比较多，到底怎么打更好一些，这还真是个问题呢。"

"是啊，是啊，要是晚上来，敌我双方相互看不清楚。再说，我们防守的这几个方向，敌人都有可能来。"一连长附和着二连长的意见。

"看来，三个营都要做好准备。尤其是一营。"周主任同意一营几个连长的想法和看法。

"敌人晚上来的目的，是想通过突然袭击，打我们个措手不及，一举攻下我们的防御阵地。么样办呢？敌人来阴的，我们就要来阳的。发现了敌人，要立即鸣枪报警；一旦发现了成群结队的敌人，用手榴弹炸。晚上双方都看不太清楚，用枪打的效果不一定好。手榴弹爆炸发出的火光，不仅能够暴露敌人所处的位置，也有利于我们观察敌人的情况。

"现在敌人的兵多，又是从两三个方向同时进攻。白天，敌人用炮打，多多少少我们还是要有一些伤亡的。晚上，打炮不好使，最大的可能是用偷袭的法子，来的人数不会少。作为指挥员，要学会动脑子，不要一听到敌人上来了，就把部队一股脑地都拉上去。要留上一手，要留有预备队。而且要多留预备队。

"我们现在面对的是比我们多五六倍的敌人。绝不能有'杀一个敌人算一个，杀两个赚一个'的想法。要想尽办法，用以一敌十的法子去战斗。否则，按照打仗的铁律'敌损一千，自损八百'，我们不能把部队都拼光了，不然到最后，独立团就无法完成阻击任务。"

"政委说得对。我们人少枪少，不能与他们硬拼，要用脑子打仗，要以少胜多才行。"二营长对父亲的话深表同意，边点头边说。

"过去是我们打敌人的夜袭，现在敌人想学我们的'拿手好戏'来对付我们，那就让送上门来的这帮龟儿子们死得更快些！"

对于打敌人的夜袭，一营几个干部很有体会，各自发表意见和看法。

二营长把手里的烟斗磕了磕，接着又慢慢地说："我们有几个当地猎户出身的战士，他们说这个山上可以用来打击敌人的石头不多，但是山里的竹子多，做一些弓箭，把竹子削尖，在尿里泡上两天，只要射到了敌人，不管伤到哪里，他们的伤口是不容易长好的，也就丧失了战斗力。伤一个敌人就少一个敌人。而我们也不用等敌人到我们跟前来，可以减少与敌人交手的机会，自然也就减少了伤亡的人数。这个法子白天、晚上都能用，也是打击敌人、消耗敌人有生力量的法子。还可以挑选一些两米长左右的竹子，把头削尖，也用尿泡一泡，在两米处就能够刺中敌人。"

这时有一个指导员插话："如果敌人穿的衣服多，穿得厚了怕刺不透吧？"

"不会的，上这座山是很辛苦的。现在天也热了，再加上树林子里密不透风，敌人不光着膀子就不错了，一件单衣服，一捅一个准，一捅一个洞。这用尿泡过的竹子，只要挨上一下子，立刻又红又肿又痒，还痛得要命，虽然一下子死不了人，可是也上不了战场了。"二营长回答说。

周主任听了二营长的建议，觉得不错，说："莫说，这个法子既可以节约枪弹，也能造成对敌人有效的杀伤，是个好主意！"

会议正在继续当中，突然敌人的炮响了几声。

"怎么回事？到了这个时辰，敌人还想再来攻一次吗？"一营长让侦察员爬到树上去看一看，是个什么情况。

不一会儿，侦察员报告说，敌人那边好像正在生火做饭呢。

几声炮响之后，再也没有枪炮的声音了。天慢慢暗了下来，在敌我双方交战的整个山区恢复了平静。一些被炮弹炸成了几节的巨大树木，横七竖八地散落在炮弹击中过的地方。燃烧的树木和树枝，在夜空里冒着火光，发出噼噼啪啪的声音，黑色的浓烟和呛人的烟味儿，在群山之中缭绕。

父亲看了一下营、连干部们，说："从早上打到现在，都已经很疲惫了，敌人也到了该吃晚饭了。就是要再打，怕也是晚上过来了。

"同志们，坚守'五马归槽'，是师里交给我们独立团的一项光荣而艰巨的任务。现在上级党组织在看着我们，川北的老百姓在看着我们，盼望我们打胜仗。我们绝不能辜负党组织和当地人民群众对我们的信任和期望。一定要用实际行动，坚决守住阵地，多杀敌人，完成阻击敌人的任务。

"独立团在前一阶段对敌战斗中，用缴获敌人的枪支弹药武装了我们自己，自身也取得了不少的战斗经验，部队得到了锻炼提高。这些情况大家心里面都明白，不多说了。

"我要说的是，我们的营、连干部们要有个清醒的认识。之前的战斗与现在的战斗情况发生了根本性的变化。

"之前的战斗，敌人处在补充、休整的阶段，我们是主动出击。

"而现在呢？是敌人主动进攻。我们则是防御，不让敌人前进半步，这叫作'阵地防御战'。由于敌人投入的兵力多，火力强，一天下来，我们就伤亡了许多同志、战友和亲人。所以说，面对这个新的情况。我们要适应情况，找到克敌制胜的法子来。

"我们现在坚守的位置，大多选择的是'一夫当关，万夫莫开'的险要地段，人多了也用不上。么斯时候上去？一次上去几多人？由各个连长自己把握。原则就是一条，以最小的伤亡，消灭更多的敌人。

"用竹子做箭头杀伤敌人的法子，各个营、连均可以采用。要抓紧制作，各连的指导员负责此事，组织没有上阵地的预备队来完成，越快越好。

"各营、连要随时对敌人可能发动的夜袭战做好准备。尤其是要搞好晚上的布哨。一营的哨兵可以往山下多布一些，夜里只要发现敌人就要鸣枪。

"敌人想夜里来攻山？好嘛！打夜仗正好是我们红军的传统。敌我双方远了都看不清。天黑林子密，打枪更不好打。近了，那就是肉搏战，用刀子砍，用矛子刺，用棍棒打，靠的就是不怕死的精神。这是我们红军的优势！

"我们有地形上的优势，还有老天爷帮忙，下雨下得泥水满山，让敌人上山更加困难。敌人想利用晚上偷袭我们，那是做白日梦，一点便宜也占不到的。"

父亲看看大家，最后说："如果没有其他意见，立即回去部署任务。"

当天晚上，敌人果然又发起了进攻。

大约在晚上十点左右，一营派出去的潜伏哨打响了报警枪。

枪声一响，敌人知道偷袭的企图暴露了。由缓慢地爬山，改为快速往山上冲。"冲"这个字，只是一个形容词。其实独立团坚守的"五马归槽"大山，实在是太陡了，越是往山上走坡度就越大。倾斜度几乎处处都是在七十度左右，只能手脚并用地往上爬。更不要说在茂密的森林里面，黑得什么也看不清楚，天还在下着雨。想快，能快到哪里去啊？

特别是进入五月以后，几乎没有一天不下雨。

敌人偷袭的那天晚上，雨下得不大不小，一直下个不停。再加上天黑，看不清楚山下到底来了有多少敌人。

听到枪声以后，父亲把团部警卫排的战士都叫了起来，说了一句"跟我到前面去"。团部只剩下了周主任、侦察班和通信班。

这个时候三营长也跑过来了。

"你们三营还是担任团里的预备队。"父亲临走之前提醒三营长："现在只有北面和东面没有打响。北面的悬崖绝壁多，估计敌人从那里上来的可能性不大。东面是我们与二十八团的结合部。为了防止敌人同时从这两个方向摸上来，这两个地方的哨兵交给你们营负责派出去。营里的战士年纪都还小，放出去的时候必须是两个人一组，其中必须有一个人持枪。哨位放在哪里，你和几个连长到实地勘察一下，不能有任何麻痹大意。这个任务很艰巨，哨位设置很重要，敌人要是真从这两个地方摸上来了，我们的麻烦就大了，到时候是要执行战场纪律的。好了，这里交给你们营了。"

这时候，周主任从指挥所里跑出来说："政委，问你一句，你带他们去做么用？"

"要锻炼锻炼他们。"父亲说完，右手提着刀，左手握着驳壳枪，带着警卫排几十个年龄小的红军，朝着一营阵地头也不回地跑了过去。

这个警卫排全都是十四五岁以下的当地儿童团员。父亲在这些红军娃娃里选出来了三十多个，搞了个警卫排，给他们一人配了一杆长枪，一把小一点的大刀。

到了一营阵地，看到一连已经与敌人交上了火。

一营长见父亲来了，说："政委，你怎么来了？我们这里你就放心好了，敌人是上不来的。"

父亲说："我来这里是要看一看，敌人夜里进攻是个么斯情况。我把警卫排的这些娃娃们都带来了，让他们也了解了解敌人夜里进攻的情况，跟着你们学习学习在夜里是么样打仗，么样消灭敌人的。"

这时，父亲看到从阵地上抬下来几个负了伤的战士。有的是被枪子儿打的，有的是被敌人刺刀刺中。受了枪伤的要重一些。父亲让担架上几个正在包扎伤口的伤员，讲讲刚才受伤的经过。

一个战士说："黑得什么都看不清楚，好几个敌人一下子摸上来。我们只要看到敌人刺刀发出的亮光，或者戴着帽子的脑壳子，就用刀子砍他们。有时也砍到了刺刀上。他们用刺刀使劲往上乱刺。结果离得太近了，又看不大清楚，混战中被刺刀刺着了胸口。"

另一个战士说："我是让敌人刺到了肚子。"

受枪伤的战士说："敌人鬼得很，一边用刺刀刺，一边开枪打，没有办法防。"

还有一个伤员说："我正在和一个敌人拼打的时候，后面上来一个当官的，趁机用手枪朝我开了一枪，打到肩膀上了。"

父亲问："是不是敌人上来得太多了，还是我们上的人也多了？"

战士回答："敌人往上攻的人不少啊，一大堆人一起往上来。我们要是人手少了也不行，顾不过来。但是人多了，就相互有些妨碍。再加上天黑下雨，打得比较乱。"

"好好好，都晓得了，你们下去了一定要好好治伤，好好休息啊。"看看救护队、担架队把伤员抬下去以后，父亲把从负伤战士中了解的情况，与一营长进行商量。

父亲问一营长："这个仗到底么样打，才能使我们减少伤亡呢？"

一营长说：这大山里面的林子太密了，白天视线就不好，晚上就更看不清楚了。

"是啊，我们是这样，敌人也是一样的嘛。敌人搞夜袭，也就是想利用这个条件，让我们不晓得他们来了几多人，打我们个冷不防嘛，好趁机攻占我们的阵地。"

"是的。虽然我们有地形优势，可是这样子打下去，看起来我们是居高临下，来一个杀一个。但是在拼杀当中，我们的伤亡也不小，感觉有些被动了。"

"那就变被动为主动。我看这个样子吧，你在这里带少量的人守着，派一个连主动摸黑下山，到敌人的两侧或者身后，搞一个反偷袭。尽量不要用枪，用刀子砍杀，如同我们前些时候，到敌人驻地搞夜袭一样的，把战士们分散开来，看准一个，干掉一个，打他们一个'冷不防'。让敌人看一看，是他们的'冷不防'厉害，还是我们红军的'冷不防'厉害！"

"可以可以，政委，这真是个好法子！这样等于敌人在明处了。他们的服装是统一的，好辨认，我们把敌人像'摸哨'一样的，一个一个地把他们干掉。"

父亲又说："敌人一定想不到我们会主动下山。就是看到我们了，或许也辨认不出来，还会以为是自己人。我把警卫排这三十几个娃娃也派上去给你们营帮个忙，让他们在战斗中锻炼锻炼么样？

"可以可以，当然可以。"一营长答应着，马上着手安排。

一营派出三连，加上团部警卫排共一百多号人，分成两个队。连长带一排和警卫排，副连长带另外两个排，每人手里提着一把大刀，在敌人与我们坚守阵地的战士打得不可开交的时候，悄悄地从悬崖处通过绳索下去，插到敌人的身后和两侧。

不到一个小时，在山上与我们一营交战的敌人，突然之间全部往山下撤了下去。

一营长说："政委，敌人退下去了，看来三连长得手了。"

这时父亲命令："一连长，你马上带人向撤退的敌人追杀下去，迎接三连长他们。"

"过了有好一阵子了，一连、三连怎么还没有返回来呢？"一营教导员有点沉不住气了，有些担心。他口里自言自语，眼睛直直地望着山下。

一营长说："怎么，你还信不过自己的两个连长？听到有枪声了吗？没有枪声说明什么？一定是发财了！"

又过了一会儿，听到山下传来战士们说话的声音和高兴的笑声。

二连长急得大声问："都回来了吗？怎么样啊？"

"哈哈哈哈哈哈，回来啦，回来啦，都回来啦！"一连长大声说："这个雨下得，满山的泥水，晓得几难走的哦。下山站不住，上山直打滑。我们都是这个样子，看来敌人的进攻也是很困难的！来来来来，快搭把手，把我们拉上来。"

二连长和在阵地上的战士们都高兴地伸出手来，把下山杀敌的战友们一个一个的拉上阵地。

不知道是哪个说了一句："你们怎么都这么沉呢？一只手拉不动啊，两只手拉你们都很费劲。"

刚刚被拉上来的一连长随口答道："能不沉吗？每个人几乎都背的是两条枪，一条是自己的，一条是缴获的，还有人怕不止有两条枪呢！还有缴获的弹药，大家都是绑在身上的哦！"

下山的全体人员一个不落地全部回到了阵地上。

回到阵地后的战士们高兴地与在阵地上的战友们抱在一起，又叫又跳，抢着看刚刚从敌人手中缴获的各种武器。

与敌人战斗了一个夜晚的战士们，在他们的身上和脸上，看不到一点倦容。他们个个喜笑颜开，都有着说不完的话，跟战友们尽情分享着胜利后的喜悦。

"这批敌人大概有几多？"父亲问道。

三连长说："从我们战士缴获的枪支来看，估计在两个连左右。"

父亲说："不错不错，今后敌人晚上要再来，就用此种法子打他们。"接着父亲问，警卫排都回来没有？

"回来了，回来了！"警卫排长赶紧在一边答道。

警卫排长说："我们这三十几号人。除了个别战士没有碰到敌人以外，几乎人人都得到了锻炼。我们的力气小了一点，砍伤的敌人多，砍死的敌人少。不光缴获了近三十条枪，还顺便打扫了一下白天在这里战斗过的战场。从死去的敌人身上和伤兵手里也缴获不少武器弹药。现在一营的同志们正在往阵地上搬运。"

一连长把刚刚在山下抓到的两名俘虏押到营长跟前，问怎么处理。

一营长问："你们向我们这个方向进攻的有多少部队？"

俘虏答："有两个团。"

问："打了一天，你们伤亡的情况怎么样了？"

答："看到从山上往下拉的尸体，有百十个弟兄。伤的很多。我们一个连今天晚上差不多报销在这里了。"

父亲听了以后，对一营长说："把这两个俘虏放回去吧。回去告诉你们长官，连夜把山上的伤兵抬回去治伤，死了的，找个地方埋了吧。派过来收尸体和抬伤员的人员，只要不是来搞偷袭，我们红军不会开枪的。如果你们来的人敢放枪，再搞偷袭，那莫怪红军不客气了啊！"

俘虏赶紧答道："好好好好，多谢红军长官，回去一定把您的话转告我们长官，今天晚上一定把死伤的弟兄们抬下山去。多谢红军长官的不杀之恩。"

父亲说："我们这里的情况你们也看到了，想打上山来，做梦去吧。希望你们两个不要再让红军逮住了，否则，下次就没这么好的运气喽。"

父亲走到五娃子的跟前，用手拍着他的肩膀说："五娃子，仗打得不错，很勇敢，也会用脑子。现在交给你一个任务，你马上到二营和三营，告诉两个营长，把今天晚上一营反偷袭的法子讲给他们听一听，了解了解你们营反偷袭战的打法，并让他们随时做好反偷袭作战的准备。"

团部文书这时已经把全天的部队伤亡情况以及战斗情况，做了详细的统计，准备告知政委以后，再上报到师里去。

在敌人全面进攻的第一天，白天发动了排、连一级规模的进攻，一共是五次，加上夜里的偷袭一共六次，独立团共伤亡不下一百多号人，好在轻伤员比较多。

到了下半夜，忙了一天一夜没有吃一口饭，通信员端了一碗青豆、野菜和玉米做的饭，上面放了一层当地腌的酸菜，父亲端起碗先喝了一大碗水，接着狼吞虎咽地一下子把饭扒到嘴巴子里去了。

饭后，父亲对周主任说："周主任，我睡一下，有么斯情况马上叫醒我。"

早晨八点不到，敌人的炮弹准时呼啸而至。坚守在"五马归槽"的赤江独立团，刚刚经历了一天一夜的战斗，还没来得及休整一下，成群结队的敌人已经开始了向山上进攻了，战士们迅速进入阵地。

"来吧，昨天一天没有攻上来，看看龟儿子们今天有没有本事攻上来。"

"一营长，你们昨天伤亡比较大，又没有得到好的休息，是不是让二营替换一下？"一营长回头一看，父亲正朝这边走来，一边走一边跟他说着话。

"不用不用，我们刚刚打了一天一夜仗，虽然辛苦了一点，可是部队的情绪非常高，尤其是昨天晚上的反夜袭战打得好，又缴获了那么多武器弹药，大家都憋着一股子劲，今天继续收拾敌人，让他们看看红军连续作战的精神是什么样的，也让他们尝尝给红军送来的'花生米'的滋味！"

"好的，那你们今天就接着打吧，要注意让部队轮换休息啊。我现在到二营去，你这边有什么情况注意及时通报。"说着父亲快步朝着二营阵地奔去。

正南方向敌人的炮弹打得又急又密，尽管战壕里的战士们已经撤到了后面的隐蔽壕里，可是在这样密集的炮火中，还是出现了伤亡。

刚刚修筑过的简易战壕，敌人一排子炮弹打过来又被摧毁了，阵地前沿的大树，被连续的炮火摧残得只剩下光秃秃一片的树干。有的树干和树枝在燃烧，滚滚的浓烟呛得让人出不来气。

"连长，敌人上来了！"前方的观察员吹着哨子，大声呼喊着。

二连连长一边向战壕冲去，一边告诉战士们，注意利用地形，大树干也是可以做掩体的。

面对疯狂进攻的敌人，战士们杀红了眼。

敌人的攻势，没有因为昨天的受挫而减弱，相反，进攻的强度更强了，进攻的敌人，已经从昨天整排、整连的进攻，改为整营的进攻。

老天爷并没有关照进攻的敌人，依旧雨水不断。整个山体变得更加湿滑、泥泞。

在正西方向，敌人在茂密的树木的掩护下，向山上的阵地攀爬。好不容易才来到阵地前，面对高大的山石和陡峭的悬崖，也只能寻找悬崖边上的狭窄的小路，提心吊胆地往上爬。有的爬到一半，被弓箭击中而坠入万丈深渊。有的刚用手抓住岩石的边缘，就被大刀砍掉了手指头，有的手臂被砍断，或者被尿水浸泡过的长矛刺伤，痛得嗷嗷乱叫。没有受伤的敌人，在督战队的逼迫之下，不顾死活地继续往上攀爬，一边攀爬，一边打枪，一边投手榴弹。

战斗中，独立团的干部战士不断有受伤、牺牲的。接替人员很快冲上阵地，继续投入战斗。

敌人从两个方向同时进攻。上来一拨，被打下去一拨；再上来一拨，再被打下去一拨。

正南方向，是敌人进攻的主攻方向。

"五马归槽"在这个方向的山体，除了树木较多，坡度较大以外，悬崖峭壁、险关要道则比较少，有利于敌人主力部队的进攻和发挥火炮的优势。

而独立团坚守的阵地，正面宽度大，因为山体陡峭，几乎没有什么纵深。所有在晚上构筑的工事，白天被敌人的炮弹全部摧毁。在遭到敌人的炮火打击的时候，坚守在正面阵地的一营干部、战士们，几乎没有地方可以躲避炮弹。

正因为如此，在这个方向上，独立团的伤亡也是最大的。可也没有更好的办法了。这对于武器装备落后的独立团来说，确实是致命的。

当三连长看到敌人扔上来的手榴弹落在几个战士的身边时，他连喊带叫地一把推开战士，毫不犹豫地冲上前去。就在他准备将手榴弹踢下山去的时候，手榴弹爆炸了。三连长浑身上下淌着鲜血，连里的救护员要把他抬下阵地，他使劲摆了摆手，挣扎着立起身子，又重重地倒了下去。在生命的最后时刻，他拉着副连长的手说："坚守阵地，坚守——"，话音未落就闭上了眼睛。

"为连长报仇！为连长报仇啊！杀啊！"战士们为连长报仇的吼声，从阵地上的各个地方发了出来。

三连长的牺牲，激起了三连全体战士的满腔怒火。

那个叫"五娃子"的战士，在与两个冲上阵地的敌人搏斗的时候，敌人的刺刀刺中了他的腹部，他没有退后下，而是忍着巨大的疼痛，毫不犹豫地冲上前去，抱住两个敌人一起向山下滚去，并拉响了腰里的手榴弹与敌人同归于尽。

五娃子的排长看到五娃子牺牲的情形，愤怒地高喊着"为五娃子报仇啊！"抢起自己手中的大刀，拼尽全力地向冲上阵地的敌人砍去，一连砍倒了三个敌人，吓得其他敌人纷纷避让。在他冲向敌人的一个机枪手的时候，被机枪子弹击中，壮烈地牺牲在阵地上。

敌我双方都竭尽全力地拼死战斗。一边是拼命地往上攻，一边是挥舞着大刀、长矛拼死把敌人往下打。战士们把倒下去的敌人顺势一脚踢下山去。

战士们把打倒的敌人一个一个地踢下山崖，嘴里愤怒地大声喊着：

"妈的，老子今天让你们见阎王去！"

"龟儿子们，上来了就莫想回去！"

一个年龄稍大的战士，一手挥舞着大刀、一手拿着竹子做的长矛，左劈右刺，口中大喊着："报仇！报仇！"

战士们用自己的吼声、喊声，发泄着心中堆积的仇恨和满腔的怒火。而这些吼叫声，极大地震撼着敌人，他们心惊肉跳，望而却步，不敢上前。

第二天的战斗在打退了敌人七八次进攻后结束了。

第三天，敌人从西北、正西、正南三个方向同时向山上发起进攻。一营在第一道防御线的一、二、三连同时全部遭受到敌人的轮番攻击。

战斗打到下午的时候，一营阵地上能够继续坚持战斗的，全部加起来还剩下不到一百人了。父亲把二营的四连调上去增援一营。

一天下来，伤亡的人数又是到了一百多人。

晚上，抽好了大烟的川军，与昨天晚上一样，又来偷袭了。

敌人摸着黑，从正西和西南方向进入，在泥泞的大山里费力地爬行，还时不时地向前行的方向胡乱打枪。不管能不能打到红军。总之，打枪至少可以壮壮自己的胆子。

敌人胡乱放枪，原以为可以给自己壮壮胆子，却不想暴露了他们自己的进攻位置。真是弄巧成拙，反倒为独立团消灭这帮敌人创造了非常有利的条件。

敌人现在由夜袭战改为夜战，独立团还是不露声色，仍然采取"你打你的，我打我的"方法。按照敌在明处，我在暗处，你明着来攻，我暗着来打，用反偷袭的办法，从从容容地调集部队，并作好了周密的战斗部署。准备把来袭的敌人一个一个地收拾掉，打一场漂亮的夜间围歼战。

父亲按照全面锻炼部队的想法，让二营五连带上三营的一个连，下山去包抄敌人。与昨天晚上的办法如出一辙，杀得敌人鬼哭狼嚎。

敌人发了疯一样白天、晚上连续不断地进攻。

独立团也不晓得已经打退了敌人多少次的进攻，从整排的进攻，到整连、整营的进攻。从山上到山下，从白天到晚上，到处散落着敌人的尸体。这些来不及运走和掩埋的尸体，散发着腐烂的气味。

在十天左右的时间里，独立团连续打垮了敌人五个团的轮番进攻，歼灭敌人近两千多人。

独立团也伤亡了九百多人。到了五月下旬，每个营勉强还有一个连的人。全团连以上干部，除了三营营长和一个连长没有牺牲外，团政治处周主任和一营、二营的营长、教导员，以及六个连长、指导员全部牺牲在阵地上了。

到了五月底，敌人始终没有突破我方阵地，被死死地卡在"五马归槽、鹰龙山"一线而无法前进一步。

敌人在遭受了惨重损失以后，士气大衰，基本上再无力组织有规模的进攻了。

一天晌午，父亲正在阵地上组织指挥剩下的三百多红军，继续阻击敌人的进攻。团部通信员跑过来，大口喘着气说："政委，刚刚接到上级送来的命令。"

"么斯命令？"父亲看着通信员，问了一句。

通信员是当地刚入伍不久的战士，忙用四川话答道："上级说，不必坚守阵地"，并赶紧将一张纸条交到父亲手里。

"么斯？不要坚守阵地？哪个说的？"父亲担心自己的耳朵听错了，又追问了一句。认真看了看纸条，上写着"务必坚守阵地"六个字。

通讯员将刚才说的命令重复了一遍。又回答说："我不识字，是上级送命令的通讯员这么说的。"

"务必坚守阵地"，接过纸条，父亲念了一遍。

"务"与"不"，当地人念这两个字，发音比较接近。

"'务必'到底是个么斯意思？'任务'的'务'这个字我识得，可是单独的'务'是么斯意思？和'必'字连在一起做么解释？"父亲拿着这张纸条自言自语地说。

以往师部下达命令都是口头下达，很少见过写字条的命令。这次"鹰龙山"指挥所为什么下达一张纸条命令？

是按照通讯员说的"不要坚守阵地"去执行，还是继续坚守阵地？到底怎么办？父亲脑子里快速思考着。为了尽快搞清楚这条命令的意思，父亲让通信员把文书叫来辨认。

"快快快！去把文书找来！"

"你来看一看，这命令上写的是个么斯意思？"父亲把纸条交给文书。

直到这个时候，父亲才真正认识到，能识文断字是多么重要。心里十分懊悔地说，如果周主任在的话就好了，他肯定一下子就能够搞清楚这个命令的意思，他的文化水平是全团最高的。可惜他已经在几天前的战斗中，被敌人的炮弹击中而英勇牺牲了。

父亲看到文书接到这个纸条以后没有立刻出声，就问文书："怎么你也不识这个字？"

文书说："这个字，我认得，是任务的'务'。但是这个字的具体含义我不晓得。"

"政委，我们到'五马归槽'的时候，师里在下达命令时已经说得很清楚了，就是要求我们团坚守阵地，死死地把敌人挡在这里。这个命令一直到现在没有发生过变化，而且在这段时间里我们也没有接到新的命令。

再说，我们团在这里来了快两个月了，阻击敌人的战斗也打了有将近二十天了，按照惯例，没有特殊情况，上级一般不会再重新下达要我们坚守阵地的命令。我认为这个命令是不要我们坚守阵地了，让我们团放弃这里撤下山去。"

文书又接着说："如果不是这个意思的话，没有必要给我们再发一个'一定要坚守阵地'的命令。另外，是不是有这样一种可能性——方面军为了进一步收缩战线，要求我们主动放弃阵地，有利于更好地打击和消灭敌人？"

怎么办呢？到底是继续坚守阵地，还是撤下阵地？父亲迟迟下不了这个决心。

周主任牺牲以后，独立团里只有文书是识字最多的人。再说，文书说的也是有一定道理的。独立团在这里阻击敌人的时间已经不短了，现在用文字下发一个让独立团坚守阵地的纸条子，的确是显得多余了。如果之前的命令继续有效的话，还需要再发一个坚守阵地的命令吗？

那既然不是重复之前的"坚守阵地"的命令，那就只能理解是让独立团不再坚守阵地了。

父亲在犹犹豫豫之中，把文书说的道理，又仔细推敲一遍，觉得文书说的'为了进一步收缩战线，让独立团主动放弃阵地，有利于更好地打击和消灭敌人'，应该是有一定道理的。

想到这里，父亲对通信员说："既然是这样，通知各单位，按照上级的命令，抓紧清查武器弹药，掩埋好牺牲同志的遗体，把伤员抬到后山的救护站，撤出阵地，准备下山。"

看到阵地上都处理妥当以后，父亲便带着独立团剩下的不到三百人的队伍开始向山下转移。部队沿着山路下山。刚刚撤到半山腰的时候，鹰龙山指挥所响起了号声，向父亲发出"停止下山，立即进攻"的号音。

"政委，指挥所吹号了，让我们不要下山，要重新回到阵地上去。"通信员急迫地告诉父亲。

为了确定是不是让部队重新返回阵地，父亲立即让司号员用号音联络询问。当得到了肯定的答复后，父亲来不及多想什么，就是一句话："同志们，杀回到阵地上去！"

接着把警卫排长叫到身边，叮嘱他说："我看到敌人已经占领了我们的阵地，按我们刚刚退下来的路肯定是不好上去了，你带上全排，从我们打夜战时走的那条小路上去，要快！最好莫让敌人发现了。我带队伍从原路上，吸引住敌人的注意力。记住，一旦得手上去了，就要猛打猛冲，把敌人压下去。"

"五马归槽"这座大山，易守难攻。敌人连续攻打了二十几天都没有攻上来，死伤了两千多人。现在阵地被敌人占领了，要想重新再夺回来，同样要付出血的代价啊。

父亲想到这里，自己对自己说了一句，现在想那么多有么斯用，先把阵地拿下来再说吧。说罢，一手提刀，一手拿着驳壳枪，把枪一挥："同志们冲上去！"自己带头向山上冲去。

在距离山头阵地还有百把米的距离的时候，被已经占领阵地的敌人发现。顿时，敌人的轻机枪像狂风暴雨一样打了过来，一下子倒下去了十几个战士。而与此同时，山下的敌人为了巩固已经占领的山头阵地，也派出了增援部队开始往山上冲击。如果晚一点，山下的敌人如果再上去一个连，甚至一个营，那就更不好办了。趁着现在山上的敌人不多，争取一鼓作气拿下来。

硬冲是没有办法攻上去的，况且队伍剩下的人已经不多了。为了重新拿下山顶的阵地，父亲指挥部队匍匐前进，利用大树来做掩护，逐渐向山上靠近。在匍匐前进中，焦急地等待着警卫排能够尽早冲上山头的消息。

就看警卫排这二十几个娃娃的了。他们哪怕能够先上去一个人，部队就有攻上去的可能。

山下的敌人，还在源源不断地往山上快速行动。敌人也想抓住这个难得的机会，牢牢地控制住已经占领的山头阵地。

怎么办？

敌人居高临下，不停地用轻机枪扫射，每前进一步都有战士负伤或者牺牲。形势极为不利。

看着眼前发生的一切，看着战士们一个接一个地倒了下去，父亲的心里在淌着血，胸中燃烧着的怒火快要把胸膛给炸开了。

父亲一边往山上爬，一边在心里头骂："妈的，搞得么斯鬼嘛？我们到这个山头上来了快两个月了，就算打这阻击敌人的仗也打了一二十天了，从来也不发个纸条命令。发一个纸条子命令还文绉绉的，让人看不明白。我们这些土包子哪里识得了那么多字呢？写个大白话，一定要守住阵地就可以了嘛，干吗要写一个'务必坚守阵地'的纸条子？不写'务必'那两个字也可以嘛，就说'坚守阵地'。那'务必'到底是个么意思呢？哎呀，读书少识字少，真是害死个人了！"

不到一个小时，队伍就伤亡了几十人。

现在让进攻停下来也不行，警卫排在那边还没有得手，敌人也不傻。如果我们这边一旦停止了进攻，他们可能就会想到我们是不是有新的动作，提前有了预防准备。

正当父亲万分焦灼之时，突然间，山头上的阵地一下子乱了，枪声、喊杀声惊天动地。从悬崖峭壁上突然攻上去的警卫排战士们，虽然还只是一些娃娃，却神勇无比，他们一手拿刀砍，一手用枪打，与敌人杀在一起。

说时迟，那时快，父亲大喊一声"上"，趁机一口气冲了六七十米的陡坡，几个箭步就冲上了阵地。手中的驳壳枪不停地开火，手中的大刀片子将冲到身边的敌人一个接一个地砍翻在地。父亲边杀边骂："就你们这剃掉骨头冇的二两肉的家伙，还敢跟我们红军打仗？见阎王去吧！"

双方竭尽全力地拼杀，都想把对方压下山去。而山下的敌人还在往上爬，部分敌人距离山上阵地不到四十米了。情况越来越危急了。

突然，敌人的一挺机枪朝着继续冲上山来的独立团猛烈扫射，冲在前面的几个战士都被机枪打倒了。警卫排长奋力冲上前去，一刀结果了敌人。抓过机枪，掉过头来向山下的敌人打了过去。

父亲一看，好小子，真不愧是警卫排的排长。这时，一个敌人朝着他的身后冲了过来，用刺刀刺进了他单薄的背部。警卫排长手里的枪声停顿了片刻。他没有去消灭在身后刺中了自己的敌人，而是对着上山的敌人，忍着剧烈的疼痛，用尽平生最后的力量，继续朝着敌人连续不断地射击。鲜红鲜血的血顺着被刺刀刺穿的背部往外流淌。敌人看到红军还没有倒下去，拔出刺刀，又一次刺进了警卫排长的身体……

一个战士看到排长被敌人刺中倒下的时候，狂吼着："杀死你龟儿子的，为排长报仇啊！"双手举起刀来，用尽全身的力量朝着这个敌人斜劈了下去，由于用力太猛，砍刀深深地砍入了敌人的身体当中，还没来得及把刀抽出来，不料却被另一个从侧面赶过来的敌人刺中，倒在阵地上。

此时此刻的父亲，浑身上下都是血，他分不清是自己的血，还是敌人的血。他嘴唇紧闭，双眼血红，满脸充满了怒火和杀气，脑子里只有一个字，"杀！杀！杀！——"他要为独立团所有牺牲的同志们报仇！他要将这帮龟儿子们全部杀尽，血债血偿！他要尽快把敌人杀下山去，重新占领"五马归槽"的主峰阵地。

时间在一分一秒地过去，独立团剩下来的人员已经全部冲上山来，与敌人血战在一起。

父亲忽然间看到三营仅剩下的一个副连长，离敌人机枪射手的位置非常靠近，随即大喊一声："快用机枪打呀，把山下的敌人压下去。"

实际上，这个副连长当时已经身负重伤，他缓慢地转动身子，一枪撂倒了敌机枪手后，端起机枪朝着往山上涌来的敌人进行扫射。在机枪连续不断的火力打击下，进攻的敌人不是倒地不起，就是滚下山去。向山上冲击的敌人终于顶不住了，开始朝山下退去。

当看到进攻的敌人终于退下去了，副连长面带着微笑，身子不由自主地往后退了两步，缓缓地坐在了地上，再也没有站起来。

敌人先上来的近两百人，与后冲上山来的独立团的战士们扭杀在一起，势均力敌，谁也不退一步。双方都很清楚，这是一场你死我活的战斗。

退下山去，就意味着失败，意味着死亡。谁先退下去了，谁就是失败者，谁就永远失去了占领阵地的最后机会。

一个战士用大刀砍中了一个敌人，这个敌人在倒下去的时候用枪击中了这个战士。

突然，一个敌人从后面抱住了父亲，父亲用拿着手枪的左手，使劲向身后敌人的头上砸去，击中敌人的头部后，转身用右手的大刀顺势一刀把敌人连头带右臂劈掉。

山头阵地上到处是横七竖八的尸体。血水，早已把这个原本不大的山头主阵地浸染得血红、血红。

赤江独立团千百个战士们，他们用自己年轻的生命和满腔热血，谱写出了通江儿女最壮丽的革命英雄主义篇章!

　　看着自己亲手建立起来的独立团,看着一个一个熟悉的面孔倒在血泊之中,父亲怒发冲冠,他扔掉早已经打光了子弹的驳壳枪,双手各提一把大刀,左右开弓,接连砍翻了围在他身边的数个敌人官兵。他那身高一米八几的个头,行武练就的铁打的身体,站在那里如同一座铁塔,让阵地上的敌人吓破了胆。他如同黑旋风一般挥舞着双刀,哪里敌人多就杀到哪里去。大刀起处,敌人死的死,伤的伤,纷纷倒下。

　　"来呀,龟儿子们,拿命来吧。"杀红了眼的父亲不停气地抡起双刀,不停地砍杀敌人。

　　不大的山头阵地上,敌我双方从几百人的厮杀声,经过不到两袋烟工夫的拼杀,声音终于渐渐平息了下来。

　　敌人终于被彻底赶下主峰阵地,准确地说,他们的进攻已经被彻底打垮了。看看再战下去只有死路一条,剩下的十几个敌人,吓得头也不回地向山下跑去,生怕因为跑慢了一步而丢了性命。

　　父亲数了一下,全团参加"五马归槽"战斗,来的时候是一千五百多人,除了已经转移走的伤员,现在连自己在内,阵地上只剩下九个人。

　　文书问:"要不要向指挥所发号音报告,我们已经夺回了阵地?"

　　父亲回答说:"司号员牺牲了,么样发号音呢?估计现在指挥所已经晓得我们夺回了阵地。"

　　清理完了敌人的尸体,掩埋好了独立团牺牲的同志。父亲坐在一块岩石上,眼睛看着山下一言不发。望着满是被鲜血染红的阵地,心情无比悲痛。

　　刚刚组建的赤江独立团,朝气蓬勃,把当地儿童团、农民自卫队汇集到一起,共同生活,学习军事,在战斗中结下了生死的友情。在这些人当中,有近三分之一的战士还是不满十五岁的娃娃,他们的人生才刚刚开始。可是他们都在战斗中,为了保卫红色政权,为了让更多的人过上幸福的生活,献出了年轻的生命。

　　太可惜了啊!

　　想到这里,父亲站起身,来到被掩埋的烈士们的土堆前面,慢慢抬起右手,庄重地向所有在战斗中牺牲的独立团的干部、战士们致以最崇高的敬礼!

"我们开个会吧。"父亲对阵地上仅有的战士们说："现在，独立团在阵地上的还剩下我们九个人，其他重伤员在后山的救护站。无论如何，阵地还要坚守下去，谁也不能后退半步。我们在，阵地就要在。只要还有一个人，就一定要战斗下去。死，也要死在阵地上！"

"如果我牺牲了，这个阵地由文书负责指挥。文书牺牲了，我们在阵地上的每一个战士，都要勇敢站出来，接替指挥，继续战斗下去。

"你们看到了没有？整个阵地都是红的。那是我们独立团牺牲的战友们的鲜血染红的。

"独立团牺牲的战友们的鲜血是不能白流的。

"我们站在这个用鲜血染红的阵地上，向牺牲的战友们庄重宣誓：继承他们的遗志，顽强地继续战斗下去，坚决完成师部交给我们阻击敌人的任务！

"现在，大家把阵地上的枪支弹药全部收集到一起，认真检查一下，能用的都放到自己的面前。

"这个阵地，对我们几个人来说大了一点，但是不要紧，我们手里有枪有刀，有手榴弹，只要敌人敢上来，这里就是埋葬他们的坟墓！"

这时，阵地的正南方向响起了枪声。

"你们两个人跟我过去看看。剩下的人注意其他方向上敌人的动静。"

父亲说完以后，带着文书和一个战士，朝着一营原来坚守的阵地走去。

这次，敌人没有打炮，人数也不多，正稀稀拉拉地往山上爬。

"看来这是敌人的垂死挣扎，既然来了，也不打炮告知一下。这说明了么斯呢？说明有的炮弹打了，说明有的劲儿了。"父亲轻声说："来，我们一人一支步枪来给敌人'点名'吧。"

当敌人前进到阵地前不到五十米时，父亲的枪响了，最前面的一个敌人倒了下去。接着，三支长枪瞄准往山上进攻的敌人，不紧不慢地瞄准一个"点一个名"。在距离阵地不到三十米时，已经有近二十个敌人被打倒，其他敌人吓得趴在地上不敢再往上来。在他们后面，有一个当官的挥舞着手枪，使劲吆喝着："上，快上！快点快点！都给老子冲上去！"

"注意瞄准那个后面的当官的，一定要把他干掉！"父亲不慌不忙地告诉战士们。

当这个当官的刚从一棵光秃秃的大树杆后面探出身子往山上看的时候，三支步枪几乎是同时响了，这个敌军官应声倒在地上，其他敌人一看当官的死了，立刻向山下退去。

"照这个样子打啊，莫看我们人少，敌人也不多了，阵地上的子弹足够消灭敌人的了。"

看到敌人被打退了，父亲拿起望远镜，将身子探出战壕，仔细观察山下敌人的动向。

正在这时，突然，敌人的一颗子弹击中了父亲的头部。父亲一声未吭地倒在了阵地上。

5

父亲第一次醒过来的时候，已经是 1933 年的 8 月。

从 1933 年的 5 月底到 1933 年的 8 月，经过了长达三个多月的深度昏迷之后，头部负了重伤的父亲，才渐渐地醒了过来。

在父亲昏迷的这一段时间里，红四方面军取得了"反三路围攻"的完全胜利。

父亲醒了以后，第一句话问医生："这是在哪里？"当晓得自己是在方面军总医院以后，父亲又昏迷了过去，再醒过来的时候又是三天以后了。

这次算是彻底醒了。父亲醒来先是动了动胳膊，看看没有事儿，又蹬了一下脚，也能够动弹，感觉到都能够动，那为什么躺在床上呢？心里十分纳闷。"都能动啊，好好的嘛，哪里有么伤呢？怎么会在医院里头？"父亲自言自语地说了一句："让我出院回部队去吧。"说着就要从床上下来。谁知一阵剧烈的头痛袭来，人一下子又晕倒在床上了。

脑壳子疼，痛死人了。父亲这才用手去摸，脑壳子上已经被一层又一层的白纱布包裹得严严实实。搞了半天才明白，原来是敌人的子弹打到了脑壳子上了。

天昏地转，加上一阵又一阵如炸裂一样的头痛，父亲只能平躺在床上，一动不动地闭上眼睛。他在迷迷糊糊中想："我是在哪里挨的这一枪呢？"脑子里一片空白，只有嗡嗡嗡的响声叫个不停。当感觉到好像有人来到了身旁，父亲就问："我的脑壳子是在哪里中的枪啊？"声音小得让来到他身旁的护士俯下身子才勉强听得清楚。

父亲是个大嗓门，现在不是不想大声说话，只是一张嘴说话头就痛。试了好几次都一样，要是父亲努力想发出声音来，头就痛得让他直吸凉气，父亲只好试着轻轻说话。这样似乎才能够减轻头痛的痛苦。

站在父亲身边的护士赶紧应答道："把你转到我们医院来的医生和护士说，你是在通江北部的一个叫作'五马归槽'的地方，阻击敌人的时候负的伤。伤得很重，师里医院说治不了了，才送过来的。"

父亲又问："现在是个么日子啊？"

护士又答道："8月底了。你是在6月初转过来的，一直在昏迷，已经有三个月的时间。"

父亲说："么斯，么斯，你说么斯？我在医院里睡了有三个月？那你们为么斯不叫醒我呢？"

护士说："不是我们不叫醒你，是叫不醒啊！我们天天盼着你醒过来，虽然你中间也醒过几次，但只是哼上几声就又昏迷过去了。医生说你的脑伤太重，不光是把脑壳子顶上的骨头盖子打掉了一块，还伤到了脑膜下面的脑神经，流了很多的血。医生还说，要是一般的人可能早就死了。军部的首长说，无论如何必须要救活。这是命令。"

听到这里，父亲下意识地伸手去摸自己头上的伤，护士急忙一把按住父亲的手说："碰不得，碰不得，这个伤口处现在没有骨头了，只有刚刚长起来的一层头皮。"

护士接着又说："上级领导嘱咐过，让我们几个护士轮流照看你。我们照看你已经有三个月了，今天看来你是真的醒过来了。真是太不容易了！我们还以为你会永远就这么睡下去，再也醒不过来了。

哦，对了，还有，军里的王军长、周政委，傅主任已经来看过你好几次了，叮嘱我们，只要你一旦醒过来了，要立即向他们报告。"

到现在父亲才终于晓得了，自己这次头部受伤很严重，而且在医院里已经躺了三个月。说到"五马归槽"战斗，脑子里什么记忆也没有，使劲想一想，可是脑壳子一阵剧痛，又昏了过去。之后几个月，只要有人来看他，说与独立团有关的人和事情，父亲只要试图去想明白，这是些什么人，他们说的是些什么事情，人马上就会因为头痛而又昏迷过去。

后来，医院通知军的领导，父亲的病情没有稳定下来之前，最好不要来探望，以免造成病情反复，影响治疗的效果，也不利于早日康复。

父亲自从1933年8月第一次真正醒来之后，又反反复复多次重度昏迷。这种状况一直延续到1934年的六七月，父亲的情况才逐渐稳定下来。也就是说，这种昏迷的情况，是断断续续的，时而好几天，时而又不好。随着身体的不断恢复，父亲的脑子里逐渐开始有了片段记忆，这一个过程整整经历了一年零一个月。

得到父亲醒过来的消息以后，赤江独立团活下来的干部、战士们，包括炊事员、宣传员、担架员，还有赤江县政府的人，纷纷前来探望。来的人给他讲"五马归槽"战斗的最后胜利，讲通江县已经重新解放了，讲赤江独立团正式被编到新组建的红四军了等。父亲听得迷迷糊糊的，看看这个人，再看看那个人，都像是见过，但一个也想不起来他们是哪个人。

听说父亲醒了，已经是红四方面军第四军的王军长和周政委来到了医院。

听说是军长、政委来了，父亲艰难地坐起身子来，眼睛直直地看着他们，感觉似曾相识，可是却怎么也记不起来。

周政委急切地说："老王，老王，你醒了啊，我们代表军里来看望你。"

王军长问："你还记得'五马归槽'战斗吗？那个字条的命令是哪个把你的？写的是几个么字啊？"

可是，此时此刻的父亲，只是茫然地听着，不光记不起"五马归槽"战斗，更记不得有一个什么字条。

王军长和周政委问了父亲好几个问题，可是父亲对他们说的事情却一脸茫然，无动于衷。两个人看到父亲什么都记不起来了，只好摇了摇头，对医院的院长和医生说："唉，这么精明强干的一员虎将，现在却成了这个样子，太可惜了，太可惜了啊！你们医院一定要想方设法，把他的伤治好，让他恢复记忆。"

医院的院长、医生回答道："我们会尽力的。他的伤太重了。我们这里医疗条件有限，尤其是治疗这种颅脑伤的办法不多。把所有的办法都想尽了，总算是让他活下来，保住了一条命。可是，子弹伤到了大脑的神经，目前能醒过来就已经很不错了，能不能恢复记忆力，恢复到什么样子，真的是说不好啊。"

父亲恢复了部分记忆以后，军里的周政委和已经担任了方面军政治部的傅主任来到医院，看到父亲可以认得他们，可以说话聊天，他们都为父亲感到高兴。对陪同来到病房的医院院长和主管治疗的医生说："谢谢你们啊，总算让他能够说话，能够恢复记忆了。"

院长说："亏得他本人的身体底子好，否则我们也没有办法。当时诊断的结论是，能保住性命就不错了，至于什么时候能够醒过来，醒过来以后能不能够还有记忆，都没有把握。现在看来，情况比我们当初下的结论要好很多啊。"

接着，医院院长和主管医生当着父亲的面，向两位领导详细介绍了父亲的病情和现在的情况："他的这个枪伤是从脑袋顶部穿过去，擦掉一块骨头，也就是土话讲的，把天灵盖打穿了，从脑盖骨下的骨膜下面穿过去的。伤到了脑神经，造成了大脑损伤，能够醒过来已经很不错了。现在，又恢复了部分记忆，应当说，这个比我们原先预计的结果要好多了。"

"你们看，再恢复恢复，王政委还能不能再担任领导工作，比如说继续在部队带兵打仗？"周政委问。

主管医生说："这个说不好。现在他的记忆力恢复了一部分，但都是片段，不完整。医护人员让他按时吃药，他总是记不住，需要人按时提醒。麻烦最大的是他听不得响动，不管什么声音，稍微大了一点，就头痛欲裂，用两只手紧紧地按压住太阳穴。一痛起来，就是一身大汗，缓过来最少也得半天，有时候严重了要一天甚至更长的时间。"

"哦，是这个情况，听了响声就要头痛，能不能治得好呢？"周政委又问。

主管医生回答："这个说不了。只要不刺激他，一般情况是不会发病的。所以，他还是需要静养，也许时间长了，慢慢地会恢复过来的。但是要想去掉这个根子恐怕是很难哪。"

听了院长、医生的病情介绍，周政委和傅主任面面相觑，表情复杂。

对于今后如何安排父亲的工作，现在说还为时过早，只有等他彻底康复了以后，再去研究了。

当然，这些领导脑瓜子里的一些想法，父亲是不可能知道的，这些情况都是父亲后来才知道的。

主管医生接着又说："不过，话说回来，王政委能彻底苏醒过来，又恢复了部分记忆，在我治疗过的类似的脑伤来说，算是一个奇迹，是一个特例。也多亏他本人的身体体质好，否则我们也是没有办法的。"

周政委听了说："哦，是这样。我们要和王政委聊一些事情，你们医院事情多，可以先去忙吧，"

等到院长、医生走了以后，周政委对父亲说："你们独立团在这次反敌人'三路围攻'中的阻击战打得很好。在几十天的战斗当中，击退了敌人五个多团的轮番进攻，不光守住了阵地，还消灭了两千多的敌人。

当初，师里给你们团的任务是配合主力团作战，完成从小通江河以东至鹰龙山一线阻击敌人的任务。由于你们独立团所处的位置，受到正西和正南两个方向敌人的夹攻之中，加上独立团成立时间不长，枪支弹药短缺，训练时间又短，临时凑起来的人员又是大的大，小的小，所以在这种情况下，能够很好地完成阻击敌人的任务，实现师里的作战意图是很不容易的。伤亡人员多，也是不可避免的。

关于在反'三路围攻'的收尾作战中，你们团收到上级一个纸条，就是'务必坚守阵地'这个纸条。因为不晓得'务必'这两个字的意思，到底是要坚守、还是不要坚守阵地。这个事情不能怨你们。不认识这个词的，大有人在。现在从连到营、团级以上领导，恐怕绝大多数都不识得这个词。为么斯？因为我们的队伍主要是以农民为主，都是穷苦人家出身，有几个读过书啊？能够识得几个字已经是很不容易了。要把学到的字都搞得清清楚楚，特别是把这些字再组成词的意思搞清楚，那就不是一个简单的事情了。"

"是啊，周政委。如果当时那个纸条上写个'一定要坚守阵地'或者是'坚决守住阵地'都可以呀。不晓得为么斯要写一个'务必'坚守阵地？我是一个大老粗，不识得几个字，真是害死人了。要是我们政治处的周主任在就好了，他识的字最多，是文化人。可是在之前的战斗当中牺牲了。"

周政委说："好了好了，这个问题已经清楚了。这是一个教训。看来，今后不管是哪一级下达命令，都要尽量避免使用不常用的字或者不常用的词，要通俗易懂才行。要防止发生因为读不懂命令，造成贻误作战行动的事情发生。再说，你们独立团又重新夺回了阵地，彻底打垮了敌人的进攻。这件事情上，你不要有思想包袱，组织上是信任你的。有一点要说明一下，当初师里决定让你来组建这个独立团的决定是正确的。老傅在这里，是他把你从随营学校借到这里来的，我和王军长，我们一起把你用起来的。

"关于你提出来要出院回去工作的要求，从目前来看，你现在身体还没有完全恢复，还需要治疗，先安下心来好好把伤治好、养好，至于今后怎么办，还是要根据你的伤情来决定。军里一定会慎重考虑的。

"还有一件事情要告诉你，你们独立团已经编入到第四军，成为主力部队。赤江独立团在这次阻击敌人的战斗中，伤亡是大了一些，可是活下来的同志，都经历了战火的考验，已经成为部队中的战斗骨干。这些同志的成长进步，与你们团领导的培养教育是分不开的。"

方面军总医院用当地的中草药配制的中药，来治疗父亲脑伤的后遗症，使父亲渐渐地对受伤以前的事情，有了断断续续的片段记忆。

住院期间，傅主任来了好几次，直到父亲的伤病情况有了好的转变之后，才与父亲谈了今后的工作安排。

傅主任说："积功同志，军里与医院多次了解了你的伤情，特别是脑伤的后遗症。医院的意见是，脑伤后遗症还是比较严重的，主要是说脑子的记忆只恢复了一部分，有经常性的头痛、头晕，听到稍微大一点的声音，就会引起病情复发，随时有晕厥的可能。再回到部队带兵上战场打仗，恐怕是不行了。

为了你的事情，军里专门开会研究过，认为你是一个老党员、老同志，年纪也大了，又受了这么重的脑伤，现在虽然已经有了好转，但是后遗症还比较严重。如果不安排工作，一直在医院里住下去也不是个办法。方面军总医院根据你现在的脑伤后遗症情况，认为已经不适合继续带队伍打仗。军里考虑，准备让你就地转业做地方工作，或者是复员回老家，在当地党组织里负责领导工作。今天来，就是想听听你的意见。"

对于组织上对今后工作的安排，父亲一点思想准备也没有。听到傅主任的话，当时就愣住了。

在医院的这一年多时间里，特别是在逐步恢复了记忆以后，曾经也想过，脑壳子伤成了这个样子，今后回部队，还可以做一些什么工作。但是转业到地方工作或复原回老家，可从来没有在脑子里出现过呀。看来，领导上，还有同志们，已经把自己当成了一个废人了。

父亲的头又开始痛，开始晕，眼泪在眼眶中打着转。他使劲地忍着。

父亲的心里十分难受，一句话也不想说，一句话也说不出来。他用双手使劲抱着受伤的脑袋，把头深深埋在两腿之间，一言不发。

父亲晓得自己的伤确实很重，最要命的是记不住事情，还听不得大的声音。像这个样子怎么能继续带队伍打仗呢？组织上这样安排，自然有组织上的考虑。

傅主任看到父亲十分痛苦，也不回话，又接着说："这是没有办法的事情，谁也不愿意受伤，谁也不愿意离开队伍。组织上知道，这样安排，你是很难接受的。在我们方面军里，一个团级领导干部，因受伤严重，安排回老家的几乎很少有过。这些情况你也知道。除非是到了实在没有办法，万不得已的时候。也可以这样，你回到老家以后，边工作，边养伤。如果恢复得好，只要你愿意，随时可以再回到队伍上来的，这种情况也是有先例的。"

看看父亲还是没有回答。傅主任临走之前说："积功同志，这件事情不急，你可以慢慢考虑，我们下次再谈。"

事后，父亲用他那受了重伤的脑壳子，把刚才傅主任代表组织上说的话，反反复复地在脑子里转来转去。

"复员回老家、转业到地方"，特别是"复员回老家"这五个字，一个劲儿地在父亲脑子里打着转转，像打雷的声音，轰隆轰隆地来回作响，震得父亲的脑壳子又痛了。"怎么这么不争气呢，我的脑壳子？伤在哪里不好，非要伤到脑壳子呢？就是掉一只胳膊，掉一条腿也好啊，也不至于让我回老家嘛。现在这个半傻不傻，么斯事情也记不住的人，不是个废人，又是个么斯呢？你一个废人留在队伍上，不是给组织上添麻烦吗？完全是个累赘嘛。"父亲反复痛苦地自言自语。

"这个问题真是要好好想一想。可是一想事情脑壳子就疼得要命，唉，不争气的脑壳子呀。你让我么样办才好呢？"

回老家？父亲想起了父母大人。有好几年没有见了，还真是想回去看看二老。也不知道，红军离开鄂豫皖根据地以后，父母亲现在的情况怎么样了，还在不在人世。要是能回去看看该有多好啊。

可是，回去了还能够再回到队伍上来吗？国民党反动派能放过一个抓了几年也没有抓到的一个红军的团政委吗？

现在脑壳子打坏了，也不晓得后半辈子是不是都是这个样子了。真是愁死人了。

父亲为头部负伤后的后遗症，以及组织上准备让自己离开队伍复员回老家的事，想得头痛欲裂，情绪简直犹如落到了深渊里而不能自拔。

在去与留的问题上，问曾经一起工作过的下级不合适。想想，还是听听老战友的意见吧。

在汪团长和甘政委来医院看望父亲时，父亲问道："老汪、老甘，你们说说，我今后该么样办？是复员回老家种地，还是留在队伍上？"

他们两个人，你看看我，我看看你，憋了一会儿，还是汪团长炮筒子脾气先开腔说："当然是希望你能留在队伍上，毕竟我们一同在枪林弹雨中滚了这么多年，都是从死人堆里滚打出来的，是生死兄弟。哪个舍得你回老家去呢？就是王军长、周政委说到你的去留问题时，都是唉声叹气的。都觉得你太可惜了，这说么斯呢？说明他们也不想你走嘛。可是，你这脑壳子伤得太重了，记不得事情了，还听不得大的声音。带队伍是要上战场打仗的呀，听不得枪炮响么样能行呢？我们说这些，其实你也都晓得的。"

甘政委接过话来说："我说老王，不过留在队伍上，也不是非得要去带队伍上前线打仗嘛。"

甘政委的话给了父亲一个很大的启发。"对呀，老甘，我可以当炊事员啊，我会做饭，当伙夫冇的问题。喂马也可以呀，这些工作也是需要人去做的嘛。"父亲兴奋地说。

甘政委说："可是你想过没有，你是一个团政委，让你去喂马、做饭，领导上会不会同意咱不晓得。就算是你自己坚决要去喂马、当伙夫做饭，那你们团的那些干部、战士该么样想？老王，这些也是上级领导需要考虑的问题。不过，话说回来，你如果能这样想，留下来的可能性还是蛮大的。"

与汪烈山、甘良发的谈话，让父亲的心里好受了许多，人也开朗了起来。

"一个中国共产党党员为了干革命，做么斯工作都是可以的。再说，只要能够留下来，继续在队伍里工作，叫干么斯都是愿意的。"

父亲让两个老战友回去以后，给军里领导把这个话捎去，对自己未来的工作已经想好，请军里来个领导谈一谈自己的想法。

一天，周政委抽空来到医院，找到父亲，开口就说："积功同志，你让老汪、老甘捎的话，军里领导都晓得了。当伙夫、去喂马？我看就算了吧，你又没有犯错误，只是脑伤以后有后遗症。军里领导商量一下，决定让你继续留在队伍上，在军里做做粮秣工作，你看么样？"

父亲高兴地马上回答道："可以可以，只要能够留在队伍上，让我做么斯工作都可以。军里让我做么斯，就做么斯，我都冇的意见。"

父亲听到军里同意自己留在队伍上了，又高兴又激动。心里想，真是谢天谢地。只要不离开部队就行了。干么斯工作不重要，做不做官也不重要。

看到父亲的情绪很好，周政委接着说："根据你的身体状况，那就先暂时安排在军部的经理处吧。为军里筹措粮秣，这也与你过去在宣传队当队长，搞'扩红'的工作基本是一样的。现在队伍发展得快，青年人多，你领着干，具体事情让青年人做。"

"我是党员，一切都听组织的安排，能让我留下来，比么斯都强，冇的意见。我几时能去上任？住了一年多的医院，人都快憋闷死了。"父亲感激组织上的决定，激动地说道。

此时，在父亲的心里，其实就是一个想法：留在队伍上，是组织上对自己最大的信任。不管在哪里都一定要好好工作，至于做什么工作都不重要了。

父亲终于如愿以偿地继续留在部队工作，虽然不再是带领队伍上前线冲锋陷阵，而是做后勤工作，为部队征集购买粮草。但是，他已经十分知足了。

父亲后来常常对我们几个孩子说起头部负重伤之后的"转行"。

"从一个军事指挥员到一个后勤工作者，工作性质完全不一样，前者是带着队伍在前方与敌人浴血奋战，后者是默默无闻地为前方的作战部队做好军需粮草供应工作，随时保证部队有饭吃、有衣穿、有弹药。人是铁，饭是钢，吃不饱肚子，怎么样去打仗呢？缺少弹药也同样影响部队的战斗力。

"搞供给，运粮秣，现在说起来，觉得好像是一件很平常的事情，没有什么难的。可对于当年的红军来说，执行起来却有着许许多多的困难，并且有些困难大大超出了现在人们的想象。

"首先要去筹措粮秣。在当年，老百姓的生活也是很困难的，从川北到川西，到处是连绵不断的崇山峻岭，想找一块平地种一点粮食是很不容易的事情。况且，连老百姓自己也吃不饱饭，经常靠在山里挖野菜、竹笋、摘野果子等来填肚子。可就是这样，广大人民群众还是把自己仅有的水稻、小麦、土豆、玉米、番薯等食物拿出来支援红军。更加不容易的是，当时的生产工具落后，交通闭塞，动员和组织人民群众，用手提、肩挑、背扛、独轮车推、牲畜驮，把筹措到的粮秣及时运送到前线去。部队打仗多在山里，运送粮秣、弹药等物资同样需要翻越一座连一座的大山，困难可想而知。

"革命的工作很多，分工不同，都需要人去做。既然组织上把你放在这里了，就要尽最大努力把工作做好，绝不能辜负组织上的信任。

"总之，一句话，参加中国共产党，是为了干革命，为了解放全天下的老百姓。如果没有很好地完成组织上交给的任务，就对不起组织上对你的信任，就不是一个称职的、合格的中国共产党党员。"

离开医院的那一天，医院院长和父亲的主治医生以及护理医生、护士前来送行。住了一年多的医院，相处久了还是很有感情的。一个昏迷了这么长时间的重伤病号，吃喝拉撒全靠医生和护士的尽心照顾，才让父亲有了可以继续为部队工作的机会。

当然，父亲也希望这次出院以后最好不要再回来了，争取在工作中让自己慢慢地恢复到原来的状态。

医生格外叮嘱父亲要注意休息，不能劳累，说："最好不要到前方去打仗了。这个颅脑伤从外表上是看不出来的，可是子弹打掉的一块骨头恐怕是这一辈子也长不起来了，而且伤到大脑的神经也不可能一下子就恢复好。现在伤口是头皮包着，千万不能碰到这个地方，也不能有大的声音刺激，不注意的话病情会随时发作的。"

医生叮嘱的话，父亲工作起来就全部忘在了脑后。特别是记数据、登记各种物资表格时，常常会头痛。一痛起来什么事情也做不了，只能用两个手抱着头使劲往里挤压，样子看起来十分痛苦，整个人痛苦地扭曲着身子，真是挺可怕的。

可在平时头不痛的时候，又什么事情没有，和正常人是一个样子，尤其是干起体力活来，生龙活虎，与头痛时判若两人，一个人可以当两个人用。而往往这个时候，也是父亲最开心的时候。

筹措和运输部队所需的粮秣弹药物资，任务十分繁重。部队每天人吃马嚼的需要量很大。如果按照红四军一万人、人均每天按两斤粮食计算，至少需要保证粮食两万斤左右。然而，运送这些粮草弹药，走的多是山里的羊肠小道。很多时候根本没有路。说有路，实际上只有人、畜可以通过。

在大山里面能够走人，还能推个独轮车，这个"路"对搞供给运输粮秣的队伍来说就非常不错了。至于能够走两个轮子的马车，那只是极少数的情况下。可问题是，在川西、川北基本上是一座连着一座的大山，面对到处可见的峡谷深渊、悬崖绝壁，物资运输的困难可想而知。

再有啊，打仗又不是打一两天，口粮怎么样也要保障三五天以上的量。三天就是六万斤，五天至少需要十万斤。还有马料、弹药等物资，都要组织当地的民工帮忙。运输队伍最多的时候达到三千多人。可以想想，打一场仗需要多少人搞后勤的物资保障啊！的确是很不容易。

为什么说红军能够在四川搞根据地、打胜仗？靠的是广大人民群众的拥护和支持啊！

为了完成好任务，父亲把过去在宣传队时候搞的一套行之有效的办法，用在了筹措粮秣物资和组织民工运输上。他把当年在宣传队、独立团工作时认识的民工发动起来，以这些人为骨干，想方设法为红四军解决了粮秣筹措及运输队伍管理问题。军里领导很满意。曾经对父亲说："老王，你现在可是我们军里的粮秣官了，粮秣工作跟不上去，这个仗是不好打的呢。"

为了保障部队的供给，父亲带着运送粮秣物资的大军，穿行在一座又一座的崇山峻岭之中，日夜兼程。为了尽量节约粮食，把运输队伍的粮食消耗降到最低。父亲带头挖野菜、竹笋，采摘野果子，用山中可以吃的食物充饥。渴了喝山中的流水，实在饿得不行才吃身上带的炒豆子、玉米、生番薯。凡是筹集来的大米、小麦一粒都不动用。民工们看到父亲如此，也都照着做。父亲还把这些在筹集运送粮秣物资中的优秀民工、积极分子、模范人物，让政府部门进行宣传，通过发奖状、奖励生活物品等措施，进一步推动了粮秣物资筹集和运输工作的顺利开展。

有时，军里、师里的领导见到了，都是一个说法："注意啊老王，莫累着了啊！多让年轻的同志干。你不能像过去那样了，什么事都冲在第一线。"

一辈子争强好胜的父亲，听到领导们这样说，认为领导们把他当作重伤号，是一个需要照顾的人，反而把父亲搞得很不自在。

就在父亲开始熟悉并顺利开展供给保障工作时，他的身体也在逐渐恢复。万万没有想到的是，在一次组织运输队伍向梓潼作战前线运送粮秣的途中，运输队伍遇到了川军的阻击。呼啸而至的炮弹爆炸声和爆炸掀起的气浪，将父亲一下子掀了出去，父亲重重地摔倒在地，昏死过去。

父亲再度昏迷的消息，很快传到军里。当时部队还在行军、打仗，前线部队问军里该怎么办？

军里领导在电话里告诉前线的部队说："还能怎么办？工作让与他一起负责过这项工作的同志继续做。人要马上送到军部医院救治。部队走到哪里就把他抬到哪里，不能撤下了。"

部队在度过嘉陵江以后，向川西辗转征战。而父亲则在昏迷中一直躺在担架上随着队伍行动。

一次行军途中，遇到了原红十师的傅主任。傅主任看到在担架上昏迷不醒的父亲，了解了这次负伤情况后，找到军里医院的院长说："你们总是这么抬着走，不治疗也不是个办法呀。我写个条子，把积功同志送到方面军医院吧。那里以前救治过，有些经验的。"

在不知不觉中，父亲被抬回到曾经给他治疗过头部重伤，在那里住了一年零一个月的红四方面军总医院。

这次持续昏迷了二十多天，是断断续续的浅昏迷，偶尔昏睡，或偶尔昏迷，在总医院治疗了五个月。到了 1935 年 9 月，父亲才彻底地清醒过来。医生告诉他说："这次你算是不幸中的万幸，被炮弹气浪掀翻的时候，幸亏不是脑袋先着地，如果是脑袋先着地，怕是神仙下凡也救不了你了。你这个人还真是命大得很啊。"

"正常人的脑壳是完整的，是有头骨包着，一般碰一下，撞一下影响不会太大，就算是碰狠了，撞得狠了，或者摔狠了，顶多是个脑震荡，休息个十天半个月也就能好个差不多了。

可是脑袋上少了一块骨头，那个位置又在脑袋的顶部，只有一层头皮裹着。所以你摔出去，就不是一般的昏迷几天可以醒过来的。这要是直接摔到了过去受过重伤的位置，你自己都可以想到会是个什么后果。也算是你的命大，阎王爷不要你，老天爷让你醒了，还没有让你成为傻子。"

"所以嘛，留下了我，是要让我继续为党工作嘛。"父亲诙谐地和已经十分熟悉的院长、主治医生，用开玩笑的口气说，末了还加了一句："我看，你们是老天爷专门派来救我命的人，这个救命之恩，我这辈子是不会忘掉的！"

父亲得知红一方面军和红四方面军已经会师的消息以后，在医院里住不下去了，为了早日回到工作岗位，只有去找傅主任想办法。

已经担任方面军领导的傅主任见父亲来了，先是吃了一惊："积功同志，你又活过来了，都说你可能再也醒不过来了，准确地说，你这次怕是活不过来了，看来你是大限未到啊！没想到，你不光活过来了，感觉好像比上次昏迷醒来以后要好一些喔。你还真是命大得很嘛。"接着傅主任说："医生们都说上一次醒了以后，你把以前的事情忘得差不多了，记起来的也只是断断续续的片段。这次醒了后怎么样啊，之前的工作还记不记得？"

父亲回答："记得记得。还记得蛮清楚的。"

"哦，真不错嘛。这算是又创造了一个奇迹了吧。"傅主任走到父亲跟前，仔细查看着父亲受过伤的脑袋，说了一句玩笑话。

父亲紧接着对傅主任说："跟你说的一样，医生也是说我的命蛮大。这次虽然昏迷的时间也不短，但是醒来以后，之前的工作还都能够记得起来。我已经向医院提了出院的要求，今天是来请领导给安排工作的。"

他看着父亲，笑着摇了摇头说："看来，你的这个脑伤后遗症的确不再适合做军事工作了，也不适合随着战斗部队到前线去做供给保障了。前一阵子，你在军里做粮秣工作的成绩，大家都看在眼里，军里几个领导都很满意。我想你既然对这项工作已经熟悉了，又有了一套自己的工作思路和办法，点子也不少，我跟方面军负责供给工作的领导商量一下，看能不能把你调到方面军供给部下面的供给学校，让你去帮助做一些教学方面的事情，给学员们讲一讲如何搞好粮秣工作。这样，可以把你在这项工作的经验、体会，传授给学校的学员，也算是对部队后勤工作的贡献，你看这样子行不行啊？"

"这有么斯不行呢，只要能够继续留在队伍上工作就行。"父亲高兴地回答道。

打这以后，头负重伤而且留下了终身严重后遗症的父亲，彻底地离开了自己热爱的战斗部队。从一个革命初期的乡农民自卫队长，"黄麻起义"时自卫队小队长，特务队队长、警卫团连长、红十师宣传队长、独立团政委，转变成为一个负责部队供给保障工作的干部，并在这个工作岗位上一直工作到中华人民共和国成立后离职休养。

1935年9月，年满33岁的父亲，在第二次出院以后，被分配到红四方面军供给部下属的供给学校担任队长。之后，父亲参加了红四方面军的长征，西路军征战河西走廊，再一次负伤。西路军失败以后，父亲用对党的无限忠诚，用坚定的革命信念，战胜了无数难以想象的艰难险阻，只身要饭回到陕北。

第十章
回到延安

1

在我的印象里，父亲极少提及和西路军、河西走廊等有关的话题。直到懂事了以后，常听到有人说起西路军的话题。我知道父亲参加过西路军，失败后是一个人讨饭回到了延安，很想知道这一切是怎么一回事。但父亲从不回答这个问题。有时我问得多了，把父亲问急了，父亲会很生气地说一句："小孩子懂个么斯！"

真正从父亲的嘴里说起这件事情已经是 1975 年的夏天，也就是父亲临去世前的一个多月。

父亲用他浓浓的乡音说："我已经是七十多岁的人了，可能不久的将来要去马克思那里报到了。西路军的事情，过去你们几个孩子都问到过，我一直不愿意、也不想说，因为一想起这件已经过去了快四十年的事情，脑子里浮现的情景都是一幅一幅惨不忍睹的画面，太惨了，真是太惨了啊。我们那么多的部队，西渡黄河到河西走廊去执行打通国际路线的命令，结果打到最后，部队越打越少，红军越打越少。"

父亲在回忆这一段历史的时候，心情十分沉重，语音低沉，一直处在极度的悲伤之中，有时讲着讲着就讲不下去了，两只手不时地抹去从眼角浸出来的泪水。

父亲当时在西路军总部供给部下属的供给学校担任队长，主要负责收容、安置伤病员和安排部队的宿营等保障工作。

在与总部机关的同志们一起突出包围，撤往康隆寺的途中，遭遇了马家军的阻击，队伍被冲散，父亲的左脚被敌人的子弹打伤，流血不止。在部队的掩护下，为了尽快突出包围，父亲也顾不上包扎，一瘸一拐地与冲散后剩下的人员一起跑进了山里，先藏在山洞里，后同其他伤病员一起转移到了石窝山。

那时，山上已经有许多零零散散的人员，主要是一些老弱病残，还有一些女同志和儿童，以及各单位的轻、重伤病员。大家或坐或躺，或相互依偎着，几乎没有人说话，每个人都在神情严肃地注视着山下正在进行的激烈战斗。

大家都晓得，西路军的生死存亡到了最后的时刻。

此时的父亲已经三十五岁，按照我们红安老家农村的算法，已经是三十六七岁了。在当时的部队里，算是一个名副其实的老兵了。

当时部队有个决定，对老弱病残、伤病员，妇女和儿童采取先行疏散。许多拿到疏散费的人当时就哭了。可是在那种情况下，哭又能解决什么问题呢？这基本上就是说：部队没有办法带着你们一块行动了，让大家自谋生路。

父亲属于先行疏散的人员，这对他从思想上来说无疑是一个巨大的打击。拿到了疏散费以后，父亲痛苦的心情难以言表。就是有话又能对谁说呢？他只能孤单单一个人，呆呆地坐在石窝山冰冷的山上，低垂着头，久久没有把头抬起来。

此时此刻，父亲的心在流血。

总不能一个人在这里等死吧？总不能被敌人抓去当俘虏吧？就是死在这里也得死得有价值吧？一个接一个的问号不断在父亲的脑子里出现。

该怎么办呢？一个人在冰天雪地的祁连山里打游击是不现实的。一个人走回陕北去找组织？可是山下被马家军围得死死的，走得出去吗？就算是继续待在深山里，身上的干粮也维持不了几天，枪里的子弹也只剩下了三发。

担任过警卫团连长、师宣传队长、独立团政委的父亲，自参加革命的那天起，就早已做好了随时牺牲的准备。对于死，他是不担心的，也从来没有害怕过。如果在战斗中牺牲了，是很光荣的，况且他还没有成家，无儿无女，也无牵挂。

然而现在这个境况，不光部队到了绝境，对于老弱病残的人来说，更是到了绝境！

如果与伤病员和妇女儿童一起行动，自己的身体状况恐怕还不如他们，也许还是他们的包袱；与部队在一起打游击？自己又没有被编入部队，再说，自己现在这个样子还打得了游击吗？不仅帮不上忙，毫无疑问就是部队的累赘。

在冰天雪地的祁连山里，在缺衣无食的情况下，不依靠组织，不和部队在一起，孤孤单单地一个人要想活下去，几乎没有可能。不是冻死就是饿死，也有可能被敌人打死，或者被敌人抓去当俘虏。

强烈的自尊心告诉父亲，既然现在不能成为一个战斗人员，不能和队伍一起去冲锋陷阵杀敌人，也绝不能在冰天雪地的祁连山里等着冻死、饿死。一定要活下去，继续干革命。在当时那个极其严峻而又残酷的现实面前，对于一个年老体弱、身上有残疾、脚上又负了伤的人来说，面临着十分艰难的抉择。思来想去，无论如何，还是要和队伍在一起才行！

那怎么样才能够既跟队伍一起行动，同时又不拖累部队？

西路军剩下的人分成了三个支队，左支队的人比较多，部队的建制也比较全，自己虽然不是左支队的人，但总可以跟在后面嘛。他们到哪里，自己就跟着到哪里。与部队保持一定的距离。这样也就不用队伍上的人照顾了，也就不是累赘和包袱了。

如果能够跟上，那就尽量跟；如果实在跟不上，掉了队、落了单，那就自己想办法回陕北去。只要有一口气在，就是讨饭也要回到陕北，找到党组织，找到部队。

这就是当时父亲的想法。

父亲在回忆中说："当然，在那个时候，那种情况下，我在思想上也做好了冻死、饿死在祁连山里的准备。如果真的是这样死去了，虽然心有不甘，但那是冇的办法的事情。只是觉得有点子遗憾，因为看不到革命胜利的那一天了。即便是这样，在当时，还能有么样的选择呢？

不过，还有一个声音在自己的脑海中反复出现过：不能就这样死在这里！我是一个老党员、老战士，受党的教育多年，么斯苦冇的吃过？么斯困难冇的遇到过？一定要想方设法战胜眼前的各种困难，无论如何要顽强地活着走出祁连山，走出绝境。要活下去、继续革命下去才行。

决心定下来之后，我就远远地跟在左支队的后面，开始了艰难地回陕北之路。"后来，父亲与部队失去联系，一个人千里乞讨，独自穿越沙漠，九死一生，终于返回了延安。

父亲渡过黄河进入陕西的地界以后，按照当地人指点的方向和路线，一边继续沿途乞讨，一边打听、寻找红军队伍。又经过数日的艰难跋涉，终于有一天在榆林附近找到了红军的队伍。

2

"我从祁连山出发，到 1937 年的 6 月底，经过长达三个多月的跋涉，沿途乞讨一千六百余公里，终于回到了陕北。

在榆林附近找到红军队伍的那一天，是父亲一生当中最刻骨铭心的大事！尽管过去了将近四十年（1975 年回忆），他依然十分清楚地记得：在几百米之外远远看到，似乎有当兵的在站岗，因为距离太远，看不大清楚，无法判断是自己人的队伍还是国民党的队伍，只能按捺着激动的心情，还是和往常一样，一瘸一拐地蹒跚着往前走。心里想，这要是我们自己的队伍该有多好啊！同时，也生怕这个美好的希望最后变为失望。

当距离哨位还有两三百米的距离时，在阳光的照射下，猛然间仿佛看到远方战士的帽子上像是有个红点点闪了一下子，这是怎么一回事情？难道是我的错觉吗？还是我的眼睛花了？难道在那里站岗的是我们的红军战士吗？国民党的队伍帽子上肯定不会有什么红色的标记！那个红点！那个红点点说不定就是我们红军帽子上缀着的红色五角星！心里一边这样想着，一边又提醒自己：莫慌莫慌，再看看再看看。"

父亲加快了行走的脚步。这个时候，父亲的眼睛不是向下看路，而是直勾勾地盯住刚刚看到的那一个红点点方向的战士，生怕一不留神就会消失。

距离在一点一点地缩短，还是看不清楚。走得再近一点，再近一点。啊！终于真真切切地看清楚了，那军帽上的五角星在明亮的阳光下正熠熠闪动着红色的光芒。红得是那样鲜艳，那样地让人热血沸腾！是红军，是红军！真的是红军！！是我们的队伍！！

今天，总算是看到亲人了。终于可以回家了！

父亲一改三个多月来一瘸一拐的步子，突然加快了速度，可以说，那个时候父亲简直是拼上了全身的力气往前冲去的。与此同时，他朝着哨位上的战士使劲地挥着一只手，大声呼喊着："同志！同志！"

那两个战士听到喊声，看到一个像乞丐一样的老人，蓬头垢面，杵着棍子，瘸着腿，大步向他们走来的时候，吃惊地瞪大了眼睛，警惕地端着枪，大声问道："老乡，老乡，你有什么事情？"

父亲当时真的是太激动了，根本顾不得许多了，只晓得一个劲地喊"同志、同志"，径直冲到了他们跟前，这才大口大口地喘着粗气说："我是西路军回来的，西路军的，是讨饭回来的，是讨饭回来的呀！"这几句在肚子里憋了上百天的话，今天终于能够在自己同志的面前，毫无掩饰地大声倾诉出来。尽管有点语无伦次，但是终于可以说出来了，可以痛痛快快地说出来了！

可能是黄安（红安）口音太重的缘故，两个战士听了之后两眼茫然，一时不明白是什么意思。急忙之中，父亲一把拉住其中一个年龄稍大一点的战士，把语气放得慢慢的，一连又说了好几遍"西路军、西路军"。当两个战士终于听清楚了"西路军"这三个字的时候，急忙上下左右地打量着，非常惊讶地问道："你是红四方面军西渡黄河的？是西路军的？"

父亲使劲地点着头，激动的泪水不由自主地流了下来，嘴里还是不由自主地说着："我是西路军的，西路军的，是回来找组织的。"

年长的战士拉着父亲的手热情地说："我带你去见我们的领导吧。"

父亲擦了一把眼泪，不好意思地说："我有三个月冇的见到过我们自己的队伍、自己的同志了，今天突然见到你们，觉得格外地激动、格外地亲切，就顾不得了。小同志，今天到现在还水米未进，渴得要死，能不能把你们水壶里的水把我喝一口呢？"

接过战士递过来的水壶，父亲也不客气，咕咚咕咚地一口气把一壶水喝得干干净净。

听说是西路军回来的，连里的领导非常热情，找来了一身干净的军衣让父亲换上，又帮助父亲剪了发、刮了胡子，并派人把父亲送到了八十一师的师部。

八十一师的师长文年生见到父亲的第一句话就是："你是从河西走廊讨饭回来陕北的，也是到我们师里来的第一位西路军同志。你一定是绕了很远的路才到这里的吧，真是不容易啊！"

文师长是湖南人，个子不高，热情好客，快人快语，说话干净利索。简单问了一下父亲的情况之后。又接着说："西路军在河西走廊与马家军的战斗情况，我们都听说了。胜负乃兵家常事。早晚有一天我们会杀过去，收拾这帮坏蛋，为西路军的同志们报仇雪恨，让他们血债血还，绝对饶不了他们。现在回到'家里'了，你在生活上有什么要求尽管提出来，尽量满足你。我们会马上将你的有关情况上报总部，如何安排你今后的工作，要等待总部的通知。"

父亲是一个人讨饭回来的。在那段时期，西路军侥幸活下来的一部分同志，陆陆续续地先后回到了陕北。

组织上对西路军回来的同志进行了认真审查和核实，以证明汇报的情况是不是真实可信，有没有对组织隐瞒，有没有投敌变节的行为。

经过了近三个月焦急的等待，审查工作终于结束了。

审查工作结束后，一位负责同志来找父亲谈今后的工作问题。他说，现在全国进入了抗战时期，国共两党联合起来共同抗日。红军已经改编为国民革命军第八路军和新四军。部队很快要上前线抗击日军。组织上考虑，你现在年龄已经快36岁，头部重伤以后的后遗症也没有完全好，上前线打仗就不要去了。根据你过去在红四方面军的工作经历，组织上的意见是，你这次下部队还是搞老本行，做供给工作。并征求父亲对这个安排有什么意见。

父亲当时听了以后，连忙说："可以、可以，冇的意见，服从组织上的安排，做么斯工作都可以的，只要能在部队继续工作就可以了。"

其实，父亲原以为，自己36岁的年龄太大了，身体也不好，尤其是脑伤的后遗症，组织会动员他复员回老家去做地方工作。没有想到能够继续留在部队工作，当然高兴得很。

接着，负责同志又问父亲想到哪个部队去，有没有什么考虑。

父亲想了想，提出想到讨饭回陕北时在榆林遇到的那个部队去。原因很简单，因为那是在他死里逃生来到陕北后遇见的第一支红军部队。兄弟部队的热情，让他突然感受到了春天般的温暖，这样的情景，让他永生难以忘怀。

"要好好感谢这个部队。在这个不熟悉的大多是北方人的部队里，努力地工作，做出自己的贡献。"这是父亲多年以后说出的发自内心的真实想法。

听了父亲的想法后，这位负责同志高兴地说："你说的是八十一师啊。那可是一支老部队。现在这个部队已经改编为八路军一二〇师三五九旅七一八团。联系好以后，就给你办理手续。"

3

1937年10月，父亲来到七一八团，担任了团里的粮秣员。

此时，文师长已经是七一八团的团长兼政委。当得知父亲是主动要求回到他领导的部队时，一见面就拉着父亲的手高兴地说："上次见面，是你刚从河西走廊讨饭回到陕北，当时你遇到的是我们的这个部队。这次是正式到我们部队来工作了，我们非常高兴，也非常欢迎喔！你是从鄂豫皖根据地出来的老同志，又是老党员，年龄比我们都长几岁，我就叫你'老王同志'吧，你看怎么样？这样叫起来亲切，不生分。你是湖北人，我是湖南人，都是南方人，隔着一条湖，算是半个老乡喽。陕北这个地方不像我们南方老家，种什么长什么。这里的土地贫瘠，人口少，一句话——穷得很。老百姓就是节衣缩食也养不了这么些的部队。按照总部的要求，各个单位要自己想办法解决部队的吃饭穿衣问题。

我们是一回生、二回熟，跟你就不讲客气了啊。你现在是团里的粮秣员，现在马上要过冬了，你看看部队现在这个情况，吃的是半饱，穿的还是单衣单裤，全团绝大多数同志的脚上都是草鞋，这个问题不解决，冬天怎么过呢？这是会影响部队执行战斗任务的。你刚到我们部队来，先休息几天，让供给部的同志给你介绍一下有关的情况，熟悉一下部队的工作。然后到黄河的东边去，把部队急需的粮食等物资买回来。"

短短几句话，不光明确了工作任务，也拉近了相互之间的关系。父亲有了那种亲密无间的感觉，如同回到了自己的家里一样，一股热流片刻之间涌遍了全身。

面对这么热情的领导，父亲心里百感交集。原来还有一点点担心，在一个新的单位，大多都是北方人，担心把他当作是外来的，年龄又是一大把的老同志，来团里负责采购粮食的粮秣员，而被人看不起。现在看起来，这些担心真是多余的。父亲很快就融入这个新的集体当中去了。

到这个部队的时间不长，基本情况了解清楚了。部队不仅仅是吃不饱饭，穿的衣服也是破破烂烂的。每人只有一身将就能看得过去的军衣，马上就要到冬天了，但是从干部到战士，穿的还是夏季的服装，衣服是半截袖子，裤子是短裤，绑腿打在光腿上，多数人穿着草鞋的脚上连双袜子都没有。整个部队实在是太穷了，用一句老百姓的话来形容——穷得叮当响。尤其是吃不饱饭的问题，真是到了火烧眉毛的地步了。

为了尽快解决这些问题，在接受任务后的第三天，父亲兜里揣着团里给的法币，与另外一个叫小秦的同志一起乘船过了黄河。

黄河的东边是山西的碛口镇。镇子不太大，却非常热闹。水面上的商船来往不断，青壮年后生在码头上忙碌地搬卸货物。有一个人扛的，也有两人抬的，太大的物件则是四个人扛。扛活后生们的呼叫声，与拉纤（也称拉船的役夫）的号子交织在一起，让人感觉如同闹市一般。虽然还没有到入冬的季节，黄河边上却已经是北风呼呼吹个不停。

父亲被这里繁华喧闹的景象深深地吸引住了，久久地站在码头，情不自禁地观望着，甚至是欣赏着这番许久没有看到过的景象。

转而看到，在凹凸不平、歪歪斜斜的石头路面上，有往来不断的马车、牛车、独轮车、胶轮大车，驮着各种生活物资的骆驼队，肩挑人背、忙忙碌碌的雇用工人，还有在路边一个挨着一个的小商小贩们，不停地朝着过往的行人推销自己手里的货物，吆喝声此起彼落，让九曲黄河上的碛口镇呈现出一片热闹繁荣的景象。镇子里一条仅能容一辆骡马车通行的街道两侧，商铺、店铺一个挨着一个，所卖的商品五花八门，一应俱全，让人目不暇接。没有想到，在山西这样一个不太大的小镇子里，各种食品、百货却是琳琅满目，应有尽有。

这是全面抗战初期，虽然日本鬼子已经打到了太原，但是在这里生活的人们却一切如常，看起来倒像是一个世外桃源。

镇子上所有的物品都有着晋西北地区的特色。有从内蒙古、陕西、甘肃、宁夏等地沿黄河而下运来的皮毛、药材、盐碱、布帛、颜料等；也有从黄河下游运上来的洋货和日用工业品等，使得碛口镇成为各类商品的集散地。

父亲所关注的是部队所急需的粮食。看到街面上有小米、小麦、荞麦、高粱、玉米、土豆；有大豆、绿豆、小豆、蚕豆等各种豆子，个别摊铺还卖大米、白面，而且存量不少。各种生活用品也是应有尽有。只要有钱，想买什么都是可以的。心里逐渐有了底数。

因为是头一次来，父亲没有急着把粮食买回去，而是先对急需的粮食品种、存量以及市场价格、购货渠道等做了一番调查。至于先买什么、后买什么、买多少、所买的粮食品种如何搭配等诸多问题，还需要根据部队现有的资金情况，认真考虑，拿出一个基本的采购意见，回去向领导汇报后，才能够定下来。

　　毕竟这是到新的部队之后，是第一次为部队采购粮食，需要慎之又慎，防止花钱买的粮食不合大家的胃口。

　　父亲在心里盘算着，怎样才能够把团里十分有限的经费，计划好、使用好，把粮食采购好，能够让全团同志吃饱吃好，让领导和同志们都满意，这才是最重要的。

　　在碛口镇上忙活了一天，回到部队，父亲把自己关在房子里，慢慢把这一天了解到的情况全部仔细地梳理了一遍又一遍。

　　各种不同粮食的价格是多少？按照市场上报的价格，团里现有的资金能购买多少粮食？是全部买成小米、荞麦、高粱、玉米等粗粮，还是也买一些大米、面粉等细粮？毕竟团里还有家属和儿童啊。那么，各买多少才比较合适呢？他把这些问题一一在脑子里摆出来，写在本子上。再根据自己的想法，准备提出这次粮食采购搭配比例的详细方案，好让领导决定。

　　文团长见父亲回来以后没有马上汇报，而是自己一个人闷在房子里不出来，不知道发生了什么情况，推开门关切地问："老王，过黄河去了一趟，回来怎么把自己关在屋房子里不作声了呢？是不是出现了什么问题？还是身体不舒服，有了病？"

　　父亲忙把自己这一趟到碛口看到的情况，以及准备采购粮食的具体意见和盘托出。

　　汇报完之后，父亲又加了一句话："根据咱们队伍上现有的经费，要解决眼下的吃饭困难，看来问题不会太大。可是要置办全团同志的冬装，怕是差得很多呀。"

　　文团长对父亲提出的方案很满意，他用鼓励的语气说："老王同志，你这一趟到山西去，把那边的情况摸清楚了，为部队能够尽快地买到价格合理的粮食，打下了一个好的基础。先调查了解，再下决心的工作方法是对头的，也是值得提倡的。这是对工作负责任的工作作风。"

　　文团长在供给部的会议上说："部队现在的经费紧张，先用团里现有的经费，把部队急需的粮食买回来，能买多少算多少，解决燃眉之急。至于如何解决部队的冬装问题，供给部的同志们要一起动脑子想办法，我就不信，活人还能让尿憋死了！当然啦，老王到碛口镇这一趟，情况了解得比较多，要多上上心，把这个问题也好好考虑考虑。要是有什么新的想法或者认为不错的主意，要及时说一声啊。你在这方面是行家里手，我们对你可是寄予厚望啊！"

父亲再一次来到碛口镇时，按照团里给的采购粮食的经费数额和汇报时定下来的采购原则，在经费不变、采购粮食数量不变的同时，尽可能多买一些大家喜欢吃的小米、荞麦面、玉米面、黄豆、绿豆等杂粮和一些少量的大米、面粉等细粮。

父亲第一次为团里采购粮食，任务完成得很顺利，团里上上下下也满意，算是开了个好头。

可父亲的心里却不很满意。为什么这样说呢？因为在他看来，自己无非是中规中矩地按照市场的最低价格，拿着上级发的经费，把部队需要的粮食买回来了。不错，部队没有多花一分钱，商贩们也没有吃什么亏。但在市场上，还有那么多各种各样的食品，比如红枣、花生、芝麻、红糖等当地的土特产品，要是也能多多少少地都买上一点，给部队改善生活，该有多好啊，哪怕是少买一点也行啊。可是腰包里没有钱啊，只能眼睁睁地看着，很遗憾。更遗憾的是，部队上上下下几千口人，冬天的被装问题根本没有办法解决，这个问题该怎么办呢？

老话说："巧妇难为无米之炊。"要想把部队的生活搞好，有饭吃，有衣穿，没有钱是不行的。

听到父亲讲的这些情况，我当时忍不住说道："部队只有这么多钱，还能怎么办呢？在那个国共合作的初期（1937 年），红军刚刚在陕北站住脚的情况下，能够让部队的干部、战士们不饿肚子已经是很不错了啊！"

父亲看了看我，脸上露出了不太满意的表情，但还是不紧不慢地告诉我说："那个时候部队实在是太穷了啊，缺衣少食，先不说有的冬天穿的服装，能把那肚子填饱就很不容易了。么样才能把部队的生活搞得好一点呢？这难道不是做供给工作的职责吗？哦，只是想通过节省开支，通过一分钱掰成两半花的法子就能够解决吃饭穿衣这些根本问题？那如果有一天，国民政府不把的你这个钱了，你准备么样办呢？现在眼看冬天就要到部队，穿的却还是夏天的服装，而且已经很破旧了，这到哪里去弄到钱买冬装？还有，绝大多数的干部、战士脚上穿的都是草孩子（草鞋）。这些个问题虽然不是粮秣员的工作职责，可我是个做供给的，难道可以不闻不问吗？要解决这些问题，关键就是一个字——钱。要有钱才行哪。"

这一段话，既像是在回答我提出的问题，又好像是父亲的思绪已经回到了当年，回到了他所在的三五九旅七一八团，仿佛看到了在黄河上来来往往的商船和碛口镇上的繁荣景象，以及当年部队所面临的各种困难，和他在粮秣工作中所经历的往事……

父亲停顿了一会儿后，自言自语地说："我参加红军以后，从老百姓手里买东西，都是按照部队的纪律办，不仅不会压低价格，相反，有时候给的价钱还会偏高一些，总怕让老百姓吃了亏。可自打当了团里的粮秣员，几乎天天要与这些商贩打交道、谈价钱，虽然也是老百姓，但他们却是商人，是按市场上的行情做买卖的。在接触的过程当中，他们的一些话对我的影响很大，启发也很大。

"晓不晓得我想到哪里去了？"

父亲像是在问我，又像是在问他自己。

"我那时候想，要是能够像碛口镇子上那些个商人一样做买卖的话，是不是能够解决钱的问题？如果部队有了钱，吃饭穿衣等生活方面的困难问题，不就解决了吗？接着又想，买卖么样做呢？对此一窍不通啊。我们祖上几代人都是在田里种庄稼的，冇的一个人做过买卖。

"那有没有'钱生钱'的法子呢？

"答案肯定是有的。不然的话，为么斯把山西的生意人叫'晋商'呢？他们可以把小买卖做成大买卖，一定是有门道的。可问题是，我们八路军要做买卖，这个门道在哪里呢？要是找到了这个门道就好了啊，部队今后的生活保障问题，基本上就不用发愁了，就可以不受国民党政府拨给的这点经费的制约了嘛。"

问题提出来以后，到底怎么做才能够实现这种想法，父亲一直在寻找着答案。

为了解决脑子里面想的这些问题，也因为工作上的需要，父亲结交了许许多多真心抗日的、真心帮助八路军的商人，以及搞运输的朋友。

父亲常常需要找当地搞运输的人，帮助把购买到的粮食等物资运送到陕北根据地去。

其中有一个大车店的陈掌柜，与常来购买粮食的父亲渐渐熟悉起来。认为八路军待人和蔼客气，做事爽快，付给的价钱也是公平合理。一来二往的，逐渐熟络了起来。从开始的少收取费用，到后来干脆不收费，还让店里的伙计们主动帮助父亲转运粮食等。他对店里的伙计们说，这是他见到的最好的军队，是穷人的队伍，是值得信赖的人。有八路军在，中国的抗日就有希望，就能够早一天把日本鬼子打回老家去。

相互之间的印象越来越好。父亲成了大车店里的常客，说话自然也随意了许多。一天，父亲因为还没有完成采买任务，需要住店。晚上，店掌柜主动邀请父亲吃饭、喝酒。父亲借着喝酒的热乎劲儿，直接提出了这些天来一直在脑子里琢磨的问题，也就是有没有"钱生钱"的办法？或者说，钱怎么样才能够生钱？

陈掌柜看到父亲提出这个问题，一开始有些吃惊，稍微愣了一会儿，反过来问道："你们八路军也要学习生意经吗？你们有政府给的钱，我们镇子上吃的、用的东西都有，直接买不是很好吗？干吗要费这个劲？再说八路军要买的不管是粮食还是其他商品，这里的老百姓也会按最合理的价格给你们的，不会吃亏嘛。"

父亲告诉他说："你可能误会了我的意思。"接着非常诚恳地说："部队上现在的钱是国民政府发的。可是这个钱太少了，可以说是少得可怜，还是我们多次催要才给的。你看看我们现在吃的是么斯？穿的是么斯？政府给的这点钱只能买些粗粮，一天两顿，勉勉强强维持体力。这冬天马上要到了，哪里还有钱去为队伍上置办冬天穿的服装呢？这些情况不用细说，你们也都晓得的。老话讲得好，求别人不如求自己。我想改变这种现状，看看有没有什么法子赚到钱，能够从根本上解决部队的吃饭、穿衣问题。你在镇子上生活多年，见多识广，请你告诉我应该么样做才能够实现这些想法，我一定虚心向你学习。还有就是，你看看像我这个年纪的老八路，能不能也学习做生意赚钱。这也是为了减轻政府和人民的负担，搞好队伍上的生活保障，更好地保家卫国嘛，你说是不是这个道理？"

陈掌柜听了以后，认为父亲的话讲得蛮有道理，没有再推脱，略一琢磨，直接给父亲提了两条建议：第一，学买卖先要学会算账，不会算账，是做不成买卖的；第二，搞一些市场上最抢手的紧俏商品，用"低价买进、高价卖出"

的办法，既能够使钱生钱，也能够以物易物，还能买到自己需要的东西，同时也可以活跃市场，使当地的老百姓受益。用山西经商的行话来说，叫作"互惠互利"。

父亲听了陈掌柜的一席话，可以说真是"茅塞顿开"！认为他的建议太好了，完完全全地说到心坎里去了！顿时大喜过望，使劲拍了一掌大腿，高兴地笑着说："不错不错，陈掌柜真是够朋友！"

二人相互之间顿时有一种相见恨晚的感觉。

按照父亲的话来说，就是投缘得很啊！

父亲接着这个热乎劲，当即提出了自己的想法和要求："我想请你做我的先生么样啊？不过，我这个人冇学过算数，文化程度很低，脑子也笨，请不要嫌弃冇的算数底子的'土包子'哦。"

父亲在回忆中告诉我说，那天晚上他真的是很高兴，也喝了不少酒。

最让父亲没有想到的是，这个陈掌柜在几年以后，竟然成了父亲的岳父、我的姥爷。当然这些都是后话了。

说到做到，第二天，陈掌柜拿着四种颜色的豆子，告诉父亲说："你没有数学基础，先从数豆子开始学算术吧。"

父亲听了以后有点不好意思地说："这么大把子年龄的人了，还要像细伢子那样从数豆子开始学习啊？好吧，好吧，你说么样办就么样办，一切听从先生的。"

陈掌柜分别用大豆作银圆、黄豆作一毛钱、红豆作一分钱、以绿豆为一厘钱，作为计价的标准。采用"逢十进一"的算法，要求父亲平时把这四种豆子随身携带，放在自己的衣兜里，有空的时候就拿出来练一练。熟练了之后，再用数豆子的方法，与拨打算盘珠子结合起来，并送给父亲一个算盘。简单地讲解了算盘的使用方法，还手把手地教了半天时间，直到父亲基本掌握了要领为止。到了临分开的时候又专门叮嘱父亲：这是学习算账的基础，是个土法子。不要看这个法子土，但是能够让你很快学会记账、算账。平常要反复练习，用的时候才能够做到熟能生巧。

为了尽快学会算账和记账，只要有时间，父亲就关起门来在房子里头学习数豆子，学习拨拉算盘。更多的是在夜深人静大家睡觉的时间，用数豆子的方法一笔一笔地学记账。他把在碛口镇了解到的各种商品的价格，都逐个写下来。

什么小米、小麦、燕麦、荞麦、玉米、黄豆、绿豆、面粉等，还有各种副食品、生活用品、孩子们的学习用品，也把它们的价格分门别类，一一记在本子上。然后自己给自己出题，比如，在粮食里面粉最贵，那么买一斤面粉的钱能够买多少小米，又能够买多少燕麦、荞麦？粗粮便宜，那么哪几种粗粮搭配在一起的价格，能够抵上一斤面粉的钱呢？通过这些颠过来、倒过去的计算，日复一日地勤学苦练，父亲不光把这些商品的价格牢牢地记在了心里，同时也提高了算术能力，并很快学会了记账和简单的算账，满足了采买工作上的需要。

可是，到底什么是最紧俏的商品？这紧俏商品到底在哪里呢？这可是找到经费来源，解决部队冬装的唯一出路啊！

时间一天一天地过去了，天气马上就要转冷，如何解决部队财路的关键问题却一直没有答案。父亲心里非常着急。

父亲利用采购粮食的有利条件，打听哪几种商品在碛口镇上是属于特别紧俏的商品，而这些紧俏的商品又在什么地方有？一方面，要考虑这个紧俏商品距离碛口镇的距离有多远，是通过水运过来还是通过陆运过来？要是太远了，鞭长莫及也不行。如果是在敌占区，那就更不容易实现了。另一方面，还要看多少钱能够买得到，尤其是拿到碛口镇上去卖，能够卖多少钱，从中能够赚到多少差价？差价小了，赚不了多少钱，费时费力的也不行。

一天，有个商贩问父亲，"你们部队的炸药能不能卖一点？我们这里的煤矿工地非常需要。炸药可是属于违禁物资，也是紧俏物品，很值钱啊。"

"卖炸药？这个不行，这是部队打仗要用的，不行不行。"父亲一口回绝。

说来也巧得很，一次在镇子上，有一个小商贩悄悄向父亲打听有没有人要盐，他手里有盐。

父亲当时心里一激灵，忙问道："你的盐从哪里弄来的，价钱为么斯这么贵？"

那个商贩说："现在盐不好搞，日本人来了，许多产盐的地方被日本人占领了，生产的盐都被日本人控制了，运不出来。盐是我们这里最紧俏的商品，能不贵吗！"

"那你的盐是从哪里来的？你晓不晓得哪里有盐？"父亲忙问道。

"我手里的盐，是通过几个人倒到我手上的，不清楚是哪里产的，但听说，陕西有个盐池，那里有盐。"

父亲听他说陕西有盐池，心里顿时就乐开了花，这可是个天大的好消息啊！真是"踏破铁鞋无觅处，得来全不费功夫！"

如果陕北有盐，又是在红军的根据地，距离碛口镇也不远，把盐弄到这里来卖，是可以实现的，也一定能卖出个好价钱。一旦有了钱，不光解决了部队的吃饭穿衣问题，在生活上需要用钱的地方还多得很，这些问题不就都可以迎刃而解了嘛。如果今后钱多了，还可以用这些钱去买枪支、买弹药，把部队的装备搞好，这样打起仗来就更有战斗力了。再说了，有些物资你可能用钱买不到，但可以用盐去换。以物易物嘛。

总之，盐可以变成钱币，也可以换成物资，这不就是"钱生钱"的办法吗？这是个一举多得的好法子！

父亲大喜过望！一扫这些天来压抑在心里的乌云。

那天，父亲把手上的事情抓紧抓紧办完后，上船渡过黄河，匆忙赶回部队，向文年生团长作了详细的汇报。

"老王，这个主意不错！我们这里有盐嘛！我们陕北与宁夏、内蒙古（此处指内蒙古自治区）交界的定边县有盐池，那里生产出的盐，质量非常好，只是离我们这里比较远，基本没有什么路，大概有个一两百公里左右。这个问题不大。这样吧，我来安排人和运输工具，组织部队把盐搞过来。只要在咱们陕北有的，事情就好办。"文年生团长听了父亲的想法和建议以后高兴地在原地转了个圈，立即做出了决定。

"这买盐的钱怎么办呢？我们团里现在可是没有几多钱了啊。"文团长说道。

"关于钱的问题我想过，问题不会太大。准备向大车店陈掌柜打上借条，先借一部分，到时候把盐卖了，我们连本带息的还给他就行了。"父亲胸有成竹地回答了团长提出的问题。

"那好啊，看看能借几多。还有啊，从我们这里到定边的盐池，来回一趟得有大好几百里路，如果钱不够的话，可以分批买，边买边卖嘛。第一次做这个事情没有经验，先试一试。如果搞得好，以后可以多搞、大搞。从根本上解决我们部队经费短缺大难题！"

"只要领导同意这个法子，今后无论遇到几大的困难，我都会尽自己最大的努力完成任务。"父亲看到领导这么支持，赶紧表态，接着又提了一个建议："还有个想法，我们是不是可以在黄河渡口附近找一个地方建个中转站，以后不管是进来的物资还是出去的物资，总需要一个地方存放和中转，这样便于开展工作。"

"可以可以，就按你说的办。但是要抓紧了，天已经冷了，部队的冬装问题需要尽早、尽快解决。另外，我把你这个想法向上级汇报，用买来的盐对外进行贸易，既能够增加收入，又能解决部队当前生活上的难题。"这件事情，从请示到研究解决问题的具体办法，到最后把事情定下来，只有短短的几分钟，文年生团长很快拍了板。

事不宜迟，说干就干。

父亲又立即渡过黄河找到陈掌柜，告诉他说："'钱生钱'的法子已经有了。我们部队要向你借一点钱，把陕西定边的盐运到山西来卖。"

"哦，这可是个好办法。"陈掌柜很爽快地答应了下来。

"我们这里最缺少，也最紧俏的确实是盐。既然你们那边有盐，只要能把它弄到这边来卖，一定能卖出好价钱。别说，这也是为我们山西的老百姓做好事呢！日本人占了大半个中国，许多产盐的地方被日本人控制了。我还听说，日本鬼子把我们国家的盐运回他们国家去。所以，盐在我们这里是非常紧俏的商品。估计在价格上至少比日本鬼子来之前的价格要高出五至十倍，甚至更多。这太好了！"

"钱的事情好办，给部队上筹措个两三百左右的银圆没有问题。只是你们去一趟定边，少说有几百公里路，来回一次怕得十天半月吧，那是很辛苦的。"

"到定边来回这点路，对我们八路军来说算不了么斯，用不了十天半月，会尽快赶回来的。我们是军人，打仗走路是家常便饭。"

"这次队伍上在你这借钱，也是不得已的。你晓得的，我们队伍上的钱大都买了粮食了，可是部队冬天的服装至今还有的着落。现在是到了山穷水尽的地步了。我们八路军说话算话，给你打借条，还钱的时候算上利息，一分一厘也不会少你的。"父亲也连忙回应道。

陈掌柜听了，又是摇头又是摆手："见外了，见外了，都是为了抗日。只要能帮上八路军的忙，我们一定会帮。至于利息，不要、不要，还本就行了。还有啊，你们去买盐，我在这里帮助把销路找好，保证盐到货出。赚了钱以后，队伍上准备要买些么斯物资，大致说个清单，我先帮着物色。到时候可以这边出货，那边进货，来回一次可以不放空。这也是钱啊，这是省钱的账，要把它算进去。"

当一切都安排妥当之后，父亲用借到的三百块银圆，带着一个班的战士和十几匹骡马，长途跋涉，风餐露宿，紧赶慢赶，用一周左右的时间，终于把买到的盐，卖到了山西的碛口镇。并用卖盐赚到的钱，当时就采购了部队急需的布匹、棉花、棉线和制衣的机器。总算是赶在立冬之前，解决了部队紧缺冬装的这个大难题。

买盐卖盐，一进一出，不光是赚了钱，更重要的是解决了部队缺少冬季服装的难题。这个成功的做法，得到了八路军总部的高度肯定，其他部队也纷纷效仿。

此后，在碛口镇能够买到盐的消息越传越远，除了山西吕梁地区的商人以外，慕名而来的其他地区的商人也越来越多，生意当然是越做越大，越做越好。"钱生钱"的买卖从此一发而不可收了。

后来，为了扩大盐的供需，部队自己开挖盐池，用盐换钱、换粮、换物，换回各式各样的生活用品。在整个抗日战争期间和后来的解放战争初期，成功打破了敌人对陕甘宁根据地的封锁。盐，成为解决部队经费不足的主要手段之一。

父亲回忆这一段历史时兴奋地说："那些年，我们七一八团（后来扩编为警备第一旅）的衣食住行等经费开支，再有的向上级要过一分钱。不仅如此，我们还根据八路军总部首长的指示，将积攒下来的大洋、粮食等物资支援了总部机关。"

有一天，文年生旅长从总部开会回来，找到父亲说："总部首长对我们的做法给予了充分的肯定，并让警备一旅为总部机关，以及幼儿园、医院、学校，也设法弄一些生活物资，以改善这些单位的生活条件。

"对了，对了，总部首长提出来要见一见你。看看咱们除了生活用品之外，能不能为总部弄一些急需的药品和医疗设备。对于总部首长提出来的这些要求，我当时答应了啊，是拍着胸脯答应的，说一定完成任务！你马上到总部去，首长会把具体的任务和要求告诉你的。"

父亲临去之前，文旅长又专门做了交代："我与首长都是湖南人，也是他的老部下。对于交代的任务，能行就行，不行就说不行。有问题、有困难可以当面提出来。他的性格直爽，喜欢一是一，二是二。"

因为是总部首长要见，自己又是去受领任务，父亲说，他当时又高兴又紧张，当天就骑着牲口赶往总部。

父亲在回忆与总部首长见面时的情景时说："过去只是听说首长的脾气蛮大的，但是出乎意料的是，他非常平易近人，还握着我的手说，你是王积功同志吧，我听文年生同志介绍了你的情况。嗯，你的手很有劲嘛，过去是做么子的？"

听到首长拉家常一样的问话，父亲紧张的心一下放松了下来，忙把自己大致的情况作了简要汇报。

总部首长听后大声说："你是在大革命失败后不久入党的老党员，经历过'白色恐怖'的考验，在我们的队伍里，也是一个老战士了。你还在武汉的工人运动中，做过秘密交通员。看来，这次让你去完成这项任务，是合适的人选。总部首长还说，你那个'钱生钱'的法子不错，为解决部队缺少经费的问题打开了一条路子。可以按照这个法子继续搞下去。争取为部队多创造些经费，多弄一些生活物资，把部队的供给保障工作做好。"

总部首长交代的任务简单明了，除了把给文年生旅长交代的任务又重复了一遍，主要还是要当面了解、考察父亲这个人到底怎么样，办事能力强不强，能不能把这项任务交给他去办。

当时，总部急需的药品、医疗器材大多要到国民党统治区那里去搞，即使是从国外采购或者捐赠来的，运输路线也要经过国统区。所以，从根据地运输出去的物资和从西安运回来的物资，需要穿越封锁线，路过敌占区。一来一回的这一路，怎么去，怎么回？药品和医疗设备怎样才能够安全地弄回来，以及遇到紧急情况如何处置等，都需要交给一个机警、灵活、办事能力强、忠诚牢靠的同志去办理。

受领了任务后，父亲在最短的时间里，把总部机关、幼儿园、医院、学校急需的生活物资全部采购回来，逐一送到指定的单位。随后，拿着总部首长写的条子，马不停蹄地赶往西安，与"八办"（八办：指西安八路军办事处。下同）接洽，将陕甘宁根据地生产的紧俏物资，交给分管的负责同志。再根据组织上的安排，把急需的药品和医疗设备等物资运回延安总部。尽管来回这一路上遇到了许多麻烦，但总算是有惊无险，圆满完成了首长交办的任务。

这是父亲第一次去西安执行总部首长交办的任务。原以为完成任务后，不会再去西安了，谁知时隔不久，父亲又被安排去西安。而且打这以后，父亲每年要去个两三趟。

到西安去执行的这项任务，断断续续地一直持续到抗战胜利。

4

延安"大生产运动"所取得的巨大成绩，是在抗日战争的艰苦环境中，在国民党反动派对我们抗日根据地采取大封锁的情况下，陕北根据地创造的一个奇迹！父亲在回忆这一段往事时深有感触地说。

当年，为了打破敌人对我们根据地的封锁，警备第一旅在旅长文年生的带领下，积极响应党中央和毛主席发出的号召："发展生产，自力更生，自己动手，丰衣足食。"要求全旅上下，无论是作战部队还是机关干部、战士，包括职工、家属，都要积极投入大生产的行动中去。在大生产运动当中，争当先锋和模范，每一个人都要作出自己应有的贡献。

记得当年文旅长在动员大会上讲："我们这支部队是一支英雄的部队，是有着光荣传统的部队。我们不光要能够打败日本鬼子、保卫根据地，还要能够打破敌人对我们的封锁。全旅上下要积极响应党中央毛主席的号召，拿起枪能打仗，拿起锄头能种地。干部要带头。要比一比，看一看，谁在大生产运动当中开的荒地最多，产出的粮食最多，纺的线、织的布最多。一句话，就是作出的贡献最多、最大。我们全旅要做到不向上级要一分钱、一粒粮、一寸布，吃的、穿的、用的都要做到自给自足。供给部门要组织好、计划好，不光要自己带头干，还要为开展大生产运动出主意想办法，注意发现典型，宣传好的经验做法，让部队的全体人员都成为生产的能手。我在这里给大家表个态，要求同志们做到的，我首先要做到，要带好这个头。"

父亲认为，他自己是一个做供给工作的，搞大生产自然是分内的工作。既然不能上前线去冲锋陷阵杀敌人，那就全身心地扑在搞好生产上，实现旅长提出的"全旅自己动手，自给自足"的要求。他的身体除了脑部受过重伤不大好用以外，四肢没有什么大毛病。父亲打小是在庄稼地里滚爬长大的伢子，对于开荒种地、种庄稼是再熟悉不过了。再加上从十二岁开始学纺织、学染布，在纺纱、织布、染布这一行里应该算是行家，这比起许多干部、战士来说有先天的优势，是应该做得更好一些的。有了这些有利的条件，不做出成绩来是说不过去的。所以，在大生产运动中更应该冲在前面争当先进，绝不能落在其他人后面。

当时警备第一旅对大生产运动作了原则分工。男同志主要负责开荒种地，家属和女同志主要以纺纱织布为主，同时兼顾养鸡、养猪、种植蔬菜。旅里还专门搞了织布厂、染布厂、缝纫厂、食品加工厂等等，让每一个人都参加进来。其中，有的同志一人还要肩负多种工作。大家有力的出力，有技术的出技术，能者多劳，开动脑筋，想各种办法，提高生产效率。当时的生产场面呈现出一派人人争先恐后、个个喜气洋洋的场景。没有人叫苦叫累，只有每天的喜报频传。大到各班组、个人上报已开荒的亩数，纺纱完成的锭数，还有织布的进度（匹数），各种谷物下种的面积。小到孵化了几只鸡、鸭、鹅，拾了几筐肥，种植蔬菜的长势，以及谁又想出了什么提高产量的好办法，哪些工作又作了改进，还有些什么要注意的事项，等等。一句话，所有人的心都在往一处想。为了搞好生产，尽快完成组织上分配的生产任务和每个人给自己定下的生产指标，大家群策群力，你追我赶，都担心落在其他人后面。努力在轰轰烈烈的大生产运动中，争当先进、争当模范、争当生产能手。

父亲的决心是：开垦荒地要争第一，纺线织布要争第一。他一开始把开垦荒地定为 10 亩，后来看到有的同志几天下来就超过了 10 亩地，自己原先定的目标数显然是太少了，于是就增加到 20 亩，后来又逐渐增加到了 30、40 亩，直至达到 50 亩。

父亲告诉我说，他的脑袋受过重伤，不好使了，但是有一身的力气，只要有锄头、铁锹，干这些活不是什么难事情。还说，不光要能够开荒地，还要能够把开的荒地种出庄稼来才行。到秋收的时候要比一比哪个的亩产量高，打下的粮食多才行嘛。至于说纺线、织布，这是他在染坊做学徒和工人时就已经学会的手艺，现在重操旧业，自然是比一般的同志纺得好、纺得快。他还说，这是大生产当中两个最重要的任务，是解决穿衣、吃饭的大事情，是应当摆在首位的。

父亲在回忆延安大生产运动当中有几件事让他一直记忆犹新："一个是我种的南瓜又多又大。其中一个南瓜，超过了全旅所有人种的南瓜，是长得最大的。你们可能会问，种个南瓜有么斯难的？值得这样说吗？怎么不值得说？你们晓得不，南瓜也是粮食啊，当时三斤南瓜可要抵一斤小米啊！在那个年代，在当地的条件下，要想把地种好、把瓜种好是要付出很多努力的。开荒、种地，是力气活，只要舍得下力气就可以。除草、松土自不必说，关键是施肥和浇水。草木肥冇的么斯劲，要想办法找牛、羊、猪、鸡粪等有机肥料。全旅上下都在种地，人人都需要这些好的肥料，这样的肥料当年可是稀缺物哪！很不容易弄到的。搞这些肥料也需要动脑子，想办法，需要与当地的老百姓搞好关系，做好工作。从他们的牛圈、羊圈、猪圈、马厩，甚至农家的茅房去清扫、掏挖。人家为么斯让你去挑他屋里的肥呢？所以说，做工作就是要首先帮助人家做事情，帮人家挑水吧，清扫院子吧，做些力所能及的事情吧。赢得了人家的好感，人家才能让你去挑他屋里的肥。有了肥，需要一担一担地将它挑到偏远的山上去。然后在每个南瓜旁边挖个小坑把肥料放进去，盖上土。当然，还有更加困难的事情，那就是要找水源。种了那么多的地和瓜果蔬菜，这些都是需要浇水的。哪个都晓得，冇的水是长不了庄稼的。陕北那个地方是黄土高坡，缺雨少水，干旱是常有的事。浇地的水是不能用部队驻地的用水和老百姓的吃水的，也不能到用水的地方去取，需要到离驻地很远的山沟子里去找水洼、水塘。然后挖上几个坑，让水往坑里流，或者慢慢渗，当坑里的水聚集到一定程度了，再从山下往山上的庄稼地里一担一担地担（挑）。干这些活，除了需要有力气、能吃苦，关键是来来回回地担水浇地，需要花费大量的时间。为了把地种好，把南瓜种好，每天除了吃饭睡觉，所有的时间都用在除草、松土、施肥、浇水上，要做到这样是很不容易的。这既要身体跟得上趟，还要有种地的经验，还要能拿出大量的时间，全力以赴地去耕耘，最后才能有好的收获。我这样说你们能够明白当年在陕北开荒种地，不是一件容易的事情了吧？大生产运动，南泥湾精神，它不是简单的几句口号喊出来的，是我们共产党人和共产党领导的八路军、新四军，以及整个根据地的人民，用艰苦奋斗、自力更生的实际行动干出来的！

再有，利用自己在染坊、纱厂做工时学到的织布、染布专长，指导部队的同志们纺纱、织布和染布。这是一项技术活，绝大多数同志在参军之前是冇的接触过这项工作的。纺纱和织布相对容易学一点，但是要想把布染好就不容易了。那时的陕北根据地基本冇的染坊，更不要说我们警备第一旅了。我自己既要保证完成组织上交给我的生产任务，还要拿出时间，去指导旅里的其他同志们学会纺纱、织布和染布厂的染布工作。在大生产运动刚开始的一段时间里，部队缺少染布用的工具和各种染料，更没有懂得技术的工人，而这项工作做起来又比较复杂，有好几道工序，哪一步做得不好，这匹布就染不成功。不是把布染成了'花脸'，就是颜色上得不均匀。有时在印染的一批布里，会出现这几匹布的颜色深了，那几匹布的颜色浅了等情况。你们不要以为，拿个脸盆子倒上一盆水，放一点钢笔用的墨水，再拿块毛巾放进去搅动一下，就染成了蓝颜色或者红颜色的布。如果是这么简单，那谁还不会呀？

"建一个染布厂，首先要把需要的工具备齐，要选染料、配染料，把染料倒入染缸中进行搅拌，待染缸里的染料搅拌匀了以后，再把布匹放入染缸里进行染色。期间要不停地搅动，使其全部上色均匀才行。同时还要根据染布颜色需要的深浅，来选择浸泡的时间。有的布匹一次染色不到位，就需要多次晾晒和浸泡，一直到颜色合适了，再将其晾晒剪裁成匹布。这染布的活，既是力气活，又是技术活。当年在我们旅里的染布厂染出的布，颜色又好又均匀。我参加红军前学到的手艺，没有想到能用在根据地的大生产运动中，这算是有了用武之地吧。

"还有就是超额完成了开荒地的任务。生产的粮食不光亩产量高，而且交出的公粮也大大超出了规定的数额。再说干重体力活，肩挑背扛的话，我一人可以顶两人，200斤一袋的粮食，一般年轻的战士一次扛一袋，我可以一次在两个腋下各夹一袋。

"当然了，当年在大生产运动当中的故事还有很多。因为时间久远，有许多已经记不全了。"

父亲的话很朴实，道理说得也简单明了。但却让我真正理解了"南泥湾精神"这几个字的内在含义和力量！也让我从中看到为什么我们的党、我们的军队能够从小到大、从弱到强，抗日根据地能够坚如磐石的原因。敌人不光打不垮我们，也困不死我们，越是在困难的情况下，越是在敌人要把我们困死、饿死，认为我们根据地的军民不可能坚持下去的情况下，我们共产党人就越是能够坚持下去，而且能取得令世人瞩目的伟大成绩，能解决根据地军民的吃饭、穿衣等生活用品的问题，使根据地的部队得到发展壮大，人民的生活水平普遍提高，做到"丰衣足食，"最终成为带领全中国人民抗日的一面旗帜和精神力量的源泉之地、希望之地！

"我们旅的文年生旅长更是身先士卒，用他的实际行动，给全旅上下作出了榜样。记得当年毛主席还为他专门题了词的。作为警备第一旅的旅长受到了中央领导的表彰，充分说明了在当年的大生产运动中，我们警备第一旅全体官兵作出的突出成绩和贡献！这是很值得骄傲的。"父亲对此事情记忆犹新。

同时，因为父亲为部队的生活物质保障做出的成绩，以及在开展大生产运动中的突出表现，受到了上级的表彰。

为了表彰父亲做出的成绩，同时也为了工作上的需要，文年生旅长代表组织，专门奖励给父亲一个牛皮箱子。父亲用这只箱子携带为部队采购各种物资所用的法币、大洋、金银首饰等货币。有时也会把采购的一些紧俏商品，如给旅里的孩子们买的学习用品，什么橡皮、小刀、铅笔、写字本、书籍等，用牛皮箱子装回来。

按照父亲的话说，莫看这只是一个普普通通的牛皮箱子，在当年它不光是个稀罕物件，更是为部队做出了大贡献。至今，这只箱子经历了抗日战争、解放战争和抗美援朝，已有八十多年了，在它的身上承载着一段革命的历史，也成了我们家里的一件传家宝。在全国解放以后，为了保存好这只箱子，我的母亲把它专门存放在一只樟木箱子里面保管。每年拿出来晾晒的时候，总要给我们讲述在这只皮箱子身上发生的故事。

从抗日战争初期到抗日战争结束，父亲担任过八路军一二零师三五九旅七一八团的粮秣员，警备第一旅供给部管理员、科长，供给部副部长等职务。

抗战时期的工作，促成了父亲和母亲陈继林的相识、相知、相恋，结为了革命夫妻。

我的母亲陈继林介绍人就是在本文前面已经提到的陈掌柜（陈九英），1944年，他在为八路军运送粮食的路上，遭遇日本飞机轰炸，身负重伤而牺牲。他教会了父亲学算术、做生意，热心帮助八路军采购、运输粮秣等军需物资，也是我从未见过的姥爷。

那些年，父亲因为工作需要，常年在碛口镇和陕北根据地之间奔波。工作上与我的姥爷频繁接触。当他听说父亲已经三十七八岁，还是单身一个人，就主动提亲，把女儿介绍给了父亲。母亲当时在寨子山村担任妇救会主任，为八路军筹粮，做军鞋，搞抗日宣传，组织村子里的乡亲们，一起做抗日救国的工作。相识之后，父亲动员母亲参加八路军，到部队来工作。再后来，不光母亲参加了八路军，还把几个弟弟也带到革命队伍里，有的参加了八路军，有的参加根据地人民政府工作，为革命作出了应有的贡献。

2021 年 5 月，我和二哥二嫂专门来到母亲的家乡山西碛口镇。目睹了父亲当年曾经多次往返黄河两岸，为部队筹措粮秣的水、旱码头（亦称老码头）。讲解员激动地告诉我们说："站在老码头，脚下是卷着浪花滚滚而来的黄河水。眺望不太远处的黄河对岸，则是郁郁葱葱的植被覆盖着山峦起伏的陕北革命根据地。当年，许许多多的八路军部队是从对岸乘船或者皮筏子过黄河来到我们山西，抗击日本鬼子的。碛口镇是著名的战略要地，是日军扫荡的重灾区，更是日军企图从这里过黄河进攻陕北抗日根据地的重要码头。八路军陕北河防部队严加防范，在山西抗日武装力量的共同抗击下，经过多次激烈的战斗，最终彻底打破了日军从这里渡过黄河的企图。在共产党的领导下，碛口镇不仅是陕北革命圣地的屏障，还是晋、陕、冀革命根据地的交通枢纽。

1948 年 3 月 23 日，是碛口人民永远值得纪念而令人难以忘怀的日子。毛主席率领中央机关，在黄河西岸吴堡县川口村园则塔渡口登船，东渡黄河，在碛口镇的高家塔上岸后，路居寨子山村。

5

抗日战争结束以后，父亲参加了解放战争和抗美援朝战争，一直在军队供给战线默默无闻地努力工作。

父亲常常教育我们："在革命战争年代牺牲了那么多的领导、战友、同志，活下来的只是极少数人。我们这些活下来的人，就更要不讲任何条件地、尽心竭力地完成党交给的各项工作和任务。"

为适应解放战争和建设新中国的需要，加速培养军需干部，父亲于 1950 年初被调到第四野战军的军需学校，担任大队长，参加了学校的筹备建设和教育培训工作。工作了 10 个月左右（至 1950 年年底），父亲又因工作需要，被调任中南军区后勤部留守处主任，同时兼任第四野战军入朝部队后勤留守处主任。1951 年又被任命为中南军区新成立的油料部副部长。

解放初期，父亲分管的军需工作十分繁忙，节奏很快，父亲几乎每天都是夜以继日地工作，常常感到力不从心。不光是文化水平跟不上，在战争年代落下来的伤残和疾病，随着年龄的增大，身体也越来越差，脑壳成天嗡嗡响，总觉得天上有飞机发出的轰鸣声。经常头晕目眩，几次爬雪山、过草地患上的肺气肿病，又发展成了心脏病和高血压，工作起来很吃力，跟不上国家军队快速发展的进程。尤其是写个报告、请示、总结，更像是"老牛掉到枯井里"——有力无处使。

1953年上半年，组织上把父亲抽调到中南军区高级干部文化速成班（简称高干班、文化班）学习文化。

1954年的夏天，刚从"高干班"毕业，听说中南军区要撤销，要组建广州和武汉两个军区，大家在家里等待分配工作的通知。

父亲回忆说："一天下午，传达室通知我接电话，我跑过去拿起电话筒，就听到了非常熟悉的湖南声音，是老王同志吗？我是文年生。你的文化补习班学习结束了，听说学习成绩不错嘛。你们都听说了吧，中南军区要撤销，要组建武汉和广州两个军区。"接着就直截了当地说："现在中南军区要分成两个摊子了，上级要我到广州军区当副司令员兼后勤部的部长，机关现在正在筹备中。我想，你在红军时期就做过供给工作，在军需学校搞过教学和管理，抗日战争、解放战争、抗美援朝，一直在部队负责供给保障，是个有经验的老后勤了，也是个'土专家'。我想请你这个'土专家'，到我们广州军区的后勤部来给我帮帮忙、当个副手，先筹备组建机关，同时负责抓好各类物资的筹备和管理工作，你看么样？"

还没有等父亲开口，文司令员像当年在旅里工作时给父亲下达任务一样，一口气已经讲了这许多。

听明白老首长的意思以后，父亲连忙回答说："老首长、老首长，我怕干不来呀，我的文化课是补了一点，但是能力水平并冇的提高。这么大的工作怕是做不了，做个具体业务工作还可以将就的。现在，领导既然信任我，可以去试一试。行，就长期干。不行，也不要勉强我，可以早点换掉，不要影响了工作。"

文副司令员笑着说："你这个人还是蛮谦虚的嘛！行不行的，哪个晓得呢？还没有干，哪个晓得行不行呢？我看你先来干一下子，试一试再说吧。"

事情说定了，父亲与母亲商量说："这次到广州，是文年生同志通知去的，是一项新的工作任务，又是一个新单位。为了集中精力把工作做好，你和孩子们暂时就不要去了。"为了全身心投入工作，父亲只是带了几件换洗的衣服和随身用品，第二天就乘坐火车赶往广州报到。

解放不久的广州百废待兴，既要防止美蒋反动派密谋反攻大陆，还要对付那些留在大陆的国民党特务对我们城市的破坏。

刚刚开始筹备组建的军区后勤部人手少，父亲一边忙着应付日常的工作，一边陆续从各个部队抽调人员。工作节奏快，强度大。

"新筹备组建一个大单位，工作千头万绪，大事小事多如牛毛。说是后勤部的领导，实际上经常是一个人把部长、处长和下级工作人员的事情，全部做起来。在那段日子里，工作起来没日没夜，加班加点是家常便饭。再加上广州的气候大多数时候都是酷暑，那个年代也有的空调，电风扇也少得可怜。宿舍里连闷带热，还潮湿。一年四季，屋子的墙壁都是湿乎乎的。最麻烦的是，一旦热起来了，可以热得让人出不来气，浑身的汗不停往外冒，一天到晚身上的衣服基本有的干过，紧紧地贴在身上十分难受。"这是父亲给我讲的一段他当时的工作情况和生活环境。

文副司令员从抗战时期开始就是父亲的老首长，对父亲寄予了很大希望，所以把许多工作交到父亲手上。

说到这里，父亲苦笑着摇了摇头说："我是尽了最大的努力投入工作当中去。有时候饭也顾不上吃，觉也睡得少，工作一件又一件，干也干不完。我觉得就是有三头六臂也忙不过来。更何况我的年岁大了，一身的伤病，干着干着就干不动了。有一天我突然晕倒在办公室，被送进了医院。"

"人虽然进了医院，心却在单位，满脑子装的都是工作上的事情。想出院吧，又是高血压、又是头痛，喘气的声音如同拉风箱，呼哧呼哧的。走路像踩在棉花上一样，摇摇晃晃，头重脚轻。找医生要求出院，医生把院长找来给我做工作，院长回答问题的办法也很简单，说：'你要求出院是吧？那好，你只要能走得稳路，我就放你出去。首长同志，你现在连个路都走不好，你怎么去工作呢？'搞得我无话可说。后来，高血压病、心脏病、肺气肿一起来了个大发作，就像抗议一样。只好躺在医院的病床上，眼睛望着天花板干着急，心里想：这个样子下去么样能行呢？后勤机关的组建工作才刚刚开了一个头，人手本来就少，堆积如山的工作，都需要人去做，自己在医院里躺着不工作算个么斯事情，这不是给组织添麻烦嘛。再三考虑后，觉得自己从年龄、身体、能力等方面确实是不能够适应这项工作的需要了，就给文年生副司令员写了一封信，把自己的想法写在信里，并提出回老家治病的要求，并且建议让身体好、能力强的同志接手这项工作。"

文副司令员来到医院告诉父亲："老王，我们认识这么多年了，你的能力我是了解的。在陕北那些年，敌情那么严重，日寇进攻，还有国民党对我们边区的封锁，在这种最困难的时候，你多次出入封锁线，潜入敌占区，为解决部队急需的物资问题和完成总部首长亲自交办的各项任务，都是舍生忘死地工作，作出了突出贡献。现在的条件比那个时候好多了，有些工作让大家分担去做，应该问题不大的。"

父亲回答说："现在条件是好多了，只是我的身体已经不是十几年前的身体了。那个时候才三十几岁，现在已经五十多岁了，还有一身的伤病，这个样子下去会影响部队建设的。我晓得让我来负责筹备组建后勤部是组织上对我的信任，要不是身体拖累，在你的领导下，我非常愿意接着干下去，哪怕干个两三年，把局面打开了也好。可现在是心有余而力不足了，躺在医院里干着急，没有办法，那么多的工作堆在那里，想起来就让人着急上火。像这个样子下去是不行的，是会耽误工作的呀！按我们老家的说法，我已经是五十四岁的人了，算是半截子入土的人了，要是往前推上十年，这些工作要说也不算个么斯事情。从工作上考虑，建议还是尽快选调一个年轻一点的同志来接手吧。"

"文副司令员在医院的病房里听我说了这些话，半天冇作声。临别之前，他沉思良久才说，老王，我还真舍不得你走啊，咱们一起共事多年，相互是十分了解的，工作上配合更是非常默契，什么任务交到你的手里，从来都是完成得很出色。你说的这些我听进去了，也有一定道理。我在思想上还是把你当作十几年前三四十岁的人看待了。哪想到，这一晃你已经五十多岁了，岁月不饶人啊。这样吧，我尊重你的意见，向武汉军区的领导说一下，你先回武汉到医院去治病，等病情稳定下来以后，再说工作的事情。广州、武汉两个军区现在都在筹备组建，人事方面可能已经安排得差不多了。到时候不知道能给你安排到哪里。"

"过去你们几个孩子不是总问我，为么斯在广州军区后勤部担任副部长不干，回武汉来做个部长，这不是降职使用吗？现在你们都大了，懂事了，可以告诉你们："中国共产党党员的任务不是要做官，而是要干革命。建设新中国需要有文化、身体好的年轻同志。文化水平不行，工作能力不行，身体也不行，就是让你担任领导工作，你可能也完成不了，这会给党的事业造成损失，甚至是无可挽回的损失。主动把重要位置让给比我年轻，比我有文化、有能力、有水平的年轻同志，难道不对吗？这是对党的事业负责任！

哪个人能活到不死呢？总有一天，会遇到心有余而力不足的时候。自己到了这个时候就不要逞强，应该量力而行，做一些对党、对人民有贡献的、力所能及的工作。再说，工作上不是要看谁的官做得有几大，而是要看他在工作上称不称职、干得好不好、贡献有几大。所以说，不论官大还是官小，都是人民的勤务员，是在为人民贡献自己的力量。这是一个中国共产党党员最起码的责任。毛主席在纪念张思德同志的文章中已经讲得很明白了。"

1955年2月，父亲回到武汉。在中南军区武汉陆军医院治疗了一段时间之后，组织上把他安排在武汉军区后勤部下属的油料部担任部长。父亲在油料部工作两年多后（1958年初），因为受伤病的困扰，向组织上提出了离职休养申请。

父亲在回顾自己一生的革命战斗历史的时候，特别是回顾自己的后半生从事部队的后勤工作生涯时，深有感触地说："部队的工作有很多分工，有的做军事工作，有的做政治工作，还有后勤保障、教育训练工作，以及行政管理工作等，这些工作都需要有人去做。不能认为只有上战场杀了敌人才是英雄好汉。我们要承认，能够上战场与敌人刀对刀、枪对枪地进行殊死战斗，流血负伤甚至是牺牲在战场上，是英雄，是好汉。实际上，为了让部队在战场上打胜仗，消灭更多的敌人，做好各项保障工作也是非常重要的。相关的每一项工作、每一个环节也是缺一不可的，都是为了打胜仗服务的。不能厚此薄彼。革命工作没有高低贵贱之分，只有分工不同。不管做么斯工作，都是为国家、为军队的建设贡献自己的一份力量。按现在的话说，'都是人民的勤务员'。

只有做好了本职工作，才对得起一个中国共产党党员的称号，才对得起那些无数牺牲的革命烈士，才对得起党、国家和军队的培养、教育。"

父亲常说，做后勤工作，一定要永远有一颗对党的绝对忠诚之心。要讲原则，守纪律，不贪、不腐，清正廉洁，两袖清风。要对自己所从事的工作保持一种敬畏之心。无论分管的是领导工作，还是具体的业务工作，标准只有一个，那就是对党、对国家、对军队负责，对分管的工作负责。这不是一句空话，是要落到实处的，是要经得起历史的检验的。

父亲曾经给我们讲过一个关于"发票"的故事。他从抗日战争开始，担任过供给部粮秣员、管理员、科长、副部长，一直在与钱打交道，管钱管物。在平时工作中养成了一个习惯，不管是买粮食，还是买其他物资，都要把发票（注：包括收据）保留好。这样做不只便于记账，也为了今后有据可查，用发票来说明事情。

他从 1937 年开始，把经手的发票集中保存在一个小箱子里，上了锁，平时不管什么人，谁都不许动。这些发票跟随他从延安到东北，从东北到中南，走到哪带到哪里，一直到中华人民共和国成立后，一直到离开工作岗位。由于保存着这些发票，父亲经历了多次的政治运动，如延安的"整风运动"、1951 年的"三反五反"、1957 年的"反右运动"等，每次运动都涉及贪污、浪费、腐化、堕落这些问题。只要组织上询问有关情况时，父亲就把这些当年的发票拿出来，针对反映的问题，用一张张的发票来说明当时的具体情况，用事实证明自己的清白。所以，在历次的政治运动中能够顺利通过审查，也是父亲一生当中为之骄傲和欣慰的事情。

另一件事，是父亲在武汉军区后勤部负责油料工作期间发生的。当时军区的一位主要领导提出了专车用油紧张，要父亲调拨一部分汽油。父亲按照规定，婉言拒绝了。

我们听到父亲讲这件事情的时候，在私下里议论："这不是得罪人吗？而且得罪的可是军区领导啊！"

可父亲却说："难道怕得罪人就不去坚持原则？你的党性到哪里去了？你的责任心呢？规定就是规定，这是纪律，是原则问题。总部制定的规定，是对事不对人，在规定面前人人平等。不能因为是领导提出的要求，就必须要办。只要事情超出了规定，违反了原则，哪个来说都是冇的用的。

永远要记住一条，我们是在为党的事业做工作，在为军队的事业在做工作，不是为哪个人做工作。

在机关工作过的同志都晓得，总部有总部的规定，军区有军区的规定，从上到下，各级机关无论大小都有规定。小规定要服从大规定，下级机关要服从上级机关。那些年，全军部队战备任务重，汽油作为战备用油，总部控制得很紧，一般工作和训练用油，每年军区后勤部都要按照规定，上报解放军总后勤部批准以后，再根据批准的计划执行。

如果在计划油用完之后，没有得到上级的批准，动用战备油，那就违反了规定。上级追查下来，这个责任由哪个来承担呢？当然是负责管理这项工作的同志。"

从这两件事情里可以看出，父亲的原则性很强。对所分管的后勤工作认真负责，几十年如一日，兢兢业业，严格执行上级的各项规章制度。他在制度和原则面前以身作则，从不利用手中的权力，哪怕是一点点不符合原则的事情，都绝对不去触碰。用自己的党性，为国家和军队的建设把好关、管好账，勤勤恳恳、忠诚老实地做好党交给的工作任务，默默无闻地奉献着自己的全部力量。

父亲常告诫我们几个孩子说："虽然人退休了，但是，退休不能褪色。要永远记住，自己是一个中国共产党党员，要保持中国共产党党员的光荣本色，发扬党的优良传统，在退休的路上还是要继续革命，一直到生命的终点。

教育好下一代，是所有老同志义不容辞的责任。老一辈打下来的红色江山，要一代一代地传下去，不能变了颜色。革命的红旗不能倒，颜色不能变，靠的是么斯呢？靠的是革命思想的传承！靠的是我们下一代、再下一代，子子孙孙们永远牢记，革命的成功是来之不易的，是无数革命先烈用鲜血和生命换来的！

不要忘了你们的父亲是从哪里来的。为么斯参加革命。革命的初衷是么斯。

我们那代人，绝大多数参加革命就是为了吃饱饭，有衣服穿，打倒剥削穷人的地主和土豪劣绅。参加革命以后，特别是加入了中国共产党以后，认识逐渐提高了，不光是要解放我们自己，还要解放全中国，推翻万恶的旧社会，让天下的老百姓都过上好日子，要人人平等，当家做主人。

今天革命成功了，但是我们不能忘记那些已经牺牲了的革命烈士，他们当中许许多多人甚至连名字都冇的留下来啊！

想想他们，再看看自己，我们对今天来之不易的幸福生活还有么斯不满足的？

忘记过去，就意味着背叛！每一个活着的人，都要为我们的红色江山，做出自己的贡献！"